支持单位

成都市文学艺术界联合会

出品单位

四川师范大学文学院

成都市李劼人研究学会

四川新文学大系

小说编 ·第一卷·

总　编	王嘉陵	刘　敏
副总编	张义奇	曾智中
本编主编	谭光辉	

四川文艺出版社

图书在版编目（CIP）数据

四川新文学大系. 小说编：共七卷 / 王嘉陵，刘敏总编；张义奇，曾智中副总编；谭光辉主编. — 成都：四川文艺出版社，2024.8

ISBN 978-7-5411-6547-4

Ⅰ．①四… Ⅱ．①王… ②刘… ③张… ④曾… ⑤谭… Ⅲ．①中国文学—现代文学—作品综合集—四川②小说集—中国—现代 Ⅳ．①I218.71

中国国家版本馆 CIP 数据核字（2023）第 216296 号

SICHUAN XINWENXUE DAXI · XIAOSHUOBIAN（DIYIJUAN）

四川新文学大系·小说编（第一卷）

总编　王嘉陵　刘　敏　副总编　张义奇　曾智中
本编主编　谭光辉

出 品 人　冯　静
策划组稿　张庆宁
书稿统筹　宋　玥　罗月婷
责任编辑　罗月婷
封面设计　魏晓舸
版式设计　史小燕
责任校对　段　敏　张雁飞
责任印制　桑　蓉　崔　娜

出版发行　四川文艺出版社（成都市锦江区三色路238号）
网　　址　www.scwys.com
电　　话　028-86361802（发行部）　　028-86361781（编辑部）

邮购地址　成都市锦江区三色路238号四川文艺出版社邮购部　610023
排　　版　四川胜翔数码印务设计有限公司
印　　刷　成都东江印务有限公司
成品尺寸　148mm×210mm　　　开　本　32开
印　　张　89.25　　　　　　　　字　数　2360千
版　　次　2024年8月第一版　　　印　次　2024年8月第一次印刷
书　　号　ISBN 978-7-5411-6547-4
定　　价　486.00元（共七卷）

编委会名单

编委会主任

梁　平

编委会副主任

王嘉陵　刘　敏

总　编

王嘉陵　刘　敏

编　委

王嘉陵　刘　敏　袁耀林　谭光辉　张庆宁
彭　克　张义奇　曾智中　段从学　蒋林欣
付玉贞　王　菱　王学东　吴媛媛　谢天开
刘　云　闫现磊　吴红颖　张志强（执行）
易艾迪　宋　玥　罗月婷

总序

"奇伟的地方"与"奇伟的文学"

一

　　成都指挥街一百零四号——诗人、音乐家叶伯和寓所，民国十一年（1922）十一月三十日这一天，成都草堂文学研究会推出了一份三十二开的文学刊物《草堂》。主要内容有诗歌、小说、戏剧等，除在省内发行外，还在北京、上海、广州、南京、昆明、苏州、杭州、长沙、武汉、法国蒙柏利（今译蒙彼利埃）、南洋（今马来西亚）槟榔屿等地设有代售处。

　　四川盆地这一声雏凤新啼，引来中国新文学界的凝视和喜悦——

　　茅盾在检视新文学发展的历程时说道："四川最早的文学团体好像是草堂文学研究会（成都，十二年春），有月刊《草堂》，出至四期后便停顿了，次年一月又出版了《草堂》的后身《浣花》。又有定期刊《小露》（十二年），似非同人杂志。成都以外，泸县（川南师范）有星星文艺社，定期刊为《星星》（十三年），又有零星社的《零星》（十二年）；重庆有《南鸿周刊》（十四年二月）。"①

周作人更有由衷的憧憬："近来见到成都出版的《草堂》，更使我对于新文学前途增加一层希望……对四川的文艺的未来更有无限的向往。我们不必学古今的事实来作例证，便是直觉的也能觉到有那三峡以上的奇伟的景物的地方，当然有奇伟的文学会发生出来。《草堂》的第一期或者还不能当得这个称号，但是既然萌长起来了，发达也就不远，只等候《草堂》的同人的努力了。"②

二

"奇伟"之地的四川，自古就有优秀的文学传统。

郭沫若"奉读草堂月刊第一期"时就"甚欢慰"，"吾蜀山水秀冠中夏，所产文人在文学史上亦恒占优越的位置。工部名诗多成于入蜀以后，系感受蜀山蜀水底影响"③。蜀中前贤常璩《华阳国志》借《易经》卦位，谓蜀："其卦值坤，故多斑彩文章。"

古蜀沃野千里，水系通畅，物产丰盈；险道阻隔，史上战事相对少于中原；汉有文翁兴蜀，化比齐鲁；唐宋时为全国的雕印书籍中心；明人则云："逖惟往记，见蜀山水奇、人奇、文与艺奇，较他处觉多，故剑阁、峨眉、锦江、玉垒，称古今狂客骚人、名流雅士之一大武库焉。"④

---

① 茅盾：《中国新文学大系·小说一集·导言》，原载《中国新文学大系导言集》，贵阳：贵州教育出版社，2014年，第101页。
② 周作人：《读〈草堂〉》，《草堂》，三期，民国十二年（1923）五月五日，上海图书馆藏本。
③ 郭沫若：《通讯·致草堂社诸乡友》，《草堂》，三期，民国十二年（1923）五月五日，上海图书馆藏本。
④ ［明］曹学佺：《蜀中广记·诗话·画苑二录序》，杨世文点校，《蜀中广记》，上海：上海古籍出版社，2020年，第1097页。

由此生发，汉司马相如辞赋标誉天下，晚唐长短句之曲子词始出，滋衍于五代，后蜀《花间》问世，为首部文人词总集，其词作多出自蜀人。唐至明、清，文学巨擘陈子昂、苏东坡、杨升庵、李调元等为文坛留下千古绝唱，李白、杜甫、白居易、杜牧、元稹、张籍、王建、陆游等多不胜数的文人墨客流连蜀中，创作了浩繁巨量的诗词文章。巴蜀高天厚土成为文人云集、文学兴盛的基础。

三

　　中国新文学因现代国人思想的觉醒而发端、发展和繁荣。"奇伟"之地的四川，在现代的前夜与现代文学的准备、发生、发展过程中，其文学创作实践与文艺理论探索又一次走到了时代前列，形成一支现代文学中"冲出夔门"的劲旅，在文学家数量上占据全国第三位[①]，在新文学发生的地图上，成都被称为新文化运动第三重镇[②]。可以说现代文学史上一系列首开风气的事业都与四川大有关系。在中国新文学时期，四川保持了文学大省的姿态。

　　具体说来，四川与全国其他地区相比较，无论从社会状况还是从自然条件上看，都有其独特性：

　　地理位置虽然较偏僻，但知识分子们的思想意识并不保守落后，尤其在新文化新思想的传播中，四川可以与京、沪等中心城市媲美。辛亥革命和"五四"新文化运动，四川都是重要的策源地之一。

　　四川地区地理位置特殊，处于主流文化与少数民族文化交会的

---

　　① 李怡：《现代四川文学的巴蜀文化阐释》，长沙：湖南教育出版社，1995年，第1—2页。

　　② 参见张义奇：《成都：新文化运动第三重镇》，《华西都市报》2015年9月12日。李劼人在《五四追忆王光祈》中指出，"五四"时期"成都真是全中国新文化运动的三个重点之一。北京比如是中枢神经，上海与成都恰像两只最能起反应作用的眼睛"。

走廊地带，反映在文学创作中便呈现出丰富性、多样性和独特性等诸多特征。

全国抗日战争爆发之后，四川成了中国文学和文化最重要的后方之一，它在中国新文学史上的重要意义，怎么评价都不为过。四川以其天险和地理屏障保全了作家的生命，而且更重要的是保存了中国文学的精神薪火和再植灵根。

四川地处西南地区，高山大川，在地理上与其他地区形成显著差异。自古以来，其内敛、务实、坚韧、包容的文化精神，已经融入中华文化的血脉之中。中原文化的许多基因，也通过漫长的历史渐渐地改变着四川文化的形态。彼此互相影响、互相改变的文化发展路径，可能是每一种文化都必然经历的过程。

这种奇伟之地造就的奇伟文学，具有浩远的精神价值和恒久的审美价值，难怪周作人说道："地方色彩的文学也有很大的价值，为造成伟大的国民文学的原素，所以极为重要。我们想像的中国文学，是有人类共同的性情而又完具民族与地方性的国民生活的表现，不是住在空中没有灵魂阴影的写照。我又相信人地的关系很是密切，对于四川的文艺的未来更有无限的向往"。[①]

四

20世纪30年代到80年代，作为新文学革命成果的《中国新文学大系》已经编辑出版过四编[②]，而我们编纂的这套《四川新文学

---

① 周作人：《读〈草堂〉》，《草堂》，三期，民国十二年（1923）五月五日，上海图书馆藏本。
② 赵家璧主编的《中国新文学大系》（1917—1927），由上海良友图书印刷公司出版；上海文艺出版社组织编辑第二编（1927—1937）和第三编（1937—1949），分别于1987年和1990年出版。此外，20世纪60年代，香港文学研究社还在第一编的基础上，出版过《中国新文学大系·续编》，时序与上海文艺出版社所出第二编相近。

大系》，则是一部地域性的新文学丛书。

它涵盖的内容，是自新文学革命伊始至 1949 年四川地区的文学作品，那时的四川，地域辽阔，包括现在的巴渝全境①。

此外，无论四川本土的作家，还是流寓作家，有的声名显于当时，创作了较多优秀的作品，但之后因各种原因被史家淡忘，随岁月流逝而淡出人们的视野，作品亦流失、散佚，难以寻觅，如果不加以搜集和整理，则可能无声息地永久地消逝掉了。

这一点很重要，除了通过搜集、整理，彰显四川新文学的全貌，抢救濒于消逝的一个时代的作品，为后世后人留存备考的文献和文本，也是我们秉承的宗旨和希望达到的目的。

《四川新文学大系》的编纂出版，由李劼人研究会发起。经过差不多七年时间，中间虽然受到疫情的干扰，终告于完成。世事茫茫，黄卷青灯，同仁于此中之艰辛和奉献，将为此奇伟之地留一历史存照。足矣。

五

这部《大系》按照文学体裁和研究专题分为七编，分别为：小说、诗歌、散文、报告文学、戏剧、文学理论与评论和史料。现简述如次——

《小说编》

新文学萌芽阶段，以小说家为代表的四川作家就率先加入了新文学革命的洪流，在时间上并未落后于其他地方的作家。

从 20 世纪初到 20 年代，四川小说家们极其活跃，不但成为新文

---

① 抗战时期，因国民政府西迁，1937 年底重庆定为国民政府陪都。但历史、地理、文化的共同母体，决定了其时的重庆作家仍为川籍作家，因此《四川新文学大系》理所当然包括了这一时期重庆的作家和文学作品。

学革命初期的主要参与者，而且可以说在某种程度上成为较为重要的引领者。

20世纪20年代末到30年代，四川新文学小说家井喷似的大量出现，人数众多，创作的作品数量也最多。多数小说家的重要作品都产生于这个时期。

本编收录了四十余位川籍小说家的作品，他们中的很多人都在全国范围内产生过一定的影响，甚至产生过广泛的影响。

编选者学术态度严谨，认为全国抗战爆发之后，从东部沦陷地区来到巴蜀的作家很多，有不少小说创作。艾芜主编的《中国抗日战争时期大后方文学书系》第三编小说共辑录四册，收录了这些小说家的部分作品。因人数众多，且寓居时间长短不一，是否严格属于四川新文学存有争议，故本编对该类寓居于四川的小说家的作品均不作收录。

《诗歌编》

这是一部迄今为止最全面地展示现代时期四川诗歌面貌的选集，在完整地保留新诗史料方面做出了突出的贡献。

编撰者付出的努力有目共睹。这些民国时期的文献史料，搜求十分不易，相当一部分已经湮没或者难以寻觅，但编者竭尽全力，努力寻找，翻阅大量原始报刊，千淘万滤，其数量和质量都有较好的保障，值得充分肯定。

编辑体例清晰，便于读者查阅。按诗人姓氏音序进行编排，使得读者比较容易查询，能够较好地利用这些文献。

《散文编》

相较于小说、诗歌，四川现代散文读者印象淡薄，文献零落，系统研究稀缺，几成无人打望的旷野。问题之所以成为问题，就在于我们对此还缺乏一个起码的回顾与反省，而《四川新文学大系·散文编》的编选，就是努力的起步。

编选者以前贤如周作人、郁达夫所编《中国新文学大系》散文一集、二集为高标和示范；同时以自己的喜爱，以文学价值为首要考量，认为没有选家的眼光和热情的选本，只是产品说明书或名胜导游词而已。

此外，编选者也尽量兼顾了资料的珍稀性。认为一般文学史的描述，自然是有价值的参考；一般文学史忽略的，自然更有关注的理由。

入选作品时间跨度为20世纪上半叶，这样整个四川现代散文的潜伏、诞生、发展、高潮、衰变便有迹可循，班班可考。

是以此编以四川本土作家作品为主体，兼顾流寓作家作品。后者情况较为复杂，大致包含其在四川创作的作品、以四川为题材的作品，或与四川有密切关联的作品。

散文编共收录四十余位本土作家一百多篇作品，二十余位流寓作家五十多篇作品。

《报告文学编》

作为中国现代文学的重要组成部分，四川新文学的发展与全国同步，报告文学自然也在20世纪前半期历经了发展、成熟的过程。

本编所收录的作品，时间上限不拘泥于一般文学史所认定的新文化运动起始的1915年，或是文学革命发生的1917年，而是秉承"20世纪中国文学"的概念，结合四川实际情况，上溯至辛亥革命时期，主要以记述保路运动的作品为重点。

而"五四"时期则以旅欧作家的作品为重点，以此反映川籍留学生在"勤工俭学"大潮中的生存状况和他们直面西方文化时的心路历程。

20世纪30年代，四川作家的报告文学作品已很成熟，李劼人的《危城追忆》、郭沫若的《北伐途次》、范长江的《中国的西北角》、胡兰畦的《在德国女牢中》、刘盛亚的《卐字旗下》等作品是最重要的成果。

除此之外，还有另外一些作品不可忽视，那就是描写自然灾害、山川风物以及社会经济的一类。作者都不是专业作家，但他们的作品既有重大事件反映，也有对社会现状的描述，无愧于报告文学的称号。

抗战时期，川籍或旅川的作家们在民族救亡的旗帜下，以笔作枪，再次以激昂而真切的文字记录着一个伟大的时代。

纵观辛亥以降至 20 世纪 50 年代前，四川报告文学作品集中出现的时候，正是中国社会生活重大变故之际，在四川或全国发生的重大事件中，四川作家从未缺席。

本编的作家作品排序，采取了综合的办法，即：首先按照时代和内容分类，然后再按时间先后编排。其中第一卷收录作品从保路运动至"五四"前后；第二卷是大革命至全国抗战爆发前；第三卷是全国抗战及胜利后；第四卷是报告文学作家专卷。

本编收录的作品，有些是新文学史上的名篇，但有相当一部分则从未进入文学史的视野，具有独特的意义。

《戏剧编》

中国的话剧始于清末。曾孝谷是四川成都人，曾在日本与李叔同、陆镜若、欧阳予倩等人共同组织了中国第一个话剧团体"春柳社"，民国初年回到成都后，为改良戏剧，推动话剧发展，他又组建了"春柳剧社"，"春柳剧社"成为"成都话剧的萌芽"[①]。曾孝谷也因此成为四川话剧艺术的奠基人。

20 世纪 30 年代是四川的话剧艺术发展的繁荣时期。四川话剧演出和观赏活动大都局限于文化素养较高的教育界，剧本多为著名作家田汉等人的作品，内容涉及社会生活的方方面面；其次是以莎

---

① 参见孙晓芬：《抗日战争时期的四川话剧运动》，成都：四川大学出版社，1989 年，第 2 页。

士比亚作品为主的翻译作品。

抗战时期是话剧在四川的大发展时期。从全国抗战开始，四川的各个抗日救亡团体就排演了许多街头剧、活报剧。从 1937 年 10 月起，先后有全国众多知名演员组成的八个话剧团，分别从上海、南京、武汉、香港等地入川，在各地进行巡回演出，极大地促进了四川话剧的发展。抗战期间，成都的话剧产业日臻成熟，宣传营销手段较之前有了较大提高。

四川话剧从民国初年传入，到抗战勃兴，再到战后沉寂，其间不仅经历了趋新与守旧到针锋相对，还见证了精英阶层与普通市民的分歧疏离。

梳理四川话剧发展的历史，既是对一种艺术形式发展与流变的整理，亦是对民国时期成都社会意识、官民互动乃至现代化变革的透视。

本编所收，以现代原创话剧为主，传统戏曲改编的戏剧、翻译剧及其基础上改编的戏剧不录。

四川新文学时期话剧剧本很多，搜集完全颇为困难，本编所收均为在四川出版、创作或公演的具有一定影响力的本子。

《文学理论与评论编》

巴蜀文艺思想自古以来亦独树一帜，中国文学史上几次较大的文风变革均有巴蜀人参与其中，司马相如、扬雄、陈子昂、李白、苏轼等均有创造引领的历史伟绩。

到了近现代，四川的文学创作实践与文艺理论探索又一次走到了时代前列。

"五四"时期，巴蜀文学家表现不俗，在文艺思想、理论建构方面做出了重要成绩。他们在大多数文艺思潮论争中都发出了自己的声音，积极参与时代话语的建构，提出了独特的看法，在很多领域开一代风气；从思想到工具论到审美，到文学的各要素等都有论述，较为全面；此外还关注到文学创作的主体性。

在接下来的第二个十年、第三个十年里，四川文艺理论依然走在前列。如从文学革命到革命文学的转折中，李初梨、郭沫若、阳翰笙的文学理论产生了重要的影响；在抗战时期，陈铨、邵荃麟等都提出了自己独特的文艺主张。

现代四川文艺理论的总体特征是群体效应明显、积极参与介入意识较强，既有富有青春气息的反叛精神，又有保守中庸的中正平和之姿；既有本土立场又有国际视野，在中国文论的现代转型建构过程中做出了不可忽视的贡献。

然而，这些成就往往被忽视、被遗忘、被湮没，编者梳理了其中主要原因：

一是中心与地方关系，过去的文学史主要是一种线性的时间观，空间意识还不够，没有充分意识到地方、地域的重要性，地域性的文学史还不多，地域文学的重要性正在发掘中。

二是部分学者身份复杂，而文学史书，甚至文学研究有很多禁忌。

三是与巴蜀学者大多数中庸、中立甚至偏向稳健保守的态度、主张有一定关系，后来的评价更多的是看到、肯定新文学中的激进派，而对中立的、保守的价值的发现与重估较晚。

但现代文学的地域版图研究逐渐成为一个学术生长点，"文学史研究的'空间'阶段已经到了"①，因此关注现代四川文艺理论，还原丰富的历史，是一种追求与尝试。

现代四川文艺理论研究、文献结集尚不多见，本编搜集了一百三十多位现代川籍文学家、文艺理论家的相关论著，最终筛选出四十多位作者具有代表性的文学理论及评论文章，编为四卷，大致展示了这一阶段四川文艺理论及评论的主要面貌，展现了中国文论现

---

① 参见李怡为彭超《巴蜀作家与中国现代文学的发生》所作序，北京：中国社会科学出版社，2014年，第4页。

代转型过程中的四川话语与建构。

《史料编》

与星光璀璨的四川现代作家群相对应的是，对四川现代作家的研究却乏善可陈，除巴金、李劼人、郭沫若等少数作家外，不少川籍作家的研究还有很大的空间，本编为此做出了有益的探索。

近代尤其是抗战时期，巴蜀各种文学自救活动此起彼伏，谱写了一曲曲悲壮的抗战战歌。报刊创办如火如荼，副刊成为文艺宣传的主要阵地之一。

文学社团、文艺报刊遍地开花。四川现代文学的中心当仁不让是成都和重庆，其他市县也绽放出了自己的光彩。

繁荣的出版业，为四川文化的发展提供了很好的物质条件。社团、期刊兴办多，关闭多。不少文艺团体和期刊存在的时间都不长，短的几个月，长的也就几年时间。出版家和文人队伍的兴起，为四川新文学的发展，提供了人才保障。

本编从浩繁零散的资料中去钩沉这些四川现代文学的荣光，较为清晰地厘清了其中的发展轨迹。分为：文学社团史料、作家小传、文学期刊、报刊副刊、新文学创作总目、新文学大事记及索引等内容，为四川新文学的研究者提供了基础的资料或线索。

六

《四川新文学大系》由谭光辉、张义奇、曾智中、段从学、蒋林欣、付玉贞、王菱、王学东、吴媛媛、谢天开、刘云、闫现磊、吴红颖等分领各编。他们之中有作家、学者、教授、研究员、博硕导师，有文学领域的新秀，从事四川本土文学的整理有较好的基础。《大系》的执行编委张志强亦认真负责地做了较多编务和联络工作。大家勠力同心，其利断金，终成正果，令人欣慰。

这部《四川新文学大系》在审稿过程中，即获得学界的好评，这应该是对各编主编和参编者最好的褒奖。李怡、陈思广、邓经武、廖全京、妥佳宁等专家在本书的选题立意、编辑体例、作家和作品的筛选，以及提示漏选的文学家和作品诸多方面，贡献了很专业的意见。李怡认为，这套书"选题和编撰本身就是对百年四川新文学史的比较完整的呈现，这一工作极具历史价值和现实意义"。谈到《诗歌编》，认为"这是一部迄今为止最全面地展示现代时期四川诗歌面貌的选集，在完整地保留新诗史料方面做出了突出的贡献"。妥佳宁则认为《散文编》"从篇目的选择标准和范围看，编者的专业水准极高"。陈思广评《小说编》："所选作家及作品系统且具有代表性，能够全面地反映四川自新文化运动以来小说发展的基本面貌，也在总体上能够代表四川新文学小说方面的创作实绩，选目准确、系统，值得肯定。"邓经武充分肯定《报告文学编》"对早期的文白夹杂的极少数作品则视其内容重要性而定"的原则，同时，支持选取流寓四川作家所写四川故事，以"突出四川社会某个方面特征"，认为凯礼的《巴蜀见闻录》等，就选得很好。

所有这些，作为总编，秀才人情纸半张——我向他们致以深深的谢意！

七

成都市文学艺术界联合会、四川师范大学文学院、四川文艺出版社的领导和相关人员，自始至终在《四川新文学大系》的立项、资金和出版方面给予了积极的支持，在此也表示诚挚而真诚的感谢！

王嘉陵

前　言

一

　　四川自古地灵人杰，文学人才辈出，优秀作品灿若星辰，这大约得益于四川封闭、安全、舒适的自然环境。温润的盆地气候、困难的交通条件，使得从未争霸天下的优秀蜀人有了更多的闲暇和才情。这也使得大盆地犹如文学的温床，孕育出一代又一代的优秀文学家，为中华文化增添了几多亮色。自西汉文翁化蜀之后，四川盛产文豪似乎已然成为常态。汉有司马相如、扬雄，唐有李白、杜甫、陈子昂，宋有三苏（苏洵、苏轼、苏辙），元有虞集，明有杨慎，清有张问陶。清朝灭亡之后不久，中国上演了轰轰烈烈的文学革命，白话文学取代文言文学，很快进入新文学时期，开始了中国文学史上的新时代。在这具有伟大历史意义的开创性文学阶段，四川文学家扮演了十分重要的角色，四川当之无愧地成为中国新文学的重镇。在学界公认的中国新文学六大家（鲁迅、郭沫若、茅盾、巴金、老舍、曹禺）中，四川占了三分之一（郭沫若、巴金），而这仅仅是开始，而且仅仅是新文学家中的著名代表。

在常规新文学史上，地位重要且经常被提及的四川作家还包括李劼人、沙汀、艾芜、何其芳等，更多的名字似乎不太为大众所熟知。那么，在新文学史上，到底有多少四川文学家通过坚持不懈的努力为此事业做出贡献？还有哪些常规文学史忽略的文学家也值得我们了解和怀念？这就成了我们这一代学人应该关心的问题。

随着历史的淘洗，很多名字已经被忘却，而我们，被一种历史使命感催促，希望将他们的名字和作品，通过某种方式记录下来，以供后人翻阅、铭记、研究。编纂本编的目的，就是希望比较系统地梳理自新文学发生以来到 1949 年期间的四川籍小说家，将他们的部分作品介绍给广大读者，提供一个作家作品线索，为关心这个领域的学者和广大读者提供一些有用的资料。

二

虽然四川给人一种交通不便、信息闭塞的印象，但自新文学发生以来，以小说家为代表的四川作家率先加入了文学革命的洪流，在时间上并未落后于其他地方的作家。比如李劼人 1912 年就在《晨钟报》上发表了处女作《游园会》，1915 年发表了《儿时影》，1915 年至 1918 年期间在《群报》上发表了以《盗志》为总题的系列短篇小说。《游园会》似已亡佚，但据考证是用白话文写作的。若如此，关于新文学第一篇白话小说之诞生的研究，又将多一新案例。《儿时影》发表于《娱闲录》1915 年 7 月至 9 月，是名副其实的白话小说。《盗志》系列短篇小说于 1916 年初夏起推出，载于成都的《群报》，也几为白话。1916 年 8 月发表于《国民公报》的《做人难》、1917 年 9 月至 10 月发表于《国民公报》的《续做人难》，都是很纯粹的白话小说。而这些创作，大多在文学革命

（1917）之前。李劼人的小说自始至终保持了对现实生活的密切关注，川味很浓，把四川人的精神气质描写得栩栩如生。这一特点在他创作于 20 世纪 30 年代的三部重要长篇小说《死水微澜》《暴风雨前》《大波》中得到进一步发挥。

郭沫若在为白话诗做出伟大贡献之余，于 20 世纪 20 年代初期就创作了大量小说。他于 1919 年 11 月发表了《牧羊哀话》，而当时鲁迅也才发表了四个短篇。之后，郭沫若陆续发表了一系列小说。郭沫若在 20 年代的小说创作，与他创建的创造社其他小说家的风格很是类似，充满了浪漫感伤情调和自叙传色彩。他诗歌中那种浪漫激情，在小说中变成浪漫感伤，风格差异很大，体现了他艺术手段多面化的特征。20 年代四川小说的另一股主要力量，来自"浅草—沉钟社"。浅草社里的成员，有很大一部分来自四川。贾植芳曾经总结浅草社最初创建时的成员特征有二：一是四川籍的作者较多，二是就读北京大学的青年学生较多。就当时所知，四川籍的作家包括林如稷、陈炜谟、陈翔鹤、邓均吾、李开先、王怡庵、马静沉、陈竹影等人，既是四川籍又是北京大学学生的有李开先、陈炜谟二人。

林如稷在不满 20 岁的时候，就发表了《伊的母亲》《死后的忏悔》等小说。1922 年与陈炜谟等人发起成立"浅草社"，出版《浅草》季刊。1923 年留学法国，其间仍然不断邮寄文稿给《浅草》和《沉钟》。1930 年回国，两年后与杨晦一起恢复《沉钟》。"浅草—沉钟社"被鲁迅誉为"中国的最坚韧、最诚实，挣扎得最久的团体"。20 世纪 30 年代，林如稷不断有小说作品问世。林如稷对文学的这份坚持，或许与四川悠久的文学历史传统不无关系，成为中国现代文学史上的一段佳话。林如稷的小说一般被认为具有浪漫主义气质，并且与西方意识流小说有一定的渊源，甚至有人认为他跟陈翔鹤、陈炜谟一起堪称中国新感觉派小说的最早先驱。这个说法不无道理。林如稷的小说，情调略显忧郁，技法趋于现代，内容贴近故乡，很好地将几者融合在一起，有着非常纯粹的文学追求。

"浅草—沉钟社"的另一位主要成员陈翔鹤是20世纪20年代四川新文学小说创作的一个主力。他1923年开始发表小说，1927年出版小说集《不安定的灵魂》。在20年代，陈翔鹤创作了大量中短篇小说，出版了短篇小说集《独身者》。30年代至40年代，出版了小说集《鹰爪李三及其他》等。陈翔鹤的小说内容多抒写知识青年的生活和忧郁的情感，情调感伤，技巧纯熟。陈炜谟的小说创作也颇丰富，大多取材于知识分子生活和青年男女爱情，即使是写爱情的小说，也具有比较强的现实针对性。

李开先在20世纪20年代初期是一名比较活跃的小说家，创作于1921年的《埂子上的一夜》被小说月报社于1925年与鲁迅的《在酒楼上》收入同一个集子。李开先是爱国文人，30年代发表杂文针砭时弊，动员抗日。李开先的小说创作较多，质量也很不错。

马静沉的小说不多，发表在《浅草》等刊物上的作品大多数是散文和诗歌。小说《子子》发表于《浅草》第二期，是一个关于婚姻的故事，子子要被送去省城读书，听说他幼时暗恋的女孩要离他而去，勾起他美好的回忆和离别的忧伤。马静沉之妻陈竹影也是现代作家、"浅草—沉钟社"的主要撰稿人之一，主要作品也是一些诗歌和散文。她的短篇小说《微笑》，讲的是一个丈夫如何把包办婚姻的妻子送去学校培养成一个有进步思想的人的短故事，带有"五四"早期小说那种鼓励年轻女子走出家庭和包办婚姻牢笼的气息。

《浅草》一共出了4期，发表各类体裁作品共计78篇，四川作家林如稷、陈炜谟、陈翔鹤、李开先、王怡庵、陈竹影、马静沉几人作品总数为37篇，他们是《浅草》的主要撰搞人，积极地参与了新文学初期轰轰烈烈的文学运动。

高世华的小说作品不多，几乎都创作于 20 世纪 20 年代。《沉自己的船》创作于 1923 年，题材是船民生活，表现了兵匪横行的动乱社会之中下层人民水深火热的处境，充满浓郁的乡土气息和悲壮的色彩。叶伯和一生中大部分时间都在从事音乐教育工作，写小说只能说是偶尔为之。本编收集到他的小说《一个农夫的话》，有点接近散文，但一是因为发表于《小说月报》，二是作品的叙述性比较强，若将其视为小说，亦无不可。

总体而言，在新文学发生初期，从 20 世纪 10 年代到 20 年代，四川小说家们都极其活跃，他们不但成为新文学初期的主要参与者，而且可以说在某种程度上成为当时文学创作较为重要的引领者。

三

20 世纪 20 年代末到 30 年代是四川新文学小说家井喷时期。此时期不但小说家众多，而且创作的作品数量也最多。多数小说家的重要作品都产生于这个时期。一方面，已经崭露头角的作家仍然笔耕不辍；另一方面，一大批新人也开始走上中国的文学舞台。

李劼人在此期间出版了他最重要的三部长篇小说，气势恢宏，史称"大河小说"，确定了他在中国现代小说史上不可动摇的地位。郭沫若在此期间创作了数篇历史小说，结集为《豕蹄》。这些小说采用"速写"式写法，借古讽今，具有强烈的现实意义。他的小说《骑士》《宾阳门外》《双簧》是大革命题材，与回忆录《北伐途次》等一样具有宝贵的历史价值。此时期，郭沫若的小说少了前期小说中的那种浪漫感伤，多了现实关注。

巴金前期的小说创作也主要处于这个时期。巴金的小说从一开始就成了当时的畅销书。他前期创作的每一部作品都非常受欢迎，再版次数奇高。他是 20 世纪 30 年代读者最多的作家之一，也是著名的高产作家。巴金在此期间创作的小说，以青春激情著称，感情真挚，文风单纯炽热，很多作品充满无政府主义思想。巴金创造了新文学小说的畅销书神话，为新小说占领了市场，为中国新文学阵地的巩固做出了卓越的贡献。抗日战争爆发后，巴金积极投身抗日文化宣传工作，辗转于上海租界、昆明、重庆、成都、桂林、贵阳等地，完成了《春》《秋》、"抗战三部曲"及《火》《第四病室》《寒夜》《憩园》等小说，用一种沉着冷静的现实主义笔法，描绘出人生百态。巴金在中国现代文学史上的贡献巨大，他的名字已是家喻户晓，针对他的研究成果众多，在此不再做过多评述。

沙汀和艾芜被称为现代文学史上的"双子星"。二人的经历很是相似，但小说风格却非常不同。他们都出生于 1904 年，都逝世于 1992 年，而且是同班同学。

沙汀 20 世纪 30 年代的小说以短篇小说为主。抗日战争爆发后，他奔赴延安，创作了报告文学《随军散记》（即《记贺龙》）、《奇异的旅程》（即《闯关》），1940 年发表代表作《在其香居茶馆里》。沙汀在 40 年代的创作非常丰富，代表性的作品包括 3 部长篇小说《淘金记》《困兽记》《还乡记》和大批短篇小说。沙汀的小说以冷静的现实主义为特色，于冷静的叙述中实现讽刺与批判现实的目的，延续并发扬了鲁迅对国民性的批判传统，而且在题材方面有所扩展。

与沙汀早期小说的现实主义特色不同，艾芜早期小说具有更多传奇和浪漫色彩。当他们刚刚步入文学界的时候，联名写信向鲁迅请教创作题材的问题，鲁迅建议他们写自己熟悉的生活，并建议写作时，选题要小，开掘要深。所以后来沙汀的小说多取材于他熟悉的川西生活，而艾芜的小说则取材于他在南方漂泊流浪的经历，完成了短篇小说集《南行记》《南国之夜》等。《南行记》描写的是西南边陲底层人的苦难生活，相对沙汀小说而言，这些作品多了一些传奇和浪漫色彩，多了一些抒情性。艾芜小说创作非常丰富，截至1949年，出版了大量短篇小说集和中长篇小说。艾芜发表于20世纪40年代的小说，现实主义色彩更为浓郁。

陈铨的作品主要集中在长篇小说、戏剧、翻译和理论研究几个方面。陈铨是"战国策派"代表人物，文学史研究中有人认为这是一个宣扬法西斯主义思想的文学流派，导致他文学作品的思想价值乃至艺术价值没有得到更好的评价。实际上，陈铨的小说创作取得了较高的成就，擅长表现人物"生之意志"和不可调和的悲剧性格冲突，引发浓郁的浪漫悲情和悲凉的人生体验。20世纪30年代，朱自清在《中国新文学史纲要》中专设"陈铨小说"一节，评价其小说"情节上有过巧处"，足见朱自清对陈铨的重视。

段可情的主要小说集有《铁汁》和《杜鹃花》。他的代表作品还有《巴黎之秋》，篇幅上相当于一个中篇小说。现在对段可情作品的评论和研究极少，基本上都是有关他生平的介绍和访谈。段可情曾坦言："这是我个人历年来所经历体验出来的结果，而我自己却有若干条没有实行，而且有时心理上起着极端矛盾的思想，遂使作品表现出极不健康的姿态，固然一方面是为环境所支配，但对于本身的人生观不确定，与乎脑子里的中心思想起了动摇，也能把作品流为一种颓废伤感的玩意的。"[1] 可能受创造社影响，思想中多了矛盾，情绪上多了感伤。

含沙在20世纪30年代至40年代创作了不少中短篇小说，比如《天国平定堡》《逃兵》《恶虎村》《血的教训》等。含沙的小说以抗战题材为主，表现了强烈的爱国主义精神。胡兰畦是现代女作

---

① 段可情：《要做文学家是不容易的》，郑振铎、傅东华：《我与文学》，北京：生活·读书·新知三联书店，2012年，第207—208页。

家、著名社会活动家。茅盾的小说《虹》中的主人公梅行素即以她为原型。她的主要作品并不是小说，而是报告文学、通讯和散文之类的作品。她曾与德国作家安娜·西格斯合作创作了短篇小说《五月一日·杨树浦》(1933)，发表于当年5月1日《红旗》上，产生过很大的影响。本编收录了她的《熟人》，1941年至1942年连载于《妇女月刊》。此作品从形式上看更像是一篇回忆录，但她在前言中说："这篇文章是纪念我的发蒙老师曹师母而作的，也许有人会以为是纪念发蒙老师，但这不完全是我的意思，我的意思是着重在曹师母，是着重在曹师母的人格，伟大的人格！"由于作品重在表现人格和精神，所以也可勉强看作一部纪实小说。

金满成从20世纪20年代末期开始小说创作，其小说大多写于20年代末30年代初，以爱情小说为主。受他所翻译的左拉作品的影响，其小说带有一定的自然主义色彩。廖丛芬(？—1934)笔名蓼子，唯一传世文集《蓼子遗集》收录小说篇目有《二男一女》(言情小说)、《一段传奇》(自传体小说)、《收获》(现实小说)、《小绿色茶杯》(寓言小说)、《稜都》(神话小说)。廖丛芬的职业是记者，在成都报界有很高的地位，后死于溺水。成都《快刊晚报》1934年7月17日休刊纪念，3个月后由朋友筹资为其出版《蓼子遗集》，使得其作品得以传世，不过印数仅300册，本编编者未寻得其书，暂作存目处理。

罗淑是一名英年早逝的女作家。她的处女作兼成名作《生人妻》发表于巴金主编的《文季月刊》，巴金替她署名"罗淑"，之后该笔名一直沿用下来。《生人妻》描写了落后农村的卖妻故事，淋漓尽致地表现了物质贫穷、精神贫困、人性黑暗和生活的悲哀与荒唐，实现了对社会的批判和人性的解剖。罗淑是很有才华的作家，遗憾的是，她于1938年因产褥热病故。如果没有这个变故，四川新文学史上或许会多留下一位重量级女作家。

邵荃麟首先是一位革命家，然后是作家，主要创作领域包括小说、剧本、翻译和论文。邵荃麟的小说有很强的现实针对性。比如中篇小说《英雄》，写一个从抗战前线回乡的伤兵，他本是保长家干杂活的，被糊里糊涂地送上战场受伤，还被锯掉了一条膀子，回乡后又糊里糊涂地当了"民族英雄"，再次被送回战场。小说从一个独特的角度回答了"谁在抗战"的问题。小说《宿店》写"我"和一队士兵押送一列手车队到王大娘店宿营的故事。这群士兵一心只惦记着受难沦落为女茶房的李三姐，到了宿店之后更是丑态毕露，并不断拿读过书的"我"开粗俗的玩笑。细心的"我"发现，李三姐在他们面前是一副妓女的世俗姿态，却又有伟大的母爱，时刻惦念着生病的孩子。"我"便在孙班长们的丑行中心情沉重地过了一个夜晚。小说既写出了底层人民的不幸及有缺陷的生存状态，又表现了人性深处的善良。邵荃麟能以一个理论家的深度审视社会，又能用文学家的手段去表现复杂的生活，其小说有相当高的水平。

沈起予的《残碑》严格地说是一部长篇小说的残篇，原书名叫《碑》，因没有写完，所以出版时叫《残碑》。沈起予写的几个短篇主要完成于左联时期。《虚脚楼》发表于《北斗》，试图描绘一幅白色农村的缩影，表现贫苦农民悲惨的生活处境。其真正用意，是要提示军阀和土豪劣绅对中小农横征暴敛，中小农又到贫雇农身上取回本钱，造成贫雇农受到双重压迫而生存更为艰难的现实。他的小说《火线外》通过"九一八"事变之后日趋没落的农民题材，"想藉此指示出我们的抗日友人来"。"一·二八"事变之后，他写下了《火线内》，通过对被日本人奉为军神的"肉弹三勇士"的细致描写，暴露出这三个"军神"不外是受着长官的严酷命令而死了的可怜虫，是帝国主义对殖民地进攻时的牺牲品。沈起予的小说作品不算多，但是加入"左联"之后，其作品关注民生疾苦，关注人性内涵，有较强的现实意义和对人性的解剖。《五婆的悲喜》《难民船》也都具有这个特点。

王余杞开始进行小说创作时，郁达夫十分喜欢和重视，为他的小说集《惜纷飞》作序，称之为"力的文学"。王余杞的小说也有很强的批判性和讽刺性，比如《将军》通过对将军开会、做梦、接待客人时的言谈和心理活动，揭露他卖国投降、为保存个人势力和"地盘"而费尽心思的丑行。长篇小说《急湍》描写了东北武装抗日的故事，小说以"九一八"到"一·二八"再到东北义勇军起义之间为时间背景，带出了诸多重要历史事件，再现了广阔的抗日图景，有很强的历史现场感。小说将讽刺笔法运用得淋漓尽致。《博士夫人》最早发表在《晨报副镌》1927年第69期，后收入与朱大枬、翟永坤合著的《灾梨集》。小说集讽刺与幽默于一体。三年前，博士夫人和伯文相爱准备订婚，却被留学归国的法学博士张先生折服，整个心被他占有，于是她和博士结婚了。婚后一年，博士之前的朋友来拜访，没想到正是伯文，场面十分尴尬。博士深爱着博士夫人，甚至愿意为她死。几个月后，伯文从天津寄信来说出了点事让博士去救他，博士马上赶去了。博士夫人生怕之前和伯文的关系被揭穿，想到假死的妙计让博士快回来，没想到，博士一看电报得知夫人"噩耗"便自杀于天津……小说的情节设计颇为巧妙，但也显示出一些刻意编故事的痕迹。本编还收录了《幺舅》《都市里的乡下人》和《厌倦》几个短篇，基本上能够代表王余杞小说创作的一贯风格。

萧蔓若的小说以表现抗日战争时期国统区腐败现象为主要题材，王先需主编的《小说大辞典》称他"对国统区腐败现象的描写达到了一定深度"。本编选取的几篇小说也都有很强的讽刺性。《牺牲精神》塑造了一个贪婪而虚伪的军官，他对部下训话时总是强调别人一定得有"牺牲精神"，但自己却贪生怕死，克扣下属，丑态百出。《安分的人》写一个虚伪自私、趋炎附势的校务主任黄春浦的故事。与他刚订婚的蜜斯陈只不过是他想攀附张校董的利用品，所以不管她是驼背还是有痨病或者初中没毕业，他都不在意。对于雷董事长和梁校长，谁能给他最大的利益，他就站在谁那边，并不顾一切地对付另一边。他带感情色彩地处理学生而不知反省。小说标题就充满了极大的讽刺性。《冷老师的倔强》揭露和讽刺了教育界的一种人。冷兆秋在一个男女同校的学校工作，但他极力反对男男女女搞在一起。他看不惯太多的东西，却要在精神上孤军奋战，坚持到底。他与周围格格不入，于是成天打牌吃酒喝茶，心里充满对社会的怨恨。长篇小说《解冻》揭露了国民党统治的腐败和假抗日真反共的实质，表现了国民党部队爱国官兵的勇敢和牺牲精神，描写这些官兵、宣传人员及普通民众思想"解冻"的故事，得到茅盾的好评和推荐，之后二人结下深厚的友谊，通信不断。萧蔓若的小说思想达到了一定的深度，语言有四川特色。

本编还收录了萧荑的《船上》《国文教员》《悲田院》《七十二荒》。其中《船上》写于抗日战争爆发初期，表现战前进步青年投奔陕北的故事。《国文教员》写了一个想去做抗战工作却逃亡到后方从事国文教育的夏文彬，他郁郁不得志，只好在麻将场上"沉着应战""打游击"，生活状态无比苦闷。《悲田院》以一个小孩子的口吻叙述。悲田院是专门为失养失教的儿童设立的学校，爸爸费了很大的劲为"我"争取了一个去悲田院读书的名额，"我"满怀喜悦。可是，当"我"开始在悲田院接受教育时，看到的却是生病的、肮脏的孩子，不像话的教员以及并不组织课程的校长。终于，"我"在悲田院院庆的混乱之中，逃回了自己的家。萧荑的作品很多都发表在胡风主编的《七月》等刊物上。萧荑的小说作品还有长篇小说《百年大计》和短篇小说《长坂坡》《我举笔》《七月半》等。在"七月派"中，除了路翎，萧荑算是很优秀的小说家，可惜后来逐渐被文学史遗忘了。

阳翰笙于 1927 年开始创作小说，先后加入创造社、中国左翼作家联盟。1928 年至 1933 年是他小说创作的丰收期。他的小说《暗夜》（后改名《深入》）、《寒梅》（后改名《转换》）和《复兴》三个相互照应的中篇组成一个长篇《地泉》，单独两次出版，被称为"华汉三部曲"。这篇小说引起了广泛的讨论，华汉将瞿秋白、郑伯奇、茅盾、钱杏邨的 4 篇否定性批评文章以及自己为此所作的反批评文章作为《地泉》再版的 5 篇序言，认真总结了革命文学创作经验，清算了"普罗文学"左倾文艺思想和"革命的浪漫谛克"类的概念化创作之弊病，至今中国现代文学史仍将其作为重要事件予以叙述。

周文的小说创作大多集中在 20 世纪 30 年代。周文的小说有比较强的现实主义特色和康巴地域特色，有比较自觉的地域文化意识。从《雪地》开始，他就开始着意表现自然力与生命力之间的关系，表现人在残酷的自然环境和社会环境之中顽强的生命力和坚忍品质。周文小说主要有两类题材，一类为军政题材，另一类是小知识分子和底层民众生活题材。杨义评价说，周文的小说"以沉重峭拔的笔调，画出川康地区的人间百相图，画出'边荒一隅'的满纸沥血的素描"。整体风格阴冷凄厉，语言充满乡土特色。周文在中国现代文学史上一度遇冷。恢复名誉之后，相关研究渐趋活跃，不少文学史家都在呼吁，周文应该在中国现代文学史上占有一席之地。

本编收录的作家中，有两位比较特殊，他们都不在四川出生，但他们都在四川辞世或主要工作于四川。一位是谢文炳，另一位是万迪鹤。谢文炳是著名的英语语言文学教授、现代作家、教育家，也是 1949 年后四川大学第一位校长。从 1929 年开始，谢文炳就任教于"成都大学"（即后来的四川大学），之后一直在川任教，直至逝世。谢文炳从留学生时代开始就热心于文学创作，写过散文、小说、论文，尤以小说创作最为丰富。他写过两部长篇小说，一部是出版于1947年的长篇小说《诗亡》，另一部是他在耄耋之年以自己亲身经历为基础构思写作的《一代知识分子》（未写完）。20世纪30年代，他写作了不少短篇小说，包括《园丁头》《馒头皮》《老同学》《韵子》《匹夫》等，这些小说大都以大学校园各色人等的生活为中心，文风犀利而细腻。万迪鹤是一位英年早逝的文学家。关于万迪鹤的生平资料，比较准确可靠的是后来发现的《文委会同人吊万迪鹤同志文》（载《重庆师范大学学报》哲学社会科学版，1981年第3期），可以确认如下信息：万迪鹤逝世于1943年4月12日；他因贫病逝世于巴县赖家桥；终年36岁。王瑶在《中国新文学史稿》中认为万迪鹤"擅长写小市民知识分子的灰色生活"，认为其《达生篇》"文笔是俏皮的，把握题材的本领很不坏。虽是写工人，其实还是小市民的安分守己和'向上爬'的思想的揭示"。万迪鹤比较有才华，很可能并不出生于四川，但因其在抗战期间活跃于四川文坛且逝世于此，因此本编亦作收录，以示纪念。

20世纪30年代，四川新文学小说家众多，小说作品数量可观。这些小说家紧跟时代步伐，积极参与了中国新文学的建设工作，成就高低各不相同，影响力各异，但是他们那种为普通人代言、积极参与中国文化大潮流的精神是相同的。他们的小说作品，不但忠实地记录了那个时代的风土人情，更忠实地记录下了那个时代知识分子的内心渴望和追求。他们没有偏安一隅的狭隘，也没有文化上的保守，而是以开阔的胸怀和姿态迎接时代的挑战，表达出一代人的忧伤。

四

20世纪40年代开始在中国新文学文坛上崭露头角的小说家大都出生于1910年之后。30年代活跃的作家大多数在40年代也仍然笔耕不辍，40年代又有一批新人加入，因此四川新文学界在40年代呈现出极其繁荣的景象。这个时期，中国新文学的主要领地就在四川，主要原因是全国抗日战争爆发之后，除了少数滞留沦陷区和一部分奔赴延安的作家，绝大多数作家都先后来到重庆、成都、昆明、桂林等地。但是，由于1939年国民政府将重庆由二级乙等四川省辖市升格为甲等中央院辖市而析出四川，所以严格地说，此时期重庆并不归四川管辖。但考虑到历史上的渊源关系，而之后重庆于1954再次并入四川至1997年才划出，并且两地历史文化联系紧密，同为大后方的区域，所以本编仍然将这两地的文学都计入四川文学范围。另一方面，全国抗战爆发之后，从东部沦陷地区来到川渝二地的作家很多，比如老舍、路翎、姚雪垠、张天翼、端木蕻良、靳以、碧野、萧红、谢冰莹、陶雄、罗烽，等等。这些寓居四川的作家在此期间也有不少文学创作，艾芜主编的《中国抗日战争时期大后方文学书系第三编 小说》共辑录4册，收录了这些小说家的部分作品。因人数众多，且寓居时间长短不一，因此本编对该类寓居于四川的小说家的作品均不作收录。在本编收录的这一时期作家之中，出生于今重庆市管辖区域的比重较大。

李劼人在20世纪40年代创作了长篇小说《天魔舞》。这部小说在风格方面较《死水微澜》《暴风雨前》《大波》有比较大的变化，一是题材更贴近当时的生活现实，从较远的历史转向大后方广阔的社会生活，二是现实批判性有所加强。郭沫若在40年代小说创作较少，主要是一些短篇，一般认为有四篇，其中一篇《金刚坡下》是近乎速写的问题小说，刘纳认为另外三篇，即"《月光下》《波》《地下的笑声》三篇，标志着郭沫若的思想和小说艺术正走向成熟"。本编选录的《月光下》塑造了一个善良、正直、心力交瘁的知识分子形象。夜晚，逸鸥埋葬了自己的儿子回到家里，他听到了呻吟声，自己的夫人哭泣着在哄生病的女儿入睡。逸鸥发现了两封信，一封是朋友佟烽寄来的，伴有文艺奖助金保管委员会送来的一千元医药费。另一封是大学的图书馆催缴书籍的信。逸鸥思考着一千块钱的用途，并给佟烽写回信，信中写到，他最终决定将钱用于图书馆的赔偿、为儿童剧讲书社购书、报答保育院，并请求佟烽为他偿还房东。写好信后，他头脑中闪过自杀的念头，但是他最终没有死。在月光的照耀下，逸鸥沉沉睡去了。小说有近乎白描的冷静笔调，写出了社会的沉重叹息和悲鸣，说明郭沫若对小说的形式和情感表现功力有了新的进展。巴金在 40 年代的小说也以冷静的现实主义为特色，这与郭沫若的小说艺术形成了呼应关系。

巴波的小说"是四川人写的那个时候的四川生活"，有鲜明的四川地方色彩和乡土气息。他的好友李华飞在《缅怀巴波》一文中评价其作品"结构谨严，艺术卓越，内涵深刻"。甘永柏首先是一位著名的经济学家，文学创作包括小说、散文、诗歌，他还翻译过杰克·伦敦及北欧作家作品多种。1943 年他以中国民族工业的遭遇为题材创作长篇小说《暗流》，塑造了两个爱国青年，表现了知识分子在黑暗现实面前的苦闷和彷徨。甘永柏不是专职小说家，但其小说还是颇有特色。茅盾在给《暗流》做的序言中说其风格是"呻吟和'浪漫蒂克'的交错"，形成了"一种光彩，一种情趣，一种美"。

哈华 1938 年到过延安，做过八路军军校教员。1938 年他曾写过八路军开赴敌后与日寇作战的中篇小说，1944 年至 1949 年之间，他主要写一些通讯和报告文学，比如出版于 1949 年的长篇报告文学《新安旅行团》就很有代表性。因哈华的小说主要创作于 1949年之后，之前创作的小说最终未收集到。

李华飞和温田丰是高中同学，曾一起从事文学活动。李华飞的创作比较杂，有小说翻译、经济研究、剧本（川剧）、诗歌、小说等。文学创作以诗歌为主，小说创作不多，《重庆市志·文学志》

统计其小说作品有《亡国者》《夜行船》《墓碑》《博士的悲哀》计 4
种，都发表于 1937 年。本编收录了他的《博士的悲哀》。该小说写
一位留美博士舒学高回国之后的故事。舒学高出生于闭塞的乡村，
因父亲信奉"洋"的东西而将他送到了美国。归国之后，他对中国
各种人和事都充满鄙夷。全国抗战爆发后，他的初恋女友黄雪妮前
来与他商议是否参加游行示威活动，遭他反对，雪妮不以为然。他
在大礼拜堂内劝学生们不要参与游行，遭众人反对。博士报复学
生，打电话给司令让他派兵制止，结果女友雪妮被打伤，他无法言
说自己的告密行为，便借口心脏病发到峨眉山休养去了。小说将一
个崇洋媚外的洋奴心理刻画得很生动，表现了在民族危亡关头缺乏
民族自尊和文化自信的人给民族解放造成的阻碍。

　　李寿民的出生地在今重庆长寿区，他是中国武侠小说大宗师，
著有武侠小说 36 部，3000 余万字。李寿民寓意为"长寿县中一小
民"，"还珠楼主"是他 1932 年创作《蜀山剑侠传》时始用的笔名。
《蜀山剑侠传》1932 年 7 月起在《天风报》连载，迅速受到读者追
捧，《天风报》发行量成倍增长。1933 年《蜀山剑侠传》单行本问
世，之后迅速推出续集。该小说可能是 1949 年前中国新文学史上
续集最多的小说，到 1948 年 9 月已出版到第 50 集。李寿民的武侠
小说创作数量惊人，除了《蜀山剑侠传》系列小说，他写作的小说
至少还有 30 多部，而且这些小说很多都出了多集。从长篇小说种
数和总字数上看，现代文学史上大概很难有人可以与之匹敌。1951
年，武侠小说开始被禁，李寿民的武侠小说写作也就停止了。李寿
民与王度庐、宫白羽、郑证因、朱贞木一道被称为武侠小说"北派
五大家"，有"现代武侠小说之王"的美誉。他的小说发行量很大，
读者众多，他的收入也很可观。后来中国停止武侠小说出版，他的
生活陷入窘境，开始转向舞台剧本创作，但仍难以解决生活困难。
李寿民最终因脑溢血造成脑偏瘫，无法继续写作，于 1961 年去世。

由于李寿民的武侠小说作品太多，而且几乎每部小说都是鸿篇巨制，本编无法全部收录，仅选取了《蜀山剑侠传》作为存目。

本编收录的李伯钊的《女共产党员》是一部纪实小说，其篇幅只相当于一个中篇，但是出了单行本。该小说创作于1945年抗日战争胜利前夕，由大连新华书店1949年出版，1950年由工人出版社再版，之后多次再版。《女共产党员》塑造了一个坚贞不屈的女共产党员帅大姐的英雄形象。江苏省委妇女部长帅大姐被叛徒出卖，在与同志会面途中被特务抓走。在被粗暴虐待的初审之后，帅大姐又被送进"公安局"，遭受了"老虎凳"重刑之后被关进了女监。帅大姐身上的浩然正气和勇敢善良感化了女监看守和女犯人们，她们对被虐待致重伤的帅大姐照顾有加，帅大姐也向她们宣传党的精神。为了让帅大姐供出党内机密，毫无人性的特务轮番用水刑、骗局对她进行拷问和引诱，但都拿坚定精忠的帅大姐没有办法。在被移至南京宪兵司令部后，帅大姐在监狱里不忘鼓舞同志、帮扶同志。被判决之后，在押解途中，帅大姐更是大声揭露反动特务们的残酷恶行，街上许多群众都被她激昂的宣讲所打动，纷纷向她聚拢。抗战胜利后，衰弱的帅大姐被保释出来，即使身体遭受摧残，却没影响她继续投身于党的工作。小说歌颂了共产党人的忠诚和坚忍，揭示了革命之所以能够取得胜利的精神力量。

刘盛亚的代表作品有长篇小说《夜雾》《地狱门》等，中短篇小说《水浒外传》等，另有译著多部。本编收录了他的一个长篇，做存目处理。短篇收录了他的处女作《白的笑》，还收录了《刘盛亚选集》没有收录的《团圆》《无车之站》《杨花篇》。刘盛亚活跃于20世纪40年代的四川、重庆文艺界，有比较高的地位和威望，做了不少进步的文艺工作，郭沫若、夏衍、阳翰笙等人的戏剧，都在由他任主编的群益出版社出版。刘盛亚1949年之前的小说多与抗战和救亡主题相关，饱含人道主义关怀，歌颂进步和光明，语言简洁平实而具地方色彩。

沙金主要创作诗歌，是比较有名的诗人，不过他在 20 世纪 40 年代写过少量小说，本编收录《反响》和《福根的死》两篇。

邵子南是小说家兼诗人。邵子南的小说代表作是《李大勇摆地雷阵》。1980 年，四川人民出版社出版了《邵子南选集》，收录小说 17 篇，本编收录的《"青生"》和《黄连地》均不在其中。《"青生"》描述了一种罕为人知的过着艰辛生活的人——"青生"，他们被囚禁在矿洞里挖矿做苦工。矿洞里大多都是未成年的少年，他们胆小害怕，在黑暗的矿洞里夜以继日地干苦力，从不敢逃跑。由于整日不见天日，他们大多得了长"白毛"的怪病，甚至有的连话都不会说了。其中有个老青生，对矿洞外面的世界充满着憧憬，但最终到去世也未能如愿。小说表达了深深的感慨和同情："有种不见血的死，比见血的死更可怕呀！"《黄连地》表现的也是底层人的苦难人生。收黄连的"我"，听了一个小女孩儿以平静的口吻讲述母亲和弟弟惨死的经历。"我"的内心受到了巨大的震动，也为他们所蒙受的不幸而唏嘘。邵子南的小说跟生活很接近，早年小说致力于表现民生苦难，后来专注于写报告文学，仍然关注底层人的生活状况和命运。他的作品很接地气，常杂以歌谣、顺口溜等，通俗易懂。

温田丰的主要创作杂文、散文、文艺评论、小说等，1949 年之前作品结集为散文小说集《草原书简》和小说集《勇士与怯汉》等。本编收录了温田丰的短篇小说《金侠子李金山》。小说叙述了一个做着淘金梦的底层人物李金山的悲惨命运。李金山早年听说淘金能赚大钱，带着妻儿来到一个叫八美的地方。八美是一个山谷里的小平原，人烟稀少。没想到的是，李金山不但没有淘到金发财，而且欠了一身债，还染上烟瘾，两年前孩子也死去。他如今体力不支，烟瘾也戒不掉，家里过得很是贫穷。几天后，不见他去杂货铺老板帅大爷那儿要烟抽，才知道他已经死了。帅大爷施舍了他一床烂席子埋了，欠下的债由他婆娘来还……小说有浓郁的乡土味，其风格和人物形象颇类似于贵州作家蹇先艾笔下的《在贵州道上》。

20世纪40年代四川新文学小说创作的重心转到了重庆，这个时期开始崭露头角的小说家，比如巴波、李华飞、刘盛亚、沙金、温田丰、李寿民、甘永柏、李伯钊、马识途，都是重庆人。由于抗日战争而来川的作家也大都活跃于重庆，这就为重庆地区小说作品的出版和创作提供了环境和素材。重庆籍作家的成长是否跟这个因素有关还需要更多证据来说明，这不是本书编者的任务，但是重庆地区小说家的大量崛起，无疑丰富和提高了40年代四川文学的数量和质量，也为中国最困难时期新文学的传承维系了纽带、保留了火种。

五

在中国新文学时期，四川保持了文学大省的姿态。单纯就川籍小说家而言，本编就收录到40余位小说家，他们中的很多人都在全国范围内产生过一定的影响，甚至产生过广泛的影响。现在通行的文学史上，经常被书写的小说家就包括郭沫若、巴金、李劼人、艾芜、沙汀、陈铨、李寿民、阳翰笙、陈翔鹤、陈炜谟、林如稷、罗淑、邵荃麟、周文等人。本编收录的其他作家，也有许多尚待重新解释和发掘。还有一些作家默默无闻地在那个贫穷而严酷的年代坚持着文学的梦想，至今尚不为人所熟知。对每一个四川作家而言，重要的可能不是文学史为自己留下了什么样的位置，他们更在意的，是自己在国家、民族的发展过程中贡献了什么样的思想。他们的这份坚持和奉献，丰富了中国新文学的画廊。

抗日战争爆发之后，四川成了中国文学和文化最重要的后方之一，它在中国新文学史上的重要意义，怎么评价都不为过。四川以其天险和地理屏障保全了作家的生命，更重要的是保存了中国文学的精神火种和信心。这个时期，在四川创作的多数作家，都以弘扬民族精神、鼓舞抗日斗志、揭露专制黑暗、反思文化传统为己任，致力于加强民族的凝聚力和战斗力，保存坚强的革命斗志和民族韧性，用一系列可歌可泣的英勇抗敌行为鼓舞士气，进而巩固了后方。

四川地处西南地区，该地区的高山大川是地理上与其他地区形成显著差异的地方。自古以来，大西南地区就保持了相对于中原文化及其他各地文化的独立性，其内敛、务实、坚韧、包容的文化精神，已经融入了中华文化的血脉。中原文化的许多基因，也通过漫长的历史慢慢地改变着四川文化的形态。这种互相影响、互相改变的文化发展路径，可能是每一种文化都必然经历的过程。但是，在我们重提传统文化的今天，四川文化和四川人那种古朴的精神气质和文化形态，通过四川作家的坚持和努力，广为散播，散入了中华大地的每一个角落，为中华传统文化的延续和光大做出了贡献。

以下同学为本编做了大量校对工作：石妃利、何倩、王言、陈圆、王辉、罗茜、张思韬、赖鑫、唐彦琪、王欢、张柔、龚益宇、高欣曦、吴昊、漆晓芸、郑书婷、李小榕、余艳梅、张显燕、周玲苹、李昊阳、刘萌、卢琳、张惠。

张思韬为作家简介撰写了初稿。四川文艺出版社编辑团队为本卷出版做了大量编校工作。没有这个团队的通力合作，本大系的小说编是不可能完成的，在此一并致谢。

谭光辉

编选凡例

一、本编收录小说以全面性、代表性、稀缺性、本土性为主要编选原则。全面性是指尽量涵盖20世纪上半叶巴蜀小说家；代表性是指在考虑其他各点的前提下尽量选择小说家有代表性的作品；稀缺性是指尽量选择曾经发表但未再版或未收入全集的作品；本土性是指尽量选取籍贯或出生地为巴蜀地区的小说家，侨寓作家不收录。

二、本编的小说以收录和存目两种方式呈现。收录作品尽量考虑稀缺性；存目作品尽量考虑重要性和代表性。

三、本编收录的小说，尽量以最初的版本为依据，呈现小说发表或出版之初的原始面貌。个别无法找到原始版本的作品，以再版时间更早的版本为依据。

四、本编分为"长、中篇小说"和"中、短篇小说"两大部分。为查询方便起见，每一部分的编排以作家姓名拼音字母排序。同一个作家的作品，以发表或出版的时间先后为序。

五、为控制篇幅，部分长篇小说采取了节选的方式。

六、为保持作品原貌，字词的旧用法不做更改。比如"的、地、得、底""哪里、那里""想像、想象""甚么、什么"之类，或因作家习惯等造成的不同写法，不影响理解的都依原稿版本，不按现行标准修改。

目录

长、中篇小说

艾　芜

| 作者简介 |　艾芜（1904—1992），四川新繁（今四川成都新都区）人，原名汤道耕，现代著名作家。青年时代有在云南、缅甸一带流浪的经历，回国后加入"左联"。代表作品有长篇小说《丰饶的原野》《山野》《故乡》等，中短篇小说《乡愁》《一个女人的悲剧》等，短篇小说集《南行记》《南国之夜》《山中牧歌》《芭蕉谷》《海岛上》《萌芽》《荒地》《冬夜》《爱》《锻炼》等。

山　野（存目）

巴　金

|作者简介|　　巴金（1904—2005），四川成都人，原名李尧棠，字芾甘，常用笔名有巴金、佩竿、王文慧、余一等，中国现代著名文学家。代表作品有长篇、中篇小说《灭亡》《家》《春》《秋》《雾》《雨》《电》《海底梦》《春天里的秋天》《砂丁》《萌芽》《新生》《火》《憩园》《第四病室》《寒夜》等，短篇小说集《复仇》《将军》《神·鬼·人》等，译著《父与子》《处女地》等。

家（存目）

春（存目）

秋（存目）

寒　夜（存目）

陈 铨

│作者简介│　陈铨（1903—1969），四川富顺人，又名大铨，常用笔名有唐密、涛每等，现代作家、文艺理论家。20世纪40年代创办过《战国策》等刊物。代表作品有长篇小说《天问》《革命前的一幕》《彷徨中的冷静》《死灰》（后改名《再见，冷荇》）及《狂飙》等，剧本《野玫瑰》《婚后》等，论著《中德文学研究》《文学批评的新动向》《从叔本华到尼采》等。

革命的前一幕

一

"快到了没有?"

"还早呢。"

"老不到，真难受!"

"今天火车误了点，走了三个半钟头，还没有到一半的路程，要是往常，已经快到了。不要紧，反正家里人想不到我们会早一天回来，他们也不会着急的。"

"他们当然不会着急，不过我此时真有点着急了！"

"着急有什么用处？还不如坐下看小说罢。"

凌华尽管不断地问宝林，不体贴人的火车还是慢慢地移动。他坐下把一本小说翻开，觉得毫无意思，看不上两页，又放下了。往窗外一望，已经是暮霭苍凉，晚烟四起。移时黑色笼罩了大地，天气渐渐寒冷起来。他打开手提箱，拿一件衣服穿上。车上的人，此时都静静地不作一声。宝林坐在他的对面，两眼也忽开忽合，移时竟打起鼾来。同宝林一个位子坐着的是一位面色苍白的商人。他呆呆地望着窗外出神，有时喃喃自语，不知道在说些什么。

移时宝林的头点得太低，他忽地用力往上一抬，两眼模糊地睁开，惊异地问道："什么时候了？"凌华笑道："你自己不是带着表吗？为什么还问我？"宝林拿出手巾，擦了眼睛，衣襟里掏出表来，一看，原来已经九点半了！

凌华想不一会就要到了，急急忙忙地把衣箱打开，把洋服穿上。宝林笑道："回头我们俩一块回家，他们一定以为我同一个外国人回来了，尤其是妹妹，她一定要笑死呢，她真喜欢笑！"凌华还没有穿完，听说，想了一想，连忙脱了洋服，重新开箱，取出一件白绸大褂，并且把青纱马褂也穿起来。

"你为什么又不穿洋服了呢？"宝林笑问道。

"穿起洋服，你们家里的人一定觉得我太轻浮了！"凌华正经地说道，"你父亲素来就以为我少年老成，这样一来，他对我的观念倒变坏了！"

"真老成！真老成！你也够老成了！"宝林忍不住大笑。

"你刚才提醒我，现在又来笑我，真正岂有此理！"凌华假怒道。

"好！好！你说'岂有此理'就'岂有此理'好了！你既然穿

上马褂，当然是顶不'岂有此理'的了！"宝林看了凌华一眼，更忍不住大笑。

宝林笑时脸上红得像满放的桃花，酒窝深深现在两颊。凌华呆呆地看了一阵，脑子里忽然涌现出宝林妹妹的像片来，他心里暗暗地想道："怎样同他妹妹的像貌，一模一样？他妹妹不知道是不是这样笑？他说她比他还喜欢笑，这才有意思呢！"

他不住默默地想，宝林倒觉得奇怪了！

宝林一番大笑以后，一点睡意也没有了，接着同凌华说了许多关于他家里的事情。他讲他父亲是如何的勤苦节俭，每天都要到铁路局去办公，除了吃饭与晚上，没有休息的时间。他讲他母亲是如何的慈爱，爱他们兄妹好像性命一般，她本来很快活，不过自从大姊放错了人户，伤心死后，她一提起就悲伤，现在看看妹妹读书，她就讨厌了。他讲他佣妇李妈是如何样地脑筋简单，行动是如何样地慢，不过为人却忠实可靠。他讲他家乡风景是如何地美丽，就在葛岭的半山，西湖当前，一时一刻，景色都有无穷的变幻。他又讲他妹妹是如何的调皮；如何的天真；如何的聪明；如何的可爱。他形容他妹妹捣乱的样子，两人都忍不住笑。

凌华心里本来很着急，听宝林的说话，他一点也不着急了。他有时也问一两个问题，不过宝林高兴说话起来，如长江大河，滔滔不断，又能察言观色，绘影绘声，用不着什么问题，他自然能够说出句句你所要听的话。

喧嚷的声音，把他们的说话打断，原来火车已经到站了。一群搬行李的苦力，一齐拥上车来，把客人行李拖住就走。宝林叫凌华紧守住行李，等人松一点，他们才自己提着小箱子走下车来。宝林又去雇好洋车，约四十分钟后，就到葛岭。他们付了车钱，自己提着箱子，一步步踱上山去。

天色非常昏黑，已经是深夜了。回首望当前的西湖，瞑朦不可见。山路两旁都是翠竹，微风阵阵吹来。宝林怕凌华看不清路，他们携着手走。

"不要紧，再几十步就到了。"宝林说。

"什么时候了？恐怕已经十二点了罢？"

"也许。你觉得疲倦了吗？"

"不。一点也不。不知道他们睡了没有？"

"也许。就睡了也没有关系。你饿了吗？"

"有一点，不过也没有关系。"

"回去叫李妈做饭好了。也许我家里有客人呢。我动身时接家信，说这阵常有客来，要是有客，他们就睡得迟了。"

不一会就到门首了。宝林去叫门，里面立刻答应道："来了。"

屋里灯光射到门上，凌华看见一位女郎来开了门，面庞看不清楚。她立刻回头道："三哥回来了！三哥回来了！"

凌华随着宝林进去，到东客厅把行李放下。宝林的父亲随着进来。宝林介绍道："这就是我的同学陈君凌华。"凌华向他父亲一鞠躬。

刚才在车上山上都很凉，进屋子却热了。凌华穿起马褂，加上刚才步行上山，此刻全身发热，额上汗珠，不住地涌出。宝林的父亲连忙向他道：

"不必客气，请把马褂脱了罢。"

"不要紧，屋子里还很凉快！"凌华一面用手巾拭汗，一面说。

"这样热，不必客气！不必客气！"宝林的父亲再说。

"我早就——"宝林刚要说，被凌华看了一眼，忍住笑不说了。

凌华本来想坚持下去，经不起宝林的父亲再三的劝。

"天气太热，把大褂也一齐脱了罢。"宝林的父亲再说。

"不要紧，屋子里还很凉快！"凌华用手一面拭汗，一面说。窗外似乎又有一种忍不住笑的声音，好像刚笑出一点，就用力把口掩了，凌华心里着急，额上的汗珠，更出得多，他只好把马褂脱了。

"到我家里来，用不着客气，以后我们就好像一家人样。宝林曾经讲过你许多好处，我们都很知道你了。不必客气！不必客气！把大褂脱了罢。以后要随便一点才好……天气真热……好……这才好……宝林，把陈君的衣服挂在那儿，这门上有油，发潮，恐怕弄脏了。"

大褂脱后，凌华觉得舒服多了。接着洗脸，吃茶，宝林的父亲问了几句路上的情形。

"西客厅里住的是谁？"宝林问道。

"张老伯的三姨太太。"他父亲低声道。

"来了多久？"宝林再问。

"来了两天了，她因为房子没有租好，所以暂住两三天。现在屋子已经找好了，明天下午就搬去。"

一会饭已作好，宝林同凌华吃了饭，回到东客厅来。再休息一会，他们因为太疲倦，就预备睡觉。

"叫你不要穿马褂，你一定要穿，你看多难受！"宝林笑道。

"你这个人真正岂有此理，不帮我的忙，只是笑我！"凌华假怒道。

"好，又是'岂有此理'了！"宝林更笑得厉害。

"让你笑死，我不管！"

说到这里，窗外似乎又有一种忍不住笑的声音，好像刚笑出一点，就用力把口掩住了。

二

凌华与宝林第二天起来的时候，朝日已经铺满了窗棂，时钟已打过九下，宝林的父亲已经到车站办公去了。

“三哥起得真早！”一个女郎的笑声。

“比你早一点。”宝林在天井里回答的声音。

“才怪！我七点钟就起来，你九点钟才起来，还比我早吗？”

“这不过是今天一次罢。”

“才怪！我从来没有迟起过。”

“好，好，好！你厉害就得了！”

“呸！你骂人干吗？刚回来就骂人！”

“我一天不骂人；一天就不痛快！”

“真讨厌！”

“谁还有你讨厌？”

“三哥，老实说，你真讨厌我吗？”

“真正讨厌你！”

“真的吗？”

“真的。”

“把我气死了！”

“不要气，好妹妹，我不讨厌你，我喜欢你，我顶喜欢你。”

“我不信，你老是……”

说到这里，凌华掀帘走出来道：“宝林，你起来好久了？我一点也不知道。”宝林答道：“我刚起来一会，你为什么不再睡一会呢？现在还早呢。”凌华笑道：“还早吗？别人已经笑你迟了！”

凌华说完这句话，回头过来望着女郎对宝林道：“这就是二妹吗？”宝林道：“是的，这就是我的梦频妹妹。”

凌华向她点一点头，梦频倚着她三哥也略略点一点头。宝林道：“这就是陈君——”梦频说她早就知道了。说完了微笑了一笑。

她笑的时候，脸色如鲜艳的桃花，酒窝深深地现在两颊，凌华看得呆了，“奇怪，怎么两兄妹一模一样！”凌华心里不断地想。

外貌虽然是一样，然而仔细看来，究竟也有不同的地方。第一就是神气的不同：宝林笑起来只是活泼，梦频却妩媚了，宝林是闹玩，梦频却娇憨了。

第二是大小不同：宝林面庞比较阔大，肌肉也丰满一些，梦频却娇小清削一点，因此更显出美丽动人怜的样子来。

凌华正在那里呆想，梦频却跑到厨房里去了。移时，李妈把早餐摆好，梦频来叫他两人吃饭。凌华进饭厅，看见桌上摆了七八碟菜，两碗火腿面。两人坐下，梦频却立在门边，肩倚着门，两手把辫发上的绾发拿下来，把她的发，理了又理。

"说是不客气，你们为什么又客气起来？"凌华指着桌上的东西道，"你看，做了这么多菜！要是这样下去，我真不好意思久住了。我们本来说好了不客气的。我希望到你家如像到我自己家里一样，一点东西也不要增加，一件事也不要特别预备，这样才自然。"

宝林道："我本来叫她们不要预备，她们要预备，我有什么办法呢？并且这本来也就不算特别预备，这几天我家里有客，你是知道的，以后我们一桌吃饭就好了。"

"你那客人是一个什么样的人？"凌华问道。

"张老伯的三姨太太。"

"张老伯是谁？"

"他叫张鸣芳，是现任沪杭甬铁路局长，因为他从前与我父亲同学，常到我家往来，所以我们都叫他张老伯。他抽一口烂烟，讨三个姨太太，第三个姨太太现在就住在我们家里，也一样地抽大烟。每天抽到晚上三点后才睡觉，白天睡到三点后才起来，现在她正在睡觉呢。本来——"

"二妹你为什么不坐？"凌华看见梦频老立在门边，头发已经理好，绾上，不满意，取下来，再理。

"我用不着坐。"她低头看着发答应。

"你也吃一点，好不好？"凌华大胆地问一句。

“我吗？我早就吃过了。”她仍然低着头答应。

宝林正说得兴高采烈，被他们把话打断了，心里感觉得有点不舒服，向凌华道：“不要理她，她姓‘站’，她可以站三天三夜。她又姓‘饿’，她可以饿七天七晚。她又姓——”

话还没有说完，梦频跑过来，用手轻轻拧着他的嘴道：“还姓什么呢？还姓什么呢？你说！你快说！”

“还姓徐，难道你不是姓徐吗？难道你不是徐梦频吗？”宝林一点不在乎地说。

“你信不信？我拧你。”

“你拧好了，我一点也不在乎。”

“谁拧你，我才不拧呢。”

“那顶好了。妹妹，你坐下好不好？”

“也好。”

宝林把凳子让出一半来，让梦频坐下，不待凌华问，他又继续讲张老伯。

“本来像三姨太太这样的人，论理不应该留她在家里住的，不过父亲同张鸣芳从前是好朋友，现在又在他手下办事，所以当然不好意思说什么。你知道好朋友是没有办法的。”

“是呀，好朋友呀！你们也是好朋友呀！”梦频笑说道。

“谁是好朋友？”宝林问道。

“你同他。”

“我们不是好朋友，你同孙碧芳才是好朋友。”

“才怪！她不过同我相熟一点就是了，哪里比得上你们？你看你每次回家讲了多少陈凌华？开口陈凌华，闭口陈凌华，有一晚上做梦都叫起陈凌华了！你看！你看！多么好的朋友！”

凌华本来呆呆地望着梦频，她讲话时一种天然妩媚的态度，使他神移，尤其是她的笑，使他心醉。梦频这样一说，他觉得有点不好意思，不敢再看她了。他听宝林继续说道：

"不要说我常讲凌华，你要是听见凌华讲衡山，你更不知道要怎么样呢？"

"衡山是谁？"

"衡山是凌华的好朋友——不单是好朋友，而且是凌华最佩服的朋友。"

"为什么佩服他？"

"因为他聪明到极点，什么学问都不错，英、法、德、意、拉丁、希腊各国文字都通，科学、数学、美术、音乐都擅长。他十六岁就随父亲到英国，他父亲是驻英公使。他二十四岁就在伦敦大学得博士学位。以后又到巴黎、柏林，再到美国。去年回中国，作北京大学的教授。"

"凌华同他是同乡吗？"

"是同乡。真想不到贵州那样偏僻的地方，居然会出这样的人物。凌华同他，从小就相好，凌华非常佩服他，不断地讲他。"

"讲他太多你不高兴，是不是？"

"瞎说！谁不高兴？我讲凌华太多，你才不高兴呢！"

"你想我再拧你，是不是？"

"你拧好了，没有关系。"

梦频这次却真不客气地拧起来，宝林高声叫痛，梦频一转身就不见了。

三

宝林的屋子，正在葛岭的山腰。由山脚到门首，都是青翠的细竹，与茂密的树林。门首左边有一个小亭，中间有几条石凳，一张石桌。亭后有一株古松，夭如龙，枝干弯曲，刚好覆着亭子。由亭上望西湖，风景佳绝。白堤当前成一字形，苏堤把西湖划成很大的两半。湖心亭，三潭印月，都懒卧湖中。湖上的小舟像小小落叶，轻浮水面。南高峰、北高峰亭亭玉立，俯视湖心。雷峰塔在对面山脚，每当夕阳西下，峰横塔影，尤增加湖山无限的美丽。

进门就是一个天井，中有一个花缸，缸中石山生满了青翠欲滴的青苔，几只金鱼，有时浮到水面。还有几盆花草。西边一根槐树。屋子成冖字形，两旁是东西客厅，中间是大客厅，东一间寝室。客厅两旁每边有四间小屋。东边前排两间是寝室，后排两间放行李；西边前排两间一间作饭厅，一间作李妈寝室，后排两间一间作厨房，一间堆粮食煤炭等零碎东西。

宝林与凌华两人是住在东客厅，说是客厅其实就是一间书房。堆了几书架的书籍，及他们兄妹历年在学校的教科书，笔记本等等，尤其是宝林已死的大姊、留美的大哥的东西，样样都保存着的。本来只有一张大床，一张书桌，因为凌华来，新铺了一张床，再添上一张书桌。屋中还有两张藤椅，一张沙发，沙发上的白布套，老套不牢，坐下去一会就换位置了。梦频总是说她"看不顺眼"，不断地去把它铺好，到后来凌华简直不敢多坐那张沙发。

他们早餐后在大客厅里，休息一会。大客厅里的陈设，讲究多了。四张簇新的沙发，地板上，铺着地毯，中间一张檀木桌，壁下悬挂了一些名人的字画，其中有一副对联，说是董其昌的亲笔。

"说起这副对联真有趣，"宝林道，"前一次我一位姓张的老表来，他说这幅对联的字写的真不坏，这是'童共昌'的亲笔。我们听见'童共昌'，我们知道他认错了字，都大笑起来。要是别人我们也不会笑，不过他这个人是一点也不在乎的。他什么事都是麻麻糊糊的，连他父亲这时正关在北京监狱里，他还从从容容地跑到上海来玩呢！在上海时我星期日遇着他两次，他都说要回北京，到现在已经两个多月还没有回去。"

"他进学校没有？"

"他住北京大学，读了九年多还没有毕业，你说好笑不好笑！"

"三哥，谁好笑？"这是梦频的声音，移时她同她母亲进来。凌华连忙站起来，宝林又介绍了，凌华向他母亲一鞠躬。他母亲身体异常的胖，还没有梦频高，面目慈祥，未说先笑。她对凌华说了好些话，凌华却听不懂。

正在没有办法的时候，梦频笑道："三哥，你作翻译罢，母亲不会讲官话。"宝林道："你的官话讲得好，你翻译好了。"两人闹了一阵，梦频最后说道："母亲问你吃的东西好不好吃？"

"很好，很好！"凌华连说道。

"母亲请你不要客气，好像在自己家里一样。"梦频继续翻译道。

"很好，很好！"凌华不住地呆望着梦频，想不出什么旁的话来了。

"母亲说你要吃什么东西，尽管告诉她。"

"很好，很——"凌华仍然痴痴地望着梦频，讲到最后一个字，他忽然觉得太奇怪了，脸上有点发热。

"母亲说你顶好不要客气，不要只说'很好''很好'。"梦频忍住笑说。

"很——"凌华脸更热了，半晌说不出话来，仍然呆望着梦频。

"很好，很好，是不是？"梦频说罢狂笑起来。

母亲莫明其妙，也随着笑，梦频看见母亲笑，倒在母亲身上，双手抱住母亲的颈项，更笑个不止。凌华的脸，热到一百二十度了！

"妹妹真讨厌，你信不信我拧你？"宝林道。

"你拧，你拧，我不信！"梦频娇憨地说。

宝林过来拧着脸，梦频也用手拧住他的脸。

"我们说好一二三，一齐来，谁也不准先动手。"梦频笑道。

"来，来，来！一——二——三！"

"呵呀！"

"呵呀！"

两人差不多同时叫。母亲把梦频的脸不住地抚摩，问她疼不疼？梦频把眼闭着道："叫来玩的，谁真正疼呢？"

凌华在旁边看得更呆了！

幸亏此时没有人同他讲话，他们母子三人都讲起浙江话来，凌华听不懂，不过大概知道他们在谈学堂里的情形。凌华坐在沙发上，两眼总忍不住要看梦频。他觉得梦频讲话时的举止，态度，声音，神气，无一样不可爱。可爱处全在绝对无邪的天真，要是在旁的女子，梦频这种举止，谁也要觉得她太轻狂了。然而她绝对不是轻狂，因为她自己完全不知道她自己一切的举动，她没有经过半点儿的尘埃，没有看过半眼儿的人间世，她是太华峰头的琼芝，她是冰清玉洁的仙人，她狂放中充满了极端高洁的品格，凌华此时未免自惭形秽了。

"我们讲话，你觉得没有意思罢？"宝林回头问道。

"你懂不懂？"梦频抢着问道。

"我很喜欢听你们讲话，我希望能够不久就学会呢。"凌华微笑地答道。

"你要学吗？容易，一个月，包会。"梦频说。

"可惜从前宝林老不肯教我，不然我早已会了。"凌华看看宝林失悔地说。

"我不会教，你请她教好了，她顶会教。并且——"宝林话还没有说完，梦频连忙道：

"我不会，我不会，不要冤枉人。"

"你那样聪明的人还不会吗？"

"谁聪明？"

"你。"

"你又想我拧你，是不是？"

"你敢再来吗？"

"敢，敢，敢！"

他们刚要动手，母亲就把他们分开了。

四

从那一天起以后，凌华真的用心学起浙江话来。凌华资质本来就聪明，不上十几天，他居然能听得懂他们家人谈话的大概了。

他们每天照例是早上九点钟或八点半才起来，因为宝林的母亲爱惜儿子，每逢假期回来，总是要叫他们多睡，说是多睡了身体才好，要是早起她一定生气，宝林所以只好顺从她。这次凌华当然也不能例外。宝林父亲八点多钟就去上班，所以等他们二人起来，父亲早已出去了。

吃完早餐以后，因为天气太热，也不便出去游历，多半在西客厅，有时到大客厅里去读书，间或还到户外小亭去，那里极凉爽，远望也极美丽。他们读书或谈话的时候，梦频总是不断地来找三哥。她也没有什么事情，不过她总不少事情。有时宝林假装不理她，让她问问题，他仍然看他的书。等她问了两三遍后，他才抬头问道："你在说什么呢？"梦频佯作生气的样子，不讲话。但是宝林又把眼光回到书上去。梦频此时不是跑去拧脸，就是气跑了。但是去不了二分钟，又跑回来。

十二点半左右，她父亲回家，也正是他们午餐的时候。午餐后她父亲因办公疲倦就去睡觉去了。到二点后他又到车站去。

午后凌华宝林多半是出外游历，十几天以后重要地方，差不多都游遍了。如像岳王墓前的秦桧，苏小墓边的题诗，断桥残雪上的大马路，灵隐天竺的进香庙会，法相寺的肉身，康有为的庄子，他们都一一去过。他们还到雷峰塔下去徘徊，上南高峰、北高峰去远望，到龙井去吃茶，上城隍山去望之江。至于西湖的掌故，如何济公禅师要吃水，忽然跑出一只猛虎，用爪掘出一股清泉，成了现今的虎跑泉，如何由神运井里抽出千章木料建筑了净慈寺……等等，凌华也听得烂熟了。

自从那位张三姨太太第二天搬走以后，凌华每餐都与他们一家人共食。起初他们还同他客气，不时敬他的菜，劝他多吃饭，到后来彼此都渐次相熟，也就不管了，吃饭的时候，梦频宝林因为在父亲面前，不敢多讲话，凌华却高谈阔论起来。宝林的父亲从前见过凌华作的文章，听过宝林讲了许多关系他的话，对他的印象本来就很好，相处久了以后，他越是喜欢他，回家有工夫总得同他谈。他本来不喜欢讲话，不过对凌华话却变得多了。

虽然他喜欢谈，吃完晚饭后不到半个钟头，他就要去睡，因为办公太疲倦的原故。他睡以后，宝林凌华梦频母亲四人都把藤椅抬到天井里乘凉。这种时候，是他们最快活的时候，尤其是凌华，心中有一种说不出的高兴，他觉得全部心灵好像都得着了寄放的地方。

凌华与宝林母亲，现在也熟习了。凌华现在居然可以同她直接谈话。有一天午后梦频去找孙碧芳，宝林也到旗闸去买东西去了，就剩下他两人在家。

"陈先生，你要不要吃点心，恐怕饿了罢？"宝林的母亲问道。

"不，谢谢！"凌华恭敬地回答。

"我们的点心作得不好，恐怕赶不上学校的。"

"哦！作得好极了！学校的算什么？并且学校就没有点心吃。"

"陈先生，你喜欢吃甜的元宵还是咸的元宵？"

"随便都可以，你作得真好。"

"你客气，好什么？"

"不是客气，真的好吃。我从前在家里，母亲也常作与我吃，不过现在已经七年多了。"凌华说着，心里不免有点凄凉。宝林母亲接着问了他许多关于他家乡的事情，凌华一一的告诉她。他说他父亲已经七十岁了，精神还很康健，惟有母亲常生病，他极不放心。他本来有一个妹妹，又聪明，又美丽，母亲爱得什么样，可惜前两年得吐血病死了。凌华说到他妹妹死，心里更感觉悲哀。不过他忽然恐怕因为他谈妹妹死，引起宝林母亲回想到自己大女儿死，悲伤起来，急忙振作精神，笑说道：

"我现在是没有妹妹的人了，我叫梦频作妹妹好不好？"

"好极了！好极了！哈！哈！"宝林的母亲不觉大笑。

"二妹真聪明，性情真好。"凌华说道。

"她不聪明，她姐姐才聪明呢。可惜从前他父亲不小心，放错了人户，她就病了，怎样也医不好，后来——"宝林的母亲声音有点哽咽起来。

"我知道了，宝林同我谈过好几次。"凌华急忙把她的话截住，但是已经不行了。

"她死以后，我没有从前那样快活了。从前我从不出去，现在有时我也出去打打牌。尤其是开学以后，宝林到上海明华大学去了，梦频又上第一女子师范学校去了，他父亲又去办公，我寂寞得难受。要是她大姊在就好了！但是，但是！"宝林的母亲不免又伤感。

"你们家里人确是太少了，再隔四年，那时候大哥从美国回来娶亲了，又隔两年宝林也从美国回来也有家室了，梦频也有人户了，那时七八个孙子围绕着你，你才快活呢！只怕你这个屋子太小，住不下。"

"呵，太小，不错，太小！"宝林的母亲渐次高兴起来，"我们须得另外租屋子。"

"我想用不着另外租，再培修几间就好了，有的是空地。这里风景多么好！"凌华更鼓励地说。

"对呀！此地也很好呀！"

"他大哥订婚没有？"

"大哥一天到晚读书，全不管，宝林今年才十七，梦频才十六还早得很呢。我想越迟越好，现在我简直不理他们婚姻的事情。"

"不理也不是办法，我想还是应该时常留心，不过十分郑重就是了。"

"但是我想目前还是不管的好，一错真是失悔不转来。"

凌华不知不觉地沉默了好一会。

"陈先生，你订婚了没有？"

"没有！没有！真正是没有！我从来就不想订婚的，此时正是读书的时候，管它做什么？——不过，不过，人也不容易找，你知道——我也——我也常常留心，——不过——不过——你知道——这个——事体——很不容易订的。"凌华此时自己也不知道自己说些什么了。

"是呀！很不容易呀！我想迟一点也不坏。"

"但是——"

"但是什么？"

"娘，娘，三哥同我回来了！"这是梦频的声音。

母亲急忙出去开门。

五

盈盈欲滴的月光，银化了漾漾横波的西湖。四围的山峰，都如粉装玉琢。苏堤变作一根美人腰带，把西子轻轻系住。雷峰塔矗立湖侧，看尽了人世，多少的兴亡？湖中小舟上下，歌声清裂。

凌华立在葛岭峰头，极目四顾，他仿佛自身已经消融在无尘的玉宇中了。

这样沉醉状态，他让他经过了许久，然后才慢慢地回复过来。

"凌华，我到处找不见，原来你却偷跑到这里来作诗了。"宝林笑着走上山来。

"谁作诗？我不过玩玩而已。你看月光多么好！西湖真可爱，我真愿意长住在西湖！"

"长住在西湖那还不容易吗？将来你到我家里来住好了。"

"真的吗？宝林。"

"谁同你说假话？"

"二妹睡了没有？"

"睡了，她今天身体不舒服，有点发热，不过不要紧，明天就好了。"

"呵！大概是招凉罢，昨晚下半夜，天气忽然变凉了，我从睡梦中冷醒。"

"也许。"

"你二妹真聪明，性情真好！"

"也许。我想起一件好笑的事情！去年张老表，就是上次我所说的那位'童共昌'先生，要来替二妹作媒，说是一家姓韩的。他大吹特吹，说家财是如何如何地好，人品是如何如何地妙，学问是如何地出众，性情是如何地大方，尤其是顶难得的，就是他的曾祖父同张老表的祖父张文愍公都是清朝的显宦。母亲对于张老表的话素来就相信的。一阵大吹特吹，把母亲说动了。后来——"

"后来怎么样？"凌华着急地问道。

"后来已经快订婚了。幸亏——"

"幸亏什么?"凌华更着急地问。

"幸亏我打听出来,韩家这个子弟在上海大同大学读书。一天到晚只知道逛窑子,打牌,吃酒,一年要用二千多块钱。家里只有一个母亲,异常地溺爱他,听他胡吃。家业已经渐次不能支持了。我急忙写信回家,详细告诉一切情形,婚事立刻作为罢论了。"

"真危险! 真危险!"凌华连连地说,此时心才放下。

"母亲自从经了那次欺骗以后,有人提起妹妹的婚事,她就害怕得要命,总是说不用忙,迟一点好。"

"现在简直不提了吗?"

"简直不愿意提了。"

凌华不知不觉地沉默了好一会。

"夜深了,我们回去罢。"宝林说道。

他们披了满身的明月,一步步地慢慢踱下山来。

六

第二天早餐后,宝林有事到杭州城去了。凌华拿一本书到大客厅里去看。他躺在沙发上,一页一页地慢慢读去。忽然门帘掀起,梦频拿着一盒珠子针线走进来。

"呵,原来你在这儿! 你没有同三哥出去吗?"梦频说道。

"三哥有事到城里去了。听说二妹不舒服,现在好了没有?"凌华连忙立起身来。

"不过招了一点凉,不算什么。"梦频一面答,一面在对面沙发上坐下。

梦频今天面色有点苍白,穿一件白布衣服,下系着淡绿绉裙子,如像万绿丛中的白荷,亭亭玉立。她把珠盒针线放下,把发辫拿到胸前,绾发取下,不断地理了又理。理好了,不满意,又取下，再理。凌华坐下呆呆地望着，屋中一时沉寂起来。

"你老看着我干吗？"梦频忽然抬头说道。说完笑了一笑。

"你真像你三哥。"凌华勉强回答，脸上有点发热。

"才怪！"

"你还像你母亲。你们三人都很相像，不过你顶像你三哥。"

"才怪！三哥也许像我！"梦频调皮地讲。

"反正是一样。是不是？"

"才怪！"

"我老在你们家里住，你讨不讨厌？"

"我这个人本来就很讨厌，你看三哥多讨厌我！"

"不是！我问你讨不讨厌我？"

"我吗？不知道。"

"那一定是讨厌我了！怎么办？"

"何以见得我讨厌你？"

"这还不容易懂吗？你同三哥多么好！我来了，你们讲话谈笑都不方便，当然是讨厌我。"

"呵！呵！我明白了。原来你们两位好朋友讲话不方便，讨厌我来阻挠你，是不是？以后我不来好了。"梦频说着把绾发又取下来，忍笑低头再理。

"二妹真会冤枉人。你同孙碧芳才是好朋友呢。只看那天来时，你同她谈得多么亲热！后来她要走了，你送她出门，宝林在东客厅里高声叫'好朋友，好朋友'，把你们叫得怪不好意思的。孙碧芳回头看见宝林，立刻就脸红了。"

"才怪！"

"宝林说他同孙碧芳从前小的时候很要好，现在大了，她不理他了，真的吗？"

"才怪！当着人不理他，背着人就理他。你看自从宝林回家后，已经去找她五次了。今天大概又是去找她去了。”

“那么孙碧芳不但是你的好朋友，也是宝林的好朋友了。”

“才——你同宝林才是好朋友。”

“好，好，好！我们都是好朋友，你也是我的好朋友！”

“我吗？够不上。我是天地间最笨最无用的人。”

“我也是天地间最笨最无用的人。”

“才怪！你看父亲上次回你父亲的信讲得多么好？‘聪明好学，少年老成……对国家社会定有贡献……可喜可贺……’”

“不要讲了罢，二妹，讲得人真难受！二妹，我是顶不长于讲话的人，要是有什么得罪你的地方，请你千万要原谅我，二妹，好不好？”

“我很奇怪，不知道你为什么老怕得罪了我，得罪了我们这些小人物，有什么关系？”

“二妹，我老实讲罢。”凌华此时面上现出十二万分诚恳的态度，“我佩服你佩服到极点了！我也曾经遇着个好些人，但是从来没有像二妹这样好的人。我生性孤介，不容易佩服一个人，不过我对你真是——真是佩服极了。”

“你在笑我，是不是！”

“真的，千真万真的！”凌华用力地说。

“我总有点不相信。”

“你总有一天会相信我，总有一天知道我的真心就是了！”

忽然听着敲门的声音，梦频急忙去开门。一位三十岁左右的人一只手里提着一个箱子走进客厅来。第一件映入凌华眼帘的东西就是他宽大突出的额角，几乎占了全脑袋的三分之一。小圆的眼睛，偷偷地躲在额角下边。鼻子本来很大，不过既然有了额先生在上面，相形之下，也就“渺乎小矣”了。满脸满嘴的“闹腮胡”，一根根竖立，活像大闹五台山的鲁智深，然而华丝葛的大褂，羽纱的马褂，文绉绉的步伐，手摇的折扇又显出他是一位文墨中人。他把手提箱放下，折扇摇了两摇，连声叫热。回头看见凌华，凌华向他点一点头。

"请教贵姓？"他恭敬地问道。

"贱姓陈。"凌华恭敬地答。

"贵省是？"他再恭敬地问。

"敝省是贵州。"凌华再恭敬地答。

"令尊大人很好罢。"他更恭敬地问。

"家严很好。"凌华也更恭敬地答，心里觉得有点奇怪。

"来此地多久了？"

"大概有一个多月了。"

"西湖风景不坏罢？"

"好极了！"

"西湖本不错，从前先祖张文愍公作浙江巡抚的时候，他就非常喜欢逛西湖。现在你到三潭印月的壁上，还看得见他石刻的题诗。他这种人真是非同小可，只消看'张文愍公'四字，就可以想见他为人。他那时办了好些学堂，那才真算办教育，现在这些办教育的算什么东西？十几岁的中学生，一天到晚都在讲东西文化，你说糟不糟？"

"很糟！很糟！"

一会李妈打水进来，他连忙脱了马褂，把手巾拿起，头放在盆里，——其实可以说把额放在盆里——大洗特洗起来。凌华一看盆里，不由得暗暗叫苦，原来李妈把手巾弄错，刚刚把凌华的手巾给他洗了！

他在盆里洗了两下，把满额满腮都浸透了，然后俯首把手巾挤干在脸上一摺——其实可以说是在朝上一揎。隔手巾把鼻子捉住，用力一喷，一根又长又黄的冕旒立刻就突如其来，把手巾摆满了一团。凌华赶快把眼光回到书上，不敢再看。

一会脸洗完了。他把手提箱打开拿出两个月饼匣子来。叫李妈拿进去，说是他的礼物。

把箱子关好，他又把马褂穿上，恭恭敬敬坐下，把折扇猛力地扇，连声叫热。凌华回想起他第一晚穿马褂受窘的情形，不由地要大笑出来，可是他用力把口掩住了！

移时宝林回来，进门看见客人，马上就问道："张老表几时来的？"

"刚到一会。"他起立答应，折扇摇了两摇。

"对不起，有点事我一早就出去了，失迎得很。"宝林抱歉道。

"好说，好说！今天天气真热，火车上难受极了。"张老表说着，把折扇又摇了几摇。

"天气真热。老表请脱马褂罢，不必客气。"

"不要紧，屋子里还很凉快。"张老表手不停地挥扇。

"脱，脱，脱！客气干吗？"

宝林终于强迫他脱了。

"大褂也宽了。"

"呵，不必，不必！屋子里很凉快。"

凌华此时书真看不下去了，抬头瞅了宝林一眼。移时宝林领着他提着行李到西客厅去了。隔一会梦频进来，凌华问道："这就是你们上次谈的北京张老表吗？"

梦频忍笑道："对了，就是鼎鼎大名的'童共昌'！"

七

张老表来了以后，凌华的生活一方面增加了不少的痛苦，一方面却也增加了不少的快活。感觉到痛苦的，是他同宝林梦频不能像从前那样的自由谈笑了。宝林自然不能不费些精神去招待他，梦频也不常出来。

有时宝林出去了，凌华又不能不陪伴他。凌华有时想起前几天与宝林梦频三人相聚的快乐，恨不得一拳把张老表的大额打成两半，退一步至少得一脚把他从葛岭踢到雷峰塔边，才能稍减他心中的抑郁。

然而这种心情，并不是时常如此的，更不是永久如此的。造物生人，多少总给他一点特长，张老表既然是两足直立的东西，当然不能例外。

同他接触，最初令人特别注意的东西，当然是他的大额，不过相处久一点，好像也就认为当然，觉得张老表这样的人，应该有张老表这样的额，没有什么奇怪可笑了。其次令人特别注意的自然是他满嘴的"闹腮胡"，然而无论怪到什么地步，"闹腮胡"究竟也是一件平常的东西。用不着多久，当然更觉得张老表这样的人，应该有张老表这样的"闹腮胡"，要没有"闹腮胡"而有关云长红脸上的美髯，或者曹孟德潼关割断的短胡，倒牛头不对马嘴了。

最令人难受的也许是他常喷出来"顾而长兮"的鼻涕，然而若是把"入鲍鱼之肆久而不闻其臭"的公式推绎起来，相处既久，自然也不迟疑地认为当然，而且进一步觉得像张老表这样的人，绝对应该有张老表这样"顾而长兮"的鼻涕，不然与"大额先生"，"闹腮胡"阁下，不能三分天下，鼎足而立，何以成其为张老表呢？

要是同张老表接近，只有这三道难关，要渡过已经不是很困难的事情，——至少决不会像关云长过五关斩六将那样地费劲——更兼他恭敬的性情，渊博的学问，滔滔不绝的口才，满不在乎的态度，充满了快乐的脑筋，处处足以令人肃然起敬，乐在其中，喜欢同他接近，自然不是可惊异的事情了。

凌华起初极端讨厌他，后来觉得还可以对付，一星期以后，他非常之喜欢他了。每天常常同他谈，张老表更是思如泉涌，妙趣横生。他顶喜欢谈他先祖张文愍公的生平，和他同他妻子许婉英恋爱的经过。

"一个人最快活的是发生了爱情，然而最痛苦的也是发生了爱情，"张老表有一次讲到他恋爱的经过，不禁感慨道，"不但在未亲密以前，要受许多的痛苦，在既亲密以后，还要受更厉害的痛苦。痛苦与爱情好像是永远分不开的。"

"既亲密以后，当然很快活了，还会有什么更厉害的痛苦呢？"凌华不相信地问道。

"因为在没有亲密以前，彼此的要求并不苛刻。对方稍为有一点长处，马上就欣羡；对方允许一两件平常的要求，马上就高兴。到了彼此亲密以后，对方的长处，都渐渐视为当然，平平无奇了，答应平常的要求，也以为应当，无所动于衷了。加以此时彼此心中都怀着许多的预料：这一个以为她是我的恋人，她应当如何如何地对待我；那一个以为他是我的情人，他应当如何如何地体贴我。所以往往因为一点小事，对方毫未觉察，而此方因为预料未曾实现，心中就不免怀疑痛苦起来。这种怀疑痛苦，并不是爱情不真，乃是爱情到了极高点的时候的当然表现。"

"你的话讲得真妙，你出来这样久不回家，尊夫人不知道怀疑痛苦到什么地步了！"凌华调皮道。

"婉英现在小孩已经生了两个，我们彼此的爱情，早已经超过浪漫的时期了。并且她衡山哥哥常来我家，婉英也不感觉寂寞，我无论在外面住多久，都没有关系的。"

"你说衡山吗？那一个衡山？"凌华连忙问道。

"就是许衡山，北京大学有名的教授。"

"呵，原来你就是衡山的妹夫？"凌华惊异道。

"当然是。"

"我起初只听说衡山的妹子到北京女子高师读书，后来又听说与一位姓张的结婚了，原来就是你吗？奇怪！宝林何以不先告诉我？"

"宝林家里的人只知道我同许婉英女士结婚，却不知道许衡山。我两次南来，都没有同他们谈过。"

"是的，是的，我想宝林一定不知道。"

八

一星期以后，张老表动身回上海去了。

他去以后，宝林家中顿时寂静了许多。凌华宝林现在也不常出去游玩了，一来是因为天气太热；再者凌华来了一个多月，西湖重要名胜的地方都通通游览遍了。每天他们都在家中，有时看书，有时谈话，有时还习习小字楷。凌华的字写得很好，梦频喜欢看他写字，凌华看见她喜欢，也就不断地每天写。宝林却喜欢化学，一天到晚都是轻二养一闹不清楚。梦频特别地喜欢代数，一天工夫，一支铅笔，一个练习本，是她惟一的消遣品。宝林的母亲有时来同他们谈谈，不过家里一切零星事情，都得由她管理，所以没有多少工夫。有时看见他们都在读书，更不来扰乱他们了。

"你看她又演代数题了，真是一个'代数迷'！"宝林笑指着他妹妹说。

"才怪！你才是'化学迷'呢。"梦频答道。

"那么凌华是什么迷呢？"宝林问道。

"凌华是'宝林迷'！"梦频说完，笑倒在沙发上了！

"什么呢？"宝林追问。

"我说凌华是'宝林迷'！只看他一天到晚不断地叫'宝林'，'宝林'，至少有一百声！"梦频坐起来捧着肚子笑。

"瞎说！他不是'宝林迷'，他是'梦频迷'，或者是'二妹迷'！他不是说他顶佩服你吗？这是你亲口对我说的。"

凌华心里不觉惊怕，难道梦频已经把他上次谈话，通通告诉宝林了吗？

"三哥你老这样瞎说干吗？"梦频脸红红地道。

"你先就瞎说，我不过说你亲口讲的话，怎么叫瞎说？"

"你想我拧你，是不是？"

"想，想，想。"

"凌华，来，帮我的忙，"梦频回头对凌华说，"你拧住左边的脸，我拧住右边的脸……好了！说好了，一齐来！现在不要动……三哥，你怕不怕？"

"不怕！不怕！怕的不是好汉！"宝林闭着眼睛说。

"好极了！一——二——三。"

"呵呀！"

他们两人左右一拉，把宝林的嘴，拉得有鲢鱼那样大。宝林登时大叫起来！他两人都笑倒了！

"你们两个真不是好人。总有一天，你们会落在我手里。你们两人真是一样地坏。你们佩服你们的好了，关我什么事？却拼命来拧我！我起初以为梦频一人坏，原来凌华已经被她教坏了。"

"谁教他？"梦频红着脸问。

"你教他。"

"我什么时候教他？"

"你以为我不知道吗？在小亭上，在初阳台，在大客厅里，你们谈的话我都听见了！你送他的像片，我也看见了！"

"三哥，你再乱说，我告母亲去！"

"我不怕！"

"我真去！"

"去好了。谁也没有拦住你！"

梦频满脸绯红，一溜烟跑出去了。

"宝林，怎么办？她真去告诉母亲去了！"凌华着急地说。

"要不了十分钟，她就会转来，她骗人的，你信她干吗？"

虽然宝林这样说，凌华心里总有点不放心。他坐一会，无聊，把书翻开，看不下去，闭上，无聊，又翻开，仍然读不进去。他抬头一看董其昌写的对联，忽然想起张老表来。对宝林道：

"宝林，你说奇不奇怪？原来张老表就是许衡山的妹夫！"

"哦！对了！我正要告诉你，昨晚我同父亲谈话，他才对我说。张老表以前来几次都没有讲到许衡山，只讲他同许婉英是如何如何的好，还有他发明的爱的哲学，什么彼此要怀疑才是真爱情呵！什么不痛苦不快活呵！什么戏剧人生观呵！老是那一套，听得人都讨厌了！

"我很奇怪许婉英何以会爱上他，那样丑的一个人！"

"他人虽然丑，心地却忠实可靠。听说许婉英曾经错恋上了一个流氓，几乎被骗卖了，幸亏他舍性命把她救出来，因此许婉英很感激他。"

"他自己既然是经过恋爱生活的人，何以他却冒冒失失来替你妹妹作媒呢？"

"这就是他糊涂可恨的地方了！他最佩服他先祖张文忠公，常常不断地讲他，称颂他的功德。因为韩家的曾祖同他所最崇拜的张文忠公是同事，所以他就什么都不管，以为一定是很好的门户了。其实他这个人本来也没有什么坏，而且诚实可靠，不过这件事情，我对他始终不满意！"

"哦！原来如此。他这个人也奇怪得有点意思，他老说他的戏剧人生观，我始终不甚清楚，究竟是什么意思？"

"他没有同你解释吗？"

"没有。他只是再三再四地讲他这种人生观是如何如何的好，如何如何的快活，如何如何的适合人生真义，如何如何的非寻常人可及，究竟是怎么一回事，他却没有多讲，我至今还不十分知道。"

"什么戏剧人生观？简直可以说是糊涂人生观。他不过说人生像一个舞台，人们都是戏子，演得好，演得坏，演得灵，演得笨，一切的喜怒悲哀，一切的风云变幻都不过是演戏。我们顶好心里不用管他，一天到晚，只是随遇而安，糊里糊涂地寻快活。天倒下来也是演戏；国破家亡也是演戏；机关枪打来也是演戏；高叫打倒帝国主义也是演戏；拉洋车也是演戏；逛窑子也是演戏；当好人是演戏，当坏人也是演戏。都是演戏，何必认真呢？所以他什么事都是糊里糊涂的，但是一天到晚都快活，连他父亲关在监狱里，他还以为他父亲在演戏呢！"宝林说着好笑了。

"难怪他什么事都是'老不在乎'的样子，他这人真奇怪！"

"他住北京大学住了九年多还没有毕业，就是因为他'老不在乎'。很奇怪。昨天我听见父亲说，他听一位北京朋友讲，张老表同衡山的交情还不错呢！"

"奇怪！衡山那样事事严厉认真的人，怎么倒同他相好得来？"

"也许严厉过火了，认真过度了，倒要一位麻麻糊糊的人来调剂一下，也未可知。"

"也许。不过我心里总觉得有点奇怪。"

说到这里，忽然门帘开处，梦频进来笑道：

"吃饭了。母亲说：'不准三哥吃'！"

"不准我吃，只准你们两人吃，是不是？"

"讨厌！"

梦频说着一转身就不见了。

九

凌华到西湖不知不觉已经两个多月了。

这两个多月的工夫，看起来是风平浪静，依旧是美丽湖山，然而他一寸心中却起了无穷的变幻。有时他恨时间太长；有时他又怨时间太短；有时时间供给他许多快活；有时时间又引起他许多烦恼；有时他忐忑不宁；有时他眉开眼笑；最难堪的是有时他渴望某种机会到来，想把心中情绪，痛快倾泻，然而机会真来之后，他却用尽了九牛二虎之力，半个字儿也跳不出舌尖头。

他自己常常怨恨他自己为什么这样的胆怯，未免太不中用了，然而他怕极了失败的痛苦，他甚至怕极了失败的冥想，恐怕一下弄僵了，以后将毫无转圜的余地。想到这里，他又不能不小心了。

小心固然是万全之策，然而万全了又没有进步。他每想到这里，又着急起来了。他有时闷得真难受，他忽然想何必这样傻气？痛快丢开一切好了。决心要能维持得长久，人世上早就不会有许多的忧愁，无如凌华既生在人间，当然逃不脱公例。不上半点钟，他的决心又烟消云散了。

张老表说的话始终是不错："一个人最快活的是发生了爱情，最痛苦的也是发生了爱情。"凌华快活固然得着了许多，然而他已经深深地感着痛苦了！

凌华从前听宝林谈了许多关于梦频的话，他已经就很喜欢梦频了。此次来家以后，与梦频朝夕相处，梦频天真烂漫的态度，阔达温柔的性情，一举一动，一谈一笑，无不令他心醉，他不知不觉地喜欢亲近她，一亲近她马上有无穷的快慰，渐次，渐次，他感觉得简直不能离开她。

凌华做事素来就谨慎小心，在热烈情感支配之下，他比从前更加谨慎小心。所以他虽然同梦频谈了许多次话，但是只能间接隐约地表出他心中的意思，不敢痛快尽情地同她讲透一切。他谈话中无形中常表示出一种窥探的意思来。如像他最喜欢问梦频："二妹，你讨不讨厌我？"梦频总是答应"不讨厌"。凌华又不能再往下讲了。停了一会，他往往再问："二妹，真的吗？"梦频说："真的。"凌华更没有办法了。

凌华也从各方面观察过。宝林同他是至好的朋友，并且还常常拿他与他妹妹相提并论的来取笑，当然不生问题。宝林的父亲素来就极佩服他，这次凌华来家，替他作过两副对联，翻译过一篇英文公牍，他对凌华赞不绝口，想来也不会有多大障碍。至于宝林的母亲呢？她也很喜欢凌华的。她屡次同凌华谈，都非常高兴，梦频常对三哥说："母亲真喜欢凌华，你们二人回来，她非常喜欢，精神充足，饭也多吃一碗了。"

但是母亲自从张老表说亲闹错以后，不是极力主张晚婚吗？不是连婚姻二字都不愿意提起吗？想到这里凌华半个心都冷了。

至于梦频呢？她究竟讨不讨厌他呢？不，不，梦频不是说过十几次吗？但是，不讨厌也不见得就真喜欢，她究竟喜不喜欢他呢？大概是喜欢的，因为由许多事体都可以证明，梦频对他是很敬仰的，同他亲近是很高兴。喜欢是毫无疑义的了。然而喜欢始终是一件极平常的事情。一个人可以喜欢一个人，同时可以完全说不上爱这一个人。喜欢是靠不住的。最要紧的问题就是梦频爱不爱他了。

说梦频一点不爱他吗？这又不敢说。因为梦频对他好像不只是喜欢，简直可以说是特别的喜欢，特别的喜欢，是不是爱呢？也许是？也许不是？还有她对他的一切请求，从来没有跟他钉子碰，固然一半也因为凌华谨慎小心，没有什么过分的要求，然而有好些要求，也是不容易答应的。如像凌华拿自己照像机要替她照像，她立刻答应了。那天她同三哥谈，埋怨她三哥不替她带《水浒》回来，凌华当天下午就去买了一部《水浒》来送她，她起初有点推让，后来也收了。最难的，而且是最胆大的要求，凌华此时想起还有点心跳的，就是梦频像片本上一张单身像片，凌华向她要，她起初迟疑，凌华以为绝望，第二天梦频却在小亭里送他了。并且梦频还不断地叫他寒假来，这是客气罢？客气为什么说了十几次呢？想来也许有点深意罢？

照这些例看起来，梦频当然是爱他了。凌华想到这里，心里又不觉狐疑起来。她若是真爱他，何以始终是随随便便的态度呢？她若是真爱他，何以没有更深的表示呢……"更深的表示？我就始终没有过更深的表示，她是女子，当然不能有更深的表示了。"凌华深深地痛骂自己太糊涂。这样浅易的道理都不懂。

不过梦频究竟还是真的爱他不表示呢？还是不爱他不表示呢？多想一想，凌华又不敢肯定了。凌华始终觉得梦频是若即若离，若远若近。无论你费尽心思，也猜不出究竟来。

要是时间还长，凌华也许还不十分着急。暑假看看快完，二星期以后，就要同宝林回明华大学读书去了。谁知道，以后有没有机会再来？要不能再来，那岂不糟糕了吗？他想这一定是受不了的，这一定不能让它如此的。这是他一生幸福关头，这是他无依心情的寄托，决不能随便丢开听其自然的。我应该要勇敢，凌华，凌华，你不要太谨慎小心了。

当晚凌华在床上翻来覆去，整整地盘算了一夜。他想好了明天与梦频谈话的步骤，讲话时的态度，用字眼的轻重。最后他觉得什么都妥帖了，成功一定有把握了；睡神渐次领他到黑甜乡了。

十

第二天凌华一觉醒来，已经日上三竿了。睁眼望对面床上，宝林无影无踪，被单叠得好好的，不知道什么时候已经起去了。"怎么他起来我一点也不知道？"凌华心里狐疑地自问。伸手把书桌上的表拿来一看，"呵呀？原来已经快十点了！"

他急忙翻身起来，把衣服穿好。忽然房门开处，宝林进来，问他睡够了没有？凌华觉得有点不好意思，因为他从来没有起过这样迟。宝林出去叫李妈打脸水。等他转来，凌华问他父亲上班没有？

"今天不是星期吗？"宝林道。"父亲今天不上班，因为手痛，明后天也请了假。现在正陪客呢。"

"哪一位客？"

"就是张老伯同他的三姨太太。"

"就是你上次讲的那一位吗？"

"对了。"

"今天来干吗？"

"好久没有请张老伯了，今天特别请他们来吃饭。"

凌华心里感觉得不痛快。他昨天晚上盘算一夜，本来想今天同梦频说个痛快。现在父亲不上班，又有客人来，当然是没有机会了。他奇怪这张老伯为什么早不来迟不来，偏偏他下了决心他就来，好像诚心同他捣乱似的。还有那位三姨太太上次她来时没有会面，不知是怎样一个人？回头会着她怎样称呼怎样讲话，这倒是问题了。

把脸洗完，随便吃了点心，同宝林一块儿走进大客厅。凌华却不见三姨太太，只见宝林的父亲正同一位黑黄高大约莫四十来岁的人讲话。宝林的父亲，彼此介绍了。张老伯只稍一欠一欠身，随即安坐不动。半句话也不问，回头就去同宝林的父亲谈话了。凌华看见他那倨傲的神气，满腔子不高兴。坐了一会，无聊极了，一会望着天花扳，一会研究董其昌，一会又听听他两人谈话。到后来幸亏宝林约他出外边去走走，他才向宝林父亲点点头出来，张老伯仍然坐着动也不动。

到户外小亭上坐了一阵，望着明媚的西湖。凌华无心观看景致，只是呆呆地出神，宝林问他"干吗？"他说："没有什么。"宝林同他谈笑，他也不十分理，宝林也觉得无趣。两人静静地望着西湖，湖中的小船来来去去。湖上没有半点风，湖面平得像一面镜子。四围的山色，也青翠动人。忽然天色昏暗，黑云飞起，烈风把湖水吹得波浪汹涌，小船都赶快划到岸边避，倾盆的大雨把湖光山色都变瞑朦了。

急风吹起他两人的衣襟，斜雨飞入小亭中来。宝林急忙同凌华跑进屋去，但是他们的衣服都半湿了。进书房换好衣服坐了一会，梦频进来叫他们去吃饭。

凌华没有法子，只好同宝林走进饭厅。进去时，宝林的父亲母亲张老伯还有一位"又高又大又巍峨"的女人，都站在桌边，桌上摆满了鸡鱼虾肉。凌华心想这样高大的女人真是罕见，连张老伯那样高大，还比不过她。那女人却满面堆下笑来道："哦，这就是陈少爷吗？少爷请坐。少爷来了多久了？西湖好不好玩？你从前来过没有？少爷进大学有几年了？快毕业了罢？改天请到我舍间来玩，好不好？"

她一个个的问题接连着一口气说下去，也不等别人回答，把凌华弄得目瞪口呆一个字也讲不出来。接着宝林的父亲请张老伯坐上方，三姨太太同母亲坐左边，凌华同宝林坐右边，他同梦频坐下边。张老伯也不谦让，就往上坐了。宝林的父亲提起箸来，说一声请叫大家不要客气。

他这一说不打紧，三姨太太一双箸如飞箭一般射中那一块冰糖肘子上面，给它一个鹞子翻身，略动一动，箸上就是一大块。一转瞬间这一块肘子马上就飞进凌华的碟子来。三姨太太口里连说："陈少爷不要客气，不要客气！"

凌华正瞅着这块肘子没有办法，忽然间一块烧鸭子又如流星般地跑进碟子来，接着又是两声："陈少爷不要客气，不要客气!"

凌华此时真无法可办，不过当着人家面前，这样敬来的菜，推却不吃，好像是不可能的了。他举起箸来，勉强把那一块烧鸭子吃完。三姨太太真是眼明手快，第二块烧鸭子又如急风似地赶来，把碟子的空位填满。口里连说："陈少爷喜欢吃烧鸭子吗? 好极了。尽管吃，不要客气，不要客气!"

凌华知道事件不妙，忽然眉头一皱，计上心来。他立刻运箸如飞，把各碗的菜都夹了一些，把自己碟子堆得满满地，这样才把防线守住，三姨太太也无法进攻了。凌华这才安心吃饭，不过后来有两次稍为不小心，把碟子吃松了一点，又被三姨太太乘势夹了两块红烧青鱼进来。

凌华如临大敌的吃完了两碗饭，立即起身告辞回书房来。此时大雨已经住了，细雨还是不断地轻飘。天空中黑云冉冉，充满了雨意。一个整下午都是如此，到傍晚时，更下得大。张老伯两夫妇今天看来是不能回去了。

凌华满心的懊恼，很早就说他不舒服，睡了。第二天起来，细雨仍然绵绵不断。张老伯夫妇因为昨晚大烟抽到三点半，此时正入梦乡。宝林的父亲却高高兴兴地来找凌华谈了一上午。午后二点半张氏夫妇起来，凌华宝林等都已经吃过午饭了。天仍没有晴意，张老伯本来也不忙，只好再住一天。

千情万绪，充满了凌华的心头，他却无处告诉。闷闷地望着书，半个字也念不进去，宝林找他谈他也不多理会，宝林老问他："凌华，你干吗? 为什么不快活?"他不是不答，就是说"没有什么"。

第三日早晨红日射到窗棂，把凌华高兴极了。张老伯同三姨太太到下午果然坐车回家去了。宝林的父亲说他手痛已好，明天要上班了。

凌华那晚又整整地想了一夜，最后他下定决心，明天一定要找机会向梦频表示他的爱情了。他越想越觉得梦频对他很好，要是同她说，她一定会表示赞成的。只要她答应，其余的难关，都会迎刃而解。他望着床前的月光，静听虫声四壁，风过林梢吹得飒飒地响。一种无缘故的悲哀，跑上心来，他不知不觉地流泪了。

十一

第二天早饭时，梦频没有出来同他们吃，凌华以为她一定是晏起了。等了一上午，梦频却踪迹不见。凌华心里七上八下的猜，始终猜不出原故来。到吃午饭的时候，梦频仍然不来吃饭。凌华此时真像热锅上的蚂蚁，再也忍耐不住了。饭完后，他同宝林刚进书房，他立刻问梦频的消息。宝林叹一口气道：

"谁也想不到，前两天接连下雨，天气变凉，二妹衣服穿得太少，着了凉。昨晚又吃了些油荤，晚上就头痛发热，今天早上周身热得像火一般，大概是热病罢。"

"真糟糕！请医生没有？"凌华着急道。

"父亲说车站上那位医生很好，他上班时顺便叫他来，大概此刻也快到了。"

凌华没有什么多话可说，宝林也是愁眉不展。到下午两点钟医生来了，看了脉，开了方，捻着长胡子慢慢地说道：

"小姐之病是先有内邪，再加外感，以致阳盛阴虚，肝火上行，因而头目晕眩，遍体发热。治法要先用引导剂，以驱散其外感，次用滋阴之剂，以培固其本元。要溢阴而不燥，引导而不烈，不然，则小姐身体素不健强，必将亏其元气，不可不慎也。还有一层，非常重要的，就是要心中放宽，不要忧愁，此病起源，乃由于此。如果忧愁不解，则中心郁而不舒，寒热亦将积而不散。只是很奇怪，小姐这样小的年龄，何以会有忧心之事呢？这就很不可解了。不过紧记着，心要放宽，至要，至要！”

说完以后，右手提笔，左手捻胡斟酌了半天；然后把药方拟好，收了脉礼，拱手告别。临行时说先吃两剂，后天如果没有进步，请他，他一定来。

“这个医生真奇怪，梦频一天到晚疯疯颠颠地捣乱，她知道什么叫忧心之事呢？”医生走了，宝林对母亲凌华说。

“我也很奇怪，”他母亲接着说。“不过梦频这一星期来，态度确是有点变了。当着人她还是一样的调皮，背着人她却常常长吁短叹，有两次我碰见她，问她为什么，她说没有什么，立刻就同我谈笑了。晚上睡梦里，也常常说梦话，喃喃的不知道说些什么。有时好像听见说：‘好罢！’有时又说：‘我想。’有一晚上，她好像骇醒了，我问她做什么，她说她做了一个可怕的梦，一个妖怪要来吃她，忽然枪声一响，妖怪倒了，她也骇醒了。她这样神不守舍的，我早就知道她要病了。”

“奇怪！怎么会有妖怪？妖怪就是我！”宝林仍然不改他那顽皮态度。

“不是你，是张老表，他那大额角，同闹腮胡还不像妖怪吗？”凌华也一时忘乎其形地顽皮起来。

“不要开玩笑，宝林你快去买药。”母亲催着说。

宝林接看药方，匆匆出去。母亲也进去看梦频去了。

凌华坐在书房，不住地摇头叹气。他立起身踱来踱去，心里十二万分的难过。他想怎么会这样凑巧？张老伯来了下大雨，张老伯走了又生病，假期只有十一天了，一星期后就要走了，一切的希望都要付之东流了。偏生我陈凌华命蹇时乖，遇着一位能够指引我向光明之路的青年女郎，却又阴错阳差，无缘表白我的诚意了！从今后我如何能够生活得下去？我如何能够禁得起这般的渴想？梦频，梦频，你知不知道我爱你？你知不知道我在顶礼皈依地崇拜你？你知不知道我早把全部的灵魂都交给你？你知不知道在漫漫长夜中我在渴想你？你知不知道在黑暗迷途中我在瞻望你？你大概一点也不知道罢！呵，梦频，你怎么会不知道？你怎么能够不知道？你为什么偏偏要在这个时候病了？这大概不是你的本意罢？呵！这一切都要怪那万恶的病魔！那千人诅万人咒的病魔！我恨不能一拳打翻你！我恨不得一刀杀死你！你赶快走！你要真不走，我没有办法了，我只好虔求你离开了梦频，离开我最可爱的梦频！

他胡思乱想地闹了半天，觉得脑筋有点发热，心里也闷得怪难受。他走出户外，一气跑上葛岭峰头，立在一株松树的下面。凉风吹来，非常舒畅，他索性把衣服解开，露出胸膛，让它吹。一会他觉得遍体生凉，头脑冷静一点。四目极望，真是湖山锦绣，秀娟动人，他想："怪不得有人以西湖比西子，我不知西子容貌如何，西湖总算是美丽极了。你看这般的景色，多么醉人？一凝望着她，令人把尘世上一切忧愁苦恼，都忘去得干干净净的了。"

他想："济慈说'美即是真，真即是美！'真是千古不磨之论。人世间的千转万变，沧海桑田，无处不增人伤感，惟任此身陶醉于美的世界之中，然后别有天地，其乐无穷。只有美才有真快活，只有美才有真意义。饶你耶稣，孔子，释迦，墨翟，拔山盖世的英雄，说纵连横的辩士，崛起草莽的帝王，精忠报国的志士，富盖全球的大富贾，名满环区的发明家，你们终日忙忙碌碌究为何来？你们都是社会上道德风俗的傀儡，你们都是演化长途中的可怜虫。你们那里懂得人生，你们都被人生欺骗了！"

凌华想到此处，不禁无限感慨。他忽然觉得腿有点酸了。他把树下一块青石用手巾稍为拂了两下，随即坐下，两眼仍然呆呆地望着西湖，他意志迷乱了，他动也不想再动了。一直到了夕阳西下暮霭苍凉，他才慢慢地走下山来。

吃晚饭时，梦频当然不在，大家都觉得寂寞，话也讲得少了。

第二天凌华听宝林说药是吃了，热度减了一点，头目还是晕眩，看看一两天工夫不会好了。愁云惨淡地又过了两天。再把长胡子医生请来，他说："病已经治得有头绪了，不过要费几天工夫。"他仍然再三嘱咐，要宽心，不要忧愁；四五天以后，准可以平复如常的。凌华听说要四五天，他不觉惊得呆了！

这四五天中，恐怕要算凌华一生中最难受的日子了。他整天坐也不是，站也不是，读也不是，玩也不是，惟一可以安慰他的，只有西湖，西湖能消去他胸中一切的烦闷，西湖能解除他一切的愁怀。

假期看看快到了，三天以后，凌华宝林都要动身到上海了，梦频的病呢？依然没有起色。你说没有进步，她好像比前几天好得多，从前只能吃一小碗稀饭，现在居然可以每餐吃一小碗饭一小碗稀饭了。身体不很发热，神志也清醒多了。有时宝林还进去同她谈笑，再三问她梦中的妖怪是不是张老表？梦频却红着脸不讲。宝林出来对凌华说，彼此都好笑！

病势虽然轻松一点，仍旧不能起床。三天看看又去了两天了，宝林凌华后天一早就要动身回上海了，凌华此时真如判决了的死囚，毫无希望了！

十二

朝日由松树射到小亭，筛满了满亭的枝影。枝头的小鸟高兴地奏他们和谐的音调。湖上朝雾朦胧，但日光到处，不一刻都烟消雾散，现出晶莹洁静的西湖。那一位凭栏极满面愁容的青年，一望而知其为凌华了。

他想明天就快要动身了，此次别后，年假不知能否有机会再来？如果不能再来，转瞬暑假一临，就要同宝林到美国去读书了，赴美后至少也得五年才能归来，那时恐怕"佳人已归沙吒唎"了。他闷闷不乐地遥望，湖山林木，晴明中却暗含一种愁闷的气象。凌华呆呆地站在那里出神。

　　"凌华，你在这儿干吗？"他背后忽然有种娇弱的声音在呼唤他。

　　凌华忽然一惊，回头一看，原来是梦频。她面容惨白，清瘦了许多，比平常却另有一种夺人的艳丽。凌华惊喜极了，半晌说不出话

　　"我睡了五六天，闷得慌了，今早觉得精神好一点，所以我出来玩玩，却不想你也在这里！"梦频说完，笑了一笑。

　　"二妹，你来外边不怕再着凉吗？小心一点，不要再闹出病来。"

　　"不要紧。我喜欢坐一坐，看看外边的景色。要是再睡在床上，真要把我闷死了。"

　　凌华见劝她不转，只好把手巾拿出来，把石凳拂拭干净，让梦频坐下。

　　"你们明天不是要走了吗？早车走，还是晚车走？"梦频问道。

　　"宝林说是早车走，方便。"

　　"寒假你还来罢。"

　　"以后的事，谁能料得到？也许有事体绊住不能来，也许这半年中我死了。"

　　"你不会死，我也许会死。"

　　"你决不会死，你有父亲母亲，还有三哥，还有……许多许多的人，他们都不让你死。"

　　"我们讲的都不是好话，老是'死'……'死'。"

“这是我的错，请你原谅！”

“这有什么关系，你真太客气了。”

“不是客气。我这个人生来就不会讲话，我想我不知得罪了二妹多少地方？如今快要走了，我希望二妹能够原谅我一切。我话虽然不会讲，我的用意总是不坏的……我的心是千真万真的。”

“你怎么老是这样客气；讲得人怪难受的。”

一阵风从林梢过来，梦频不觉打了一个寒噤。凌华恐怕她病势加剧连忙劝她进屋子去；她起初不肯，说她喜欢同他多谈一谈；因为他快要走了。凌华说进屋子谈也是一样，反正书房里没有人，宝林一早就到杭州去会孙碧芳去了。梦频也觉得背上有点怯冷；同凌华一块儿回到书房。凌华让她在沙发上坐了，自己找一张藤椅坐下。他觉得他自己的心跳得很快，舌头上好像压了千斤重担一点也不能动弹。几次他要想开口讲话，却始终说不出半句来。

“二妹！”凌华闹了半天，才说出了这两个字。

“什么？”梦频斜倚在沙发上问他。

“二妹，我真觉得有点奇怪！我刚来的时候，你们待我都很客气，那时我心里非常不安，我只想早走。现在呀，住久了，好像什么都习惯了，我倒有点舍不得走了！”

“你要是喜欢在此地住，寒假再来好了。”

“我心里不知道为什么，总是非常害怕寒假不能再来。像我这样‘有家归未得’的人，一旦得了这样风景幽美的地方，又遇着二妹这样好的人，我真是舍不得离开。”凌华说完了不觉静默了半响，低头叹息。一会再说道：“二妹，你想我们这个暑假过得多么快活，尤其是宝林我们三人，朝夕相对，欢笑聚谈，好像兄妹一般，这样时间，恐怕以后不容易再得了。”

“学堂生活也很快活，是不是？”梦频安慰地问。

“不要提起学堂生活了，提起来真令人伤心。我是一个最喜自由研究的人，学堂却处处拿功课分数来束缚我。我是一个最喜欢真诚的人，同学们却都以假面具来对付我。并且明华又是一个有出洋机会的学堂，学生为了出洋，通通作了功课分数的奴隶，教员以此来挟制学生，学生也因此去取媚教员。明华简直是一个压迫骨气的地狱，奴隶性的养成所！我住在那里六年，简直是受了六年的罪。侥幸现在罪也快受够了，明年就要留美了。"

凌华说完，还气愤愤地叹息。梦频却微微笑道："那么你很喜欢我家里了。"

"当然喜欢。我真想一生一世都不离开此地！我尤其舍不得二妹，二妹你多好！"

"你又在笑我了，我有什么好？"

"二妹，我绝对不是笑你，什么咒我都可以赌的。也许你自己还不知道你自己的好处，不过我是看得清清楚楚的。老实说，二妹，我真喜欢你极了！"

"我也很喜欢你。"梦频低声说道。

"二妹，让我们作朋友好不好？我不是说一天两天的朋友，我是说永久的朋友。以后无论什么时候，无论什么地方，你要有什么困难，我一定尽我所有的力量来帮助你。二妹，你知道，谁也不敢说将来一定不会有困难的时候，没有需要朋友帮助的时候。"凌华此时全身都震动了。声音不免战栗起来，继续说道："二妹，好不好，让我们作朋友？"

梦频苍白的脸上，泛出两朵红云，低头答道："只要你不至于看不起我，好罢。"

"二妹我们握一握手好不好？"凌华低声哀恳道。

梦频的脸此时更红了。低头半晌不语。凌华走过来坐在她旁边。梦频把手给他了。两只手一接触，登时两人身上都起了一股电流，全身都战栗起来。凌华不敢再看梦频了。闭着眼握着手，有了好半响。他忽然抬头看梦频，梦频也抬头看他，四目相对，此时两人的心，几乎融成一片了！

"二妹，你现在该明白我的意思了？"凌华注视着她讲。

"我想你也明白我的意思了。"梦频惨笑着讲。

"二妹，我一生一世都不能忘去了今天此刻。"

"我也永远不能忘去你！"

忽然梦频把手缩回，立起身来，一转身跑回去了。

凌华如痴如醉地坐了好半响，忽然手舞足蹈地高兴起来。再隔一会，他回坐到沙发上，一股热泪，涌到他眼边，一霎时他心中充满了悲哀的滋味了！

十三

宝林凌华回校以后，开课前照例是报名，缴费，检行李，排功课表，招呼久别重逢的同学；开课后，自然是吃饭，睡觉，上课，运动，看报，谈天。时光像车轮般地转动，学生也像木偶似地登场。

半年光阴，似风驰云卷地过去，寒假转瞬又要来了。凌华起初很早就预定要同宝林一块儿回家去，殊不知到放假的前两天，凌华的二哥由贵州到上海来了。他二哥是在贵州第一师范学校毕业，毕业后教了几年高小，这次是因为本省教育厅派了好些教育界的人出外来考察教育，凌华的二哥认识了一位在教育厅办事的人，居然当了一位考察员。他们一行人要在上海住十余日，然后再赴无锡、南通、南京，搭津浦车到天津、北京。六年多整日思想的哥哥，居然到了上海，凌华自然是非常高兴，领着哥哥到处游览，朝夕聚谈，宝林也只好一人回家了。

宝林临行时，凌华写了一封很长的信托他交与梦频，中间详述他半年来经过的情形；此次不能来的苦衷；与他对她时刻不忘的心理。他说：虽然此时因为伯母不喜欢谈婚约，一时不便启齿，不过迟早没有什么关系的。他又说：他已经把他们二人的意思告诉宝林了，宝林极端赞成，以后他愿意找机会去同父母说。他说：他们无论到地老天荒，此心永远不能变更的。他还说了许多安慰她的话；勉励她的话；关于她学业的话。末后他又把他哥哥带来的好些家乡出产，拣了几样去送宝林家里的人。

宝林回家以后，凌华整天整日地同他二哥一块儿玩，他哥哥也就痛快不随着参观团去到各学校去数教室有多少间，看屋子有多么大，量桌子有几尺高了。

由他哥哥口里，凌华知道他父亲精神很好，惟有母亲身体不强，常常咳嗽。大哥也很好，两位小弟弟，都已入学，不过天分不高，又不肯读书，非常淘气。谈到他妹妹死时情景，凌华不觉伤心流泪。再谈亲戚中王三爷的病死，林二娘的丧子，在在都足令人感叹。至于军队勒捐敲剥，更足令人痛恨。田赋提前预征六年，强迫农夫种鸦片，种了要抽捐，不种又要抽"懒捐"。加以连年打仗：盗贼蜂起，富者变为贫，贫者不聊生，以后真不知若何结局！

凌华的二哥住了十几天，同着参观团走了。在上海那样尘嚣地方，凌华也不愿多出街去，每天只是埋头用功，不时与友朋通信。友朋中当然忘不了他最佩服的衡山，因为闲着无事，一连写了好几封信去。有一天他忽然接着衡山来信，说日内要动身到上海来，因为有一个学术团体在上海开会，衡山是发起人中的主要人物。凌华接信高兴极了。他每天都盼望衡山来，关于他的择业问题，读书计划问题，婚姻问题，人生问题，常常在脑中盘旋不能解决的，都好请教他。衡山的学问自然好，尤其他对衡山的信心，是异常坚固的。别人也许可以忠告他，他也许听别人的话，不过总是不放心，要是衡山来指了他一条路，他立刻就可以一点不怀疑，勇往直前地进行了。

接信后的第三天，凌华正在读德文，门房忽然领着衡山进来了。凌华欢喜得跳跃，立刻把书放下，同他热烈地握手。衡山坐下，随手把凌华看的德文书拿来一看，立刻说道："《少年维特之烦恼》，并不是哥德成熟的著作，也不能代表他成熟的思想。近人对于他别的著作不介绍，单单先把这本书介绍进来，使中国读者，以为哥德就是这样作品的文学家，真是害人不浅。这同某君介绍希勒，单单介绍他第一本最幼稚的剧本《强盗》一样地笑话。"

凌华道："我也是这样想，不过平心而论，《少年维特之烦恼》一书，虽然带一点感伤主义，但是文笔真流丽，也很有它存在的价值。"

"我并不是说它没有存在的价值，我不过说它并不是哥德成熟的作品罢了。"衡山坚决地辩论。

凌华见他如此，也不多说了。

午餐后两人一同到半淞园湖心亭吃茶，比起西湖的湖心亭真有霄壤之别，不过在上海这样地方，半淞园也算不容易得了。两人叫茶房泡了两壶龙井，因为天气寒冷，没有什么游人，非常清静。

"衡哥，我有点事情，在心里老放不下，想问问你。"凌华讲道。

"什么事？你讲好了。"

"你知不知道？我现在恋爱了。"

衡山把口中烟卷拿开，双眼死死钉住凌华，看了一阵，大笑道："不错，真的，你讲，怎样？"

"恋爱的对方，是我一位至好朋友的妹妹，性情人品，为我生平所仅见。"

"你怎样同她发生爱情的？"

"我暑假同我的朋友一块到他家里去住了两个多月，朝夕相处，我渐渐对她发生了爱情。到临走了那一天，我才明白同她讲，她对我也表示很好了。我们彼此的爱情是很热烈的。"

"她有多大年龄了？"

"今年十七岁。我们彼此很好，他哥哥也极端赞成，她父母亲对我印象都不错。不过有一点困难，因为她母亲去年有一位媒人来替她作媒，已经快成功了，后来她哥哥探访出这家子弟是一个败家子，婚约无形解除。她母亲因为大女儿放错人户死的，经此次欺骗以后，她怕极了，无论谁提起婚约，她都反对，固执地主张越迟越好，所以一时是无从启齿的。"

"但是暑假你不是要到美国了吗？一去不是有五年吗？"

"这就是问题了。我想要马上提出婚约，知道她母亲这一关是一定通不过的。想暂时不定，那一隔又是五年，并且她三哥又要同我一块儿赴美，家里没有人极力主张，这事就很难说了。"

"你以为这女子的爱情靠得住吗？"

"当然靠得住，你怎么问出这样的话来？"凌华心里很不高兴，因为衡山看轻了梦频。

"你以后就知道了。"衡山把烟深深地吸了一口，神色不动地说。

"怎么样？你以为是一定靠不住吗？"凌华气愤愤地说。

"我不敢说一定靠不住，我也不敢说一定靠得住，这要看以后的环境和机缘。"衡山冰冷地答道。

"那么，我现在应该怎么办？"

无论你凌华怎样的着急气愤，衡山老是那镇静严厉的态度。他闭目沉思，把纸烟拼命地吸。凌华眼睁睁地望住他，一时四壁都沉静起来。衡山忽然把剩下的烟卷扔掉，睁眼对着凌华道：

"凌华，我以为你这件事有两条路可走，不过我极端主张你走第二条路。第一条路就是这半年立刻就提出婚约，她家里要答应，那么什么事体都解决了。她家里若是不答应，你就干脆丢开，从此以后到美国安心读书，打点精神，预备将来替社会国家做事情。第二条路，简直不用去提婚约了。从今天起，马上写一封信告诉她，说你正该努力造学，预备报效国家，儿女私情，此时还谈不上。这样一刀两断，一切烦恼都解除了。"

"呵！衡哥，你大概没有恋爱过罢？至少你没有见过她罢？不然你怎么讲出这样两条路来？"

衡山第二支烟卷，又抽了一半，把烟卷扔掉，继续讲道："我虽然没有恋爱过，不过这种事情，可以从理论上推论出来的。她不过是一个十七岁的女孩，你又是毫无经验的青年，你们相处不过两个多月，明白谈到恋爱不过在分别那一天。这样没有经验的青年，这样短的时间，发生的爱情，无论如何热烈不过一时冲动，决难持久的。你又快要分别，一去就相隔五年，她又在家庭管束之下，其中发生变化，是毫无疑义的。就是此时订婚，还不一定可靠，与其日后引起种种烦恼，何如痛快丢开呢？"

衡山说到这里，第三支烟卷，又抽起来，狠命地抽了一阵。凌华坐着，把双手捧住头，手腕放在桌上，一声也不响。停了一会，衡山纸烟抽够了，又继续讲道：

"凌华，不要这样孩子气。你想想中国现在是什么情形？内有军阀政客的专横，外受帝国主义的压迫。我们只消想着千千万万的同胞，死于兵，死于水，死于冻馁，死于疾疫，过的都是牛马不如的生活；再想到我们数千年祖宗遗留下来的大好河山，到处都归白人掌握，我们那里还有心情来谈恋爱？凌华，你既有这样好的天资，就应该抛开一切去作救国救民的事业，奈何为一女子而神魂颠倒。我并不是反对恋爱，恋爱也是人生最神圣的事情，不过你正在求学时代，若一旦沾染爱情，则求学精神，必定分去了大部分，以后行动处处都有些顾忌了。就是能够成功，还应该设法跳出圈子，何况现在你还毫无把握呢？"

衡山话说完，第四支烟卷又抽起来，凌华满心交战，不知何适而可，更一句话不能讲了。

十四

凌华同衡山谈话以后，心里非常地难过。他平常最信仰衡山，要是别的事情，他一定不迟疑地听他的话了。不过这是什么事情？他想衡山太不体贴他的心了，怎么指出这样两条路来？第一条路当然是碰钉子，没有问题。第二条路写信去告诉梦频，说此时不能谈及儿女私情，应该打点精神去报答国家社会。这是什么话？衡山，呵，衡山！你的心肠怎么这样地硬？难道你是木石般的没有感情？你真是太薄情了！

他又觉得他这种判断，太对不起衡山了。衡山看事情素来就很清楚，对他以往，事事都真心帮忙。就拿这次他的忠告说，何尝不是很有道理？国家情形，当然是非常紊乱，把全副精神去努力奋斗，也是青年应该尽的责任。至于说他与梦频的爱情，不过青年人一时的冲动，凌华却始终极端反对，他觉得衡山太把通常的例来看他们二人了。他同梦频彼此的感情，真是无论如何，也不会变的，衡山这种推论，简直是对他们一种侮辱了。

然而事体究竟怎么办呢？听衡山的话吗？这如何对得起梦频？并且他那两条路，都是不近人情的路，此时若如此作去，简直是疯狂了。不听他的话吗？当然，只好不听他的话，什么叫做国家？什么叫做社会？人生不过数十寒暑。生为什么？死为什么？喜为什么？忧为什么？工作为什么？奔忙为什么？无论谁都是莫明其妙，答不出个究竟。国家社会更是空无边际意义含混的东西，拿一生的幸福去牺牲来为它，是值得的吗？

算了罢！人生就是这样糊里糊涂，黑漆一团的，国家社会也就是这样意义含混，不可捉摸的。我现在所能知道的所能有把握的就是我自己有一个身子，我既有了一个身子，就有了种种喜怒哀乐的感觉；并且除非发生特别事故，我这个身子是要存在几十年的，也要有几十年能够有喜怒哀乐的感觉。一天有了身子，一天喜怒哀乐的感觉就要来捣乱。王静庵诗谓"我身即我敌"，是一点也不错的。

不过我既经有了身子了，不幸这个身子又有了喜怒哀乐的感觉了，这真是无可奈何的事情！在这样无可奈何的时候，如果能够有一个对象，可把我全部心灵，放在上面，使我感情得无限安慰，我却把这条路去开了，去痴心妄想去作什么救国救民的事业，岂不太傻气吗？

以凌华那样富于感情的人，六七年与亲爱的家庭隔绝，得不着感情发泄的地方；又整日摸书本没有同异性朋友接触；单调的生涯；悲愁的心境；来细看中国这样翻云覆雨，鬼怪百出的社会；目击这惊心动魄，惨无人道的内争；当然不知不觉地，养成一种悲观的态度来。所以在衡山的忠告，固然是很有理由，而在凌华仔细思量以后，却认为毫无意义了。

心情已经枯窘的凌华，忽然得着梦频的爱力，不替起死回生的仙丹，凌华热烈恋爱梦频，衡山以为他是青年人一时冲动，不能不说是错误了。

无论如何，凌华万万不能丢开梦频的，衡山的忠告，可算是白费了。不过问题还是没有丝毫改变。求婚吗？宝林母亲仍然固执，并且一次碰了钉子，以后倒不好启齿了。不求婚吗？一别又是五年，以后难免她家里的人不替梦频订婚。她家里还带着一点旧式家庭的风味，梦频同他的爱情是说不出口的，要有宝林在家，还可以帮许多的忙，然而宝林又要同他到美国去了。

他的难题，虽然在心里难受了许多时候，可是一开学就解决了。

宝林从家里回校，告诉他，信已经交了，东西也送了。父亲母亲看见送的东西，非常高兴，母亲尤其喜欢茧绸，说是质料很好。锦缎被面给妹妹去了。妹妹还托他带了一封回信。关于婚事，宝林曾经间接探听过父母亲的口气。父亲说择人很难，母亲却极力反对主张缓点再说。一提起梦频婚事，她就回想到大姊，立刻哭了，以后宝林也不敢再谈了。不过妹妹的意思，很坚决的。她说："只要彼此不忘，订婚不订婚，一时没有什么关系的。并且我还要继续求学，将来我大学毕业，凌华留美归来，再订不迟。"她还说了好些话，叫宝林安慰凌华。并且以后与凌华通信也找着地方了。凌华可以写信给孙碧芳，由她面转，她们二人在学校天天会面的。

"凌华，你知不知道？我已经订婚了！"宝林笑说道。

"哦！还不请客吗？"凌华惊异地笑了。

"你猜是谁？"

"还有谁？当然是孙碧芳了。"

"你怎样知道？奇怪！"

"这有什么奇怪？'若要人不知，除非己莫为'！"

"哦！我想起了，一定是梦频告诉你的。"

"不管谁告诉的，我知道就是了。"

晚上人静后，凌华才把梦频写来的信，在灯下拆开，慢慢地读。每一个字，都使他感激得流泪。梦频呵梦频！你真是我生命之花，你真是我心魂之主，我将要用我的热泪来浇你！我将要用我的赤诚来供养你！

寒气侵入，炉火不暖，推窗一看，原来大雪已深数寸。灭灯就寝，雪光返映屋中。床上的少年，忽然心酸泪落了。

十五

半年的时光，如飞地过去，转瞬暑假就快到了。一切毕业的仪式：同乡会的欢送，朋友的饯行，通通是外甥打灯笼，其名曰："照旧"，没有什么特别的地方可说。只有在同乡欢送会中，凌华不免滑稽而感慨地讲道：

"诸位同乡今天盛意欢送我，我心里当然是非常感激。我回想起七年前一个十三岁的小孩，跑到几千里外的上海来求学，一切经过，还像昨天一般，然而现在的我已经不是从前的我了。从前的我是一个活泼天真的小孩，现在的我却成了一个满腹牢骚的废物；从前的我是一个诚笃勤俭的学生，现在的我上海味居然带得不少了。我最痛心的就是我现在对人的同情心一天天地淡了。我小的时候，有一次我看见家里的狗把一只鸡咬死了，我守着鸡大哭了一场，那时我的心是很仁慈的。现在呢，我已经渐次地贵族化了，人世间伤心触目的事情，也不能动我心了。只消看我家庭的情形，已经很足给我极深的刺戟，然而我却处惯了安富尊乐的生活，毫不动心。可见得我对人的同情心已经丧失尽了！"

凌华说到此处，大家都静默地望住他。他略停一停，看见会场空气，他觉得他不应该在俱乐会中，讲这样沉痛的话，又继续说道：

"就拿我的头来说罢。第一年来，我是一个光头，家里还用剃刀剃，到学校却改用剪子剪了。到第二年，我觉得同学们把我笑得太难受，我由光头遂进化而为平头。第三年我又觉得平头仍然不漂亮，遂由平头再改造而学分头。到今天来此地开会，诸位也可以看得见，我却不是光头，不是平头，不是分头，是向后面梳而且搽得可与日月争光的时髦头！"

在座同乡，个个都鼓掌大笑起来。凌华停一停，继续说道：

"最高问题讲过了，现在再来谈最低问题罢。第一年来我穿的是母亲亲手做的'家公'鞋，第二学期我马上就穿四十五个铜子一双的'青布朝云'鞋。到第二年，人人都笑我青布鞋难看，替我起个绰号叫'圣人'。量小子德薄才疏，怎敢当这样大的尊号？马上改穿二元钱一双的帆布鞋子。第三年更进一步居然穿起皮鞋了，不过还不敢买价钱太贵的，现在呢，十二块大洋一双的皮鞋，居然与六十块钱一套的西装都跑到我身上来了！"

又是一阵哄堂大笑。凌华觉得讲话太久了，马上用几句话结束道：

"这些例举也举不完，总而言之一句话，我是由俭朴变到奢华，奢华本来也没有什么，不过在中国这样民生凋敝满目疮痍的情形之下，尤其是在我的困苦家庭状况之下，而从事奢华，那未免太少同情心了。然而处在明华这样贵族环境里边，我当不住众人的耻笑，遂不知不觉为环境所软化。明华讲到环境设备，当然是国内惟一的学校，不过从教育眼光来看，从磨炼学生品格来看，明华简直可以说是一个'陷人坑'……然而这句话太过火了，太苛责办教育的人了，办教育的人自然有办教育的人的苦衷。"

凌华接着再讲几句道谢的话，以后那位最喜欢补充的主席又补充了比凌华演说辞还长的一段话，把大家都听得不耐烦了。幸亏肚子饿了要紧，主席也只好把话带住，大家一齐都入座来。一阵风卷残云，吃个精光。凌华的七年明华生活，也就从此闭幕了。

照往年的例，明华学生毕业出洋，是在八月十九号左右，今年因为时局不靖，学校方面恐怕一有战事，误了学生到美入校时间，遂提前于七月十九日开船。六月二十四放假，回家的学生，在开船前两星期都应该到上海预备一切，剩下工夫只有一星期左右了。宝林凌华放假后都匆匆跑回西湖。家里的人看见他们回来，都非常高兴，不过听说这样忙迫着动身，又都不觉黯然。然而反正大家重聚了，彼此仍然是很快活。

这次梦频与凌华相见，与上次却大不相同了。上次彼此还是陌生，这次彼此心中都有深深的了解。上次梦频亦是天真活泼地喜欢同三哥胡闹，这次她却喜欢同凌华深谈。凌华也爽性不出去玩，整天留在家中。梦频一有工夫，就到书房来找他，宝林看见她来，有时倒故意出去了。

"二妹，我有点事总放不下心。"凌华一天对梦频道。

"你还有什么不放心？你怕我忘去了你，是不是？"梦频笑问道。

"你当然不会忘去了我，这不成问题。"凌华坚信地说。

"你说不成问题，我偏要使它成问题，看你怎么办？"梦频调皮地道。

"你不会，我绝对相信你不会。"

"我偏要会看你怎么办？"

"二妹，不要捣乱，讲正经话。"

"哦，对了！你有什么不放心？"梦频忽然回想起了。

"我是怕你家里的人。假如我走了，此时又不能向你母亲说。以后如果他们要替你订婚，你怎么办？上次衡山同我谈，他也虑及这一层。顶笑人的，就是他甚至于劝我绝望了，你说好笑不好笑？"

"好，好，好！又是你那位衡山，你最佩服他，你最信他的话，你痛快依从他好了！"梦频听着大不高兴。

"二妹，请你原谅我。我并没有听他半个字，难道我对你的心，你还不明白吗？你不信，我再赌一个咒好不好？"

"赌什么咒？谁要强迫你赌咒？咒有什么价值？"

"二妹你真不信我吗？"

"不是不信你，你老讲衡山，我真听得讨厌。"

"以后再也不讲了。"

"不讲心里还是想。"

"那有什么办法呢?"凌华忍不住笑了。

"我问你,你对衡山好?还是对我好?"

"这不能相提并论。我当然惟一地爱你,不过衡山这个人也很足令人佩服了。他的学问那么好,尤其是对人真义气,你要会见他,我相信你也会佩服他的。"

"才怪!那么你对衡山比对我好了。"

"何以见得?"

"因为你那样佩服他。"

"我不过佩服他而已,然而我对你却是真心的爱。"

"我不管那些。假如我同衡山都要死,你只能救一人,你救谁呢?"

"我两人都救。"

"假如只能救一个呢?"

"不会这样凑巧的。"

"不准躲闪。你救谁呢?只能救一个。"

凌华心里不觉凄然,他觉得衡山以前对他太好了,怎么能够忍心不救他。然而他又太爱梦频了,拿梦频丢开,更是绝对不可能的事。他始终不相信会有这样凑巧的事情。他沉吟了半天,仍然答不出半个字。

"快说,你救谁呢?"梦频逼着问。

"我想我也一块儿死好了!"凌华惨然答道。

"呵,凌华!你忍心看我死吗?你说先救'我'罢?"

"救了你衡山不是要死吗?"

"你要是真心爱我,你就不应该再管什么衡山不衡山,你说先救我罢?你一定要这样说。"

"你如果真一定要强迫着我说，我只好这样说好了。"凌华无奈地说。

"不，不，我绝对不强迫你，你不爱我，你去救衡山好了。"梦频说着好像要哭的样子。

"好，好，好！二妹，我现在下定决心了。"

"到底你先救谁呢？"梦频凝视着他问。

"先救你。"

梦频把双手围住凌华的颈项，头俯在他的胸前忍不住流泪，凌华抚摸着她的头发，一时也不免心酸。

十六

宝林凌华到美的第二年，宝林家里的人，因为江浙的风声不好，谣言四起，好像马上战事就要爆发的样子都觉得西湖住不放心。凑巧那时张老伯已经改任京奉铁路局长，宝林父亲托他弄了一个北京东车站的事情，决定举家迁往北京。事前托张老表找好房子，到京后又得他照料一切，所以一点困难也没有，就由南迁到北了。

他们家在西河沿西头距车站不远，来往是很方便的。屋子是一个独院，有八间屋子，家里人少，也觉得很够了。李妈仍然随着他们来，因为她是熟手，梦频的母亲少不了她。她又是个寡妇，只有一个儿子，去年因为赌钱输得太多，跑出去当兵去了。究竟当什么兵？在那儿当兵？他也没有写信回来，李妈一点也不知道，好在主人待她好，她也就死心塌地的替主人操作一切。

梦频虽然师范还差一年毕业，因为她平常功课好，居然考上女子大学了。在未到北京以前，她早就听说女子大学是全国女子最高学府，她以为里面同学不知道多么勤谨，教授不知道学问多么高深，这一番进去，必须加倍用功，方能不落人后。

但是不上一个月，她这些迷梦，通通打破了。她知道，所谓最高学府，并不是专门研究学问的地方，乃是多数人讲究社交的场所。学生上课是随便的；书是不读的；考试是虚假的；论文有男朋友代作的；有工夫就是浓妆艳抹地出去活动；高兴时厚起脸皮随便写两首肉麻的新诗，只要认识两位报馆的编辑，不上几天女诗人立刻就名震骚坛了。

教授们呢？他们挂的招牌都是西洋留学生，个个都得过博士的头衔，上讲堂总离不了用两句英文说："当鄙人留学美国的时候"，或者"鄙人在伦敦时亲自会着萧伯纳，萧伯纳拍着我的肩，携着我的手问了我许多关于中国文化的事情"，究竟他在介绍萧伯纳？还是借萧伯纳来介绍他？谁也不知道。不过一般庸俗的人，看见一位名震全球的戏剧家，都曾经拍过他的肩，携过他的手，想来"这家伙一定是有根底了！"

学生既已经不读书，教授上堂除非是天字号的傻子，谁肯把远涉重洋，费心努力，抄回来的笔记，轻易授人？结果当然是敷衍了。

梦频看见这些情形，真觉得异常奇怪，她在杭州第一女子师范时，好像学风完全不是如此，她真有点"看不顺眼"了。她看见那些同学们，一个个只讲修饰，讲交际，不肯真正求学，她也不愿意多同她们往来了。每天只是去上课，在学校吃一顿午餐，课毕，马上又坐车回来。

幸亏后来不久孙碧芳得了家里允许也来北京入女大了。孙因为不好意思住在梦频家中，便住在校内寄宿舍。孙来以后，梦频快活多了。平常在校，她二人总是在一块儿，星期日孙碧芳又来她家里。两人常常花整天的工夫去安排她们的功课表，整理她们的笔记。有时她们也谈到凌华宝林，两人都尽情的把什么话都讲出来。

后来凌华写信给梦频仍然是由孙碧芳转了。

过去这一年中，凌华都是不断地与梦频通信。有时四五天一封，不过至少一星期是一定有一次的。凌华告诉她，宝林学化学工程进麻省工业大学，他自己学文学进哈佛大学，两校同在一地，相隔不远，他们会面是很容易的。他说初到美国时，吃西餐总嫌太少吃不饱，后来吃少吃惯了，又嫌味不好吃。他回想起梦频母亲烹的鱼，不觉垂涎三尺！他说功课非常的忙，每天晚上要到十二点后才能睡觉，因为每门功课，参考书都是很多。不过教授们都是有真正本事的专门学者，哈佛图书馆又参考方便，他读书极感兴趣，所以也不觉得苦了。

他常常劝梦频不要替他担心，他一切自然知道保重。他惟一的希望就是能够五年后回来，再见他最亲爱的梦频。他更安慰梦频，他们彼此间爱情，已经是坚定不移，别离不惟不能减淡，反而使它一天天的浓厚。

第二年他来信告诉梦频，说在留美学生年会中，梦频的宝章大哥，他也会见。宝章学历史已经在耶鲁大学得了硕士，明年快得博士了。听说他预备明年回国，北京大学校长已经预约了他当教授。

后来宝林来信也这样讲，其后宝章也详细报告他回国的计划。梦频家里的人，都非常高兴，就连常来她家的张老表，也高兴起来。他说道：

"我住北京大学整整十一年了，教授们来来去去，至少我见过一千多，我什么功课都选过，不过同我顶好的只有许衡山一人。现在好了，我的表弟也来当教授了，我以后又多一位相好的教授了。"

张老表的话始终是不错，后来宝章回来，果然同他很相好。

十七

斜阳射出金也似的光辉，返照万绿丛中的黄瓦。庄严灿烂的景象里，加上红绿走廊，宏壮中却带妩媚了。晚风一阵阵送来，荷香令人心醉。松枝像盘龙般地夭古峭。一对对的青年男女，穿花般走来走去，凡是到过北京的人，都知道这就是北京中央公园的情景了。

"二妹，你说北京好，还是西湖好？"一位二十七八的少年对一位青年女郎讲道。

"北京有北京的好处，西湖有西湖的好处。"女郎微笑地答。

"怎样？"

"北京是帝王建都的地方，费了多年的创造经营，宫殿城池，都很庄严雄壮，无论那儿也赶不上。西湖是千古名人歌咏流连的所在，湖山秀丽得像图画一般。看北京的景色，令人心胸阔大，看西湖的风物，却令人陶醉流连了。所以我说各有各的好处。"

"那么你究竟喜欢那儿呢？我想当然是西湖了。"

"当然是喜欢西湖，不过北京这样庄严雄壮的景色，看了以后，不知不觉地使人心中敬畏他。我常想西湖能使人爱，不能使人敬。不过我始终还是喜欢西湖，我同她相处已经太久了。"

"想不到二妹几年进步得这样快。从前不过是一个调皮捣乱的小女孩，现在居然思想这样深了！"

"才怪！大哥你干吗笑人？你也学三哥，是不是？"

"谁学三哥？我讲的老实话，你……嘿，梦频，你看那大松树下茶桌边坐的不是张老表吗？你看见他大额角没有？——他笑了，他那闹腮胡真可怕！同他对坐的是谁？看背影子有点像许——呵，他回头了，不错，不错，真是许衡山——是的，张老表同许衡山！

二妹，等一等，我去一会就来。"

宝章过去同张许二人招呼了，原来宝章到北京大学不久，就同许衡山认识了。此刻他们三人会面，都很高兴。

"你们在谈什么？张老表刚才那样地大笑！"宝章问道。

衡山还没有开口，张老表抢着说道："你还不知道吗？女子大学请衡山作长期演讲了。每星期两点钟，演讲'十九世纪英国的浪漫诗人'。我觉得衡山那样严肃的样儿，最不适宜于讲'浪漫诗人'了。讲'科学诗人'，或者'礼教诗人'，都可以对付，偏偏凑巧这样一个题你说奇怪不奇怪？"张老表说完以后，更大笑起来，把闹腮胡上面笑起口沫了！

"你简直一点不懂'浪漫'两字的意义，只是望文生义的瞎说！"衡山严厉地指谪。

"原来密斯忒许要到女大教书，好极了。"宝章说道。

"请坐罢。你同谁来？"张老表问道。

"我同梦频来，她不是在那儿坐着吗？"宝章回头指道。

"叫她过来一块吃好了，都不是外人。并且衡山还要到她们学校演讲，此时会面也不错。"张老表怂恿地说。

"也好。"

宝章答应后，张老表立刻叫茶房去搬东西，他同宝章都过来叫梦频。

"梦频，梦频，走，走去会你的新教授。"张老表笑说道。

"那一个新教授？"梦频惊异地问。

"就是许衡山，他已经接了女大的聘，要到女大作长期演讲了。"宝章解释道。

"哦，就是衡山吗？"梦频很惊异。

"对了。就是他。你知道他吗？过去认识认识也不错。"宝章说。

梦频随着过来，宝章彼此介绍了。梦频靠近宝章坐下。她从前听凌华讲衡山讲得太多了，此时不免时时注目去看他。衡山同她大哥差不多一样的年龄。中等身材，也相仿佛；不过衡山上唇有短短的"仁丹胡"，宝章却没有了。衡山目光灼灼，精神奕奕，充满了丈夫气，宝章却比他温和得多。衡山讲起话来，高谈阔论，目无旁人。见理快，看事真，自信力强。宝章讲话娓娓动听，不过没有他那般气魄。梦频心里想："怪不得凌华那样佩服他，他真是令人佩服！不过太严厉了，多看他两眼，不由令人战栗起来。"

　　梦频尽管暗暗地打量，他们三人却正谈得有劲。一会是北京的政治；一会是欧洲的情形；一会是中国文化的将来；一会又是中国妇女的解放。说到这里，衡山愤嫉地道：

　　"我最讨厌近来中国一般时髦的女学生了。什么书都不念，只是摆臭架子，嫁人以后一切家事工作，都不屑做了。她们不知道照社会分工道理讲起来家事也是职业的一种，如今她们自己成了无职业的太太小姐，却把一切家事交与老妈子了。像这样解放，简直是替社会减少生产力，替社会多养成些无业游民，倒不如不解放好。我真恨不得把这些女学生，每人打手心三十！"

　　"不要只管出口伤人，我们座上就有一位女学生！"

　　张老表说着，回头望着梦频笑。宝章，衡山，也都集中视线看着她，登时把梦频脸看红了。衡山自从梦频初移过来，彼此介绍时，略看了一看，以后他就不甚留意，只顾高谈。此时经张老表一笑，他回头细看脸若桃花的梦频，看见她那羞涩的态虔，他不知不觉回忆到刚才的话太过火一点了。自己心里有点急，看见梦频难乎为情的样子，他未免起怜惜的意思。三十不动心的衡山，此时严肃的面孔上也有点发热了。

　　"密斯徐请原谅，我刚才讲话太唐突了！"衡山居然讲出这样话来。

"不要紧！你本来讲得有点对，是不是？"梦频搭讪着讲，脸没有起先那样红了，不过心仍然跳动得很厉害。

衡山此时却完全恢复平常的态度了。把纸烟抽出，深深地吸。他把纸烟停着，刚要想答梦频的话，宝章接着说道："这有什么关系！不要紧。"

"对了！本来不要紧，先生打学生手心三十，也不算什么一回事。"张老表拍着手笑。

"瞎说！"衡山一面吐烟子，一面讲。

梦频的脸，不知不觉地又红了。此时她恨极了张老表，她觉得他真讨厌！

十八

衡山果然不久就在女大作长期演讲了。梦频同孙碧芳差不多每次都去听。衡山英文流利；口齿清楚；条理明白；见解高深；处处都能引起听者的兴趣。所以每次演讲，不但本校学生，许多往听，连教职员也有许多去听。梦频更是倾心佩服，她常常对孙碧芳讲："衡山这样的教授真难得！我所遇的教员，当以他为第一人了。"

宝章与衡山的友谊也一天天地进步。他们共同研究了好些问题；下课后他们常常一块儿到中央公园或北海去散步，渐渐宝章家里他也常常来了。

梦频最初会着衡山的时候，她就想写信告诉凌华，不过几次提笔，她心里不知道为什么，总是感觉不愿意告诉他。以后她索性就不谈了。

北京的天气变换得非常地快，炎热的伏天，只要几夜秋风，立刻就万木凋零，寒风刺骨，再隔不久，简直完全是冬天的景象了。

转瞬一学期快完了，教授照例上讲堂照指定的几页讲义出题，学生也照例带着这指定的几页讲义上讲堂抄写，于是乎这一学期的成绩，也照例告一结束，出条告宣布放寒假三周。梦频除了有时到学校找找孙碧芳以外，其余时间，都在家里，有时读书，有时与母亲谈话，有时与宝林凌华写信。

不知道为什么？她近来思想非常复杂，不像前几年那样天真活泼了。她心里常常有许多问题，对于一切的事体，她都喜欢问一个究竟。然而无论什么事体，不问还似乎很清楚，一问倒变糊涂了。她不知不觉地生出一种烦闷来。她有时觉得自己太笑话了，不要胡思乱想罢，然而思想却不由她自主。从小到现在，她从不知道失眠是怎么一回事，现在居然常常领受失眠的滋味了。尤其奇怪的，她心中常常充满了一种莫明其妙的悲哀，她完全不知道为什么？

她静听萧瑟的秋声，她感觉到心境的凄凉；她看见飘飘的落叶，她慨叹人生的短促；冷森森的寒月，几乎照透了她的心；斜阳影里的鸟声，更噪得她难受；有时她望着窗外的积雪，不知不觉地要流泪了。

"梦频，你为什么没有从前那样喜欢笑了？大概北京你住不惯罢？"她母亲常常这样问她。

"才怪！我昨晚不是同你谈张老表，肚子几乎笑痛了吗？"梦频强笑地回答。

"笑是笑，不过总有点勉强，没有从前那样多。"母亲叹气地说。

"才怪！难道要教我一天到晚笑才好吗？"梦频强辩道。

"我并不是要教你一天到晚笑。不过我总觉得你心里有点不快活的样子。你晚上不是常常失眠吗？"

"有时失眠，不过不要紧。"

"你自己也得要好生保重自己。晚上读书不要读得太夜深了。从前你大姊也是太用功，总劝不听。现在看见你这样读书，我心里不知不觉的害怕。你自己应该小心一点，身子弄坏了不是耍的。"

"母亲老是那样说，其实我身体上好的，一点事也没有。"

"我总希望这样就好了。书少读一点，思想不要太多，自然不会失眠，身体也好了。"

"母亲，不要说，我听你的话好了。"

从那天以后，梦频果然听她母亲的话，极力保养身体，书不多读了，晚上九点半就去睡，一切烦乱的问题，她也不再多想。一星期以后，她精神渐渐好，心里放得开，晚上也不常失眠了。然而不到两星期，她又慢慢地恢复她烦闷悲哀的状态。有时她烦闷极了，不知何以自处，她觉得一切都是虚幻。一切社会的制度风俗，一切的圣哲教训，一切的科学定律，一切的耳闻目见，都是糊里糊涂，不知道为什么？她好像一个无舵之舟，在狂风巨浪，茫无际涯的海洋中，浮沉漂泊，没有个归宿之所。

她有时同孙碧芳谈，孙碧芳也差不多与她有同样的感觉，不过孙碧芳的性情与她不同，想也想到，谈也谈到，然而她想过以后，谈过以后，什么事也没有，还是照常的快活。

梦频有时也觉得像孙碧芳那样的人，快活多了，然而她却不能。她很奇怪，何以前几年她一天到晚，也知道捣乱谈笑，心里毫没有一点思想？还是后来同凌华相见以后，她才深感着恋爱他。那时精神也有点失常度，不过她始终是快活，始终是天真，就有悲哀烦闷，也不过只有一会，不多久就烟消云散了。前后不过两年，心境何以这样不同？难道她从前是年幼无知，现在才真知世事吗？

她还是常常读书，到后来她觉得书上面讲的话都是无聊。从前她喜欢代数，宝林不知道叫过她多少次"代数迷"，现在她却十分讨厌代数，一看见代数符号，她就头痛了。

她感觉到她家庭的环境太简单，尤其是太没有一点美术音乐的陶养了。她父亲是一个学铁路工程的人，为人又是拘谨踏实，一点嗜好也没有。家庭里一天到晚，除了一家人聚谈以外，从没有过什么娱乐。酒是不呷的；牌是不打的；烟是不抽的；戏是不听的；音乐是莫明其妙的；图画从来不会欣赏的。梦频在这样一个家庭里长大，后来虽然进了比较新式的学校，音乐图画，她仍然不感觉兴趣。她惟一的图画，只有西湖天然的风景，她惟一的音乐，只有葛岭清脆的鸟声。并且那时她本来就天真烂漫，她要娱乐做什么？

到北京以后，情形大不相同了。她常常感觉到家庭生活太单调，她常想找娱乐来排解她的忧愁，然而此时已经太迟了，她从小就没有受过半点艺术的陶养训练，现在她对于一切艺术，都失掉兴趣了。

此时她心中惟一的慰藉，就是凌华对她的爱情。每当忧愁的时候，她回忆他们初次相见的情形；他们三人聚谈的情形；后来凌华第一次同她握手的情形；出洋前凌华来西湖一星期的情形；她觉得凌华对她太好了，凌华对她太真了；世界上一切也许虚幻，他们彼此的爱情是决不会虚幻的；人生也许无意义，他们彼此间的爱情是一定有意义的，她马上就感觉到快活起来。

但是凌华却远涉重洋，不知何日方能返国？他们虽然彼此真心相爱，究竟没有正式的结合，以后不知还要经过什么变迁？想到这里，她又未免不寒而栗了。

"寒假真闷得难受！连衡山的演讲，也中断了。此时能听听他讲，十九世纪英国的浪漫诗人也不错。"

梦频坐在炉边低头地想。

十九

一阵阵的北风，卷土扬尘，风过处天气特别地寒冷。每家的人都紧守着火炉，静听那被震撼窗棂的声音，只有少数奔忙的人，同那衣不蔽体的洋车夫，才在街上拼着性命跑来跑去。前几天的积雪，都结就坚硬的冰块，清道夫撒向马路上的水，一霎时就变作光滑的玻璃。道旁柳枝，被风吹得无法可办，俯仰前后，找不出一个躲避的地方。太阳不知道什么时就出来了，然而被尘沙遮蔽，只能射出惨淡的光辉，到大地更毫无半点热力。红漆门外垣墙边十二三岁的乞丐，缩头抱足，把身体紧紧地凑成一团，颤巍巍地打抖。有时发出凄惨的呼声道："天哪！这是什么年头呀！"

在这种愁惨黯淡的北京中，还有一间小屋，屋中烧起熊熊的火炉，挡住了北风吹来的寒气。屋里有四张沙发，几张凳子，地上铺着地毡，靠着墙壁摆一张大桌子，桌上瓶里插了一枝梅花。窗前安放一张书桌，桌上陈设一些书籍笔墨等物。书桌的后边，立着一个书架，充满了书籍。墙上挂了一些名人的字画，笔飞墨舞，神采奕奕的，还要算董其昌亲笔写的对联。

书桌旁边坐着一位女郎，拿着一本书，她眼光虽然注射在书上，她的心早已不在书上了。停一会，立起身来，在屋中踱来踱去，有时望望壁上的对联。忽然她心里好像回忆着什么，她跑到书桌把下层抽屉的锁打开，取出一个很小的木匣。再把木匣的锁打开，取出一些信件。她坐在沙发上慢慢地一封一封地细读，她心里登时觉得快活，有时脸上涌出红霞，略一微笑，两个酒涡，就很显明地露在两颊了。

把信看完了，她斜倚在沙发上，闭目沉思，喃喃自语道："照例凌华的信，这两天应该到了，何以孙碧芳还不来呢……难道病了吗……不会，我想不会……再等两天一定到了……这样冷的天气，大哥偏要同母亲到张老表家里去……不是说吃完午饭就回来吗？何以现在还不回来……"

梦频胡乱猜度了一阵，慢慢地把信整理好，仍然放在小木匣。她忽然捡出凌华的一张半身像片，凌华钉着眼看她，满面露出诚恳的样子，她多看一会，觉得有点不好意思，立刻把像片放下。但是隔一会，她又翻出来再看。她笑向那像片道："你老看着我干吗？你——你——你真讨厌！"凌华好像刚要回答，但是她已经把他锁在箱子里边了。

忽然她好像听见敲门的声音，但是风声太大，听不很清楚。门更敲得响了。她连忙叫李妈去开门，一面把木匣仍然锁在书桌内。李妈闹了半个时候，才慢慢地出去。梦频想一定是母亲大哥回来了，不然一定是孙碧芳送信来了，她满心高兴。她觉得李妈慢得真讨厌！

"二小姐，门外是许先生。"一会李妈回书房说。

"那一个许先生？"出乎意料以外的名字，把梦频惊异得不懂了。

"就是北京大学的教授，同大老爷相好的。"李妈答道。

"呵，原来是衡山……这样冷的天气，怎么让他久站在门外？赶快请他进来好了。"

停一会衡山进来，把外套围巾逐一的脱下，李妈接过去挂在衣架上。衡山两手几乎冻僵了，连忙跑到火炉边去热一热。口里不住说："好冷！好冷！"梦频请他坐，他说把手温暖后再坐。梦频告诉他母亲哥哥早饭后就到张老表家去了。

"不要紧！"衡山头也不回，看一看火炉答道，"我本来也没有什么事，不过因为天气冷坐在屋里怪难受，想找宝章谈谈天。既然他出去，就算了。"

停一会，他手烤热了，过来坐在沙发上。

"你可以让我抽烟吗？"他恭敬地问道。

"有什么不可以？"梦频经他这一问，倒有点羞涩。

衡山把纸烟盒拿出来，取出一支，点燃，慢慢地抽。

室中静默了好久。

梦频觉得这样静静地对坐，未免太傻气了，刚要开口讲话，忽然衡山把纸烟一停，半截纸烟，扔在痰盂里，睁眼细看梦频，问道：

"梦频，"因为他曾经会过好多次，又与宝章相好，早已经不叫她密斯徐了。"你好像心里有什么忧愁似的，现在比从前瘦多了。"

"没有什么。"梦频低头答道。

"没有什么？我看你一定有点什么。你哥哥说你近来常常喜欢谈哲学问题，心里不快活。这也是'青年时期'很平常的事情。由青年到成人的时候，各方面责任一天天地压迫，又处在中国这种一切都在重新估定价值的时代，当然心里好像失了一切的依靠，对于一切都发生问题，然而自身智识能力又太薄弱，始终找不出一个满意的答案，所以不知道怎么办好？尤其是对于人生问题，渴想问个究竟。人生究竟为什么？这个问题不知烦闷了多少青年，尤其是中国今日，真像一种时代病！"

"那么，依你的意见人生究竟为什么呢？"梦频好奇地问道。

"要答这一个问题，不是容易的事情。不知历来多少的宗教家哲学家科学家文学家，费尽了毕生精力，想出一些答案，然而若是仔细考究起来，都是不彻底的，他自己以为他是绝顶聪明，其实别人看起来却是糊涂万分。即使一个时代以他的答案为满意，换一个时代，他的学说又渐渐地站不住了。究竟谁是真？谁是假？人人都自以为能辨别，然而谁也不相信谁说的是对的。"

"照你这样说来，简直没有答案了。"梦频问。

"如果你要根本上去问人生究竟为什么？这是绝对没有答案的。凡是极力去作答案的人，而且深信自己答案的是对的人，都是傻子。"

"那么不是简直没有办法了吗？"

"我刚才说过了。如果你要根本上去问人生究竟为什么，是绝对没有答案的。自以为有答案的人，都是异常之傻的。梭格拉第说：他能够比别人聪明一点，就是因为别人要强不知以为知，他却承认自己不知道。不过如果你把范围划一划，问题改作'我生究竟为什么？'那就有答案了。"

"这不是一样的吗？"

"呵，这完全不一样。'人生究竟为什么？'是关于全体人类的。这个答案，一定要绝对的真理，凡是真理无论何时何地何人都要发生同样结果的，要是有例外，就不真了。孔子尽管可以讲忠君是人生的真理，但是社会制度一变，忠君学说，就不真了。你想要找一个真确答案，来答复人生究竟为什么，这是如何困难的事情？我相信是绝对不可能的。以前千千万万的人，努力去答，都作傻子了，我们何苦再去添上几名呢？

"至于'我生究竟为什么？'这是人人都应该努力去答的，也是不能不答的，因为没有答案，就生活不下去了。这个答案完全看个人才性，时代，环境，地位，思想，遭际，生出千千万万不同的结果来。然而这些答案，都是为这一个特别的人答的、不是为全体的。我们也不敢说它一定是绝对不可移易的真理，不过有一种结果是很明显的，就是这个特别的答案指定这个特别的人一条特别的路，他因此也就生活下去了，他的生活也有意义了。"

"那么，你说'我生究竟为什么'呢？"梦频再问。

衡山哈哈大笑道："你怎么这样傻。这个问题，是我能够替你答的吗？我要替你答，我立刻就变成傻子一般了！"

梦频经他这样一说，自己回想到所发问题真有点傻气，立刻两颊绯红，低头不语。

衡山抬头望着梦频，不知不觉的呆呆地注视，好像出了神。

二十

梦频自从同衡山那次谈话以后，她更觉得衡山这个人真是奇怪。言语，思想，行动，处处与别人不同。他对事情有一定的看法，心里有一定的主张，他认为是的，无论谁人，无论何事，都不能动摇他。同时他意志的坚定，又不是全凭感情，无理倔强。一同他谈话，只觉得他说来条条有理，自己的短处，不知不觉地都被他看得清清楚楚，直言不讳地指出来了。

这一种坚定的信心，形成衡山一种挺然矗立的丈夫气。梦频青年烦恼，思想不定，心里常常渴想一个思想固定见理真确的人来指导她。衡山的思想见解，梦频固然不敢一定以为真确，然而衡山事事看穿，结果却不向怀疑烦恼方面走，而反有坚定不摇的信心，这一点却使梦频发生极大的好奇心了。

她常常觉得奇怪，衡山既然承认"人生究竟为什么"，是永远不能解决的问题，何以他自己却仍然能够糊糊涂涂地生活下去？衡山说是"我生为什么"是可以研究的，也不能不研究的，那么，衡山自己的答案是什么呢？究竟是什么理论，使他能有坚定不摇的信心呢？想到这里，梦频觉得非再找衡山谈谈不可了。

再找衡山谈吗？衡山的态度，令人太难受了。他说话不留余地，往往使人难乎为情，尤其是他看不起梦频的样子，使梦频心里难过，有时几乎愤慨。梦频从小就非常聪明，父亲母亲都不断地称誉她，两个哥哥都佩服她，在学校里更是赞美的中心了。其后遇着凌华，凌华更是五体投地地佩服她，每次谈话都不断地说："二妹真聪明，我真佩服你！"

衡山的态度却大不相同了。他那种神气，好像梦频是一个毫无智识的女孩一样，至于佩服是绝对谈不上了。上次谈话，他简直说梦频是"傻子",梦频有生以来,这样称呼,是第一次才听见的。这种羞辱,真是太大了。"难道我真傻吗?"梦频心里不断地想。"不,我绝对不承认我傻。我一定要想法子让衡山佩服我。"她想到衡山如果佩服她,她真快活极了,她一定是人世间最聪明的人了!然而这是可能的事情吗?她回想衡山言语的锋利,看事的透彻,轻蔑的态度,她半个心都冷了。

晚上张老表到家里来,晚饭后一家人都坐在大客厅里谈话。

"听说时局风声不很好,执政府有倒的希望。"张老表说。

"真的吗?前几天冯玉祥还通电拥护,怎么就会倒呢?"宝章说。

"电报不过是官样文意,那里靠得住?"张老表继续说道,"近来学生方面,活动极了。前几天有公民团,请段执政下野,章士钊的公馆也打烂了。要是政府还有点存在的力量,这还了得吗?近来更听说正预备首都革命,创立新政府呢。你说有不有趣?"

"学生怎么能够创立政府?不过瞎闹而已。"宝章的父亲批评道。

"我以为近来的学生,"宝章说道,"总算是中国顶觉悟的份子,他们思想都很猛进,心地都很坦白,没有沾染很深的社会恶习惯,所以近来爱国运动,都是他们出来领袖一般民众。固然他们经验学识不充分,有时不觉有出乎范围的地方,然而他们爱国的热诚,却是很可佩服的。近几年来如反对二十一条,拒绝巴黎和约签字,收回青岛,五卅惨案,等等,都全靠学生出来鼓励中国一点民气。这种爱国心,若能用得其当,是最有希望的。"

"固然也有些好处,不过学生时代,学业没有造成,白白地牺牲了,也非国家之福。"宝章的父亲说。

"我看是不是国家之福,很难断定,"张老表说道,"一个人作事,那里顾得那样多?最好是逢场作戏,觉得对,觉得有趣味,我就去干。干得好，妙；干不好，没有关系。反正人生就是演戏，站在戏台上，不演也不行；一定要择着演那一出，这又何必。反正不过那么一回事。快活也好，悲哀也好，有益国家也好，有害国家也没有办法，牺牲也好，享乐也好，你高兴怎么干，你就怎么干好了。譬如我在北京大学住了十多年，还没有毕业，为什么？因为我高兴。前次打毁章士钊的公馆，打头阵的就是我，为什么？因为我高兴。去年五卅案起，北京各界在大风雨中游行，然而我却在李亚明家里搓四圈，为什么？还不是因为我高兴。高兴作什么，作就得了，何必瞻前顾后？人生是拿来演戏的，不是拿来胡思乱想的。"

"这又是你的戏剧人生观了！"宝章笑，其余的人都笑了。

李妈拿着几碗热气腾腾的元宵进来，这是宝章的母亲亲手作的。张老表接着元宵，一个一个的往阔腮胡里面塞，模糊地嚼着元宵叫好。吃完了一碗，宝章叫李妈再替张老表盛一碗。张老表再三推辞，然而既已经盛来，也就"高兴"一个不剩地吃了。

"可惜衡山没有来，不然他一定喜欢吃的。作得真好！"张老表一面用手巾揩阔腮胡上的白汤，一面说道。

"呵，对了！衡山喜欢吃元宵。改天请他来吃。"宝章道。

"明晚就请他来好了。"宝章的父亲讲。

"他昨天到天津去了，大约还要四五天才回来。"张老表道。

"到天津什么事？"宝章问。

"不知道什么事。衡山近来举止有点不同，好像有什么心事似的。"张老表道。

"衡山那样明决的人，还有什么能够烦扰他？"宝章道。

"我看他确是很烦闷。昨天早上我去会他，进屋子，他坐在椅上，两眼望着窗外出神，我进去他还不知道呢。后来同他谈话，他才露出不安定的神气，我问他是不是病了？他说没有病。我问他有没有什么事？他说以后告诉我。后来他忽然说他下午要到天津去。

问他什么事？他不讲。"

"奇怪！怎么他会这样子？"宝章的父亲讲道。

"是呀，他从来不是如此的。我猜他一定有什么心事。"张老表道。

"对了，我想他一定有什么心事。"宝章也这样说。

二十一

一周后，寒假终结，梦频又要上学了。上学的时候，梦频心里一喜一忧。喜的是可以再听衡山的演讲，忧的是衡山那种轻蔑她的神气，使她难受，然而不管怎么样，梦频心里还是想见他。

到学校，梦频看见条告板注册部通告，才知道衡山演讲已经辞卸了。条告上只讲因事辞职，究竟因什么事？孙碧芳不知道，同学不知道，注册部不知道，校长不知道，谁也不知道。

梦频心里感觉到一种烦闷，然而也只好算了。

回家去，心里愈觉无聊。衡山为什么忽然辞去演讲呢？大哥也奇怪，上次不是说改天请他来吃元宵吗？何以到现在还不请呢？张老表这几天也不来了。衡山上次究竟为什么烦闷？为什么忽然到天津？回来以后，何以忽然又辞去女大的演讲？这些都是令人不可解的事

晚饭时她吃得很少，母亲说她大概是病了，叫她早一点去睡。她说太早了睡不着，走到书房里去读书。把书架上的书来回地看了两三遍，始终找不出一本合意的。到后来她把自己近来作的诗歌小说一篇篇地细看，她自己确信她是一个有天才的女子。她觉得衡山真正岂有此理，怎么会这样看不起她？

"不知道他看见有什么批评？"

她心里想着，好奇心不知不觉地又激烈起来。她把自己作品，

反覆细看，果然发现出许多的缺点。最大的缺点，就是她没有固定的人生观，因此对于任何事体，都抱怀疑的态度。自己没有坚定的信心，当然所写的不能深刻动人。自己没有一贯的理想，当然所写的处处都呈露幼稚气象。有时她觉得自己太过于感伤了。有时她又觉得体裁太芜杂了。半点钟以后，她断定自己作的东西，真是一钱不值，要是衡山看见，一定大笑她是傻子了。

"幸亏以前没有给他看，不然他一定更看我不起了。"

她失望地把稿子仍旧放在抽屉里，牢牢地锁上，好像怕衡山一旦会翻出来讥诮她。

她头好像有点发热，把镜子拿来一照，看见她苍白面庞上带一点红晕，她不知不觉地凝神注视起来。她觉得她自己美丽极了。她越看越爱，心里非常得意。她有时巧笑，有时深颦，无一样不好看。她同她接吻，她向她点头，她故意怒目恨着她，后来又忍不住笑了。

"衡山真是铁石心肠，怎么还忍心来轻蔑我？"

想到这里，她把镜子放下，斜倚在沙发上，头藏在手中，几乎气愤得要哭了。

停一会，她头闷得更难受，愤愤地站起身来，把窗户打开。望见满天的繁星，光明闪灼。

她立在窗前仰首望着天空，长吁两口气。

她忽然感觉到宇宙的神秘来。天空何以会有星？世界何以会有人？人何以会有喜怒悲哀？为什么无缘无故中会有我？我何以居然会有我自己的意志思想？我到底是什么？一旦此身消灭以后，不知又是何境界？天地父母既使我生存于人间，何以又不令我永存，而只令我活区区数十寒暑？十余年后，我的容华转瞬就成过去了；数十年后，我的聪明才智，更不知归向何处去了？难道人生始终就是这样糊涂吗？人生始终就是这样短促消灭吗？呵，可怜的人生！可悲的人们！谁能参破宇宙之谜？谁能指出正当之路？

　　梦频想想这些思想，衡山当然不会不有罢？何以他仍然能够找出一条努力奋斗的途径？想来我的天资一定不及他，他比我聪明多了。能够同他这样的人多谈话，一定能够解决我心里许多的疑难，使我的生活有意义。难怪凌华那样佩服衡山，衡山真有令人可佩服之处。

　　她再回想起凌华了。她遇着凌华的时候，她还是一个天真烂漫的女孩。凌华性情和平，对她异常爱慕，她也不能自止地爱慕他。那时她把凌华当作她惟一的知己，只要一亲近他，她立刻就觉得有无边的快乐。她回想起在西湖与宝林凌华相处时的情形，至今犹觉神往。那时她脑筋里好像没有多少思想，更没有半点忧愁。即如她与凌华两人一左一右的去拧宝林的脸，到现在她决定作不出来了。然而当时她并不觉得什么，她只觉得有意思。母亲说她没有从前那样肯笑，她自己也承认确是没有从前那样肯笑了。

　　她现在才明白，一个人的性情，思想，习惯，要求，都是随着时间变化的。

　　她不知不觉地把凌华与衡山来比较了。凌华性情柔和，衡山性情刚烈；凌华的思想复杂，优柔寡断，衡山思想明快，毫不迟疑；凌华大体与她相同，衡山完全与她相反；所以凌华始终佩服她，衡山始终轻蔑她；同凌华相处，她还略高一层，同衡山相处，她未免降低许多了。

　　一种思想，如电闪地飞进她的脑筋里来："如果我以前没有遇着凌华，我也许此时会爱衡山罢？"

　　她自己也惊骇了，她如何会发生这般的思想来？她觉得她太对不起凌华了。凌华对她如何的好？他们从前彼此如何的相爱？到美去后，凌华来信，如何的思念她，安慰她？经过这样情形以后，如何她竟至于这般的思想起来？

北风忽地吹来，她冷得战栗，连忙把窗子关上；走近火炉去取暖。

她重新打开抽屉，取出木匣，把凌华寄她的信，一封封地阅读。还没有读上三四封，她伤心流泪了。

她取出凌华的像片，凌华依然诚恳地望着她，但是颇露出凄惨的颜色来。她安慰地向凌华道：

"凌华，你不要埋怨我，你不要愁，我仍然一样地爱你，刚才不过是一种胡思乱想罢了。你知道，一个人也有胡思乱想的时候，但是何尝是他的本意呢？不要愁，好不好？你笑一笑！相信我！"

凌华仍然诚恳地望着她，但是他并没有笑。

二十二

"你猜我前几天到什么地方去了来？"

"你不是说到天津去吗？"

"不是天津，是西山潭柘寺。"

"奇怪！你到西山去干吗？"

"我前几天心里有个问题，老解决不下，我想找一个清静地方去仔细思想一下。潭柘寺是我去年去过一次的，地方在深山中，非常清雅。我在那儿住了五天，前后考虑了许多次，现在才决定对这个问题的态度了，不过解决的方法，还没有十分把握。"

衡山一阵的话，把张老表讲得莫明其妙，他忍耐不住了。

"衡山，痛快讲罢！半吞半吐，令人真难受！"

"你着急干吗？我都不着急，你还着急吗？"衡山吸着纸烟，微笑答道。

"你讲好了！"

"当然是要讲的。"衡山仍然慢慢地答应。

"你有心捣乱，是不是？再不讲我不听了！"

"不听也就是这样一回事。"衡山还是那老不在乎地样子。

"不听也不行，老实话，什么问题？哲学问题，是不是？"

"那有那样多的哲学问题？我谈哲学谈得太多了，现在很想换换题目。这就是说弃哲学而谈婚姻。"

"什么？婚姻？你也管婚姻问题？"张老表惊异道。

"对了，婚姻问题。"衡山仍然镇静地道。

"这就奇怪了！你素来不是极力主张独身生活吗？你不是说家庭会分了你造学问，救国家的精神吗？怎么你一下会变到这个样子？"

"这当然是我平素的主张，不过这次发生的爱情，太玄妙了，完全出乎我意料之外。当最初这个思想进我脑子的时候，我自己都不相信，不过到后来一次二次，我看清楚了，完全不由我自主了。我心里很烦闷，从来没有过的烦闷。辗转交战了好些时候，我才决定到西山去细想一下。五天的结果，我终于决定修改我以前的主张了。"

"说了一半天，你爱的究竟是谁？"

"你猜猜。"

"王月华，北大的女生是不是？"

"太傻气了。"

"李珠明，李远农教授的妹妹是不是？"

"太轻佻了。"

"何巧云，鼎鼎大名的新诗人，是不是？"

"太肉麻了。"

"官云衣，社交的明星，对不对？"

"太俗气了。"

"我想一定是王慧英，国民党妇女宣传部的部长了。"

"太骄傲了。"

"西洋近代史的女教授张智芳，一定没有问题了。"

"你越猜越不近情理了。"

"还是你痛快讲罢。你常讲话那样痛快，怎么今天这样不痛快起来？"张老表几乎急坏了。

"我说出来，要请你帮一点忙。"

"帮忙，帮忙，你快一点讲好了。"

"就是徐宝章的妹妹徐梦频。"

张老表大叫一声，把手在茶桌上一拍，茶碗都弄翻了。水榭旁边吃茶的人都回头来望着他，衡山连忙叫茶房来把桌子揩干了。

"原来就是梦频！奇怪！我起初怎么半点也没有想到？好极了！前年我曾经替她作过一次媒，没有成功，这次想来没有问题了。他家里的人我想一定没有问题，尤其是宝章，他一定是极端赞成的。不过梦频近来性情有点执拗，你知道她能够爱你吗？"

"梦频的性情，我看得非常明白。她是一个富有思想的女子，此时正当青年烦恼的时期，她很愿意得一个能够指导她的人。她对我面前是羞涩，然而实际是愿意同我接近的。只要有个机会，我能够充分表达我爱她的意思，我想一定可以得到她的允许的。"

"那么，你现在怎么办呢？"

"所以我不能不找你帮忙了。我的意思，请你先向宝章谈及此事，如果他认为可以，以后我就可以同梦频接近。要是梦频不允，当然作为罢论，不过我想梦频一定是没有问题的。"

"好罢，就依你这样办好了。不过我现在还始终不了解，你为什么态度会变得这样快？"

"你知道，梦频真是太好了。我不知道为什么？我一亲近她，我心里就觉得有无限的快活。我一离开她，我心里总不断地想她。同她谈话，我精神上常常有一种异常的震动，使我不能自主。我对天大的事体，能够冷静，不过遇着她我却没有办法，有时一两句话，竟至使我脸红！"

"你不怕别人笑你吗？"

"我当然怕，要不然我心里也不会那样激烈地交战了。我尤其怕的是陈凌华。"

"陈凌华？是不是贵州人，明华毕业生？"

"对了。"

"我曾经会过他，人很不错，学问也很好。你为什么特别怕他？"

"他从前因为爱上了一个女子，来求我的忠告，我劝他顶好是痛快丢开，把全副精神放在学问事业上。他听没有听我的话，我不知道，不过他若是知道我改变态度，我倒有点难乎为情了。"

"你这件事，令我回忆起一个故事。"

"什么故事？"

"从前印度有一个妓女，美貌无双，不知道多少的人为她倾家荡产。后来有一位道行最高的僧人，决意去说这个妓女回心转意。僧人同妓女谈了三天三夜。妓女已经饱尝了人世风尘，听僧人指点，立刻恍然大悟，决意落发修行。然而这位道行最高的僧人，因为同妓女谈得太多，倒反被她迷住了！"

"瞎说！天色不早；我们走一走回去罢。"

他们二人起身付了茶钱，走出水榭，再绕公园一周，登土山望望，然后走出门去。

"你为什么把女大演讲辞卸却了？"张老表问道。

"因为我想如果在女大教书，又同梦频接近，要引起许多无意识的闲话，索性辞去了也好。"

"哦，原来如此！你真是深谋远虑！"

"瞎说！走罢。"

二十三

那时正是民国十五年三月十八日。

和暖的阳光，映射起十丈红尘，小小的尘点在空中飞舞。一冬凝结的冰，渐渐融化，街头屋角，都有消融的冰水。风吹起来，也不令人战栗了。马路旁边的黄狗，睡在日光里，懒洋洋地动也不想动一动。洋车汽车往来驰骤，都显出一种活泼气象。憔悴了许久的柳树枝头，也呈一种青黄的颜色，渐渐含一点春意了。

天安门大理石刻的栏杆龙柱，雪白耀目。正中空旷地方，搭了一座讲演台，台上插满了青天白日旗，台前悬有两件血衣，台上站了几十个人，胸前佩带着白布长条的徽号，上写着他代表的团体，职务及姓名。台下站满了千余的群众，人人手中都拿了一面小旗，上写着"反对八国通牒"，"经济绝交"，"打倒帝国主义"，"打倒段祺瑞"，"同胞起来"，种种的口号。还有许多大旗，上面写着各团体学校的名字。

一会儿一个穿青布马褂，蓝布长衫精神勃勃的人走到台前，手里摇铃，高声叫道："现在我们开会了。我们今天开会的目的，是因为大沽事件，本来是外人无礼，他们却仗恃兵舰，炮击大沽，昨天八国并提出最后通牒，要我们堂堂中华民国政府，替他们赔罪道歉。我们中国四万万同胞对此等事体如不反抗，就不啻自己承认我们自己是奴隶！不啻承认我们自己是牛马！所以我们今天特别开国民大会，唤醒同胞一致誓死反抗。现在我们先请余伯虎先生出来演讲。"

台后转出一位面瘦身长形如老妪的人，提起嗓子，一个字一个字地演讲。他先简单讲鸦片战争以后，外国欺负中国的情形，然后再讲此次八国通牒的无理，后来他说道："他们帝国主义者，仍然想用从前的武力政策来压迫中国，他们不知道中国人已经不害怕压迫了。无论他们用多大的兵力，我们也不害怕——"

"不害怕！"台下群众都齐声高叫起来。

"——无论我们怎样牺牲，我们都不害怕！"

"不害怕！"台下又是一阵高叫。

"——就算他们打到北京，我们仍然不害怕！"

"不害怕！"台下更刺激地大叫。

"——绝对地不害怕！"

"绝对地不害怕！"台下更应声狂叫。

"不过我们要认清楚，外国人里边也有对我们表示同情的人，也有以平等待遇我们的国家。"

"你瞧，演讲的人在转变了。"衡山对宝章张老表二人道。

"不管他，再听听。"宝章头望着台上答应。

"——还有一点，更要请大家十二万分注意的，外国人其所以能够这般无理地欺负我们，都是由于我们有万恶的政府，他们与帝国主义者，里应外合，中华民国，活活断送在他们手里了。所以我们要打倒帝国主义，第一步要打倒恶政府！打倒卖国贼段祺瑞！"

"打倒段祺瑞！打倒段祺瑞……"台下的群众，越是激烈，杂乱地高声叫。

"你看他们在换题目了。宝章走罢。"衡山再对宝章说，张老表此时已经挤到前面去了。

"虽然是如此，"宝章答道，"但是今天这种关系国家体面的事情，我们仍然应该参加，既已经来了，怎么回去？并且平心而论，难道段祺瑞不应该打倒吗？"

"那末你把梦频叫回去罢。"衡山道。

"梦频同许多女大同学一块儿来，"宝章答道，"我若中途叫她回去，岂不令同学们笑她？并且听说北京群众素来爱国运动，都很有秩序，我想没有什么关系。"

衡山与宝章谈话这一会工夫，台上又出来一位演讲员。他讲话非常之快，又不是北京话，听不很清楚。不过他的态虔非常激烈，两手像打拳一般地挥舞。他指着台前挂的血衣，说："卖国贼叫卫兵刺伤我们的代表，我们非同他拼命不可！"台下也激烈地大叫："打倒卖国贼！"

他话讲完了，穿青布大褂的主席走到台前报告道："现在开会已完，我们全体到执政府请愿。女生同小学生走前面，其余的随着走。大家不必怕，刚才接得报告，说执政府的卫队，已经全部被国民军缴械了。"

一千多群众，沿路喊起口号，一直走到执政府门前。当门一个小院，一座铁门，两旁都是砖墙，铁门外面一堵旧照墙。门口站立二十几名大刀手，约一连执枪的卫队。到了门首，群众立刻站住，让代表前去交涉。代表同卫兵正在交涉的时候，忽然警卫队长银角一鸣，大刀队往左右散开，卫队全行跪下。再一声银角，劈拍，劈拍的枪声，似连珠炮一般地响，群众里马上打倒几十个。等到枪声刚歇，群众蜂拥而出。但是到铁门时，门小人多，小学生女学生均被挤倒在地，后来的人即从身上践踏而过。

衡山同宝章两人紧站在一块儿，枪声响后，他们伏下不敢动身，枪声停止以后，他们都争着逃命。到铁门时，挤倒的人，重叠起已有三四尺高。衡山宝章二人都先后攀挤而过，宝章一气跑出门首，回头一看不见了衡山，他在旁边站住，忽然看见孙碧芳出来，他刚要问她，接着又看见梦频狂奔出来，他连忙去搀扶着她，梦频面如土色，软倚在他身上。

"你看见衡山没有？"宝章问道。

"看见了，就是他把我救出来的。我被压在人下，腿抽不出来。我看见衡山过去，我连忙叫他，他跑来用力把我拉出来，但是忽然第二次枪声又起，他好像中枪倒了。他只挥手叫我逃，我就跑出来了。呵！衡山！可怜的衡山！大哥，你转去看看他罢。"

宝章急忙雇了二辆洋车叫孙碧芳坐上，扶梦频上车去。他飞奔回来，刚到门首，忽然衡山满身血迹，一跛一跛地跑出来，宝章连忙去扶着他，衡山已经不能言语了。宝章扶着他走了几十步，看见洋车，马上把衡山扶去坐上，叫洋车向协和医院拉去，等一会他也雇了车，一同到协和医院来。宝章去时，旁的有好几个受伤的已经先在那里，一会医生叫把受伤的人都抬到里面去，宝章跟着进去。医生把衡山衣服慢慢解开，查验出他枪伤腿部，幸亏还没有伤着骨头，没有什么危险，大概两三个月就可以好的。宝章这下才放了心，动身回家里来。

到家里看见梦频睡在床上，面色还是雪白，父亲母亲同孙碧芳守着她。宝章告诉衡山的消息，说虽然带伤，并不要紧。梦频要立刻去看他，母亲叫她明天去。宝章也劝她不必着急，并且她的腿刚才压伤了，行动也不方便，梦频只好应允了。

二十四

第二天早上梦频果然同宝章一块儿去看衡山。

衡山睡在床上，面如土色，有时疼痛难忍，不断地呻吟。

"呵，宝章来了，梦频也来了！梦频你昨天大概受惊了罢？该没有什么要紧呢？"衡山看见他们来说道。

"不要紧。你怎么样？"梦频转问道。

"医生看过了，说伤势不重，两三个月就可以好。哎——"衡山说着，一侧身，不觉呻吟起来。

梦频看见，心里不觉恻然！

"痛吗？该不要紧罢？"她柔声问道。

"不要紧，不要紧，没有关系！"衡山说完，强笑一笑。

"我真不知道怎样感——"

梦频刚说到这里，忽然门帘起处，张老表进来。

"呵，原来你们都在这儿。衡山你现在比昨晚好点罢？昨晚我回去，告诉婉英，她非常不放心，今天早上一定要来，我怕她病势增加，所以劝她没有来。怎样，好一点罢？"

"好一点，不过有时有点疼。"衡山答道。

"这次事体真危险！"张老表摇头道，"开枪时，我伏着不动。起初我还以为向天放枪来威吓的，后来我看见地上尘土打起来，我才知道不妙。身旁蹲着的一位约十五六岁的中学生一交躺下，头上喷出血水，把我左腿半截白布裤子全染红了。我吓得魂飞天外，看左边有个马房，连忙跑进去躲着，继续又跑来了二三十人。大家都以为很安全了，那知忽然来了一位军官，手里拿住连槽枪，向我们连放两枪，我们中间一人登时倒地。其余的没命地抢出来，刚出马房，几个大刀手，用大刀拦住横砍，有一位女生，登时倒地，脑袋砍在一边。"

"真正惨无人道！你知道她是谁吗？"宝章问道。

"听说是燕京大学学生。他们因为是教会学校学生，别人都说他们是帝国主义者的走狗，所以他们对于爱国运动，特别热心。这次来的尤其多，谁想到会这样子！"

"后来你怎样逃出来了？"宝章问。

"真不容易！我起初本想从大门出去，但是大门人已经塞满了，我向旁边翻墙，但是墙又太高了，两次上去攀住墙边，手捉不稳，又跌下来。到后来我拼命才得上去，墙下好些女学生，看见我上去了，都哭喊我'救命'。我本来想拉几个上来，忽然第三排枪再响，我一翻身就滚出墙外。"

"那些女学生呢？"梦频问道。

"谁知道？那时候，各人只顾逃命，谁还顾得谁？我的同学王灵山连他的未婚妻都不管就跑出来了。出来后，他才想起，再跑转去，劈头就遇着一个拿马鞭子的兵，一路的马鞭子，把他打出来。后来听说他未婚妻已经中弹死了。"

梦频听说，心里不觉惨然。

"我真奇怪！"宝章道，"人一到了危险的时候，自私自利的兽性，完全表现出来了。当出门时，大家争着出去，后面的人都极力把前面的人推倒，从身上过去。后来地下人堆得多了，都从人堆上翻过去。但是这也是很不容易的事，我刚翻上去，后面的人都死死地把我的腿拉住，想把我拉下，他们好抢上去。好容易我才把脚拉出来。"

"对了，我就是这样被人压住，出来不了的。"梦频道。

"后来你怎么办呢？"张老表问道。

梦频刚要说，忽然脸红不说了。

"幸亏衡山在旁边把她救出来了。"宝章道。

"呵！就是衡山吗？我早知道他会的。"张老表道。

一个身穿白衣，头扎白布的看护妇，像一只白蝴蝶飞进屋来。把验温度的玻璃管给衡山含住，停一会，写下记录，出去。隔一会，又拿一瓶药水来，倒了一满匙，让衡山吃，衡山从她手里把药水一气饮干。看护妇看一看四围，笑一笑，走出去了。

"中国现在的政府，"张老表道，"真是太不成话！当初先祖张文愍公执政的时候，那里是这个样子？"

"张文愍公是已经过去了，"衡山道，"但是难道不能再出几个张文愍公，把中国重新弄好吗？只看大家努力程度如何而已。中国一时虽然紊乱，我们又何必灰心丧气？不过我觉得有一点很要紧的，就是要打破英雄思想。不为作官，不为发财，不为当领袖，只要我们认为是，马上就牺牲一切向前作去。即如我罢，虽然是一个大学教授，真要到必要时，我就投身去当一名小兵，持枪打仗，做一个无名英雄，也愿意的。要是有多数人能够抱这种决心，中国就很有希望了。"

衡山只顾高谈阔论，好像把疼痛完全忘去了。

"你固然有这种决心，但是你敢定多数人都有这种决心吗?"张老表问道。

"我将以我的决心来激发多数人的决心。"衡山答道。

"但是你的决心能够永久吗?"张老表再问道。

"当然能够，为什么不能?"衡山道。

"你如果要下这种决心，你就应当抛去其他人世间一切的留恋，但是你能够抛去一切吗?"

看护妇忽地进来，恭敬地道："你们来得很久了，病人太费精神，请你们让他休息休息罢。"他们三人只好叫衡山好生保养，出院去了。

二十五

衡山的枪伤，一天天地好了。

在病期中，宝章梦频常常去看他，有时宝章太忙，梦频就一人单独去看。在这个时候，张老表已经找机会把衡山的意思告诉宝章了。宝章本来对衡山就很钦敬，这次衡山又舍死救了梦频，他心里更是感激，所以张老表一提起，他说只要梦频肯，他是极端赞成的。后来宝章又直接同他父亲母亲讲了，他父亲也极其满意，母亲虽然还是异常小心梦频的婚姻，不过对衡山这样的人品，学问，地位，更兼他这次为梦频的牺牲，也觉得是顶好不过的事情。因为这个关系，所以梦频家里的人不但不阻止梦频去看衡山，而且常常劝她去。梦频对衡山也很感激，当然也愿意去。

两个多月的工夫，梦频都是不断地到医院去。她顺便请教衡山许多的问题，衡山都详细地替她解释。在梦频方面，虽然完全是为感恩，所以对衡山异常关切，然而在旁人看起来，都以为梦频把衡山作情人了。她哥哥是这样想，她父亲是这样想，她母亲是这样想，张老表这样想，医院的看护妇也这样想，衡山的想法与别人也没有什么不同。

每当梦频来时，医院的看护妇老向衡山笑道："许先生，你的意中人来了。"衡山口里虽然是"瞎说！"然而心里却感觉到一种异常地快活。张老表来时，老是问他："衡山，现在有几分希望了？快成功了罢？我这次的媒，一定做成了！"

每当梦频回家的时候，她母亲老问她："你今天去看衡山没有？"

"去了。"梦频答道。

"怎么样？快好了罢？"

"快好了，不过还要将息些时候。"

"衡山这样的人真难得，别人谁肯舍性命救人？你以后应当不要忘记他才好。"

"当然不会忘记他。"

这样的问答，在她们母女间差不多隔一二天总有一次，然而梦频并不觉得什么。可怜的母亲！她怎么知道梦频的心事？可怜的梦频！她怎么知道她母亲的胸怀？

不知道为什么？凌华近来对梦频写信越是勤了。

有时一星期一封；有时两三天一封，往往四五封同时并到。他说：他近来非常想她，恨不能飞渡太平洋来看他亲爱的梦频，只要能够见一面，他精神也有无限的安慰了。他说：他常常做梦，梦着他们两人在西湖葛岭山头，极目远眺。他说：他最近作了一个梦，却把他吓坏了，他梦见梦频为一恶魔抓去，他自己却被恶魔打倒在地，不能动弹！他说：别人都说别离可以医好爱情，然而他却越离别爱得越厉害，他相信梦频一定同他有同样感触的。他还说：不知道有多少时候，他一个人独自躺在床上，回想他们从前一切恋爱经过的情形。不知道有多少时候，他接她来信，感激得流泪不能自止。有不知道多少时候，他烦闷到极点，把梦频的像片来看一看，他立刻就快活了。更不知道有多少时候，他望着清清的明月，想着他不能与梦频朝夕聚首，他又悲哀了。

最近他说：听说明华大学拟定有一新章程，为便留美学生，熟习本国情形起见，已赴美者如有特别题目须回国研究，可以中途回来，来往路费，可津贴一半；一二年后，再赴美国，仍可继续领取官费。如果这个章程通过，他很想借此机会回国一趟，一来可正式向梦频家里求婚，二来也可略知本国情形，免得将来回国，茫无头绪，不知从何下手。

梦频越多读他的来信，心里也越是思念他。从前她对衡山还有一些胡思乱想，现在早已一扫而空，专心致意地纪念她的凌华了。

两星期以后，凌华第二封信告诉她，说回国章程已经宣布，他已经去留美监督处请求去了。至于路费，他两年来撙节的数目已经不少，宝林又愿意把省下来的钱帮助他，也可以不成问题了。

梦频心里异常高兴，她睡梦里都想着凌华。

同时衡山的伤口渐渐痊愈，两星期后，居然可以略略缓步了。医生还是劝他多休息一些时候，免得创口破裂。衡山只好又睡了两个多礼拜。到六月中旬，他居然搬出院来。

出院以后，亲戚朋友都很高兴，尤其是梦频家里的人。梦频的父亲，常常请衡山到家里去玩，衡山也喜欢去，以后差不多间一两晚上总要到他们家里来谈一次；衡山居然好像是他们家里的人一样了。

虽然衡山与梦频彼此渐次亲密，什么问题都谈到，梦频也觉得没有从前那样怕衡山，衡山也不像从前那样轻蔑梦频，然而衡山还是始终没有提半个字，表明他的爱情。他看见梦频一天天地接近他，他想早迟是一定没有问题的，所以他也一点不急了。梦频因为衡山一个字不涉及爱情，也就坦然无虑地同他来往了。

他们两人就是这样的往还，旁边的人就是这样的看着，然而谁知道他们各人心里的事情？

在旁人中只有一个人看得清楚，心里恐惧，而又不敢多说的，就是孙碧芳。碧芳替凌华转了两年多的信，而且从前经过宝林梦频详细的告诉，所以对于凌华梦频的关系，知道得非常清楚的。近来她看见梦频与衡山那样亲密往来，各方面的人都以为他们互相恋爱，她心里很着急。她固然不敢怀疑梦频变了心，因为梦频与凌华的关系太密切了，不过这样情形，如果继续下去，万一有点差池，岂不把凌华的性命白送了吗？

她有好几次要想劝梦频不要同衡山太亲密，总觉得难于出口，固然她同梦频有很深的友谊，然而无论如何好的友谊，这种话是不能轻讲的，因为万一讲错，第一是看轻梦频的人格，第二是看轻梦频与凌华的爱情。

"梦频，今天你又到医院去看衡山了吗？"有时她这样问。

"去了。"

"衡山好像很喜欢同你谈。"

"对了。"

"明天还去吗？"

"母亲叫我每天去。"

孙碧芳到这里好像再也说不下去了。后来衡山出院以后，孙碧芳又常常这样问梦频：

"梦频，昨晚衡山又到你家来玩了吗？"

"来了。"

"他好像很喜欢到你家里来。"

"对了。"

"明晚他还来罢?"

"母亲叫他明晚来。"

孙碧芳到这里依然是一句也说不下去了。后来她又另想问题问梦频道:

"梦频,凌华说他回国的事体怎样?"

"他说大体已经没有问题,六月初已经动身了。"

"他来北京可以会见衡山了?"

"他当然要会他,衡山是他最佩服的朋友。"

"凌华要是知道衡山救了你,他一定很感谢衡山罢?"

"对了。我想他一定很感谢他。"

"要是衡山知道你同凌华好又怎样?"孙碧芳大胆地问。

"这又怎样?我不懂你的意思。"

"我说要是衡山知道你同凌华好,我想他会高兴罢?"

"对了。我想他会高兴;他有什么不高兴?凌华不是他的好朋友吗?"

"对了。不错。他们是好朋友……老实说,梦频,我想你一定已经告诉凌华,你认识衡山的事情了,我想他一定很高兴罢?"

"我还没有告诉凌华,我认识衡山的事情呢。"

"没有告诉吗!"孙碧芳惊异道。

"没有告诉。"

"连三一八救你的事情,也没有告诉吗?"

"也没有。"

"这就奇怪了!"

"这有什么奇怪?我心里就是不高兴告诉。并且我也不定要事事都告诉他。"

孙碧芳听见梦频这样讲；虽然心里很奇怪，也不便再问下去了。

二十六

凌华在七月初就到了上海，马上打一个电报给梦频，稍停一二日，就急急忙忙地赶到北京。

到北京他本来想立刻就到梦频家里来，后来他想晚上去也许不便，反正已经到了北京，还忙什么？他暂住在北京旅馆，决定第二天早上去。他当晚就去找衡山，衡山看见他来非常高兴。吃完晚饭，他们两人到北海五龙亭去吃茶。

天气虽然炎热，凉风从水面吹来，夹着荷花香气，使人遍体生凉。对面漪澜堂灯光映入水中，闪灼荡漾。月光从东边射来，照耀来往的游船，历历如绘。

凌华在美国住了几年，一旦见着故国景色，已经心旷神怡了，何况当着北海的良夜？他当时心里充满了愉快的感情。他说道：

"衡山，异乡的风景无论如何明媚，总不及故国的湖山。在美三年，我也游历过许多地方；好虽然好，对之总不能发生深挚的感情。在本国却处处都能使人留恋了。"

"何尝不是？我从前很早就随着父亲到英国，却是始终忘不了中国，常常回想到中国的一切风物景色。人类始终是有感情的，在某一个地方生长的，对于那一个地方不知不觉的就发生出一种深挚的感情。"

"对了。尤其是在那一个地方，你同你最亲爱的人曾经流连往还过的。即如西湖，我现在差不多一生一世也忘不了的。西湖的风景，真是太美丽了；西湖同我的关系，真是太密切了；世界上再也找不出一个更能令我留恋的地方了。"

凌华不觉回想到四年前在西湖的情形，默然不语，停一会再说道：

"衡山，时间过得真快！回想起我们两人在上海半淞园谈话时，现在转瞬就是三年半了。"

"哦，对了！你那时不是告诉我，你对一位同学的妹妹发生了爱情吗？我不是还劝过你吗？现在怎样了？"

"我真对你不起，"凌华赧然道，"当时你虽然劝我一刀两断，把全副精神用到学问事业上去，但是我那时爱得太厉害了，心里辗转了好些时候，终于没采纳你的话。幸亏还好，虽然我们到现在还没有正式结合，不过我们的爱情仍然是很稳固的。我这次提前回国，一方面固然为研究国情，一方面也想把这个问题，趁此机会，圆满解决。她家已经搬到北京来，所以我在上海也没有多停，就赶来。"

"说起来真好笑！"衡山深深吸一口纸烟，说道，"从前我劝告你，现在恐怕你也许会劝告我了。"

"为什么？"凌华不解道。

"为什么？"衡山微笑道，"因为我也发生爱情了。"

"你？你，发生了爱情？"凌华惊疑道。

"对了。"

"真的吗？"

"真的。"

"这就太奇怪了。究竟是怎么一回事？是那一个女子？居然能使你也改变主张了？"

黑云忽地飞来，把月光遮住，大风忽起，接着一阵大雨下来。他们的茶桌本来靠近栏杆，此时飘满了雨点。衡山连忙叫茶房来把茶碗杂物移到里边去。

二人坐定后，凌华急于要知道衡山恋爱的经过，叫衡山快点讲。

"何必这样性急呢?"衡山笑道。

"不是性急,因为你这次变迁太出人意料之外了。"

"不但出人意料之外,也出我自己意料之外。我从前很早就主张抱独身主义,对一切女子,我都视如粪土,不过这次爱情发生,竟使我不能自主起来。我曾经奋斗过好多次,不过终于不能自脱,所以我不能不修改我以前的主张了。"

"这倒没有什么大不了的事情,不过我很愿意知道,爱情对方是一个什么样的人,居然能使你动心了?"

"她是我一位朋友的妹妹,是女大的学生,因为我同她的哥哥都在北大教书,所以就认识了。她是一个富有思想的女子,性情,品格,容貌样样都不错。她愿意接近我,因为智识方面,我能够指导她。虽然我起初对她发生了爱情,却没有接近的机会。后来三一八的惨案,我拼命把她救出来,自己却受了伤,她同她家里的人都非常感激我了。在医院时,她差不多每天来看我,我们的感情也一天天地进步。后来我托人把意思告诉她的家庭,她哥哥极端赞成,父亲母亲都很高兴。出院以后,我不断地到她家里去,我们现在差不多一天不见面就不快活了。"

"那么你快成功了。我准备吃你的喜酒罢。"

"你也许觉得我改变得奇怪罢? 不过,凌华,我这次所遇的女子实在是太好了! 我想要是你先会见,你也会发生爱情的。"衡山说完,呵呵大笑。

"这倒不见得,因为我所爱的女子,真是人间第一,决难有第二个能够胜过她。我现在颇有'曾经沧海难为水'的景况,这颗心是决不能再动了。"

"也许是心有所爱恋,则不得其正,罢? 不管它,我们以后再看好了。"

"你已经求婚没有?"

"没有。不过这没有多大关系,反正她家庭是赞成的,她是爱我的,也没有旁人同我竞争,只要我一提出,什么事都定规了。不过我想缓一缓,倒多有点趣味,因为一个人最快活的时候,不是在他已经达到目的的时候,是在他很有希望达到目的的时候。这种时间越延长,趣味也越浓厚,不然就变成猪八戒吃人参果,一口吞下去,没有尝出半点味道来。"

"妙!妙!你好像对爱情很有研究了。不过我想最好还是不要延长得太久,久了也许会生出变化来,那时却失悔不及了。"

"当然也不应该太久,我也打算在最近就正式提出。"

"对了。我很赞成。你的情形同我的不同:我向本人提出,却没有向家庭提出;你向家庭提出,却没有向本人提出。我是因为当时对方面的母亲主张迟,所以没有办法,你现在什么问题都没有了,何苦再迟延呢?"

"是的,是的。你在北京大概还要住好久罢?"

"我想至少也得有一个月。我想先解决我的婚姻问题,然后再准备回贵州。"

"我希望你快成功。"

"我也希望你快成功。"

"夜深了,我们回去罢。"

"好。"

风雨已经停了,一轮明月,又高悬天际。当凌华坐车回北京旅馆的时候,已经一点过了。

二十七

凌华第二天八点多钟起来,早餐过了,就急急忙忙地坐车到梦频家里来。

在车上他心里不断想：梦频现在不知道怎样地美丽了？她要是看见我来了，她不知道会怎样的高兴呢？我会见她要先讲什么话才好呢？我会着她母亲，要讲什么话才好呢？此时已经九点过后，她父亲也许已经到车站去办公去了罢？他要是会见我，一定很喜欢，因为他从前就很喜欢我。

他把手提箱打开看一看，宝林托他带的东西家信，都没有忘记，通通带来了。

一路胡思乱想，忽然洋车停住，原来已经到了门口了。

他看看门牌号数，付了车钱。刚要去敲门，忽然心跳动得很厉害，他想这一敲门，谁知道？也许梦频就亲自来替他开门了！

他迟延了好一会，觉得心里稍为安静一点，然后用战栗的手去敲门。

等了好一会，门开了，原来不是忆想的梦频，却是老态龙钟的李妈！李妈向他端详了一阵，忽然叫道："哦，原来是陈先生！请进来……请在客厅里坐……大少爷，陈先生来了！"

凌华到客厅坐下，李妈盛了茶，接着宝章就进来了。他们在美国曾经会过面，这次再见，彼此都很快活。停一会，宝章的母亲也进来了。凌华问了好。把宝林带的东西，从手提箱里取出来。宝章把信拆开，读与母亲听。

凌华又讲了许多关于宝林的情形。他说宝林在美国很快活，读书也极有进步。他非常之活泼，喜欢同美国学生一块儿往来，加入他们的各种团体活动。他身体比从前高大结实多了。

"二妹为什么不见？"凌华问道。

"她自从知道你到上海，就盼望你，每天都在家等你；今天因为有点特别要紧的事情，到女大找孙碧芳去了。大概午后三四点钟就会回来。"宝章的母亲用不完全的官话答道。

"伯母居然会讲官话了！二妹恐怕长得更高了罢？"凌华再问道。

"比从前高一点，不过没有从前那样调皮！"宝章的母亲笑道。

"读书想来更有进步了？"

"我不知道有没有进步，不过她侥幸得着一位很好的先生，常常来教她。"

"哪一位先生？"凌华问道。

"就是我的一位朋友许衡山，北京大学的教授。"宝章答道。

"哦……"凌华好像忽然听见一个青天的霹雳。

"衡山人真好！"宝章的母亲道，"三一八惨案的时候，他本来已经逃出，看见梦频压在人丛里，他又转去奋勇把她救出来，他自己却中弹了。"

"哦……"凌华心里一阵难过，口里却讲不出话来。

"现在他对梦频很好，梦频也很喜欢向他请教。今天晚上他也许再来呢。"宝章的母亲继续地说。

"那么……二妹现在很喜欢他了！"凌华苦笑地说一句，眼里感觉到一股辛酸，他几乎要流泪了。

"二妹当然喜欢他。她对衡山素来就很好，经此事后，她更感激他。衡山住医院时，她每天都去看他，现在他们彼此感情是非常之好。"

"那么……二妹以后算是终身有托了！"凌华愤恨地说。他眼前火星乱碰，好像要晕倒了。

"还不是吗？总算她的福气好，能够得着衡山这样的人。"不解人悲痛的母亲还只顾得意地说。

"今天对不起，我有件异常重要的事情，我此时不能不告别，只好改天再见了。"凌华此时无论如何忍不住了，连忙起身告辞。

"何必这样忙？午饭也不吃？"母子二人齐声道。

"事体很要紧，改天再来叨扰好了。"凌华说着立起身来，走出客厅。母子二人只好跟着出来。

"晚上转来好了，衡山届时一定来。"宝章道。

"谢谢，恐怕没有工夫，大概不能来了。"

凌华急忙走出，到街上也不讲价，跳上一辆洋车；催着车夫如飞地拉回去，他在车上已经忍不住流泪。

快到旅馆门首，他恐怕被人看见把眼泪拭干，跑进屋子，把门锁上倒在床上，放声痛哭。

他现在才知道一切都完了。梦频家里的人都极力地主张了，衡山也热烈地爱恋了，梦频也愿意了。他，他还有什么？他一切的希望都打破了！他的灵魂从今后没有归依了！三年以来，朝夕想念的人已被别人抢去了！抢去的不是别人，就是他平生最佩服的好朋友！

他想到他最初与梦频相见的时候；他想到他们在西湖相处的时候；他想到他向梦频表示爱情的时候；他想到他离国前重到西湖的时候；这些甜蜜的回忆，不堪的回忆，一页一页地涌上心来，然而通通成过去了！

他把箱子打开，把梦频给他的信，重新诵读；梦频确是曾经热烈地爱过他，你看，这些话讲得多么动人呵！他取出梦频的像片，梦频真是太可爱了，无怪乎衡山眷恋了她。然而衡山并不知道，梦频，你却如何变了心了？你在我回国前不是还同我通信吗？还高兴知道我能够回来吗？怎么在这两个多月，你就不爱我了？也许你是感激衡山救命之恩罢？然而，你不是说你的心已经跟我了吗？如何你又可以再跟他人？呵，梦频！你如何舍得丢开我？你如何忍心丢开我？

人世间一切都是空茫，只有我们彼此爱情中，我才感觉到一点人生的真意义，难道这一点现在也要烟消云散了吗？难道生命途程中，始终找不出一样真的事情吗？始终找不出一样久的东西吗？呵，人生！可诅咒的人生！我曾经把我的热情来温暖你，你却是始终冰凝着面孔。我曾经把我的热泪来灌溉你，你却始终铁硬着心肠。我曾经用全部灵魂来扶持你，你却始终残忍着手腕。我的声嘶了，力竭了，泪干了，心灰了，望绝了，我没有勇气再生活下去了！

他悲痛之际，忽然听见敲门。

"先生用过饭没有？"这是旅馆伙计的声音。

"不用了！"凌华答道。

他倒在床上，足足哭了一下午。到傍晚的时候，他疲倦已极，渐渐地睡着了。

他忽然觉得他在西湖了。他独立在葛岭山头，俯视下面醉人的湖光山色，顿觉心胸开畅。一会儿梦频也来同他并肩坐下了。梦频斜倚在他的胸前，他用唇吻她的黑发。他忽然想起早上的事了。

"梦频，你为什么爱衡山了？"

"才怪！谁爱衡山？老是'衡山''衡山'，讲得真讨厌！"梦频娇憨地说。

"你母亲不是说你同衡山彼此很好了吗？"

"才怪！你同衡山才很好呢！"梦频仰首望他，柔媚地笑。

"哦！二妹！我错怪你了！请你不要怪我！"

"谁怪你？只要你不怪我就好了。"

凌华把梦频的头轻移过来，两眼凝视着她，他沉醉了，他的心魂荡漾了，他要俯首去吻她了。

忽然听见脚步声，他回头，看见衡山一步步蹀上山来。

"梦频！梦频！"衡山向梦频招手。

倏忽间，梦频在衡山怀抱里了。

"梦频！你怎么同他去了？"凌华惊骇地高叫。

梦频一言不答，衡山用手搂住她。

"衡山，你为什么把我的梦频抢去了？"他怒目问衡山。

"我把你的梦频抢去？你说的什么话？梦频爱我，我爱梦频，怎么叫做'抢去'"衡山冷笑道。

"梦频从前就很爱我了。"凌华道。

"从前当然很爱你，不过现在她爱我了。"衡山声色不动地道。

"我不信！梦频刚才不是同我在一块儿吗？"

"不信你问她好了。"

凌华跑上前去。

凌华转眼看梦频，梦频一句话不讲。

"梦频，你怎么也不理我了？"凌华着急道。

"谁不理你？"梦频转问道。

"你为什么不爱我了？"凌华再问道。

"我不爱你又怎样？这是我的自由！"

梦频说完，携着衡山的手走了。

凌华昏厥在地上，好一会，他忽然听见一种声音。睁眼一看，原来仍然睡在床上，细听伙计在敲门。"陈先生，有客人来会。"

"谁？"

"他说他姓许，北京大学的。"

凌华惊得呆了！

一阵脚步声音，衡山来在门外叫他，他没有法子只好开门。

二十八

"今天晚上，"衡山坐下道，"我要到一个朋友家里去，所以——干吗你眼睛这样红？"

"今天——早——起来眼睛就疼痛，不知道为什么？大概吹了风，尘土进去太多了。"

"呵！北京的尘土本来很多。不要紧，休息休息；明天就好了。我本来想约你到一个好地方去，现在既然你的眼睛痛，只好改天再去了。"

"哪儿去？"凌华问。

"你猜。"衡山眉飞色舞地道。

"我猜不着。"

"你试一试。"衡山好像高兴得很。

"你说好了。"凌华懒声道。

"我要到我爱人家里去！我想约你一块去也不错。她哥哥也是留美学生，人很好，你们一定谈得上，你初到北京，多认识一两位朋友也不错。并且我还可以向你证明，我昨晚上讲的话，确没有错。她，她真是太好太好了。"

衡山只顾痛快地讲，凌华的心几乎要裂了！

"凌华，现在我才尝着爱情的滋味了。我从前的生活，真是太紧张了，太单调了，现在才真有意义！不知道为什么？我自从爱她以后，我的人生，我的宇宙，我的一切，都变换了。她真是一个圣灵的天使，她真是一个理想的美人，她真是绝对纯洁的结晶！可惜你今晚不便去，不然，你一定会惊叹的。"

"对了，很可惜！"凌华惨笑道。

"不要紧，改天我一定约你一同去好了。我昨天晚上回去仔细想了你的话，你不是劝我不要再迟延吗？越想我觉得你的话越对，我现在打算在最近就正式征求她的同意了。这也不过是一种手续，我想她决没有不答应的。我现在确乎是一刻也不能离开她了。一离开她，我心里总是丢不下，她简直成了我的生命了！"

衡山的话，句句都刺进凌华的心，凌华难受极了！他用双手蒙着眼，头低下来，手腕挣在膝上。

"怎么样？眼睛又痛吗？"衡山关心地问。

"对了。痛得厉害。"凌华只好随着答。

"我看顶好还是找医生，王府井大街有一位眼科医生，同我感情不错，他本事非常之好。我同你一块儿去看，好不好？"

"不必——我现在不想出去——痛得很——明天去好了。"

"坐汽车去，很快，不要紧。"衡山道。

"不去，不去，痛得不能走。"

"你既是不能去，我去把医生接来好了。"衡山说着，就动身出去。

"衡山，不要去！小小一点眼痛，有什么关系？"凌华叫道。

"痛得那样厉害，怎么说没有关系？谁知道？也许发生很大的病痛来。你在床上躺一会，我不久就转来。"

衡山不管凌华阻挡，一直跑出去。凌华听见衡山叫伙计的声音，打电话叫汽车的声音，一会，汽车开动的声音，衡山果然去接医生。

衡山对凌华这样的热情，使凌华受了深深的感动。他回忆起衡山对他许多的好处。经济上的援助，使他在明华能够安心读书，已经是难得了。智识方面，精神方面，都曾经得着他不断地鼓励指导。衡山为人是极讲义气的。

他失悔，他从前应该把梦频的姓名详细的告诉衡山，衡山一定不会夺他所爱了。然而衡山现在半点也不知道，他怎么晓得他已经成了凌华的掠夺者呢？

"如果我告诉他怎么样？"

凌华心里不禁这样想。也许衡山因为友谊的关系与梦频断绝关系了罢？不过据衡山讲起来，他已经热烈地爱梦频，一旦若与梦频关系破裂，精神上定然要受极大的痛苦的。至于他呢？难道他能与梦频再好吗？梦频已经很爱衡山了。衡山就与她断绝，恐怕她也很难再爱凌华了。

如果对衡山讲，结果是一点好处也得不着的，白白地把梦频衡山都牺牲了。

他又想起刚才衡山的话了。"我现在确乎是一刻也不能离开她了。一离开她，我心里总是丢不下，她简直成了我的生命了！"衡山！可怜的衡山！你知道你爱的是谁吗？

如果不告诉衡山呢？我自己同梦频的一切，岂不是通通断绝了吗？梦频！我怎么舍得你？你也许可以不爱我，但是我怎么能够不爱你？并且我心上的创痕太深了，没有你，我怎么能够生活得下去？

一点多钟已经过去了，凌华始终想不出一个办法来。

汽车声在旅馆门口叫，一会衡山同一位身材矮小面貌慈祥的医生走进屋来。

"怎么样？还痛吗？"衡山问道。

"现在好像好一点。"凌华答道。

医生把凌华眼皮翻开，仔细考验了一阵，说他的眼病很厉害，打开药匣，拿出一瓶药水，用玻璃管打进一些黄黑药水进眼睛去。又拿出一小瓶白药水，一个玻璃管，一些棉花，叫凌华以后每天点四次。他说病体虽然厉害，不过有他的药水抵住，绝没有什么危险的。交代完后，他匆匆就走了。

"现在好一点吗？"衡山问道。

"好多了。"凌华答道。

"我现在要去了，恐怕他们等得太久。这个医生不错，我想你明天一定会好的。好，再见！明天我一早一定来看你。再见！"

"再见！"

二十九

衡山匆匆忙忙地赶到梦频家里去，已经快九点了。他进客厅去，只看见梦频的母亲。她问他为什么这样迟才来，衡山说他去看一位朋友，因为这位朋友病了，他去替他接医生，所以迟了。

"什么病？该不要紧吗？"

"眼病，疼痛得很，医生上药以后，好一点了。他是我顶好的朋友，初到北京来，熟人不多，所以我不能不照料他。你等得太久了罢？真对不起！"

"不要紧，早迟没有什么关系。"

"梦频为什么不见？老伯到那儿去了？宝章为何也不在？"衡山问道。

"宝章同他父亲被铁路局长请去吃饭去了。梦频在书房里。你去找她谈罢。我到厨房去看看李妈东西做好了没有？"

梦频的母亲出去了。衡山走进书房。梦频下午回来听见母亲讲凌华来，心里很失悔，不应该出去，此时不知道怎么办好？一人坐在书房里，把书翻开也不能读，只是闷闷地想，所以刚才衡山同母亲讲话，她也没有心情理他了。

"二妹读什么书？"衡山进去在隔桌一张椅上坐下问道。

"《吴梅村的诗集》"

"你觉得他的诗怎样？"

"好极了！尤其是他的七言古体，又雄伟，又宛转，又流利。"

"你最喜欢那一首？"

"我想《圆圆曲》顶好了！"

"我也最喜欢，曾经读过许多遍。你看：'痛哭六军皆缟素，冲冠一怒为红颜'两句，把吴三桂形容得多刻骨，用语多工稳？""我真不解，吴三桂那样英雄何以为着一个圆圆，把什么都不顾了?"

"我想这也是很平常的事情。英雄儿女，总是脱离不开的。越是有才气勇力的人，越容易堕入情网。他们以为天赋才气勇力，不得美人青眼，是没有意义的。你看欧洲中世纪的骑士，都以保护女子为天职，就是这种心理，其他历史上这样的例更不知有多少呢?"

"你以为他们这种态度是正当的吗?"

"从前我很激烈反对这种态度，以为是绝对不应当的，不过现在我的态度却完全改变了，我以为吴梅村所说的'英雄无奈是多情'，真是确切不移的了。"

"为什么你的态度忽然改变了呢?"

"因为——因为——"衡山有点难说了。

"因为什么?"

"因为——我遇着天下第一的美人了!"

"什么?"梦频惊异地道。

"梦频!"衡山充满了情感地道，"我现在再也不能隐藏我的意思了。我第一次会见你时，我心里就发生了异样的情感。以后我天天地爱你了。我爱你完全是出于自然，我自己也莫明其妙，我完全失掉了自主的能力了。这一年以来，我没有一刻不想你，一离开你，我好像觉得什么都没有意义，因为你把我全部生命都改变了。你是我的灵魂，你是我生命的原动力，要是没有你，我简直不能生活了! 梦频! 你能够允许我以后永远不离开你吗? 能够永远让我崇拜你吗? 梦频!"

"衡山!"梦频大惊道。

"梦频! 现在只要你答应，什么都没有困难了。我曾经把我对你的爱情，告诉你哥哥，父亲，母亲了，他们都很愿意，我心里蕴蓄了好久，我都不敢同你讲。几次话到口边，我又忍住了。梦频! 你答应我罢? 只要你答应，什么一切都光明了! 梦频! 你应允罢。"

梦频惊异得说不出话来，她起身两步走到沙发上，无力地斜倚坐下，把头藏在两手中。

"梦频！我真是真心地爱你。我现在是绝对不能离开你了！"

衡山说着走近身来。

"衡山！你错了！我万万不能答应！"梦频抬头道。

衡山停步，退回；仍然坐在椅上。

"为什么呢？"他问道。

"理由我不必说，不过一定不行！"梦频坚决地道。

"我有什么不好的地方，使你讨厌我吗？"

"没有。"

"我在什么时候得罪过你吗？"

"没有。"

"你不相信我真心爱你吗？"

"我没有什么不相信。"

"那么为什么呢？"

"衡山，你不必逼我讲罢，此事在我真是万难。一切，请你原谅我好了！"梦频说罢，不觉哽咽起来。

衡山心里难过极了，同时他却猜不出个究竟来。看梦频这个样子，当然是有难言的苦衷，不过这又是什么呢？他想了好久，始终摸不着头绪。难道梦频已经爱了别人吗？他想一定不会有的。要是有，是谁呢？他知道梦频素来就没有旁的什么男朋友的。并且梦频平素非常稳重，不容易轻同别人相好的。要是没有，究竟为什么呢？

他默默地坐了好一会，梦频还不断地哭泣，他也不敢再问她。

他忽然听见外间有敲门的声音，走出去一看，原来宝章同他的父亲两人回来了。他们彼此问候了一两句，随着都进了客厅来。桌上碗筷都摆好了，他们都就坐，预备吃晚饭。李妈出来说："二小姐说她身体不舒服，要早睡，不吃饭了。"

"大概又受了暑罢？今天她又出去跑了一天。"宝章的父亲道。

李妈每人先盛了一碗荷叶粥，然后陆续盛上菜来。宝章同他的父亲，因为午饭吃得迟，都不能多吃，吃一碗饭，就停箸了。桌上剩下许多的菜，他们都劝衡山，衡山也吃不下。

"可惜凌华今天那样忙，不然，一块儿吃岂不好吗？"宝章叹道。

"不知他有什么事？连午饭也不肯吃。"宝章的母亲道。

"你们讲的是谁？"衡山问道。

"陈凌华，从前同宝林在明华顶好的朋友，现在刚从美国回来。"宝章答道。

"哦，原来你们也认识凌华吗？"衡山惊异道。

"他同宝林四年前曾经来西湖住了一个暑假，他是很好一个子弟。"宝章的母亲道。

"那么，梦频同他也相熟了？"衡山更惊异地道。

"还不熟？梦频宝林同他三人，一天到晚一块儿玩，好像三兄妹一样。梦频那时调皮极了。"宝章的母亲道。

衡山仰视不语。

"凌华今天来见着梦频没有？"停一会他问道。

"没有。因为梦频已经去找孙碧芳去了。"宝章的母亲道。

"他讲了些什么话？"衡山又问道。

"他好像忙得很，把宝林带回的东西交卸，问了几句关于梦频的话，他匆匆就走了。"宝章道。

"他问几句关于梦频的什么话？"衡山此时不知不觉好像在问案的样子。宝章觉得很奇怪。

"他问梦频大概长高了罢？"宝章母亲道，"又问读书很有进步了罢？我说幸亏得着了你这位好先生！"

"你告诉他我的名字吗?"衡山问道。

"对了。我还告诉他你怎么救梦频,你们感情怎么好。"宝章的母亲得意地道。

"他说什么?"

"他说:'那么……二妹以后算是终身有托了!'我说'这总算梦频的福气好',他讲完立刻就要走,我同宝章,怎么也留不住。请他晚上来,他说大概不能来。我想改天他一定会来的。"

衡山默然不语。他问够了,他问得太多了!吃完晚饭,他马上匆匆告别。

三十

衡山回到住所,大概有十一点钟左右了。

满天的繁星,一个个像钻石般地明亮。白光聚处的银河,也分外地清楚。他不进屋子,只在阶前踱来踱去。

他现在才彻底了解凌华眼痛的原因,与梦频拒绝他的原因了。他从前做梦也没有想到梦频会有其他的情人,他更决没有梦想到梦频的情人就是凌华,就是他的好朋友。他对梦频的思想,性情,品格,曾经观察得非常详细,更由他与梦频接近的经验,他断定梦频一定会爱他的,然而他却没有算到梦频的心早已经赠与他人,早已经赠与他最亲爱的好朋友!

他现在才知道,梦频虽然有爱他的可能,虽然对他很好,然而这不过是感恩与佩服,并没有爱过他,他却完全误解梦频的意思了。

他觉得他很奇怪,怎么会一点也看不出来?这大概是因为他太爱梦频了。爱情使他糊涂颠倒,使他胡乱想像,所以梦频一举一动,对他稍表示好一点,他就以为梦频爱他,其实并没有这一回事。不过要说梦频完全不爱他，好像也不尽然，梦频对他确是有一种渴想接近的倾向，这一点他看得非常明白的，不然，他从前也不会那样的自信了。不过梦频同凌华的关系已经太深了，梦频的品格太纯洁了，太高尚了，那能轻易转换她的爱情？现在要梦频弃凌华而爱衡山是绝对办不到的事体了。

他十几年坚苦奋勉的生涯，从来没有陷入情网，这次第一回陷入，就逢着满身的荆棘，他真是太不幸了。要是不遇着梦频，他也许没有这些烦恼罢？现在既已经倾心爱一个人了；爱的人又是绝对不能达到目的了；要放下也放不下，要前进也不能前进了。他的心本来很难动，一动以后，他觉得万难收拾。梦频的情影，已经深深印入他的心头；梦频的一颦一笑，在他记忆中已经永远不能磨灭；这次的失败，给他心上一个很深的创痕，再也医治不好，离开梦频，他只有一条死路，教授生涯，再也过不好了。

他又想到当天下午凌华在旅馆的情形了。凌华真可怜！他明明知道我夺去他的梦频，但是他又不好说。顶滑稽而沉痛的，就是我还向他讲好些爱恋梦频，自鸣得意的话！当时我想他一定非常难受。他哪里是眼睛痛？简直是心裂了！

他抬头望天，天上星斗都闪闪灼灼地在笑他。他忽然愤愤地道："反正凌华太可怜，梦频又不能爱我，我又不能自脱，我也不想再活了。不过与其为爱情而死，倒不如为革命而死。中国现在太少肯真正为革命而死的人了。我从前在协和医院，不是说我愿意投身去当一名小兵，持枪打仗，做一个无名英雄吗？当时张老表不是笑我的决心不能永久吗？现在我何不去实行我的主张？南方革命旗帜已经飞扬了，革命志士们，都准备血肉相搏了，我何不改名字去加入革命军？友谊也顾全了，对梦频也尽心了，国家也报答了，我也得着死所了！去，去，革命去！去，去，革命去！"

他登时心胸舒畅，走进屋里去。提笔写一封信给梦频道：

"梦频：在这一封信到你手里时，我已经出北京了。我准备到一个地方去，到一个能够给我牺牲为国的机会的地方去。我不愿意去作一个轰轰烈烈的英雄，因为中国的英雄已经太多了，我只愿意去隐姓埋名地当一名冒险牺牲的小卒，所以以后我死在何时何地，你永远也不会知道，天下后世也不会有人知道了。人生已经疾如飘风，转瞬即逝，功名身世，还有什么可留恋之处？不过亲爱的梦频！我身体虽然死去，我爱你的心是永远不会死去的。因为我爱你太热烈了，你曾经引动了我生命之流，我全部心魂都交给你了。

"要是没有旁的障碍，我也许还觉得人生有留恋的价值，愿意同你享尽人间的艳福，然而现在我知道事实上万万不能了。凌华同你的关系已经深得不能挽回，你绝无弃彼就我之理了。凌华是我的好朋友，他是一个极诚实有为的青年。我希望你们能永远相亲相爱，永远快活，不要以我的牺牲而介意，要是这样，我死也瞑目了。梦频，你是聪明的人，我想你应该懂得我的意思罢？

"别了！梦频，我永远不能忘记的梦频！"

他把信写完，封上，在封面把住址姓名写好。忽然他想到他忘去了一件最重要的事情。他又把信重新拆开，在信尾注道："凌华现住北京旅馆，他听见说我同你好，他非常悲痛，接信后你应当立刻去看他，不然恐怕发生什么意外。至要！至要！"

他再把信重新封上，把封面写好，预备明天一早叫听差送去。

他虽然吩咐梦频赶快去看凌华，但是他还是不放心。凌华当晚的情景，真是太悲痛了，如果他一时绝望，竟自寻短见，岂不是什么事体都坏了吗？他想顶好还是再寄一封信与凌华，告诉他梦频仍然爱他，叫他去找梦频，然后方才万无一失。

他提笔再写信与凌华道：

"凌华：昨晚我曾向梦频求婚，经她拒绝，后从她母亲口里，始知你所爱的人，就是梦频。梦频并没有爱我，我以前都是误会了。她现在渴望着你，望你立刻去找她。我现在已决定出京，以后行踪不定，能否再见，均在不可知之数。命运如此，夫复何言？我只有虔诚地祝你们百年幸福了！"

把两封信写完，放在桌上。他开箱捡出一两套衣服，拿了一百块钱，连一些零星用品，共同放在一只手提箱里；好在天气热，用不着被窝，他只带一床毯子。他又在箱里把梦频最近送他修改的一篇英文稿用几层纸封上，拿来放在贴身的衣袋里。

行李收拾好了，他走出户外。空中仍然是满天的繁星，他望着它们长吁一口气，一阵心酸，他第一次为梦频流泪了。

回到寝室，和衣躺在床上，毫无半点睡意。眼睁睁地望着天明。他叫醒听差，把两封信给他，叫他七点钟就亲自送去，要回收条。他提住小箱，拿着毯子，出门叫辆洋车，拉到车站。六点钟的火车，准时地使他离开北京，一直向南去了。

他去后一星期，北京各报都登载北京大学教授许衡山失踪的新闻。

他去后半年，北京各画报又登载留美学生陈凌华同徐梦频女士结婚的照像。

同时南方掀天动地起了革命风潮，中间抛掷了无数的头颅，洒尽了无量的热血，结果报上登出许多轰轰烈烈，手揽大权的伟人像片，和一些歌功颂德的文章。

选自陈铨：《革命的前一幕》，良友图书印刷公司，1940 年

再见，冷荇

一

昨天晚上，文学研究会提前开圣诞节庆祝会，大家跳舞到三点半钟，今天上午九点钟，又有德国古典主义的讨论会。华亭提着书包，走进文学研究院，到讨论室拣个位子坐下，只觉得头脑昏昏的。四周书架上的书籍好像倾斜的堆着，时时刻刻都有倒下来的危险，屋里面前前后后，许多笑嘻嘻的面孔，有几个望着他点头，他也分不十分清楚谁是谁，就胡乱点头答应。他把手在额前一摸，觉得有点发热，身子轻飘飘地，好像在汪洋无际的海水里，不由自主地随着海浪浮沉起伏。

他爽性把眼睛闭着，稍为定一定神，一会，再把眼睛睁开，头脑才稍微清醒一点。

"萧先生，你现在精神回复没有？昨天晚上你快活不快活？"

一位女人的声音在问他。华亭回头一看，是霍芙曼女士。

霍女士今天换了平常的衣服，头上只用一条二指大的水红丝带，把头发一直勒到脑后，身上穿一件浅绿色的毛衣，脚下穿一条橙色的裙子。她柳条的身子，最适宜于这种打扮，如果不是她面上令人嫌厌的雀斑，同她尖锐的鼻子，也许可以令许多人销魂夺魄。

"没有什么。"华亭微笑答道，"就是头还有点晕，大概因为昨天晚上啤酒喝得太多了。"

霍女士听见，不由得噗嗤一声地笑出来，旁边几位男男女女的学生，都忍不住笑。"萧先生，你喜不喜欢喝我们德国人的啤酒？"

这是白希卡最高兴问华亭的问题，无论遇见什么东西，他总问华亭喜欢不喜欢。"没有什么。"华亭笑答道，"高兴时也可以喝一杯。"

"萧先生，"霍女士一口抢过去说道，"你昨天晚上，为什么喝得那样少？"

"还少吗？"华亭道，"两大杯还算少吗？"

"呸！两杯算什么？"霍女士摇头道，"你看我喝十杯都可以。"

"阿丽思！"媚儿女士笑道，"你那里能够喝十杯？我上次同你在市场咖啡馆，你连三杯都没有喝完！"

"下次我喝给你看好了！"霍女士笑道，"萧先生，你口里没有说出来，你心里以为我们德国女子很可怕，是不是？"

"为什么可怕呢？"华亭问道。

"怎么不可怕？又抽烟，又喝酒！"

"没有什么，喝酒不是很有趣味吗？你看媚儿女士那样不喝酒的，昨天晚上也喝了一杯，后来跳舞跳得多么好！"

华亭一眼看着媚儿女士，媚儿女士万想不到华亭会忽然说到她，不由得脸一红。她斜看华亭一眼，不讲话，微笑。

在全研究院里的女学生中间，媚儿女士要算最年青最美貌的了。华亭不知道她真正的年龄多少，不过她的装束、举止、谈笑，完全是一个十七八岁天真烂漫的女孩子。她一对蔚蓝色的眼睛，特别的好看。华亭一看见媚儿女士，立刻就回想起在中国小的时候玩弄的洋囝囝。

"萧先生，"媚儿女士的未婚夫皮尔芒拖长声音慢慢地问道，"你寒假打算到那儿去？"

"我打算到柏林去！"华亭说完，内心不免惭愧，两颊微微有点发热。

"好极了!"白希卡摇着大头赞美道,"萧先生,你喜不喜欢柏林?"

"没有什么。"华亭答道,"柏林满好的。"

"萧先生,"霍女士高声道,"柏林的女孩子好看点,还是克尔的女孩子好看点?"

她一问完,自己就大笑,旁的学生也都跟着笑。

"当然是克尔的好看。"华亭笑道。

一句话刚完,霍女士大笑,其他的学生也跟着笑。

"阿丽思,"皮尔芒道,"你小心一点,你不要以为萧先生老实,他很有经验的!"

大家笑声还没有停止,助教克忒生上台,报告几件关于寒假的事情,还有两件关于研究工作报告的事情,而最要紧的,就是还有大部分学生没有缴五马克图书应用费,如果谁寒假前不缴,就要取消他研究院会员的资格。

克忒生说话态度是很严厉的,接着海拉满教授上台,又滑稽地,笑容可掬地,又软又硬地,重新申说一遍。他用研究精神科学的方法来证明五个马克绝对不能不缴的道理,急的没有钱的学生,额角上的汗珠一颗颗地往上冒。

如果海拉满教授讲要钱的话,不能完全得学生同情,他讲起学问来,却不能不令人敬服。在一个负责任报告的学生报告完了以后,海拉满教授站起来,走到讲桌的前面,用两只手在后面撑着桌子,把身子斜凭在桌边,但是因为他心广体胖,桌子支持不住,立刻就忍不住呻吟起来,海教授看到桌子那样不济事,回想起文学研究院的经费有限,所以把它饶了,再半步走到台前,提起嗓子说道:

"司台因先生刚才很有条理有系统把德国古典主义同狂飙时代

与浪漫运动相互的关系，分析出来，他认为这三种运动有一贯的精神，无论在那一种运动中间都可以发现德国民族性的特点。他进一步再去分析比较德国的古典主义与法国意大利英国的古典主义，他发现德国的古典主义与英法意的都不相同。英法意的古典主义，都就形式求形式，德国的古典主义，却是在努力把不就范围不易驾驭横溢泛溢的情绪，使它有一种相当的形式，所以形式虽然有了，而其内容的复杂充实，尤其那一种奔进的情绪，仍然处处活跃于行间字里。在这一点德国的古典主义，同德国狂飙运动浪漫运动精神是一致的。这一种一贯的精神，就是德国的民族精神，就是德民族性的特点，诸君对于这一种解释，有什么意见没有?"

海教授说完，轮着一双青黑的眼睛，左右前三方面一看，台下却静静地没有声音，停一会一大堆女学生中忽然听见有哧哧的笑声。海教授注意一看，她们却又忍住不笑了。

海教授看见没有人讲话，把桌上一叠的名片拿起来，随便在里面挑一张，一看是莫尔干，他一叫却没有答应，后来有一个学生说，他前两天伤风进医院去了。海教授正要去抽第二张，忽然在屋角里有一个尖锐清朗的声音叫："教授先生!"

"谁呢?"海教授问道。

那位学生在屋角里把手一举，海教授顿时喜形于色，说道："白尔锐先生! 你请讲!"

白尔锐要算海教授最得意的学生，年龄还不到二十岁，在德国三、四年级大学生里边，总要算最年青的了。他生得面貌清秀，身材瘦长，说起话来比平常的人，至少快一倍，但是个个字都明白清楚。他去年的一篇报告，海教授特别满意，叫他重新修改，介绍到一个在德国文学界负盛名的杂志上发表。自从这一篇文章出来以后，同学里无一个人不知道白尔锐，无一个人不佩服白尔锐。

今天白尔锐洋洋洒洒地又发表了许多精警的议论，引起海教授的赞美。他这个风头出了以后，全场的空气，立刻就变了，海教授一个问题出来，大家都争先恐后地答应，就连平常不肯讲话的女学生，有几个也讲了话，还有好些把手举起来，但是因为海教授每次只能教一个人讲，所以也就没有机会听他们的阔论了。

有一次不知道讨论到了一个什么问题，举手的至少有七八个学生，海教授却一个也不叫，在桌上把名片重新拿起来，随便捡了一张，一看是"萧华亭"，他笑了一笑，叫道："萧华亭先生！"

华亭在讨论起初的时候，还能勉强聚精会神去听，后来渐渐头昏眼花，两只眼睛不由自主地要闭下去，他渐渐地快要睡着了，此时因为叫了他的名字，旁边一位德国学生，看见事体不好，使劲推他一推。他清醒转来，很快就明白海教授在问他，但是海教授的问题，他却没有听清楚，一时没法回答。

"教授先生！"他恭敬说道，"请你原谅！我还没有十分了解你的问题。"

海教授特别客气地把问题重说一遍，华亭勉强发表了一番意见，大体还算不差，海教授接着又问旁的人，所以这一段事情，总算侥幸马虎过去了。华亭的心，刚才却重重地跳了好几下。

他把手表一看，已经到十一点了。精神百倍的海教授还在那里滔滔不绝的高谈阔论。华亭心里很着急，因为到柏林的快车是一点十五分。他下课后还要先回家收拾东西，再吃午饭，上车站，再迟工夫可不够了。这一趟火车真误不得，误了，只能赶四点二十分的快车，那么到柏林太迟了，并且电报早已打去，冷荇一定在车站上等候，如果不去，她岂不着急吗？

一想到冷荇，华亭几乎一刻都不能久待，他只求讨论会赶快告结束，管你德国古典主义同法国古典主义一样也好，两样也好，只要早点散会，就是对的。他听见一切的讨论，他一个字也听不懂，他满心里只希望他们快完。

如果他坐在门口，此时他早已经一溜烟溜之大吉了，但是他此时却坐在人群中间，别人不走，他没有法子走。他圆睁着双眼，望一望四周的学生，又低头看一看自己的手表，他把旁边一个德国学生的肩膀一挤，把手表给他看，那一位德国学生看见已经十一点十分，忍不住把舌头一伸，接着就用脚擂起地板来。他一擂，大家全都擂，海教授把怀里金表掏出来一看，知道时间不早，简单说几句话，立刻就宣布散会。

华亭好像得了赦旨一样，提着书包，两步挤出讨论室到外边把大衣披上。

当他穿好大衣的时候，霍芙曼女士也在他旁边穿大衣。

"萧先生，你什么时候到柏林去?"她问道。

"今天一点十五分。"

"我希望你假期在柏林很快活。"

"谢谢，我希望你回家很快活。"

"我吗? 我不回家。"

"你不回家吗? 你妹妹呢?"

"她回家。"

"你为什么不回去呢?"

"我要赶我的博士论文。"

"你妹妹人好吗?"

"她现在恐怕还在床上睡觉呢! 我妹妹说她很欢喜你!"

"那最好不过了，请你替我问候问候她。"

"谢谢! 我一定。"

"不会忘记吧?"

"你说的事体，我哪里会忘记!"

华亭把大衣披好，同霍女士握了手，如飞地跑回家去。

二

　　华亭回家把随身换洗衣服塞在小衣箱里，把桌上的零碎东西一齐放在桌内，下了锁，在桌上写一张条子留给房东太太，说他有事到柏林去，一星期后再回来。

　　什么东西都收拾好了，他一只手提着小箱子，要跑出门去。可是他刚走到门口，一回头看见墙壁上挂着冷荇的像片。冷荇手里拿一束花，望着他正在微笑。冷荇微笑的时候很少，但是笑起来，却真是天真可爱得很，华亭忍不住回来，站在像片前仔细地望着她，心中说不出来地得意。

　　凝望了一会，他把像片取下来，把书桌的抽屉打开，放进去锁着，然后一气跑到街上，快步走到电车站去。

　　天色阴沉沉的，虽然是正午，倒好像要天晚的样子，克尔的天气，照例冬天是如此，本来没有什么奇怪，华亭初到时因为习惯了北平的青天白日，精神上感受一种压迫，可是一年多以后，也就渐渐习惯了。今天天气虽然不好，却正适合于他心里的情绪，他觉得一切都是眼朦的，梦幻的，飘渺的，没有清楚的轮廓，没有一定的真实。

　　他等不到三分钟，电车来了，他因为提着箱子，所以到车头内去站着一会，车到了市场，还连忙跳下车，跑到他平常吃饭的公寓里去。

　　公寓的老板娘子听见按铃，亲自来开门，一看见是他，连忙笑脸欢迎。华亭告诉她，他要赶一点十五分的火车到柏林，请她叫使女把午餐立刻端来。老板娘子连忙答应是，立刻就跑到厨房去，华亭把箱子放在衣架旁边，大衣脱下，也就匆匆走进食堂。

　　他来得太早，食堂里还没有一个客人，停一会一位使女把午餐陆续拿来，他连忙赶快的吃，吃完，立起身来，正要走，忽然另外一位食客进来。这位食客名叫唐克先生，因为啤酒一晚可以喝十几瓶，所以肚子大大的，他曾经在欧战里整整打过四年仗，但是现在一谈起打仗，他便摇头害怕，他说如果第二次世界大战有人再要强迫他去打仗，他便喝一晚上的酒，一直到醉死。

唐克先生最喜欢讲话，不吃酒话已经很多，吃了酒话更多，而且举动也就很放肆。公寓里两位使女都很怕他，因为他一吃醉了就要强迫她们接吻，有时她们躲到厨房里去，唐克先生还不肯放松，一只脚跟脚追到厨房去，弄得两个使女像杀猪一般地叫喊。

"萧先生，今天来得这样早？哦，你已经吃完了吗？何必这样忙呢？请坐一会，谈谈天，我有许多话要同你讲。"

华亭说对不起，他要赶火车，今天没有工夫，改天再来奉陪。

"哦，要赶火车吗？要到那里去？"

"到柏林。"

"我明白！"唐克先生哈哈大笑，用手指着华亭道，"我明白了！哈哈！可是你小心一点，不要被人把你引坏了！"

"除了我自己，没有人能够引坏我！"

华亭一抢步走出食堂。当他穿大衣的时候，还听见唐克先生在这边哈哈大笑，后来又高声说："萧先生，你说除了你自己吗？我就怕你自己，哈！哈！哈！"

华亭到市场，跳上电车，不一会到了车站，一看表已经是一点零五分。他跑去买票，前面偏偏又站了七八个人。等了一阵，好容易把票买到了，他也不敢再看表，提着箱子，不要命地跑上月台去。车上的警察已经在吹哨子了，他两步抢上车，还没有立定，车已经开动。

他深深地吸了一口气，把手巾拿出来拭额前的汗水。

今天赶车的人不算多，他虽然到得迟，还得着一个窗前的位子；同一车厢里还有两位中年绅士，对面坐的，是一位老头。

华亭坐了一会，觉得疲倦已极，斜靠着窗边，闭目去睡，一会，居然失掉知觉了。

隔了好些时候，他忽然醒转来，睁开眼睛一看，两位中年绅士已经不见，对面的老头子正在看报纸。窗外闹哄哄的声音，原来火车已经到绿柏克了。

华亭打开窗，探头出去，叫卖报的来，买了一份《柏林日报》，打开来一看，上面大大的写着因为满洲问题日本退出国际，他生气极了，不看，把报扔出窗外。

他头忽然痛极了，用手使劲按太阳筋，还是没有用处，只好咬着牙关忍受。火车又开了，他头也越痛得厉害，同时背上好像也有点怯冷，他想大概他受凉了。他把手提箱打开，取出两颗"亚士皮因"（编者注：阿斯匹林）来，一口吞下，回头车上卖东西的茶房走过，他又叫了一大杯咖啡，一块点心，吃了，静一会，居然好了。

他倚着窗前远望，天色依然是瞑曚的，在西边极远处，似乎有太阳出来，但是光辉太微弱，经了层层的障蔽，几乎等于没有。车道两旁都是四望无际的平原，没有一座山，没有一湾水，只有牧场上常常看见几群黑白黄白花纹的奶牛。

这样的风景，这样的天气，这样的心情，一齐都凑全了，他回想他这一年来所过的生活，忍不住一股热泪，要夺眶而出。

如果在五年以前，佩华不那样冷淡地对他，他生命的前途一定不像这般地暗淡，如果五年以来，佩华早对他表示态度，他也不至堕落到这般地步，但是后来已经太迟了，他自己问问良心，那里配消受别人聪明美貌的张小姐？

过去的事情，最好是不要回忆，因为回忆只能引起重新的痛苦。他此时厌倦了一切，他只想找一块青青的草地，上面照着融融的日光，躺下身子，用手掌托着头，仰望着蔚蓝色的青天，心中没有一点思想。

"如果此时能够到意大利南方去旅行也不错。"

华亭到欧洲已经两年多，但是意大利还没有去过，他常常对意大利有一种无穷的思想，特别在这种时候，恨不得立时飞去。

但是他为什么不去呢？他有工作，他有他博士考试的工作，好像他这一种人，考了博士，还有多大的用处似的。实际上的原因，是他对于一切问题，都已经失掉了决断的能力，要叫他抛弃一切同要叫他努力一切是同一样的困难，所以他对于一切事情，都是马马虎虎的，听其自然，过一天算一天。

他此时生活上最需要的，就是一种力量，能够鼓励他，推进他，强迫他，使他向着奋斗的途径上走去。但是他的悲哀太深沉了，他的精神太颓废了，他的神经太麻醉了，虽然有天大的力量，也不容易把他挽回转来。即如这一年以来，中国东三省失陷，是何等惊天动地的事情？华亭最初得着日本占领沈阳的消息，是在克尔吃饭的公寓里。在午餐的时候，忽然唐克先生很同情地问道："萧先生，你大概很生气吧？我当然很了解，这样的事情，当然不能不令你生气。"

"什么事情？"华亭惊问道。

"日本已经占领沈阳了！"

"什么？日本！"

"对了。你还没有看报吗？你来，我订得有《柏林日报》，你看，里面记载得很详细。"

唐克先生把华亭请到他屋子里边，恭恭敬敬的把报送给他看。华亭用着战栗的手，迅速的读下去，起初他还不相信，他又重新读了一遍，这事情是的的确确无疑的了。

他不讲话，一口气跑回家去，伏在床上，大哭了一场。

自从那一天起，天天报上都载得有关于东三省的消息。《柏林午报》的记者，甚至于负责签名报告他亲眼在东三省看见日本兵活埋中国人，有一次在义勇军退却以后，日本兵赶来，捉了十七个赶场的农民，顿时枪毙，还有三个用石油浇在身上，放火来烧。

在这一种情况之下，在外国作中国人确是不容易的事情，因为外国人会见你，总免不掉要问你，问你中国政府为什么不反抗？如果政府不愿意反抗，为什么人民不起来监督政府？像这样问题，无论怎样答复，都免不掉要丢人。

华亭起初还天天看报，天天希望，但是到后来越闹越糟，他生气连报都不看了。在柏林方面，事体初发生的时候，中国人大家都很愤激，中国学生会也发了一两张宣言，中国饭馆通通不准日本人来吃饭。然而一两个月以后，日本人依然照样地来，中国学生会的宣言也不再发，只有几家饭馆墙壁上间或贴得有中国公使馆报告国难的消息，和共产党反帝大同盟油印的宣言，此外连谈都没有谈了。

国家的危亡，不能激励华亭，华亭又不能自己激励自己，他只是就是这样敷衍地过活。你说他不工作吗？他每天依然地按时刻去上课读书。你说他不交朋友吗？他还是照样去拜访师长同学，赴各种集会。你说他不虑到将来吗？他常常还有许多的冥想，许多的计划。但是他时时刻刻感觉他生活的无聊。他知道一定会有一天，他没有法子再敷衍下去的时候。

三

火车到柏林了。华亭提着箱子，随着大众，走下车来。车站月台上拥挤不通的人，他留心慢慢前进，仔细地四围张望。看看快走到出口的地方了。他忽然看见一位穿深红色的大衣，压白狐皮围领的女郎，他走近一看，是冷荇。

"冷荇！"冷荇没有看见他，还正在那里张望，忽然听见呼唤她的声音，急忙回头，看见是华亭，满心高兴。

她跑上前来，华亭把箱子放下，同她握手。

"冷荇，你好吗？"

"很好。谢谢！"

华亭把箱子提起，两人慢慢地走出车站来。

"冷荇，你大衣上不是压的黑狐皮吗？为什么换成白狐皮了？我刚才看见身材很像你，但是因为你衣服换了颜色，所以我还以为是别人呢？"

"这是前不久，我妹妹卖给我的。便宜得很！才十个马克。"

"十个马克也就不算便宜了，不过这且不管他。你的房东太太德梦林在家吗？"

"不在家。她上星期三绊倒了缝衣机器，把脚骨打伤了，现在还睡在医院呢。"

"缝衣机器把脚骨打伤了吗？这才奇怪呢！打伤的厉害不厉害？"

"听说很厉害，医生说至少还要两星期才能出院，五个月才能复原。"

"这就糟了！"

"为什么？"

"那谁替我们作东西吃呢？"

"这有什么希奇？我就会作！你记得！"

他们已经到车站门口了，华亭叫了一辆汽车，两人坐上，华亭告诉汽车夫："墨拆尔街二十七号。"

在汽车里，二人紧紧地挨近坐着，华亭在隐约光线下边，把冷荇重新端详一遍。她面庞较从前似乎丰满了一些，睫上画了两道细长的眉毛，两只眼睛像秋水一般地一尘不染，略一微笑，腮边现出两个酒窝。

"冷荇!"

"什么?"

华亭把左眼一闭，冷荇会意，微笑一笑，立刻凑上身子，把嘴唇轻轻贴着他。

"华亭!"

"什么?"

"你爱我吗?"

"当然。"

"在克尔没有旁的女人吗? 我想也许有吧? 你那里会三个月不找女人。你想你在柏林——"

"真的没有，你不信你去问好了。"

"笑话! 谁耐烦去问? 你替我买什么东西来没有?"

"有一件小东西。"

"什么? 给我看。"

"何必忙呢? 少刻到家里自然给你看。"

"为什么不马上给我看呢? 我此时好奇心重的很，我真想不出你到底替我买了什么东西?"

"一件你喜欢的东西!"

"华亭，"冷荇扭住他道，"给我看好不好? 我等不得了。你难道不知道我的性情急吗?"

"东西在箱子里，此时在车上怎么好打开呢? 不要着急，好孩子，一会就到了!"

他们谈话的工夫，路已经走了一大半，再一会果然到了。华亭把车钱付了，提着箱子，冷荇用钥匙开了大门，门里漆黑的，华亭在衣袋里把电筒取出来照着，两人一步步走上楼去。

"快到了吧？"

"还有两层，早得很呢。"

"真要命！为什么要住得这样高？"

"不住得这样高，那里有这样便宜的房钱？反正穷人只有受活罪！"

再上两层，到了。冷荇开了门，让华亭进去，她再把门锁上。两人进屋，华亭看见屋里陈设得整整齐齐的。两架铁床，一张靠窗，一张靠壁，一字儿排着。中间一张大桌子，对面一张长沙发。沙发左边一个衣橱，右边一张小桌。窗前还有一个梳妆台。

"这一间屋子，比你原来那一间大多了，为什么你换了呢？"

"为什么换？还要问吗？还不是因为你要来。"

"你那一间呢？"

"现在落亚芒在那里住。他现在湿气病又发了，已经有一星期没有工作。"

"他不在家吗？"

"他不在家。大概去看他儿子了。他现在一个星期领失业保险费八个马克，但是四个马克要拿来养儿子，这里房钱每星期又要四马克，所以自己连吃食都没有，没有法子，已经拖了两星期的房钱了。房东太太德梦林说：如果他下星期再不付房钱，就要赶他出去！你等一会，我去替你烧茶弄晚餐。"

冷荇到厨房里去把水煮上，陆续把刀叉盘碟面包牛油等东西端进屋来。

一会把茶泡好，拿进来放在桌上。她叫华亭同她对面坐下，用刀切好面包，涂上牛油，叠上火腿香肠，斟上茶，让华亭吃。华亭此时肚子却真有点饿了，一连吃了五六块面包，喝了两杯茶，心里舒服。冷荇坐在他对面，望着他吃，自己却不吃，华亭问她，她说她到车站前吃了两片面包，此时还饱的。华亭说两片面包不够，冷苈说她从来一晚没有吃过三片面包。

"冷苈!"

"什么?"

"你为什么不把帽子摘了呢?"

"我不摘。"

"摘了好。"

"为什么?"

"你头发多好看,我顶高兴看你不戴帽子。"

"我今天晚上偏不摘。"

"你不摘我不把带来的东西给你!"

"呵,对了,带来的东西!带来的东西!"

冷苈说着一起身跑过来,双手围着他的颈项,叫他赶快给她。华亭叫她摘帽子,她仍然不摘。华亭被她闹得没有办法,只有把箱子打开,把一个小小的首饰匣递给她。冷苈接过来,打开,在灯下一看,欢喜得跳起来。

"呵,华亭,亏你记得起!这真是我要的。金戒指!红宝石!我梦想过好多年了!你看,我改天给安丽看,她才会嫉妒我呢!你看这个宝石多么好看!你看,我戴起刚合适!一点也不大,一点也不小,华亭,你真是一个甜蜜的小孩子。"

她说着跑过来给华亭接一个吻,一放手,一气跑出去了。

她出去做什么呢?华亭一人坐在屋里,奇怪地想着。他心里很快活,因为冷苈那样喜欢这个戒指,他这次东西,总不算白买了。

停一会忽然有人敲门,他一惊,这是谁呢?他把房门一开,冷苈噗嗤一声笑起来。她穿了一身新鲜的衣服,盛妆浓抹,轻盈地走进房来,她人本来好看,此时再打扮,更好看了。

"华亭,你看我这一件新衣服好不好,这就是上一次你寄我三十个马克买的。"

"好极了!"

冷荇得意地在屋里走来走去,有时把手指翘起,看一看她手上戴的戒指,华亭看出神了,要上前来,冷荇摆手叫他坐着不要动。

"冷荇,你为什么不把帽子摘了呢?"

"我已经告诉你了,我今晚上的帽子,绝对不摘的!"

冷荇走了一会,自己叹赏了一会,坐下同华亭谈一阵天。她看见华亭眼睛常常要闭,知道他太疲倦了,劝他早睡,华亭听她的话,立刻就预备就寝。

"你呢?"

"我的事情还多着呢,还要洗碗,洗衣服。"

华亭上床,冷荇到厨房去了。

华亭疲倦已极,不一会便睡熟了。不知道经过了多少时候,一觉醒来,睁开朦胧的眼睛,看见冷荇穿起水红色的睡衣,披了满头的散发,站在床前,睁着清明如镜的眼睛对着他。

两人无语地对视,华亭渐渐觉着自己的魂魄离开自己的躯壳了,一身轻飘飘地。

忽然冷荇把电灯熄了。华亭的脸上唇边到处都感触着头发,他的心像吊水桶一样地。

四

第二天早上,十一点半钟起来,梳洗好了,已经十二点。冷荇把午饭作好,午饭吃完,已经一点过了。

两点到三点是医院看病人的时间,冷荇要去看她的房东太太德梦林,华亭想着上一次德梦林对他很客气,所以也高兴陪着冷荇去。

他们走到路上一间花铺买了一束花,走到医院,还差五分钟到两点，但是医院门口已经站满了人。再等五分钟，门开了，大家急忙忙的走进去，冷荇恐怕挤掉，紧紧地拉着华亭的手腕，华亭回首看她，她望着华亭，微笑不语，华亭心里有一番快感。

这里的医院，是照最新式的建筑，每一种的病情，就有一座特别的房子。他们打听了好几处，才找着德梦林住的地方。一进门去，就是一间大房子，有二十多只病床，里边差不多都是年青女子，每一间床面前，都坐着有来探访的人。他们一直走完大屋子，再进一间小屋子，里面有五六个中年和老年的女人，德梦林也在里边。

德梦林看见他们两人来，十分欢喜，接了花谢了又谢。冷荇又替她带了许多点心果实一类的东西，德梦林尤其特别感激。

"萧先生，你是什么时候来的?"

"昨天晚上。冷荇还亲自到车站来接我呢。"

"这才是。"

"你知道，"冷荇道，"昨天我知道他要来，我恐怕迟了，在车站接不着他。我想安丽家离车站近，我五点钟就到她家里去。后来到车站去，等一会，他，华亭，果然来了!"

"来了就好了。"德梦林道，"萧先生，冷荇真喜欢你。自从上一次你走以后，她天天都在想念你。三五天不来信，她就急得怎么样，忽然接着一封信，她高兴得跳起来。她一天到晚，从来没出门一步!"

"不出门一步吗? 她不是喜欢跳舞吗? 难道跳舞场也不去一次吗?"

"跳舞场吗? 她从来就不去。有一次我们拉她她还不去呢。"

"冷荇，真的吗?"华亭回头问冷荇道。

"说真就真，说假就假!"冷荇道。

"安丽现在怎么样?"华亭道

"她吗？还不是那个样子"冷荇叹气道，"她那生活真不是人的生活，我昨天到她那儿去的一阵工夫，隔壁屋子已经有三个人在那里等着!"

冷荇说着，几乎要流下泪来，她急忙把头调开。

"她为什么要这个样子?"华亭问道。

"为什么要这个样子吗?"德梦林道，"还不是为的她那一个，他吃她，用她，不高兴还要打她! 他一个星期要用二十多个马克，你想安丽失业保险费不过八个马克，连自己生活费还不够，那里还有钱供他?"

"安丽的身体，比从前坏得多了。"冷荇道，"眼睛里就没有从前那样神气，走两步就觉得头晕。"

"是呀!"德梦林道，"两年前的安丽，那里像这个样子? 她那时在福尔特公司打字，常常都是有说有笑的。她人生得漂亮，又会打扮，每次我们同她出去，没有一个男子不喜欢她，都说她很美丽。"

"安丽现在还是很美丽。"华亭道。

"现在吗?"德梦林道，"比从前差多了。两年前的安丽，还了得，萧先生，你那时看见她，你也要喜欢她的。"

"我现在还是很喜欢她。"华亭笑道。

"冷荇! 冷荇!"德梦林叫道，"你听! 你听! 萧先生说的什么话? 以后你顶好不要带他去找安丽，危险得很!"

"这有什么危险?"冷荇道，"华亭老是这个样的，见一个，爱一个。他要是找安丽，还不比什么都容易吗? 只消十个马克，可是安丽并不见得爱你。"

"难道你真心爱我吗?"华亭笑问道。

"我吗?"冷荇道， "我从来没有爱过人，也没有任何人爱过我?"

"冷荐，"德梦林道，"你总喜欢这样开玩笑。"

"这不是开玩笑，"冷荐道，"这确是千真万真的事情。我生下来不上两岁，我母亲就改嫁了，我简直是我继父的眼中钉。我母亲因为爱我继父，性情也改变了，从来不疼惜我。我大病了好几场，他们都以为我要死了，谁知我在世上的罪还没有受满，又活转来。小孩的时候，别人都在外边玩，我父亲母亲却叫我在家里洗碗擦地板。我病了，我母亲不带我到医院，只骂我，把我赶到床上去睡觉。用餐的时候，也不来叫我，饿得我心慌。我要起来，身体软弱已极，起不来。常常这样睡了两三天，我又好了，我继父常常骂我为什么不死。我每每苦极了，一个人偷着到屋里伏在床上哭，还不敢哭出声来，因为我继父听见了要打我。后来……"

"你继父样子也很和善的，"华亭道，"为什么性情却这样残暴。"

"凡是做生意的犹太人，"冷荐道，"大部分都是这个样子，面子上客气得了不起。一有了钱，他就比什么人的手段都毒辣。"

"你什么时候，同他分开的?"德梦林问道。

"他们早就想把我赶出来了。"冷荐道，"但是他们不敢，因为要受德国政府法律的制裁。好容易我到了十五岁，我的继父送我到一家百货店去学手艺，两年满了师，他说，现在好了，你有职业了，你可以独立生活了，从此以后，我不能再管你。自从那一次以后，我就搬出来租房子住，他们从来不来看我，只有过圣诞节的时候，我去看看我的母亲，我继父看见我来，还是挂着脸，不高兴，母亲悄悄告诉我，圣诞节也不要来。"

"其实像你那样的家庭，"德梦林道，"分出来，不同他们来往，倒好一点。"

"还怕不是吗?"冷荐道，"自从我独立生活以后，我精神倒很快活，一个星期，虽然每天作八小时的工，却可以得二十五马克，除开房钱伙食，还有钱买新衣服，看电影，进跳舞场。那个时候，我同安丽都无拘无束地过日子。同厂的有一位青年庶务，他看上了我，为我花了几百个马克，陪我到处玩，可是我不愿意嫁人，同他断绝关系，他气极了，要拿手枪打我。不过这当时是气愤的话，他那里会打我，只要他看见我，他就什么气都没有了，他就像一只狗一样，我叫他翻筋斗，叫他衔木棒，他就衔木棒，叫他走东他不敢走西。现在我不知道他那儿去了。如果他再看见我，我相信他仍然会喜欢我的。"

"你刚才说，从来没有人爱过你，"华亭道，"这句话现在不对了。"

"华亭这个小孩子。"冷荇笑道，"最喜欢捉人的短处，讨厌极了！"

"我讨厌，"华亭道，"那位年青庶务不讨厌，对不对？"

"他也很讨厌，不过没有你厉害，就是了。"冷荇妩媚地笑道，"老实说那个时候，我要是像现在这样失业，我一定不会那样骄傲，也许嫁了他，也许不会受这两年多经济上压迫的痛苦。"

"也许他已经失业了。"华亭道。

"他吗？他不会失业。他人很能干。"

"现在德国，不知道多少能干的人失了业，他也不见得会例外。"

"管他失业不失业，"冷荇立起身来道，"反正不干我的事。闹了这样久，我们也应该走了罢。"

"走了也好。"华亭也起身道。

"冷荇，什么时候再来？"德梦林问道。

"这可没有准。"冷荇微笑道，"这个混世魔王既然来了，少不得要多费些精神来对付他。你看！你看！他就是这样讨厌，老死死地看人！来！走罢！"

冷荇把手塞进华亭的肩下，回首向德梦林微笑作别，同华亭走出院去。

五

"华亭，你要到什么地方去？"

"我想到西城去拜访一位朋友。"

"你不是说你来不让人知道吗？为什么又要去拜访人呢？"

"别人拜访不可以，蔡可循我却不能不拜访。"

"为什么？"

"因为他是我顶好的朋友。"

"去了要多少时候回来？"

"说不定，也许晚上回来。"

"晚上才回来吗？这不行！"冷荇从床上一翻身起来，把一只手围绕在华亭的颈上，脸偎着他的脸。

"冷荇，"华亭柔声道，"我走了，你如果嫌寂寞，你去找安丽好了。"

"不行！"冷荇道，"我不找安丽，我要你在家陪我。我等了你半年，现在你刚来又要走吗？这不行，这一定不行！"

"冷荇，好孩子！听话一点。我何尝走呢？我不过去看看朋友就回来，你如果一个人不愿意在家里，你同我一块儿去好了。"

"一块儿去！"冷荇高兴道，"好！一块儿去！"

冷荇把衣服换了，头梳一梳，脸上稍为擦一点粉，唇上涂一点胭脂，用黛青把眉毛加长一点。回转身来，华亭也惊羡她的美丽。

他们坐地道车到西城，走到蔡可循门口，上二层楼去，华亭去按铃，一位年青的女子开门，请他们进去坐，说蔡先生刚才吩咐过的，今天下午有人来拜访他，他已经等了好久，此时出街去买水果去了，客人来可以把他让进屋里坐，他一会就回来。华亭心里很高兴，为什么蔡可循会知道他要来拜访他呢？

他们进屋去，看见屋里陈设得很讲究，冷荐连声称赞这间屋子好。尤其是地板上一张土耳其地毯，冷荐说她从来没有看见过这样好的花样，壁上一张中国绣的松鹤园，冷荐也叹赏不止。

"华亭，你看这张绣画，多么好看！我要有一张就好了。"

"那还不容易！只要你到中国去，一百张也不难。"

"到中国去吗？我不去！"

"为什么不去？"

"太远了，我害怕！"

"你不是很爱我吗？你还害怕什么？"

"谁爱你？你怪讨厌的！"

冷荐笑，华亭也笑了。忽然门外有沉重的步声，门开，蔡可循进来，看见华亭，不胜惊喜。

"华亭，"蔡可循问道，"这就是你的宝贝吗？难怪你这样喜欢她，她多么漂亮！"

蔡可循把水果放在桌上，同冷荐握了手，请她坐下。

蔡可循身材比华亭高大，讲起话来很有精神，但是对人却很恭敬。

"可循，你怎么知道我到了柏林呢？"华亭问道。

"谁说我知道？"蔡可循反问道。

"你不是吩咐房东，叫我来时进屋子坐吗？你不是在等我吗？"

"我等的不是你，是另外一个人！"

"谁呢？"

"你猜！"

"黄汝贤，是不是？"

"不是，不是，任何人都不是！"

"我知道了。"

"谁?"

"你的未婚妻!"

"对了。"

"是那天到的?你不是说明年春天吗?为什么忽然这样快?"

"她是前天到的。因为她父亲忽然答应她,她又听说冬天走印度洋风浪小,所以提前来。"

"好极了!冷荇,你知道吗?蔡先生的未婚妻从中国来了。一会就要到此地来!"

"这才好呢!"冷荇道,"我还没有认识过中国女子。可是,蔡先生,你的未婚妻会不会讲德国话?"

"她在中国也学过两年多的德国话,大约可以讲几句,不过恐怕讲得不好。"

蔡可循在抽屉里把削水果的刀子拿出来,请冷荇同华亭吃梨,冷荇不吃梨,捡了一个橘子吃。

一会,蔡可循的未婚妻果然来了。她姓郑名亚群,是北平女子文理学院三年级学生,身材不高不矮的,如果鼻子再小一点,她很可以算一个美人。

亚群看见冷荇就喜欢,冷荇也喜欢亚群,亚群德语虽然不好,不过也还可以勉强表达意思,她们两人越谈越起劲,到后来简直丢开华亭可循两人不管了。

华亭乘便问可循近来的工作。可循是研究哲学的,对于黑格尔的哲学,特别有兴趣,他来德国已经五年,现在正写他介绍黑格尔逻辑的第一部著作。

晚饭的时候,可循请他们一同到天津饭馆去吃中国饭。吃中国饭,冷荇还是第一次,作的菜她觉得很好吃,但是白饭她却嫌没有味,想换白薯,饭馆里却没有,后来可循叫伙计替她买面包来。

吃完饭,冷荇华亭已经要告辞走了,亚群可循却苦苦留着他们到家里再谈一会。可循家离饭馆很近，一转弯就到了。

在灯光下边，大家谈话似乎特别有兴致。可循华亭又谈了许多从前在北平师大同学时的情形，从谈话里边，可循觉得华亭太颓废了，劝他振作一点。他说华亭资质很高。为什么不好好作学问，却老是这样自暴自弃，华亭说他未尝不想努力，但是近一两年来他好像对于一切事件，都已经失掉了兴趣，要振作也振作不起来。

"我看冷荇人很好，"可循道，"你爽性同她结婚，将来把她带回国去罢。"

"不行！"

"为什么不行？"

"困难多得很！并且，冷荇自己也不愿到中国。"

"她不是很爱你吗？"

"她爱我极了。她说她从来没有遇着一个男子，有我这样好心肠。"

"那么她为什么不愿意同你到中国呢？"

"她说太远了，她害怕。"

"这就奇怪了。"

"这并没有什么奇怪。她从小就在柏林东城长大，一直到去年她还没有到过西城。上次暑假，她才第一次同我坐车出柏林到无忧宫去，她一离开东城，她心里就害怕得很，好像生命失了保障一样。因为她爱极了我，所以还能够放心同我到西城来，要是别人，一定不肯的，以前就是跳舞，也绝对不到西城的跳舞场来。现在你要叫她离开德国到中国去，怎么办得到？"

"那么以后你走了，她怎么办呢？"

"我曾经问过她，她说过一天算一天。"

"我真想不到，她那样聪明伶俐的女子，却有这样小孩子脾气，连这一点都看不穿。"

"她并不是看不穿，乃是她心理上莫名其妙的恐惧，使她不能下此决心。我想也许她小的时候，她的继父同母亲，把她压迫得太厉害了，所以神经上受了损伤。"

"你什么时候回克尔去？"

"两个星期后。"

"新年晚上，我们到夜西跳舞场去跳舞好不好？你们要来，我可以先去定位子。"

"我们以后商量好了，现在还早呢。"

到十点钟，华亭冷荇告别回去了。

在车里，华亭回想起可循亚群两人，再看看旁边坐着的冷荇，忍不住一阵心酸，眼泪欲夺眶而出。

六

有一天早上，冷荇到街上买菜去了，华亭一个人在家里，把一本德国十七世纪的抒情诗人袭德的诗集展开来读，袭德是华亭最喜欢读的一个诗人，华亭读他的生涯，曾经为他洒了许多同情的眼泪。

门上忽然有按铃的声音。华亭走出去开门一看，大惊道："安丽，你来了吗？"

安丽披一件青色狐领的外衣，斜戴一顶青色呢绒的小帽，小半边脸斜戴着面网，手上戴着深灰色的手套，左边腋下夹着一个青缎子的小手包。

"冷荇不在家吗？"安丽一面进来一面问。

"出去买菜去了，一会就回来。"

华亭让她进房，她把外衣一脱，顺手向床上一扔。她里边穿一件淡红色的衣服，拖到脚背，走起路来，步履特别地轻盈。

"有纸烟没有？"

"有。"

华亭在冷荇梳妆台上把纸烟找出来递一支给她，再把火柴擦着，给她点上，她说了一声谢谢，坐在沙发上，把纸烟狠命地抽了几口。

"安丽，你好吗？"华亭问。安丽把纸烟深深吸了一口，仰头望着天，半晌才答道："谢谢你，像我这样的人，不会有好日子过的！"

"你的朋友呢？他现在对你怎么样？"

"好极了！前天到我家里来，把我最后的十个马克强迫着拿去，在我背上打了两拳头，我躺了一下午！"

"他真是太岂有此理了！要是我，一定不会这个样子。"

"你当然不会这个样子。天下的男子，像你这样好心肠的，有几个，冷荇总算福气好，遇着你了。"

"那么你对我印象很好了？"

"不坏。"

"你另外找一个像我这样的朋友怎么样？"

"不成！"

"怎么又不成呢？"

"你太甜蜜了，我这种人是适宜于被虐待的人。别人会虐待我，我精神会受刺激，同时我从刺激战中得来的快活也愈大。"

"安丽！"

"什么？"

"我喜欢你！"

"你喜欢我什么？"

"我喜欢你的性格。"

"你喜欢不喜欢，对我有什么用处？"

"也许我可以帮你的忙呢？"

"你帮我的忙吗？可以！我需要钱，我需要很多的钱，只要你拿钱来，什么事体都由你。"

"你拿钱去做什么？"

"给我的朋友。"

"安丽，你也是聪明的女子，为什么这样痴？为什么蹂躏你自己宝贵的身子，去为你那不顾惜你的人受罪？"

"华亭，你真是小孩子，你还不懂得爱情是怎么一回事情。"

"你懂得吗？"

"我不知道我懂不懂得，不过我深深感觉得。华亭，还有纸烟没有？再拿一支来。"

华亭把纸烟给她，她抽上，爽性把眼睛闭上，仰着躺在沙发上。华亭走来坐在她旁边。

"华亭，"安丽仍然闭目不动道，"不要坐在我旁边，回头冷荇来看见不高兴。"

"冷荇不会一时回来，回来也进不了门，她没有拿钥匙出去。"

"华亭，你对冷荇就是这样的忠实吗？"

"当然忠实，"华亭立起身来道，"谁说我不忠实？"

"好，你很忠实，"安丽哈哈大笑道，"就是因为你这样忠实，你今天要同我接吻，我也不反对！"

安丽笑时，两只眼睛真有勾魂夺魄的力量，华亭看她一会，没有办法了，忍不住上前吻她。

"我的好孩子！现在好了。"安丽一挣身把华亭推开起来道，"过去好好安静地坐着，冷荇要回来了。我到厨房替你烧水去。"

安丽到厨房去了，华亭的心还跳得很厉害。他再拿袭德的诗集来读，总不能专心，一首诗也读不懂。

一会门铃声响，安丽开门，冷荇回来，刚进门，安丽就笑道：

"冷荇，你回来得好，你再不回来，你那一个要闹得天翻地覆了！"

冷荇同安丽接了吻，抱了一大堆东西，走进房来。华亭看见冷荇，不由脸上一红一白，冷荇叫他把东西分头放好，把一包豌豆打开，叫他同安丽剥。她跑到厨房，把削好的白薯，放在锅里煮着。回来，帮着剥豌豆。她问安丽为什么今天忽然想起到这里来，安丽说她知道华亭来了，想来看看她们两人，并且这几天她心里难受得很，想找冷荇谈谈天，解解胸中的闷气。冷荇很关切地问她的身体，她说没有什么，就是身子常常发软，有时头目昏晕。冷荇说这是虚弱的表现，以后要小心保养。

"还保养什么？"安丽叹气道，"反正早死早完事！"

"我不赞成！"冷荇道，"一个人既然生在世上，就应该爱惜他的生命，不应该白糟蹋了他的身子。"

"你怎么敢说我白糟蹋了我的身子呢？"

"你把身体给一个不值得你牺牲的人，不是白糟蹋了吗？"

"冷荇，你说错了。他如果不值得我牺牲，我早已经不会为他牺牲了，我爱他，我相信如果一刻不爱他，我的生命就会没有意义。所以我无论什么下贱的事体，我都作来为他。因为是为他，所以虽然作了，我心地还是光明纯洁。"

"你自己尽管觉得你光明纯洁，一般的人却不觉得你光明纯洁。你的爱人，也不觉得你光明纯洁。所以你越为他，他越看不起你。"

"但是我有什么办法呢？他要钱，他没有钱不能过日子，我没有钱，我不能不想方法找钱。"

"够了罢！你老是这样讲，我心里真替你难受，有时我渴想帮你的忙，但是我又没有法子。"

"谢谢你，冷荇！豌豆剥完了，我拿去洗一洗，回头好煮。"

冷荇同安丽两人都进厨房去了。华亭坐在房里，静静的想。

七

隔不了多久，白薯煮熟了，菜也作好了，安丽同冷荇陆续地把东西搬进屋来。冷荇又开了一瓶葡萄酒，一人斟一杯。三人坐下刚吃一会，听见门上有用钥匙开门的声音，冷荇起来出去一看，原来是隔壁的工人落亚芒。她同他问候了两句话，就回来，坐下，悄悄地对安丽华亭道："落亚芒大概又有几天不吃东西了，走路都走不稳!"

"我们请他过来一块儿吃，好不好，冷荇?"华亭问。

"好。"冷荇说着起来，一气跑出门去，不久，落亚芒同她走进屋来。

落亚芒身材高大，活像一个军官，但是颓丧憔悴的神气，又活像一个乞丐。进来同华亭打招呼问了他两句，安丽他本来认识的。冷荇替他拿一套盘碟刀叉来，又拿了一个酒杯。

给他斟了一杯酒。他看见酒，两个眼睛像铜铃一样，冷荇一斟完，他拿起来，一口气就呷了半杯，停一停，又一口，就干杯了。冷荇又替他斟了一杯，他也两下呷完。

两杯酒下肚，他的精神好了，脸上顿时增加了光辉，没有一点憔悴的气象，他的话也多了，一双手像打拳般地挥舞，不断的说这样，说那样。

"你今年多大岁数了?"华亭问。

"四十二。"

"那么欧战的时候，你打过仗了?"

"打仗吗?"落亚芒把袖子一卷道，"见他的鬼，我从一九一四年自己报名去当义勇军，一直到一九一八年，整个打仗的时间，没有离开过战场。起初我在西路，后来又把我调回东路。见他的鬼，东路把俄国打败了，又把我调回西路。"

"你曾经加入唐能山大战吗？那一战恐怕很厉害罢？"

"厉害真是厉害！"落亚芒再呷一口酒道，"见他的鬼，你想他们多少人？三十多万！你想我们德国多少人？五万多！但是我们一冲锋，他们全不行，都向后转跑了。他们以为德国是好惹的，他们现在可知道了。"

"这一战当然是德国历史上最光荣的事情，但是没有兴登堡将军的调度，也不会成功。"

"当然！当然！兴登堡将军在十多年以前就计划好了。你知道东路那些泥坑吗？当然就有人想把它填满，好种东西，兴登堡将军就极端反对，说这些泥坑，对于军事行动，有最重要的关系。后来，果然，见他的鬼，三十万俄国人全被逼进了泥坑！"

"西路你也打过仗吗？凡尔敦的战事你加入过没有？"

"还怕没有，少了我还成！"

"我也知道少了你不成！"安丽笑道。

"安丽，你不相信我是不是？我告诉你罢。我人虽然穷，勇气是有的，你要同我相好下来，你就知道了。"

"谁同你相好？呸！"

"安丽，你这样看不起我吗？要在二十年前，我手里有的是钱，膀子上有的是劲，头发梳的光光的，领子洗得白白的，脸上没有胡子，你就追我，我还不见得要你呢。"

"像你这样的人，谁会追你？"

"我告诉你罢。你不要看不起我，那个时候没有一个女孩子，不说我漂亮。"

"你，漂亮？哈，哈！"

"我那个时候，跳舞顶好，得过好几次奖品。"

"我不信！"

“安丽，你敢同我跳舞吗？”

“有什么不敢？”

安丽同落亚芒都立起来。

“要跳舞我替你们开话匣子。”冷荇道。

冷荇把话匣子打开，选了一张片子，按上，安丽同落亚芒就跳起舞来。

落亚芒并没有说假话，他跳舞的本事，确乎是很高明的，安丽也很能跟得上他。他们两人旋转自如，轻飘像风前的柳线。华亭冷荇两人都看的神迷。可惜留声机完得太快，他们只好停止了。

他们还要再跳，冷荇说恐怕白薯同烧鹅冷了不好吃，顶好是吃完午餐后再来。安丽此时脸上泛出两朵红云，胸部不住起伏。

“你们看冷荇烧的鹅多么好！”华亭称赞道。

“谁也想不到冷荇也会管家。”落亚芒道，“自从德梦林走后，家里一切事情，都是她管。将来她同萧先生到中国去，恐怕也可以弄出一个很漂亮的家庭。老实我问你，萧先生，听说你们中国人吃放在地下埋了几十年的坏蛋，真正有这一回事吗？”

“没有。”华亭道，“这是欧洲人的误会，我们吃的乃是咸蛋，并不是坏蛋，坏蛋在中国是骂人的话，不是拿来吃的东西。”

“什么是坏蛋？”

“坏蛋就是恶人的意思。”

“那么好蛋就是善人，对不对？”

“好蛋不一定是好人，还有一种混蛋，是糊涂人。”

“怎么人会变成蛋，我却莫名其妙了。”

“你刚说你在欧战的时候，参加过那样多战事，你带过伤没有？”

“吓，不带伤，还叫战争吗？你来看！这里右腿上是机关枪扫的，这里脚踝是手榴弹伤的，还有腰上，曾经挨过一刺刀。”

"我真想像不到，枪子打进身上，到底是怎么样一种味？我想一定很疼的。"

"枪子刚进身的时候，好像一根很粗很大的木桩忽然撞你一下，你立刻站不住倒在地下，但是你并不觉得一点疼，隔了两三个钟头以后，你身上的热度增高，神经昏乱，你仍然不觉得十分疼痛。后来再隔一两天，你头脑渐渐清醒了，你就感觉到要命的疼痛，这个时候最难受了。但是这个时候熬过了，就没有事了。"

"在打仗的时候，你不怕死吗？"

"当兵的人，只有头一两次才怕死，有许多第一次开到前线的兵，往往听见枪声，吓的手脚都软了。但是多打几次仗的人，一听见枪声，立刻就精神焕发，好像跳舞的人听见音乐，赛球的人听见裁判员的哨子一样，心里有一种说不出来的快乐。见他的鬼，我第一次带了伤回来，躺在医院，睡了一个多月，我赌咒不再打仗了，但是枪伤好了，走出院闲了十几天，闷得无聊，又马上报名加入前线去。"

"像你们这样替国家卖过气力的人，现在政府总应该优待你们才是。"

"政府何尝不想优待，见他的鬼，那里优待得了这样多？凡尔赛的条约，把我们经济方面，压迫得一点不能动弹，我们的殖民地，统统失掉了，我们的货品，没有市场倾销，工厂关门，船只停航，国内失业的工人数目到了七百万。单是这一笔救济失业工人的费用，已经不得了，见他的鬼，那里还有钱来优待打过仗的人，并且打过仗的人太多了，管也管不了。你看大街上多少没有腿的乞丐，都是曾经在前线拼过命的。"

"你相信德国民族，将来还会起来吗？"

"一定起来！"

"何以见得？"

"我们德国民族是世界上最优秀的民族，我们是永远压不倒的！"

"你对于共产主义的意见怎么样？"

"我不赞成。"

"你有什么理由？"

"因为我是德国人！"

华亭看见他那样斩钉截铁的样子，也不同他再辩论了。

午餐后，落亚芒道谢回房去。华亭同冷荇安丽一块儿到柏林咖啡店去听音乐。

八

他们三人到咖啡店，已经四点钟，里边还没有坐多少人。咖啡馆陈设得金碧辉煌，每张桌子前面，都围摆着几张温软的皮椅子。中间一个高起的平台，台上有五六个音乐师在奏乐。台前有一方块空地，是预备的跳舞场。第二层楼第三层楼上都有同样的设备，在夏天的时候，屋顶还有一层露天的，价钱特别卖得高。

他们坐不上半个钟头，咖啡店里面的人渐渐快满了，因为四点半是下午跳舞的时间，男女都趁这个时候来玩。平台上的音乐师此时也不奏拍拖奋了。他们把跳舞的音乐奏上，男女一对对地走到场上去跳舞。跳舞的时候，各人各人的姿态和面部表情，各不相同。有的慢，有的快，有的灵动，有的笨拙，有的严肃，有的活泼，有的附耳低语，有的点头微笑。一段音乐完了，跳舞的人还想跳，都拍掌，音乐师就继续再奏一段，第二段完了，再拍掌，乐师再奏第三段，三段以后，大家照例不拍掌，就拍掌，乐师也不奏。舞完了，每人把他同舞的女人带回座位，说一声谢谢，对她一鞠躬，如果是自己带去的人，当然用不着这样多礼节，带回来就完事。

柏林这个地方很奇怪，往往像这样的地方，女子倒比男子多。男子可以随便去找一位不相识的女人跳舞，跳舞的时候同她谈话，如果她不理，跳完也就算了，如果她高兴同你讲话，往往两张桌子顿时就可以拼成一张桌子。

　　华亭冷荇安丽三人轮流地跳舞，女的同女的跳，也是极平常的事情，所以安丽同冷荇也同去。有一次她们两人走了，华亭一人坐在那儿，远远注意安丽同冷荇的动作，她们两人也向他点头微笑，但一转瞬又转步挤向人群中去了。

　　华亭四围张望，看见隔两张桌子旁边有一位黑头发的女人，在向他注视，华亭看见她那丑样子，心中就发呕，急忙把脸掉开，不理她。华亭再向另外一边一望，忽然看见亚群同可循在极西边一张桌子边亲密地谈话。华亭走到他们前面，同他们招呼。他们看见华亭来，也很高兴。

　　"你们什么时候来的?"华亭问道，"怎么没有看见你们?"

　　"刚来不久。我们还同一位朋友来，大约你也认得，也是一位诗人，曾经自费印行了两本诗集，虽然没有人读，他自己却以为是中国新文学运动以来最成功的作品。他到美国留了五年学，今年暑假在哈佛大学读完了四个课程，得了硕士学位，现在诗人加上学者的头衔，更神气了。"

　　"这是谁呢?"

　　"是刘金龙。"

　　"我不认得他。"

　　"他的笔名叫罗罗。"

　　"呵! 不是他作诗，说'海水像酸梅汤一样地香甜'的那一位吗?"

　　"对了! 对了! 就是他! 这就是他的名句。"

　　"他到那儿去了?"

"他去洗手去了，一会就来。"

"他到这儿来干吗?"

"他来玩。他请求省政府延长官费一年，说要到欧洲各国考查，其实他不过到欧洲各国来逛窑子。伦敦巴黎，他闹了半年已经有点厌倦了，所以想到柏林来换换口味，他只会认几句简单的德文，前天来柏林，刚住下，到万牲园旁边，就去拉了一位又胖又丑的女人，带回旅馆。昨天早上起来立刻写了一首长诗。据他讲起来，这一首诗一出去，在中国爱情诗里，可以开一个新纪元!"

"这是什么爱情?"

"他口口声声讲，这个女子爱上了他，原因是因为他是才子。照他的意思，只有他那样的才子，才可以到处享受佳人。他还告诉我们，他一个钱没有花，他们的结合完全是爱情的结合，但是我们都不相信他的话。"

"他很有钱吗?"

"他的钱很不少。他的官费每月一百二十元美金，家里每月还替他额外汇一百元来。"

"好得很! 回头他来我有个好办法。"

"什么办法?"

华亭刚要回答，忽然一抬头看见罗罗诗人来了。罗罗诗人的样子就很像诗人。头发蓄的很长，衣服上面尘垢摩擦得放光，领带的结子，距颈项有三四寸远，一件白衬衣早变成了黑衬衣。他过来坐下，可循同他介绍了华亭，他昂然不理，口里只懒声说一句"很好!"

"刘先生最近大概又有许多著作了罢?"华亭问道。

"稍为写了几首。"

"刘先生的诗我曾经拜读过了。"

"是那一首?"

"我已经记不起题目了，不过我脑子中的印象还留得很深。我记得里边有什么'海水像酸梅汤一样的香甜'对不对？"

亚群一直不讲话，此时听了这一句诗，忍不住噗哧一笑。可循连忙把眼睛瞅着她，亚群连忙指着跳舞场道："你们看！那个胖子女人跳舞，多么笑人！"

大家顺着亚群的手指一看，果然看见一个胖子女人，同一位高大的男子跳舞。女人的眼睛笑迷迷的，一冲一冲地跳，咖啡馆大部分的人都在笑她，她却一点不在乎。同她跳舞的男子，虽然身材高大，也累得满头是汗。

经亚群这样一打断，华亭不谈诗了。不过因为他刚才称赞罗罗诗人的名句，所以诗人对他的印象已经好了一半，华亭同他再谈不上五分钟，几句话拍得他心花怒放，他立刻承认华亭是他生平第一个知己。

后来又谈到女人了。诗人对于芝加哥的大腿戏与巴黎的玻璃馆，异常地叹赏。他问柏林有没有同样的设备，华亭说同样的没有，变像式的尽多，不过最好的还不应当到这种地方去找，因为她们这些人太下流了，罗罗既然是诗人，应该去找名媛闺秀，才可以配得上中国当代第一诗人的歌咏。

"萧先生这句话很不错！"诗人道，"但是名媛闺秀又到那儿去找呢？"

"华亭在德国很久，"可循道，"情形最熟，顶好找他帮忙。"

"那么，拜托，拜托！"诗人连忙拱手。

"对不起！"华亭起身道，"我还有两位女朋友。我过来久了，恐怕她们老等。改天见罢。"

"萧先生何不把两位女朋友，"诗人道，"也请过来一块儿坐呢？"

"也好，我过去同她们讲一句话就来。"

华亭过去约冷荇安丽,他又在安丽耳边说了几句话,又把手指罗罗诗人给安丽看,安丽忍不住大笑。

九

安丽冷荇华亭过来,大家介绍过了,罗罗诗人看见安丽冷荇都生得一表人材,顿时眉开眼笑,用着半通不通的德文,不断地张罗应酬。一会说冷荇的鬈发真好看,一会又说安丽的眼睛生得好。

"安丽,"华亭道,"刘先生是我们中国的著名诗人,作爱情诗作得最好,说不定明后天准有一首诗送你。"

"好极了!"安丽道,"我平生还没有人歌咏过,刘先生,你现在就作一首好不好?"

"诗这个东西,"罗罗诗人道,"要自然,兴致到了的时候,写一千首也容易,兴致不到的时候,半首也写不出来。"

"这样说来,"安丽道,"刘先生对我没有兴致了。"

"有兴致!有兴致!"诗人连连道。

"那么为什么不作诗呢?"安丽道。

"因为我现在想跳舞的兴致,"诗人道,"比作诗的兴致大,所以不能作诗。安丽小姐,你可以同我跳舞吗?"

"当然可以,但是作诗可不要忘记!"安丽道,"我限你明天缴卷。"

"行了!"

诗人同安丽跳舞去了。冷荇同华亭接着也跟着去。亚群同可循看了一会热闹,也起来加入。

"华亭,"舞完,安丽回来坐下道,"你这位朋友不是好人!"

"怎么样?"华亭道。

"他跳舞的时候,"安丽道,"老踹我的脚!你看!我这一双新鞋子尽是泥!"

"不要紧!"华亭道,"叫他替你擦干净好了。刘先生,把手巾拿出来! 这样好差事,还不干吗?"

诗人迟疑了一会,安丽把一只脚抬起来送给他,他回想到中世纪的骑士,对女士那样尊敬,立刻觉得这是最英雄浪漫不过的事情,把手巾拿出来,替安丽擦得干干净净。擦完了,安丽又把第二只脚送给他,咖啡馆里,也有几个,看着他们,笑了一笑,不过这本来就是见惯了的事情,并且各人有各人的事,都忙得很,谁还有工夫来管闲事情?

"安丽,"华亭笑道,"刘先生的诗名,叫罗罗,如果你不喜欢叫他刘先生,尽可以叫他罗罗!"

"罗罗!"安丽喜欢地叫道,"罗罗! 念起来真有点像马戏场那位小丑的名字! 好听极了! 你看,音乐又起了。罗罗,来,我们跳舞好不好。来,来,来! 我的小罗罗!"

安丽一叫,大家哄堂大笑。诗人却十分高兴,立刻起来,把手腕献给安丽。

"这一次跳舞,"安丽道,"可不许你再踹我的脚。顶好是我们交换,我跳男的,你跳女的,你跟着我走,容易点。不然我不同你跳!"

"行了。"诗人连忙道,"我跳女的! 我跳女的!"

他们走了,华亭找亚群,可循找冷荇,随着加入。

"你对我们这位诗人印象怎样?"在跳舞的时候,可循问冷荇道。

"他活像一匹驴子!"冷荇答道。

"因为他耳朵长,是不是?"可循问。

"他是诗人,资质还会蠢吗?"

"现代诗人里边,蠢材多得很! 像罗罗这样的人,多着呢?"

"你曾经进过多少时候的学校？"

"中学初级刚完，继父就把我送去学手艺去了。我那时也读过好些诗。我最喜欢歌德，席勒的《大钟歌》我也读过，但是我不喜欢他的诗。"

"你现在有时还读读文学作品吗？"

"很少。间或看一两本小说。同华亭在一块儿的时候，他常常读诗或小说给我听。有时我因为他读书，我也读书，读完了大家好谈话。暑假中，我同他两人把托尔斯泰的《战争与和平》全读完了。"

"这可真不容易，那样多！"

"同华亭在一块儿，也没有什么。"

"你既然这样喜欢华亭，为什么不答应同他结婚，到中国去？"

"中国太远了。并且华亭也不见得靠得住。"

"华亭为人心顶好了，有什么靠不住？"

"华亭为人心顶好，这是不错的，但是他这个人没有决断力，意志力不坚强，他不能支配环境，常常让环境去支配他。同他在德国还可以，同他到中国，我不会有好日子过。"

"你太过虑了。"

"也许。但是一提到中国，我心里就有一种说不出来的恐怕。也许我爱华亭的心，还不十分真，不然我想，我决不会这样怕。"

"或许将来你心里会转变也未可知，我是华亭的好朋友，我同我的未婚妻也很愿意作你的好朋友，我希望以后你有什么困难，不客气的来告诉我，能够帮你忙的时候，我一定帮你的忙。"

"谢谢。"冷荇把手递给可循，同他重重地握一次手。

一会音乐停止了，大家回来。安丽同罗罗诗人累的满头热汗。安丽把小手巾拿出来，在脸面前振荡。

"华亭，"安丽道，"你这位诗人先生，真不得了！叫他跳女的他还是跳不好，还要踹别人的脚，我的鞋子，又弄脏了，还是今天才上脚的新鞋子！"

"这没有关系，"华亭道，"叫诗人替你买一双新鞋子！明天亲自送上门来，赔罪，好不好？"

"是极了"诗人连忙叫道，"是极了！一双新鞋子！明天，赔罪！"

一会音乐又起了。诗人要安丽同他跳舞，安丽不肯。他求冷荇，冷荇说她的脚痛，诗人没有法子，只好坐着。

"诗人先生，罗罗！"安丽笑叫道，"你们中国有骗子没有？"

"什么？"诗人听不懂这个德文字。

"安丽问中国有没有骗子？"华亭解释道。

"呵，骗子！"诗人忽然醒悟道，"有，有！中国有！有得多呢。"

"中国骗子也运到德国来吗？"安丽笑问道。

"我不很清楚，"诗人道，"不过我想就来也是少数……对了！很少数。"

可循看冷荇一眼，两人都忍不住笑。

"诗人先生，"安丽道，"你们家里骗子很多吧？"

"我家里一个也没有。"诗人道。

"我不信！"

"你不信，到我家里去看好了。"

"到你家里吗？那样远，吓坏人！"

可循叫堂倌把报纸拿来，看一看今天晚上有什么新奇的戏目。

"妙的很！"可循道，"今天晚上，德国戏院莫以西演莎士比亚的《安托利同克力呵拔嗟》，我们去看好不好？"

"莫以西我知道。"安丽道，"莎士比亚是谁？这一本戏是什么戏？"

"莎士比亚是英国最伟大的诗人，"可循道，"这一本戏讲罗马的英雄安托利，为着一个女人，兵败身死，后来这位女人也自杀来报答他。罗罗诗人是专门研究英国文学的，回头叫他详细告诉你好了。"

"戏里面有没有骗子？"安丽笑问道。

"不要捣乱吧。我们赶快去买票！"华亭道，"但是我们同刘先生刚第一次会面，当然是我请。"

"不行！不行！"诗人叫道，"应该我请！应该我请！安丽小姐，你说不是吗？应该我请，那里买票？我就去！"

"这里出门马路中间就是，"可循道，"你一个人去不好，我陪你去罢。"

可循同诗人匆匆地跑出去了。安丽忽然放声大笑，冷荇亚群华亭也笑起来。安丽笑得难受极了，叫冷荇替她揉揉肚子。

十

诗人同可循回来，笑嘻嘻地手里拿着六张票。华亭把票接过来一看，是池座第三排的票，把嘴向安丽一努，安丽点头微笑。

已经六点过了，可循请大家到中国饭店去吃饭，诗人又连忙说他要请，后来会咖啡馆的账，他又要争着会。

饭后到德国戏院已经快八点钟，只差几分钟就要开幕了。他们连忙把衣服在柜上扣了牌子，就赶快走进去。

莫以西是德国最著名的戏子之一，他最擅长的，是他讲话的声音，德国人都说听莫以西讲话，好像听音乐一样，他最喜欢演的，是一种有精神病的人，或者低能的傻子，所以他演莎士比亚的《哈孟雷特》同陀士夫斯基的小说改编的戏本《傻子》，最受一般人欢迎。

今天晚上演安托利，他却吃了亏。安托利是一员名将，一个大政治家，一个千万罗马人崇拜佩服的领袖，莫以西却用懒无声气，无精打采的样子来演他，所以他讲话虽然轻清响亮，然而安托利在台上却活像一个傻子。

演戏的时候，诗人虽然德文听不懂，却老要替安丽解释戏剧的内容，他讲话声音又大，常常引起左右前后的人注意。安丽叫他不要讲，他老要讲，后来安丽气了，使劲在他膀子上捻了一下，还亏他有本事，没有叫出来。

第二幕完的时候，休息十五分钟，大家都到外边走廊里来回散步，诗人带着安丽去喝汽水。

"你到底要把这个傻子怎么？"冷苕问华亭道。

"安丽不是需要钱吗？让她敲他点钱也好。这种东西。手里有钱，反正要被人敲完，与其让别人敲，不如让安丽敲。"

"安丽作些事情，真令人生气。像这样的臭东西，给我一百万我也不肯理他！"

"好容易来一百万！安丽不是常常为一十二个马克，半夜三更，到大街上去找人吗？"

"华亭，人生真的是悲惨！"

"但是有什么办法？"

"我前天想起安丽，我为她痛哭了一场。"

"我知道。"

"华亭，我想你还是带我回中国去罢。"

"你不是很害怕吗？"

"害怕当然是害怕。"

"等你心里不害怕的时候再说好了。"

"你到底在德国还可以住多久？"

"我不是告诉过你吗？还有一年。"

"一年太短了"

"没有钱我也没有法子住。"

"你考完后就到柏林来，我们省一点，至少可以多住一年半载。"

"太省我们的生活也太辛苦了，并且你的身体也不见得好，吃得坏，住得坏，也不是办法。"

"华亭！"冷荇叹气道，"你没有来的时候，我时时刻刻都望你来，我想你一来我立刻就快活了，但是呢，这一次同往常不同，你来了我心里倒悲哀得多。"

"这样说来，我不应该来了，是不是?"

"当然应该来，谁说不应该来? 只可惜你来不久又要走了。"

"不要紧，我五月里考试，考完就搬来柏林同你住。"

"但是你来了，半年后不是又要回中国了吗?"

"你一同去好了。"

"还是不行!"冷荇摇头道。

"不行吗? 你刚才不是叫我带你回中国吗?"

"刚才我想行，现在我想又不行。"

"你常常说我没有决断，你的决断力也不见得比我强多少。"

"但是华亭，这是多么不容易的事情!"

"如果你真心爱我，就没有什么容易不容易。"

"我爱你还不算真心吗?"

"我看不见得，我相信，有一天有一个德国男子来，像我这样对你好，你一定会答应同他结婚。"

"要是我真这样，你怎么办?"

"我也算了。"

"算了吗? 你爱我说是这样真心吗?"

"我爱你，老实说，也不见得真，不过比较起来，比你爱我还真心一点。"

"呸！这是什么话！"

"本来是开玩笑的，何必认真呢？"

电铃声音响了，观众又继续入座。第四幕第五幕戏，也没有什么特别的精彩，莫以西虽然卖气力，也无法补救。

戏完后，可循同亚群坐电车到西城，冷苈同华亭坐车到东城，安丽就在戏园旁边不远，华亭可循都劝罗罗诗人送安丽步行回去，诗人欢喜得心花怒放，马上连声答应，看见安丽不讲话，又苦苦哀求，后来安丽终于同他走了。

华亭同冷苈回到家里，月亮已经升起来了。冷苈推窗一望，一轮明月在天上，冷冷的。

忽然冷苈一连打两个喷嚏，华亭叫她赶快关上窗子。

他们把电灯关了，在沙发上坐着，手握着手。月亮从窗子射进屋来。

冷苈的手，冰冷的，一会又一连打两个喷嚏。华亭说她一定受了凉，叫她在床上睡着，他去替她煮了一杯柠檬茶来。冷苈说要煮她自己去煮，用不着麻烦华亭。冷苈起来到厨房去，华亭也跟着去，说他也许可以帮一点忙。

冷苈把煤气炉子点好，煮上开水，自己坐在凳子上等，华亭站在她身边，一双手搭在她肩上，冷苈把头倚着他。

"冷苈！"华亭抚摸着冷苈的头道，"你的头为什么这样热?"

"今天太累了。"

华亭把她的手拿起来，她的手心也是热的。

"该没有什么罢?"华亭叹息道。

"你真是小孩子，这有什么关系?"

水开了，冷苈把茶泡上，华亭拿着杯子，一碟柠檬带回屋来。两个人吃了一杯柠檬茶，冷苈嫌不够，又吃了一杯。

冷荇已经睡下了，华亭还坐在她床前，轻轻抚摸她的头发，同她谈了一阵话。冷荇渐渐回答的声音微弱，后来简直睡着了。

华亭端详了一会，也灭灯就寝。

十一

第二天早上，华亭还在熟睡，忽然感觉着有人摇醒他，他睁眼一看，冷荇站在床前，桌上咖啡面包都摆好了。

"冷荇，你起来得这样早！"华亭道。

"还早吗？已经十点半了！"

"奇怪！"华亭一翻身起来，冷荇到厨房去了。一会冷荇把洗脸水，漱口水打来，华亭盥漱完了，两人对坐吃早餐。

"冷荇，把你凳子移到这一方来。"

"为什么？"

"我们坐得近一点。"

"还不够近吗？华亭，你真是一个甜蜜的小孩子！"

冷荇笑着把凳子移过来，华亭把手摸摸她的头。

"好了，不烧了！"华亭欢喜道。

"本来就没有什么事，都是你多心。"

冷荇把面包用牛油细细敷上，递一块给华亭。华亭接过，咬了一口，摇一摇头。"什么？"冷荇惊问。

"冷荇，你真是一位贤德的妻子！"

"什么意思？"

"这样省！"

"为什么？"

"牛油敷得这样少！"

冷荇大笑，把面包接过来，再替他加上牛油，重新递给华亭。

"冷荇!"

"还不够吗?"

"不是。再给我一点果子酱,好不好?"

"你真是一个小孩子!"

冷荇加上果子酱,华亭接过来咬了一口,点点头。用含糊的声音,说了谢谢! 冷荇停着刀,微笑看着他。

"冷荇,不要这样看我!"

"谁看你! 你那样讨厌"

"冷荇,你的头发真好看!"

"你不知道说过几万遍了!"

"你的眼睛也很美丽!"

"讨厌!"

"你的鼻子也大得像象鼻一样。"

"华亭,你再说,我揍你了!"

"你的嘴像猪嘴一样!"

"岂有此理!"

冷荇把面包放下,起来揍华亭,华亭连忙躲到屋的那一边,冷荇追去,华亭又跑开了。

"冷荇,饶我这一次,下次我再也不说了。"

"不行!"

"为什么不行呢?"

"不给你一个厉害,下次你不改。"

"我一定改,我一定改! 下次无论你怎么样像象像猪,我都不说了!"

"什么! 真正岂有此理!"冷荇一下冲上前去,把华亭拦腰抱住,华亭站不住,倒在地下,冷荇也随着他倒下来。冷荇把手指在华亭胁下戳了一下,华亭忍不住,要大叫。

"你还敢不敢?"冷荐问道。

"不敢了!"

"起来!"

"地板上坐着怪有意思的。我们坐着谈谈心。"

"好,我们谈谈心,我看你怎么样谈?"

"后天不是圣诞节晚吗?我们怎么样庆祝?"

"哦,对了!圣诞节!回头我们上街去买东西。"

"要买些什么?"

"一棵圣诞树,不大不小的。各种颜色的玻璃球,拿来挂在树上,树顶上还要一个玻璃球作树顶,还要一些银色的细纸条,来挂在树枝上。"

"不要蜡烛吗?"

"当然要,买中等大小的,一包十六支,买两包。"

"蜡烛座子呢?"

"不用买,家里去年用的还在。"

"此外还要什么?"

"多着呢。还有圣诞节的点心。还有——"

"我最不喜欢吃圣诞节点心了,干燥无味。"

"这是一种风俗,没有又不像圣诞节了。"

"好罢,还有什么?"

"还有贺节片子,也应该今天发出去。"

"我没有什么人要送贺片的。"

"怎么没有,你克尔的教授呢。你那些同学呢。这里柏林蔡可循亚群两人呢。德梦林呢。还有你最心爱的安丽,你总不能不送。"

"什么时候安丽又变成我最心爱的了?冷荐,你真会冤枉人。"

"冤枉你吗?你敢赌咒,你没有同安丽接过吻吗?"

"赌咒也可以,不过顶好不要赌。"

"我想顶好也是不要赌。你以为安丽没有告诉过我，是不是？"

"那一天的事，不是我的错！"

"不是你的错吗？难道是安丽强迫你吗？"

"安丽没有强迫我。"

"是谁强迫你呢？"

"安丽的眼睛。冷荇，你不觉得安丽的眼睛，顶美丽的吗？那样大，那样青，那样媚人。"

"我的眼睛不美丽，是不是？"

"你的眼睛也美丽，但是另外一种风味。"

"什么风味？"

"我说不出来。"

"不要讲了吧，无聊得很。我们刚才不是讲贺节片吗？这当然是要买的，克尔的今天晚上发出去，柏林的明天一早。"

"好了，还有什么？"

"还有吗？我想想。对了，礼物呢。你打算送安丽什么礼物？"

"你想我最好送什么？"

"安丽最喜欢穿绒线汗衣，下边穿裙子，你送她一件绒线汗衣好了。"

"也好，那我们到提慈去买，那里价钱便宜。"

"提慈的没有好花样。就是亚历山大市场西边，有一家有上好的货色，只要五个半马克，我们到那里去买。"

"五个半马克的东西，不嫌太轻了吗？"

"不轻，够了。因为我还要送她东西。"

"那么我买一点什么东西来送你呢？"

"随便你。"

"我想买一件衣服送你。"

"你的钱够吗？"

"要是二三十个马克的，可以不成问题。"

"我们回头再说好了。"

"我想圣诞节晚请可循亚群到我们这儿来吃晚饭，晚饭后一块儿去跳舞。"

"圣诞节不是跳舞的日子。要跳舞除夕日晚上去跳舞好了。那一天晚上，大多数的人都到跳舞场。我们一定要早定位子，要不然临时找不到座位了。"

"对了，可循也说过了。他约我们除夕晚上到夜西跳舞场去。就去定位子好了。"

"好极了，那我们就去定位子好了。"

"我今天就写信给他，约他后天晚上到我们家里来吃饭，并且告诉他我们定——我看不如请他去定位子好了，他比我熟悉一点。"

"也好。"

"我们早餐到底吃不吃呢！"

"我本来就要吃，你却要逼我在地板上坐着讲话。"

两人都挣起身来。吃完饭，一同上街买东西。

十二

当天华亭同冷荇把东西买好，带回家来。冷荇本来想晚上就布置，华亭说冷荇太累了，应该休息，并且后天才是圣诞节的前夜，明天收拾也不算迟，依他的意思，当天晚上，顶好是去看电影。

"有什么好片子？"冷荇问。

"约翰亚伯尔斯，他老是那个流氓样子。"

"那么我们到万牲园鸟发影戏院去看格锐连加波的好了。"

"万牲园太远了。"

"那么我们去看伊丽莎白北格勒尔怎么样？就在这里不远，在玫瑰谷街。"

"我看顶好不要出去，在家里坐着谈天也好。"

"不成！今天晚上我想看电影得很。"

"那么你一个人去好了。"

"你呢？"

"我在家睡觉。"

"你不去我也不去。"

冷荇去烧茶做晚饭，华亭去帮着她摆桌子，吃完了又帮着她洗餐具。

他们刚把一切收拾好，冷荇躺在床上，华亭坐在床边陪着她，忽然听见钥匙开门的声音，冷荇说大概是工人落亚芒回来了，有好几天不见他，他到底到那儿去了呢？

华亭开门出去一看，看见一位穿黄色制服的国社党的冲锋队员，不由心里一惊，但是仔细一看，才知道他还是工人落亚芒。落亚芒此时满面威风，雄赳赳，气昂昂地走进来同华亭握手。

"你什么时候加入冲锋队啦？"华亭问。

"昨天。"

"好的很，请进来坐坐！"华亭把落亚芒让进屋来，冷荇看见落亚芒那样神气，也很惊异。

华亭递支香烟给他吸，问他吃晚餐没有，他说吃过了。

由落亚芒的谈话里，华亭知道近来国社党同共产党冲突，一天天的厉害，德国政府已经失掉了控制的力量，现在断定德国民族命运的，只有共产党同国社党冲突。两党都到了生死关头，个个党员都愿意做最后的拼命。不过据落亚芒看起来，国社党一定胜利，共产党一定失败，原因是德国民族，都有独立自尊的精神，他们愿意拿他们的民族作基本创造一个新世界新文化，他们不愿意受俄国的支配，作他们的附庸。他说，德国民族在世界上只作领袖，不会做随从。德国人心里，只知道德国人与非德国人，不知道无产阶级与资本家。他们愿意打外国人，他们不愿意同类自相残杀。

落亚芒还说了一大堆，华亭冷莅一点也没有同他辩论。后来谈到犹太人，华亭问落亚芒："听说国社党执政以后，要把所有在德国的犹太人统统赶出去，是不是真的?"

"所有的犹太人，"落亚芒道，"统统赶出去，不会的，但是见他的鬼，他们如果愿意走，我们很欢送，德国本来不是他们的地方，他们在此不过是客人。如果他们一定要住，我们可以把他们当成外国人看待，我们德国人的事，只有我们德国人才配管。他们既然是外国人，就不应该作我们的官吏，带我们的军队，作我们社会上一切事业的领袖。"

"但是事实上，"华亭道，"在德国的犹太人，经过几百年的同化，已经完全变成德国人了。他们讲的是德国话，他们做的是德国事情，他们思想中已经不感觉他们是外国人了。"

"怎么不是呢?"

"他们的血根本不同。"

"要叫他们把血改变，当然是办不到的事情，不过他们的思想行动，风俗习惯改变了还不够吗?"

"当然不够，血不同性格就不同。有了他们在我们里边，他们无形中就会一天天摧毁日尔曼的特性，像马克思列宁这种犹太人，在德国就是一万年，他们还是同德国人不一样，但是他们却会宣传组织，来破坏我们民族的基础，好巩固世界各国犹太人的地位。你们不能不承认，共产主义大同主义和平主义，大部分都是犹太人提倡的，德国大部分的共产党都是犹太人。"

"犹太人也有许多不是共产党。"

"不是共产党，就是世界大同主义派。无论那一方面，见他的鬼，对于我们德国民族的独立特性，都有妨害的。"

"其实世界大同，又有什么不好，你们为什么一定要反对？"

"大同根本上是办不到的事情，见他的鬼，凡是说大同的人，都是骗人或者骗自己的人。世界和平的时候，不是大同的时候，是优秀民族战胜劣等民族，把他们管领指导的时候。如果大家要希望世界和平，只有让我们德国民族起来，领导一切。"

"你有什么证据，敢说德国民族一定是世界上最优秀的民族？"

"有两个证据：第一是科学上的贡献，第二是军事上的组织，全世界没有人赶得上我们的。"

"但是犹太人在德国也产生过许多的科学家？"

"那是因为他们在德国民族环境风气的下边，如果他们在旁的地方，绝不会有这样的成绩。"

"那么我们不能够把这种环境风气，在旁边的民族里边一样造成，旁的民族，不是一样可以产生科学家吗？"

"这样说来，你已经无形中赞成德国民族应该出来领袖世界，而且世界要进步，非有德国民族出来领袖不可了。"

华亭还想同他辩论，看见冷荇不耐的样子，他不讲话了。落亚芒再讲一阵话，同两人握手出去。

"华亭，"冷荇埋怨道，"你为什么老同他讲政治？他一谈起一辈子也谈不完。"

"我很惊异，"华亭道，"他不过是一个工人，却这样有智识。"

"这算什么智识？还不是国社党宣传册子上那一套老话。你多同他们讲几句，你就觉得他们翻来覆去，老是那一派话头，听得人头痛，"

"不管他怎么样，落亚芒在工人里边，总算有本事的人。"

"有什么本事？他这个月已经没有房钱，饿了几天没有饭吃，不当冲锋队员，他没有法子维持他同他私生子的生存。什么爱国爱民族，都是骗人的话。"

"你把他说得太不光明了。"

"世界上有几个光明的人，世界上有几个加入政治运动的人纯粹是为公理？"

"你这句话里也有几分真理，但是太刻薄。"

"何以见得？"

"落亚芒当冲锋队员一半固然为生活，但是至少有一半，他也是出于爱国心，你只看见一方面，没有看见两方面。"

"管他一方面也好，两方面也好。华亭，你不是要看电影吗？我们去罢。"

"你刚才不是说不去吗？"

"现在我又想去了。"

"那么赶快一点，迟了恐怕连正片子都看不全。"

华亭替冷荇把大衣披上，自己穿上大衣，两人匆匆下楼去。

十三

那一天晚上的电影主角是北格勒尔，北格勒尔本来是德国戏台第一流的戏子，她的名誉，完全是从戏台得来的。她的智识天才，远在一般电影明星之上，她虽然没有作过几个电影，但是知道她的人，只要有她的片子，没有一个肯放过她。

北格勒尔决不是平民戏子或者是大众戏子，因为她的表演太深刻了，太美丽了，体贴得太入微了，除了少数最有知识，受过艺术训练的人，不能彻底了解她，肤浅无味，下流呆板的作品，是电影场一般群众所最欢迎的东西，但是北格勒尔的品格太高尚了，这一类的东西，她作不出来，她宁肯得极少数识者的赏识，不愿意受千万无知大众的欢迎，因为无知大众的欢迎对她是一种不可忍受的侮辱。

电影的名字叫《幻梦的嘴唇》，里面写一位平常的音乐师，娶了一位聪明美貌的妻子。有一天晚上，一位大音乐家来奏梵哑铃，音乐师同他几十个人拿着乐器帮奏，音乐师的妻子到音乐场，听见这一位大音乐家奏梵哑铃，感动得如醉如痴，会后，她一个人先回家去，已经脱衣服要睡觉了，忽然听见她丈夫来电话，说他约了这一位大音乐家到他家里来参观，因为他们两人从前是好朋友。

电话刚接不久，他们两人，果然来了。因为音乐师催得厉害，他的妻子也没有时候好好穿衣服，随便穿起她衣出见。这位大音乐家一看见她天然妩媚，已经倾心，后来两人谈到音乐，她尤其表现特别欣赏的能力。她丈夫是一位老实人，说的话都没有什么见识，这位大音乐家心里很明白，他们的家庭虽然是一个快乐的家庭，然而决不能算一个美满的家庭，不美满的原因，是这一位聪明绝顶的女人心境的孤寂。

大音乐家夜深回去了，隔两天以后，音乐师的妻子，独自一人背着丈夫去找这一位大音乐家，说是想听听他奏音乐。大音乐家对她的态度，起初是很严肃的，问她丈夫知道不知道她来，但是这位女人自然的态度，使他的态度渐渐和缓。女的打钢琴，他奏梵哑铃，奏完啦，女的起身告辞，到门首的时候，两人对面一望，顿时觉得心心相印，他们接吻了。

音乐家同她以后又会了好几次面，忽然他接着一个电报，要到巴黎去演奏，他们两人约好，第二天下午，两人分开上车，一同到巴黎去。

到第二天什么都预备好了，女人已经到了车站，但是车要开的时候，她忽然觉得她丈夫太诚实，她不忍离开他，让车开走，没有上去。她丈夫也在那里送行，她拉着他一块儿回家去，路上遇着倾盆大雨，她丈夫因此得了大病，病了，一刻也离不开她，她更不忍丢开他去。

这样一直病了两年，她的全部心力，都用尽了，她丈夫的病，才渐渐痊愈。她自己感到疲倦，感到万分的疲倦。她没有勇气再生（存）下去。她一闭上眼睛，就看见那位音乐家在叫她，责备她为什么不同他去，同时她又听见她丈夫，苦苦不让她走，他一生绝对不能离开她。

在这个时候，大音乐家真回来了，她偷着去会了他，他仍然劝她同他走，她推辞了，回来，医生报告她，她丈夫的病一星期以后就可以如常，可以同她同居了。她丈夫非常的高兴，说了许多快活的话，她面子上也做出欢喜的样子，心中却有不能忍受的隐痛。到无可如何的时候，她写了一封信给她丈夫，说她身体太坏了，她太痛苦了，她不能不想法赶快停止她的痛苦，她死了以后，她准她丈夫悲伤一年，一年以后不准再悲伤，应该要提起精神，重新生活。信写完，带在身上，她跳水死了。

北格勒尔演音乐师的妻子，其余演那两位男子的也是德国很有名的戏子，但是有北格勒尔，他们两人都减色了，观众整个的时间，看见听见的，差不多只是北格勒尔，其他的人虽然也决不可少，现在那时观众的感觉里，差不多有没有都没有什么关系。

北格勒尔一举一动，一谈一笑，无不体贴入微，初看起来好像极自然，细按却都有深刻的意义。她演初见面的情形，在音乐家寓所见面的情形，都神妙已极，然而，最出色的，却要算她演临死前，听见她丈夫高兴的谈话，自己假作欢喜那一段，看的人对她处着那种境地，发生了无限的同情。冷荇看到这里，为她流泪了，华亭也觉得眼酸。

戏完了出场，才十点半钟，冷荇忽然高兴，想去拜访安丽，华亭恐怕太夜深，不方便，冷荇说不要紧，安丽睡得迟。

他们坐电车，十多分钟就到了。走到门口，望见楼上还有灯光，冷荇打呼哨，安丽开窗瞭望，看见是冷荇华亭，满心高兴，连忙下楼来开了门。他们进门去，里面漆黑的，安丽挽着他们两人的手，吩咐他们小心，一步步踱上楼去。

安丽住在一间很小的屋子里，但是里面陈设得很精致，安丽说她一个月付八十个马克的房钱，连伙食一百四十，华亭说为什么这样贵，安丽说不这样贵，得不了自由。

安丽拿纸烟出来，让他们两人抽烟，又出去找房东太太烧开水煮可可。房东太太进来，安丽替她介绍了华亭，房东太太笑嘻嘻地对冷荇说："冷荇，你这位朋友，怪可爱的。"

忽然如飞撞进来了几个黄毛的东西，不住地向华亭身上跳，华亭大吃一惊，房东太太急忙把四只狗叫着，带了出去。安丽说房东太太从前很有钱，后来马克跌价，产业完全失掉了。现在她还不改从前的习惯，养了十五条狗，她一个月的收入，大部分都拿去喂狗。

冷荇告诉安丽，他们圣诞节的前夜，请她来过节，安丽满口答应。冷荇问她的朋友，那一天晚上，会不会来找她，安丽说已经说好了，他下午来，晚上他要到他母亲家里去过节。

华亭问安丽罗罗诗人的事情怎么样？安丽说，她的运气还不错，敲了他四百多个马克，还得了一件皮大衣，两件新衣服。后来他没有钱，她不同他玩，诗人气极了，大骂她，在朋友处借了一百多个马克，坐车回巴黎去。但是他去后不到一个星期又从巴黎给她写了好些情书来，说他把款项筹备好了，就要到柏林来找她。

安丽把信找出来，一封一封地念给两人听。里面的德文，当然是不通，不过许多肉麻的话，一读出来，三人都捧腹大笑。

"这种人也自命为诗人，"冷荇道，"他真把诗人的祖德丧尽了。"

"冷荇，"安丽道，"你知道，他那一天作了一首长诗，翻译给我听，我听不懂，他又讲给我听，我仍然听不懂。我只了解里边几句话。什么'我是夫来君是妻','世界里万事像泅水'。他还有一句诗，把我比成一个小蚊子，我却莫名其妙！"

"安丽你是一个小蚊子吗？"冷荇大笑道，"你可不要咬我！"

"这真是异想天开！"华亭道。

"他再来你还理不理他，安丽？"冷荇问道。

"为什么不理他！"安丽答道，"只要他有钱。这一次他这几百个马克，帮我的忙真不少。并且他这个怪叫人开心的。"

十四

圣诞节的前一天，冷荇一清早起来就预备东西，华亭恐怕冷荇太劳，替她找了一个邻居女人作帮手，冷荇不肯要，华亭不听她的话，坚执要把这位邻居请来，到后来果然冷荇忙不过来，有了这一个帮手，轻松了许多。

他们屋子里陈设一新。屋角一张桌子上，放了一株圣诞树，上面挂了许多五颜六色的玻璃球，还垂下许多银纸条，树枝交叉的地方，放满了红绿黄白各色的小烛，几张小桌同大桌子上面都铺了雪白的桌布，两间床上都换了黄缎子的被窝，大桌上摆了五六大盘新鲜的水果，核桃，栗子，糖食。地板打扫得干干净净，火炉特别多加了几块炭，满屋温温的。

冷荇的头发昨天就烫了的，"水浪"上边，再加上"水浪"。她脸上淡抹一些脂粉，嘴唇脸庞，略涂了一点胭脂，眉毛用黛青画长，华亭起初想替她画，但是手不准，画得不弯，手太重，画得太粗，画完，冷荇向镜子里一看，大笑，急忙用热水洗了，重新对镜自己再画，一面轻言细语地埋怨华亭耽搁了她的工夫。

冷荇把华亭昨天替她买来的新衣裳，也先拿来试一试。新衣服是一件藕色缎子的晚宴衫，下边有极精致手工的摺子，胸前有一朵新鲜的茶花，冷荇从来没有穿过这样华丽的衣服，一穿上，突然增加了许多的颜色，华亭看见，几乎像见了另外一个人，但是这一个人，是比平常的冷荇还更美丽更可爱的一个人。

华亭看着冷荇，冷荇看着衣橱上的穿衣镜，两人心中，都有一种说不出来的得意。忽然冷荇一转身跳起舞来，她的白衣褶翩飞上下，活像一只白蝴蝶。华亭看得呆了，两只眼睛，只随着冷荇来回起伏，移时，他精神恍惚，目前，只感觉得一些白色萦绕旋转的幻影。

冷荇整整跳了十多分钟，方才做了一个姿势停止。华亭还痴痴地望着她。

冷荇像皇后一般的威仪，缓步走到华亭的面前，把右手背伸给他，华亭惊醒过来会意，恭敬的轻吻冷荇的手背，冷荇笑了，坐在他旁边。

"冷荇，"华亭道，"你真是一个美人！"

"我不是美人，我是皇后。"

"也像。"

"我比安丽怎么样？"

"你比她天真，你比她有威仪，你的品格比她高，但是她有时候比你还要迷人。"

"小心一点，不要被她迷住了，"

"有了你，我还管谁？冷荇，我真想一生一世不离开你！"

"说什么一生一世，一年后你就离开我了！"

"冷荇，这不能！"

"不能也要能！"

"冷荇，还是你同我回中国去罢。"

"我们以后再说好了，今天，顶好不要讲这些事情，讲了令人心里不痛快。"

冷荇把衣服脱了，换一件旧衣服，穿上新围腰，预备到厨房里工作去。

"冷荇，我可以帮你忙吗?"

"厨房里的事情，你会帮什么忙? 你好好坐着读书好了。"

"还有什么东西要买的没有?"

"买东西? 对了! 还有纸烟没有买，你回头到街上去买来。"

"要什么牌子的?"

"黄金牌，又醇又香。"

"此外呢，还有什么?"

"酒，我只买了一瓶，你想够不够?"

"一瓶太少了，一个人还不够一满杯，我再去买一瓶回来。"

冷荇到厨房工作去了。华亭出门去买东西。

大街上真是热闹，马路两旁侧道上摆满了小摊子，来来去去，水泄不通的人。小摊子上什么东西都卖，预备大家拿去做圣诞节礼物的，摆小摊子的人都大声喊叫，说他的东西，价钱怎么样便宜，货色怎么样好，卖小儿玩具的人，把小铜号吹得呜呜地响，那一旁又有人把小橡皮狗弄得汪汪地叫，白铁的人不断的来回打秋千，小火车在轨道上辘辘地转动。洋团团一个个笑迷迷的，对着经过的小孩子表示欢迎，叫爹爹妈妈的声音，惊讶的声音，强索的声音，阻止安慰的声音，讲价钱的声音，哄哄的闹成一片。

华亭看得有趣，信步沿着大街走去，快要到亚历山大市场的时候，忽然迎面来了一个中国人，华亭一看，不觉大惊失色，因为他不是别人，乃是华亭最相好的好朋友——张佩清。

"佩清，你什么时候来的? 你不是来信告诉我要先到英国，后到法国，然后到克尔来找我吗?"

"我本来这样计划，但是后来我改变了。因为我要参观研究的东西，大部分都在德国，最好还是先到德国来。我在英国，简直没有上岸，预备以后再去。船到北锐门的时候，我直接坐车到柏林。我本来想到克尔来看你，但是我知道你预备博士考试很忙，所以不想多打扰你，好在柏林方面，我还有好些熟人，我现在正在补习德文，大概两个月后，语言稍为流利一点，我就到各处参观去，克尔自然一定要来一趟。"

"你那天到的？"

"上前天。真想不到会在这一个地方会见你，真是妙极了！你到那儿去？"

"随便买一点东西。"

"你住在那儿？"

"就在附近不远。到我家里去吃午餐好了。晚上也可以在我家里吃饭，我还请得有蔡可循同他的未婚妻。"

"蔡可循也在这儿吗？不是说他在海岱山吗？"

"去年早就转学到柏林来了。"

"好极了，我今晚上可以会他！"

华亭同佩清两人一同走，到一家铺子，华亭买了一瓶葡萄酒，再到一家纸烟铺买了烟，两人一同回寓所来。

"你住的是公寓吗？"佩清问道。

"不是公寓，是一位女朋友家里。"华亭脸不觉一红。

"女朋友吗？在美国就听说你近来生活很浪漫，原来是真的吗？"

"这本来也就无所谓。各人心里的痛苦，只有各人才知道。"

"我当然明白你心里的痛苦。不过我始终不明白你为什么同佩华决裂了。她对你不是很好的吗？"

"决裂倒谈不上，不过有一年多没有通信了。"

"为什么你变了呢？"

"不是我变，是因为我已经没有资格承受她的爱，但是我为什么失去了我被爱的资格，她五年来对我冷淡的态度，也要负一点责任。现在反正是没有办法了，我们顶好过一天算一天。"

"我不赞成你那种颓废的口吻，以后工夫多，我们还可以细谈。"

两人到门口了，上楼去按铃，冷荇出屋开门，让他们进屋去。

十五

佩清同华亭在房里坐下，冷荇同佩清认识了，很和蔼的对他讲了几句话，道了歉，又回到厨房去。

"她叫什么名字呢？"佩清刚才没有听清楚，问华亭道。

"冷荇。"

"这是她的名，是不是？她的姓呢？"

"裴错尔德。"

佩清在房里四下一望，看见屋角里的圣诞节树，觉得很有意思。"你这里真像一个家庭！"佩清道。

"对了。"

"冷荇对你一定很好。"

"她对我好极了！我们两人性情真相合。只可惜她不是中国人。"

"这有什么关系。"

"关系大得很。要不是因为这个关系，我们的问题早解决了。"

"难道你们已经到了这种地步，还再分开吗？"

"我们当然不愿意分开，但是事实上我们却不能不分开，分开当然不是现在，是一年以后。"

"到底什么原因？"

"我想我们两人中间，有一个鬼，所以总是没有办法。"

"这很奇怪！我想这件事体一定复杂，我们以后再谈。现在我要问你，你博士考试的工作怎么样了？"

"论文已经主任教授接受了，现在只还有几个小地方要修改。我预备三月正式交进去，四月或五月口试。"

"近年听说德国国社党同共产党闹得很厉害。有好几个地方，彼此用手枪打，打死了好些人。说不定不久就会有革命发生。我还是希望你能够早告结束好，迟了恐怕发生意外。"

"我也是这样想。你知道在德国博士考试，同时要考三样东西，德国文学是我的主科，英国文学同哲学是我的辅科，但是我的哲学教授，就是一位犹太人，如果国社党得势，他的位子恐怕保不住。"

"你的主任教授呢？"

"我想他没有什么关系，因为他从来不管政治。"

两人又谈了一阵美国的情形，佩清在芝加哥大学习化学，寒假刚得博士学位，还有半年官费，所以才绕道欧洲来参观。

"你知道佩华现在怎么样？"华亭忍不住问道。

"妹妹考上北大了。"

"她考上北大了吗？好极了！她从前写信曾经告诉我说她要考北大，她那样聪明好学的女子，这当然不是什么奇怪的事情。她从前还很怕考不上，这当然是过虑，我想她近来一定很用功。"

"哥哥来信说，她现在什么都不管，只是读书，这一学期的成绩，差不多全是甲等。"

"你们家里的人，一定觉得很奇怪，我们俩人为什么不再要好。"

"对了，我们都觉得很奇怪，但是妹妹却一个字不讲，只是埋头用功。去年哥哥替她介绍了一位同学，是一位科学家，人是最好不过的，可是见面还谈不上五分钟，她就走了。以后这一位同学，还同她写了好几封信，她一封也没有回，有这一位先生，气得要命!"

"不答应别人就可以了，何必会都不会，信都不回呢？"

"妹妹就是这样的性情。"

"她从前同我写信，也老像打电报一样的简短。"

"其实她心里也是很诚恳的，你应该原谅她。"

"我不但原谅她。我还十二万分地感激她。但是因此我常常感觉到我们两人性情不同，如果再好下去，将来一定没有好结果。你母亲因为你大姊死，已经够气了，如果将来你妹妹结婚以后不快活，那么你母亲简直活活会气死。"

"你怎么知道你同我妹妹结婚以后不快活呢？"

"我的性情喜欢表现，她的性情喜欢把一切都深藏在心里，叫她将就我，她苦，叫我将就她，我做不到。结果一定不断地要求，她一定不断地忍受，这样下去她太苦了，我看见她痛苦，我也不会有好日子过。"

"你这些都是猜想的话。你同她始终还没有亲密地接触，你怎么知道她一定如此？"

"我觉得我看得很清楚，再下去危险得很。"

"那么你从前为什么又爱她那样厉害呢？"

"从前我爱她，现在我心里何尝不爱她，但是事到无可如何的时候，我也没有办法。"

"记得在芝加哥吗？你那个时候，急得什么样子，怎么劝你也不听。"

"那个时候，我没有看清楚，现在才看清楚了。这真是我伤心不过的事情。请你不要责备我。"

"谁责备你？其实你既然心里这样感觉，勉强下去，也没有好结果，要知道一种解决的方法不是顶好解决的方法？我只希望你不要因此颓废，提起精神，好好的干下去。"

"提起什么精神？我现在整个的心，好像都死了，无论作什么事体，都是随随便便的。我只想找一个机会，能够永远不回国！"

"我真不知道为什么这一点小事体，也可以使你这样消极？"

"这算一件小事体吗？一个人曾经费了五六年的工夫，用他全副的心力，全副的灵魂，去追求一件东西，结果忽然有一天他发现他追求的东西，完全不是他理想的那么一回事，这是多么痛苦的失望？"

"那么现在你不失望了，你有冷荇了。"

"冷荇自然是好，但是我不知道为什么，我们中间，总是有一层隔绝，我想这是一个鬼！"

"我就不了解你了。冷荇又有什么不好吗？"

"样样都好。"

"她和你性情有什么不相合吗？"

"样样都相合。"

"但是你心里为什么仍然不快活呢？"

"我不知道为什么，我心里时常充满了悲哀的情绪，我近来流泪的时候，也比从前多了。有一次在克尔一个人看电影，电影本来也是极平常的一个故事，我忽然感觉一阵心酸，流了许多的泪，后来万分忍不住了，跑回家，伏在床上大哭一场。"

"我看你已经有一点病态了，你再要不小心，恐怕你要疯狂。你为什么不写诗？"

"我也写了一些，但是近来预备博士考试工作已经忙不了，没有这样闲心。"

"你没有闲心写诗，却有闲心来柏林吗？"

"这完全是因为冷荇，假期完了，自然要加倍用功。"

冷荇把午餐陆续搬进屋来，三人共同吃饭。佩清的德文还不能听，不能讲，华亭替他们两人做翻译。

十六

　　下午冷荇忙着作东西，华亭同佩清两人藉这个机会，去参观柏林大学。

　　佩清看惯了美国高大洋房的大学，柏林大学在世界上这样驰名，他想学校建筑比耶鲁大学哈佛大学规模一定要宏大得多，谁知到学校的时候，只看见一座破旧的房子，校前校后都是车马往来的街道，没有美国大学那样广袤的草场，校前惟一的装饰品，就是几位从前著名教授的石像，校后有一个校园，除了几棵树，看不见一株花草，进里边去，处处都感觉着屋子的陈旧。惟有教室比美国大，里面坐位比美国容纳的学生多。

　　德国大学不但是外面形式与美国大学不同，精神也与美国大学不同。德国的大学对国家有一种使命，就是增进科学，德国大学生，因为中学比美国制度多三年，所以实际上都是研究院的学生，用不着教授们去教他们基本知识，因为基本知识，他们在中学早已经有了。学生的程度既然很高，他们到大学的主要目的不是来受基本训练，乃是来研究科学，大学教授到学校的主要目的，不是来教书，乃是来增进科学。所以在德国大学里边，无论学生教授，没有一个人去自夸记忆前人的才能，大家日夜希望的，就是看某人对于某种学问什么新的见解。

　　学生教授既然不注重在学习，而注重在研究，因此他们进大学的目的，主要的是求真理而不是谋实用。在美国大学里，还没有学一件东西，大家先问问这个东西有什么用处，在德国大学都不用谈实用的问题，只谈真理的问题，凡是实用的课程，他们大部分都分在专门学校里边去，不让他们在大学里边讲。不过，当然，他们科学上的发明，直接间接同实用的科学事业，也有无限的帮助。但是他们主要的精神，不在这里。像美国那样着急地要拿立刻兑现的支票，德国教授们一提起，都不十分看得起。

因为有这两层关系，往往德国大学不是中国学生最好留学的地方，第一层他们没有受够基本训练，听演讲不但有语言上的困难，往往语言通了，听起来也是莫明其妙。德国的教授教书的本事，还不如美国教授。他们大部分上堂，只讲他自己对于某种问题的新见解，一学期一个课程，从来不讲完，讲起来也是语无伦次，不清不楚。所以中国有许多早出国的学生，到德国，起初四五年，懂得的东西，远不如在美国一二年的工夫多。不过受过相当训练的学生，自然又当别论。

他们还想去看大学画馆同普鲁士国家图书馆，因为圣诞节放假，关了门，没有法子，只在外边望了一望，建筑规模比起美国几个著名大学的图书馆，差得太远了。

"在德国大学读书，"华亭对佩清道，"我感觉一种最大的快活，就是精神上的自由，学校的教授不把你当小学生看待，拿日考月考期考来威吓你，强迫你，使你日日夜夜，不能不读他指定的参考书，虽然也有考试，但是那在几年以后，你读书的时候，仍然有思想活动的自由。你不喜欢上课，你可以不必上课，上课，听了一半不高兴，你可以开门走出教室去，教授从来不生气，同学们也不用惊异的眼光来瞧着你。这当然比从前在中国受美国化的教育，和到美国去受美国教育，比较快活的地方，但是有一件事情，使我常常心里有一种说不出的失望。"

"是那件事情呢?"佩清好奇的问。

"我觉得大学是研究科学的地方，同我们努力文学创作的人最不相宜。我起初以为到外国进大学多读几年书，从许多知名教授那里，听一些文艺批评的理论，对于自己文艺创作，一定有很多的帮助，现在留学四年多，什么理论都听过的，我才知道，完全不是我想象的那么一会事情，因为在大学里，学的不是文学创作，乃是文学科学，文学科学，虽然方法同自然科学也许有不同的地方，但是态度是一样的。文学科学家一天到晚所做的事情，都是分析研究了解，他们尽管什么都了解了，一提起笔来，还是不能创作。你看那几个大学的文学教授，作得出半句诗来？就算有几个能够创作的教授，他们也不靠他们自己的理论。四年来，我学了一肚子的理论，对我实在是毫无用处，我的工夫白费了！"

"依我看来，"佩清反对道，"你的工夫，并没有白费，大学训练，固然能够直接帮助作创造天才的活动，但是你的眼光变高了，你的见解比较准确了，你的思想深刻了，你的智识基础广博啦，以后你写出来的东西，至少不会像中国近代许多作家思想那样浅薄无聊。"

"但是这四年多，我时时刻刻都感受一种内心的冲突，一方面常常心里想把一切科学工作抛开，提笔写点东西，但是另外一方面有时又感觉理论方面的研究，虽然明明知道同我创作没有多少直接的好处，却自有它特别的兴趣。到近一二年来，我的思想渐渐变精密了，一个问题到手，我也很自然地能够分析研究，德国大学对我科学的训练，可以说是已经有了相当的成功，同时令人感觉到十分可怕的，就是现在我差不多已经完全失掉了我创造的习惯。

"我脑子里现在常常充满了空虚的规律，很少幻想出有血有肉有灵魂的人物，我有时极力要改变也改变不来，因此我想我诗人的生活，已经寿终正寝了，这都是大学教育，害了我的！"

"这不过是一时的，因为你现在正在忙着作论文，忙着考试，所以你脑子里只能容纳理论，以后你生活改变，环境改变，自然从前想象的力量，也可以恢复转来。转来的时候，恐怕因为你把他压迫了这样久，比从前更伟大呢。"

"谢谢你，佩清，你真是会讲话！我近来失望的事情多得很，我简直可以说没有一件事情不失望。你想我这个人，到底还有什么出息没有？"

"当然有，你这简直是笑话！"

"我有时想：像我这样的人，为什么要生在世上？我活在世上，对别人有什么好处，对自己又有什么好处，倒不如早死了还好一点。"

"你这句话更没有道理了，你现在得了这样好机会受教育，中国能够像你这样受教育的有几人？你回国后，国家要叫你做的事情正多呢。应该当做群众的领袖，你应当做青年的导师，你应当替中国学术界文艺界争一口气，使中国在国际的地位，无形中提高，别人不会看不起我们，说我们是劣等民族，永远没有出息，应该供人欺负蹂躏。这样多工作等着你，这样多人，需要你的帮助，怎么说你对人没有什么好处？"

"我现在管自己还管不了，哪有这么多闲工夫来管别人，并且你把一切事情都说得那么容易。好像我一回去，中国民族就被救了一样。你如果要仔细观察一下，你就知道中国事体，真是一团糟，就我这样的人一万个，拼了老命，都没有用处。"

"如果真有你这样的人一万个，肯拼老命，中国一定有希望，只怕你舍不得拼。"

"没有什么舍不得拼，只是想到拼了没有用处，因此就灰心了。"

"我现在就是希望你不要灰心，"

"多么难。"

"世界上的事情，越是难，作起来才越是有精采。"

十七

　　他们二人参观了大学，沿着菩提树下一直走到凯旋门，这一条
街，要算柏林最宏大的街，平常有什么庆祝，排队游街，一定要经
过这里。两旁有很宽的马路，中间有很大的空场，栽上树木。马路
两旁有讲究的商店，世界各国的旅行部差不多都集中在那里。槐下
街同佛雷坠街交叉的地方，交通最繁，昼日夜晚，那牵线不断地人
来人去，佛雷坠街沿路上都站得有许多擦胭脂抹粉的女郎，对行人
表示欢迎的意思，她们是这样地诚恳，有时深更半夜，也不还家。

　　出了凯旋门，就是国会，国会建筑得很雄壮，金黄色的屋顶，
在太阳中，光辉灿烂，国会里面，俾士麦的铜像，雄壮威严，最能
代表德意志民族伟大的气魄，再前面矗立着战胜塔，塔顶胜利之
神，高立云表。

　　从这里过去，就是一带的树林，至少有十多里地，可以一直走
到万牲园。

　　华亭同佩清两人走了一下午，此时已经很疲倦了，他们坐电车
回去。

　　冷荇开门，问他们为什么这样迟才回来，华亭说因为参观地方
太多。冷荇把华亭拉到厨房里，揭开锅盖，让华亭看一看她烧的
鹅。一阵异香扑鼻而来，华亭忍不住垂涎欲滴。

　　"冷荇，我有点饿了，"华亭要求道，"让我先吃一点好不好？"

　　"不行！现在弄烂了，回头拿出来不好看。你要饿不过，桌子
上有饼干。"

　　"饼干多难吃！"

　　"那么圣诞节糕。"

　　"更难吃！我不过同你开玩笑，谁要真吃你的？你就先做起那

样儿。"

"什么样儿?"

"生气的样儿。"

"谁生气?"

"我不知道。"

"讨厌!"

华亭笑着回屋,看见佩清横躺在沙发上。

"佩清,你恐怕很疲倦了罢?"

"有一点。"

华亭坐在桌前,拿铁钳子剥栗子吃,他问佩清吃不吃,佩清摇头。

一会冷荇进来,把他们两人都赶出去,她换好衣服,五分钟后,他们就可以转来。他们出去,在厨房站一会,华亭只觉好笑,佩清看见厨房里一切布置,也觉得很有意思。

他们进去,冷荇衣服已经穿得整整齐齐,坐在镜前,重新把脸洗了,淡施一点脂粉。收拾完了,同他们两人坐下谈笑,华亭剥了两个栗子给她吃。

冷荇今天特别高兴,眉尖眼角,没有一处不表示出得意的神气来。华亭看见她那样快乐,心里也快乐。冷荇问佩清家庭里有没有圣诞节树,佩清不懂,华亭翻译,佩清答应说没有。冷荇问他以前看过没有,佩清说在美国曾经看过,但是没有今天晚上的圣诞节树好看,冷荇听见很高兴。忽然她心里好像想起什么事情,一气跑出去,叫邻居的女人到街上去。她转来华亭问她作什么,冷荇叫华亭不要问,回头自然知道。

忽然门铃声响,冷荇出去开门,把安丽带进屋来。安丽今天穿一件轻纱的晚宴衫,脸上没有面网,进屋子就把帽子取了,头发是新烫过的,后半是卷发,前面一团短发,盖近眉心。

安丽的样子变了，但是变得更好看。佩清看见安丽，也很惊异，问华亭她是什么人，华亭说她是冷荇的好朋友，就替他们介绍了。

他们刚坐下，门铃又响，可循同亚群进来。可循看见佩清，欢喜得几乎跳起来。不住地问他这样，问他那样。冷荇亚群两人再见，彼此也很快活。亚群穿了一件中国淡青绣花旗袍，冷荇安丽争着细看她的衣服，不绝口地赞叹衣服的绣工。

那时已经七点过了。冷荇叫邻居女人，把晚餐端进来，大家就坐。冷荇把圣诞节树上面的烛通通点燃。把电灯灭了。华亭再把留声机开起，唱了一张圣诞节歌的片子，歌声同烛光，顿时使屋中布满了和乐安静的空气。

歌唱完了，冷荇诚心地埋头祷告，愿上帝给她快乐勇气光明。祷告完了，她抬起头来，叫华亭把圣诞节的礼物，分给大家。安丽得着华亭一件绒线汗衣，冷荇一个精致的梳妆盒，满心高兴，她却随身替冷荇带来一个皮包，华亭一盒糖。可循亚群同华亭冷荇也互相赠送了东西。连佩清也得了冷荇一打手巾，冷荇刚才叫人上街买的就是这个。佩清想着自己还没有送冷荇什么东西，倒有点不好意思。他决定以后再补送冷荇，目前只是道谢收下。

礼物分配完了，冷荇叫大家把杯子递过来，一个个把酒斟上。大家站起来，互相道贺，互相碰杯子，饮酒坐下。冷荇又用刀每人分一大块鹅肉，一些蔬菜，一些白薯，大家接着，都痛快地吃起来。座上的人个个都称赞冷荇能干，什么事情都办得有条有理，华亭也不断口地夸奖冷荇，说鹅肉烧得特别好吃，刚才在厨房里，嗅着香气，已经就想吃了。

大家说笑了一阵，冷荇眉飞色舞地，劝每人再喝一点酒，旁人都不肯多喝，惟有安丽喝了两杯，哲学家可循酒量最大，一连喝了四五杯，冷荇拍掌叫好。

菜完了，又吃布丁、咖啡、果实，才散席。冷荇又给每人一支香烟，大家抽着烟，随意地谈话。

杯盘碗盏都拿出去，桌子顺开了，冷荇把留声机放上，大家跳舞起来。佩清不会跳舞，只站在旁边看，冷荇问他为什么不跳舞，他说不会，冷荇叫安丽教他，佩清仍然不肯，后来经不起可循华亭亚群冷荇都来劝，佩清没有办法，只好答应跳，但是同安丽刚走上两三步，一闪身，几乎绊一跤，安丽被他一带，站不稳，倒在地板上了，大家一齐大笑。冷荇亚群，连忙把安丽扶起来，佩清连忙道歉，安丽说不要紧，坐在沙发上揉膝盖，佩清也坐下陪着她。

一会热酒来了。每人用了半杯，立刻增加了不少的兴致，安丽也好了，华亭可循轮流交换着同她跳舞，佩清坐在旁边，样子怪寂寞的。华亭可循亚群恐怕他太难受，不时休息一会，同他讲话。

他们一直闹到十二点钟，每人又吃了一杯可可，几片火腿面包，再谈了一阵话，才分途坐车回去。

"冷荇，"人散了，华亭问冷荇道，"你疲倦了吗？"

"不，一点也不。我精神很兴奋。"冷荇坐在他旁边道。

"你快活吗？"

"这是我平生最快活的一天！我希望我们能够永远这样在一起儿才好。"

"冷荇，我们一定要永远在一起！"

"华亭，你看，多么好，圣诞节树，礼物，客人，音乐，跳舞，酒，肉，爱人，华亭，你看人生多么光明啊！"

"是的，冷荇。"

"上帝对我总算很仁慈，今天居然能够给我们这样多快活。华亭你说上帝不是很仁慈吗？"

"是的，冷荇。"

"华亭，你相信人死以后，还有没有灵魂？"

"我不知道。"

"华亭，一定有，一定有！真的！我亲切地感觉着它，我们的生命绝对不会完的！"

"不会完的，冷荇。"

"华亭，你爱我吗？"

"我爱你，冷荇。"

"你不要离开我，你永远不要离开我，好不好？"

"永远不离开你，冷荇。"

"华亭，我们睡吧。"

"好，冷荇。"

冷荇上床一会儿就熟睡了，华亭坐在床边上，低头望着她，一时心中有说不出来的酸甜苦辣。

十八

第二天，华亭想约冷荇一块儿到城外去看皇宫，冷荇说天气太冷，皇宫里除了几座房子，花草树木，一点都没有，也没有什么好看。华亭见冷荇不愿意去，也就在家里陪着她。

冷荇拿绒绳出来，预备要替华亭打一件背心，华亭拿着尼采的《萨亚屠师贾这样说》，搬过一张椅子来，紧贴着坐在她对面。有时同她讲话，有时看书，有时看她工作。

窗外的天色，昏沉沉的，到中午的时候，居然下大雪，街头屋顶，到处都堆满了白雪，连街上站岗的警察，外衣上也常常布满了雪花。

街上静悄悄的，没有行人，想来都在家里团聚过节。华亭站在窗前，瞭望了一阵，又回来，坐下，望望四围屋里。看看冷荇，心里很得意。

"冷荇。"

"什么？华亭。"

"你看我的朋友佩清人好不好？"

"他是一个可爱的青年。"

"他的妹妹从前同我感情很不错。"

"原来就是'他'的妹妹吗？他人这样好，我想她妹妹为人一定也很好。"

"好是好，但是性情同我不一样。"

"你同我讲过了。"

两人沉默了好一会儿。

"冷荇，"华亭道，"你同我到克尔去好不好？"

"你说着玩罢，你那里有钱？"

"我怪舍不得你！"

"这有什么办法？"

"我现在正在想法弄一点钱，如果到手了，你来不来？"

"弄什么钱？"

"你不管好了。"

"你想卖你那一部小说稿子，是不是？怎么样？有希望卖掉吗？"

"昨天我已经得了一位朋友来信，说十分之八九有希望。"

"大概有多少钱？"

"有一千马克左右。"

"好极了。"

"你来不来？"

"我不来。"

"为什么？"

"你把钱存下，考完了到柏林来，我们可以多住一些时候。"

“好罢。真气人！”

“你气我吗？”

“我不气你！我只气我的命不好。”

“你的命还不好吗！你想想，世界上有多少人有你这样的命？我从小孩起，就受尽了艰难困苦，去年失了业，有几次青黄不接，整天没有东西吃，饿得心慌，到后来还是安丽帮我忙，三个五个马克地借给我。你要受过这样的苦，你就知道了。”

“饿饭我从来没有饿过，但是我心里的痛苦，却真是受不了。”

“你其所以觉得心里的痛苦受不了，就是因为你没有饿过饭。”

“我看一个人还是早死的好。”

“死吗？我不愿意死。”

“你害怕吗？”

“倒不一定害怕，我无论受什么痛苦，想到死，我心里总是不愿意。”

“这也是很自然的事情，有了生命的东西，没有一个不爱惜生命。但是到无可如何的时候，也只有罢休。”

“华亭，你告诉我，你为什么忽然想到死？”

“不是忽然，很早就有这个意思了。”

“为什么？”

“我对于世界一切，都好像失掉了兴趣，我觉得生存中充满了痛苦。就算有时得一点快活，也要用痛苦去换。”

“只要你还承认有快乐，你不会死的。”

“现在我自然不会死，将来也许会到那一天。”

“这是笑话，没有这样容易的事。”

“你难道说我的话是假的吗？”

“你的话当然不假，但是你自己还不十分知道你自己。”

“我自己到底怎么样？”

"你是一个没有决断力的人，没有决断力生；因此也绝对没有决断力死。"

"这才糟糕呢！"

"这没有什么糟糕。这也许对于你是一种好处，不然你早已经把你自己摧残了。"

"呵，冷荇！我只要能够一生一世不离开你，我就好了。"

"人生在世，最好过一天算一天，生活的痛苦和快乐，始终还是在现在。"

"冷荇，不只是现在。过去的回忆，同将来的恐惧，都能使你痛苦。"

"世界上最傻不过的人，就是一天到晚只想着过去将来，抛弃了现在的人。"

"冷荇，你这个人真奇怪！你也没有读过多少书，但是你讲起话来，有时到好像一位胡子通根白的哲学家一样。"

"哈，哈，我是胡子通根白的哲学家！你看，我走起路来像不像！"

冷荇把绒线放下，一挣身起来，把华亭的眼镜拿来很低地戴在鼻子上，手里拿着尼采的《萨亚屠师贾这样说》，把背驼起，头摇摇地，在屋内走来走去，华亭忍不住大笑。

"冷荇，你走路真像柏林大学的通古师教授。"

冷荇忽然站住，用手把书翻开，把眼睛从眼镜架子上边向外一望，拖长声音说："现在我讲书给你们听，你们要小心听着。这本书很不好讲，很不好讲，既然不好讲，我怎么样讲呢？我也没有法子讲，我真没有法子讲——"

讲到这里，冷荇自己也忍不住大笑，一交倒在华亭的怀里。

"华亭，你饿了没有？"

"还没有。"

"我已经有一点饿了。让我起来到厨房去。"

"昨天你累了一天，今天你休息，让我替你作，好不好？"

"你会作吗？"

"我会作。我去年不是曾经作过一次吗？"

"好，我就让你去。"

华亭到厨房去了，冷荇一个人坐在沙发上打背心。

十九

圣诞节的第二夜，华亭冷荇约佩清可循亚群三人一同去听歌舞剧。德国戏剧通常分两种，一种是对话剧，一种是歌舞剧，对话剧中间，大体不用音乐，戏子上台，不用跳舞歌唱，他们讲话动作，极力求和日常生活一样。歌舞剧很像中国的旧戏，戏里面的情节，完全用音乐去表示出来，戏子上台，一定要歌唱，他的步伐动作，就在非正式跳舞的时候，也要合音乐的节奏。所以对话剧往往最适宜于写近代生活，歌舞剧最适宜于写古代生活。在另一方面来说，对话剧最适宜于写实，歌舞剧最适宜于象征。

德国人大部分都喜欢歌舞剧，他们尤其特别重视歌舞剧。一个歌舞剧著名的戏子，最受全国上下的尊崇。要到歌舞剧场，大家衣服穿得都特别的整齐，男子通常是青黑的衣裳，雪白的领子，女子都擦胭脂抹粉，斗巧争妍，恨不得把所有的家当，全都穿在身上。

华亭他们每人花了六个马克买票，结果还是高高地坐在第三楼，要在下边池座的前面，至少也得花十六或者二十马克。他们向戏园守门的人租了两副望远镜来轮流地看，整个戏园，电光照耀得如同白昼，楼上楼下，充满了华丽的衣服，第三楼的座位，都是红绒作的，栏杆也用红绒包过，天花板，墙柱，金碧辉煌，中间悬挂五盏斗大黄金色的电灯，光辉灿烂。

不一会，电灯一熄，挨近戏台面前，音乐队像雷一般地响亮，忽然奏起乐来，有时急，有时慢，有时高，有时低，有时复杂，有时简单，戏院里大家都静悄悄，不作一声，用全副的精神，注意去听。这样足足有二十多分钟，忽然台上的幕开了，台上出现一座高大教堂的一角，远远看见溟濛的云山。一群天主教的尼姑，排起队子，一路歌唱着走出来，他们唱一会进教堂去了，台上静悄悄地，只剩下一个少年，用极紧张的情绪，高声歌唱动作，一会又出来一个人，腰间佩了一把刀，打扮得像一个中世纪的骑士，同他对唱。

他们两人唱了许久，才做出惊慌样子，藏在墙边，天主教的尼姑又排队，一路由教堂里歌唱出来。她们进去，有一个年轻尼姑，留在后边，独自悲哀的歌唱，那位骑士同先前那一个人也走出来，年轻尼姑起初很惊讶，到后来骑士同她讲话，她似乎认识了他，两人又对唱起来，那一位男子，间或也加入一两句。他们三人来回至少唱了半点钟，感情愈唱愈激烈，到最末的时候，年轻的尼姑，投身入骑士的怀中，这就算演完了第一幕。

第一幕已经去了一点半钟，观众都离开位子，走到外边来散步休息

"刚才那位装尼姑的唱工真好！"佩清对华亭道。

"她是柏林现在顶有名的女唱家。"

"安丽小姐今天晚上为什么不来？"

"你喜欢她吗？"

"随便问一问就是了，"佩清脸红道，"有什么喜欢不喜欢？"

"我们本来想约她来，因为她的好朋友今天晚上要到她家来找她，所以没有约她。"

"原来如此。"

"你失望吗？"

"谁说？我问你，你到底什么时候回克尔？"

"一月三日。"

"那么不只有七八天了吗?"

"对了。"

"你舍得冷荇吗?"

"有什么舍得舍不得,这反正是没有办法的事情。"

"我要是你,我简直不离开柏林!"

"你现在说这样的话吗? 你前天不是还劝我不要灰心,提起精神,救国救民一大堆话吗? 为什么你变了?"

"我那时不了解你,自从我认识冷荇安丽以后,我才了解你。我现在才清清楚楚懂得你为什么同佩华没有好下去。只可惜你现在得着顶满意的人,却没有得着顶满意解决的方法。我想你心里一定很痛苦。"

"这当然是知己之谈,但是我精神上的苦痛,还不止这一点。"

"还有什么呢?"

"我觉得世界上一切都无意义。"

"爱情也无意义吗?"

"也没有意义。"

"你现在得着冷荇那样一个人,她又那样爱你,你还觉得爱情没有意义吗?"

"冷荇不能给我爱情的意义,只能给我爱情的陶醉,意义是哲学的明瞭,陶醉是心里的状态,状态是暂时的,明瞭是永久的,所以我在冷荇的旁边,我还感觉暂时的安慰,但是一离开她,我心里又感觉着无限的彷徨。"

"那么你设法不要离开冷荇好了。"

"不行! 我自身的解脱,还是要靠我自己,不能靠冷荇,我对于冷荇,我始终没有很大的希望。我也太疲倦了,我想找个地方去休息,一个没有人迹的地方。如果休息的地方找不着,我看我只有自杀。"

"你这种话，太想入非非了。好好的日子不过，好好的人不要，却偏要这样乱七八糟地瞎想！"

"佩清，你不明白吗？我心里难受的很！"

"我当然知道。但是我很可惜你。你天资这样高的人，不好好用在学问事业方面，却中了玄想的毒，对实际人生中最美满得意的事情，不惟不能欣赏，反而厌弃，你说可惜不可惜？"

"假如你处在我的境地，你能够满意吗？"

"当然满意，还有什么不满意？"

"为什么我心里总是这样难受呢？"

"你的玄想太多，你以后应该多做事，少玄想。"

"佩清，你同我到克尔去，好不好？"

"要去也可以，但是我这里还有许多事情，我去顶多只能住一星期。"

"一星期也好，你决定去好了。"

铃声响了，观众都鱼贯的走回座位。电灯熄了，音乐起了，幕开了，骑士尼姑先后出台演唱了。

华亭此时脑筋中充满了玄想。一身轻飘飘地，一时好像失了知觉，戏台上奏演的一切，他都不闻不见，一直到第二幕第三幕接连着演完，冷荇拉他走，他才醒转来。

他似乎做了一场大梦，但是梦境里究竟有些什么，他记不清楚，他只有一些模糊的幻想。

二十

华亭回家，心中觉得烦闷不堪，坐也不是，站也不是。冷荇问他心里有什么事情，他说没有什么事情，只是烦躁得很，冷荇劝他睡，他说反正睡也睡不着，倒不如不睡，冷荇叫他读书，他想想也没有旁的事作，把尼采的《萨亚屠师贾这样说》拿起来读，冷荇自己因为太疲倦，先解衣就睡。

华亭把书翻开，聚精会神，一气读了十几页，稍微静一点，但是忽然心里好像有一股热血，像潮水一般涌来，他顿时心慌意乱，不能自主，他的精神也渐渐变得恍惚了。书上的字，一个个地上下跳跃，刺戟得他精神难受已极，他赶快把眼睛闭着一会，睁开，书上的字，一点不动，但是停一会，又上下跳跃起来。他气了，把书扔掉，在屋中走来走去。

他望望床上，冷荇已经睡着，头发纷披在雪白的枕头上，两眼很自然地闭着。他注视一会，忽然冷荇的形状，变模糊了，他把眼镜取下来擦干净，冷荇的形状，仍然是模糊的。他环视屋里的东西，没有一样他看得清楚。忽然屋里的东西，全都旋转起来了，冷荇，白枕头，黄缎子被单，墙，衣厨，窗子，桌，凳，沙发，一样一样地旋转呈现在他的眼前。他一身好像在一只海船上，遇着掀天的风浪摇摆不定。

他难受极了，坐在沙发上，把头藏在手中，他心里想："到底我在什么地方？到底这是怎么一回事？我到底是什么？是不是现在想我到底是什么的就是我？"

他越想越莫明其妙，心绪也很乱，他烦恼了，他睁眼一看，屋里的东西，一切都安然不动。他坐下再读书。

这一回他读懂了，尼采的话，平常他似很难懂的，此时他觉得没有一点困难，意义像透明的水晶那样地清楚。他自己很奇怪，为什么他忽然会有这样的悟性来？他觉得他不但了解尼采说话的意义，而且能够亲切地体贴他讲话的热情。尼采的心头，有许多的酸甜苦辣，不到某一种神情状态下面，没有法子可以解释说明，华亭自以为现在深深地感觉着了。他以前从没有想到，就算想到，也从不相信，世界上真有这一种人，真有这么一回事。

他整整读了半点钟，精神上有一种不可形容的快活。但是隔一会，他的思想又渐渐变模糊了，书上的意义又渐渐看不懂了，再一会，书上的字，又重新上下跳跃起来。他赶快把书合上，他回头看冷荇，冷荇安然地睡着，面上似乎带一种笑容。

他走近床前，低头细看，冷荇面上原来不是一种笑容，乃是一种愁容，她的愁容，似乎充满了一种象征的意义，你一看着她，你立刻感觉到人生的悲哀，世界众生一切的痛苦，华亭注视一会，他心中立刻充满了悲情。他忍住了，他狠狠地把冷荇摇醒。

冷荇醒来，惊骇地望着他。"华亭，你在作什么？"

"我——我——"华亭一时答不出来。

"华亭，你为什么眼边有眼泪？你哭了吗？"

"我心里难受的很！"

"为什么？"

"说不出来。"

"你该不会病罢？你坐下来，我摸摸你的头……再过来一点……为什么这样热？……你的手却这样冷！你的头痛不痛？"

"头不痛，就是心里发慌。"

"你睡罢。"

"我睡不着。"

"躺下也好点。来，你就躺在我旁边。"

华亭和衣躺下，冷荇用手轻轻抚摸他的头，他立时心中安静一点。

"华亭，你好一点吗？"

"好一点，冷荇。"

"你真奇怪，为什么无缘无故心里会发慌呢？"

"我不知道为什么，从前有时候这个样子，近来却常常这个样子，我想我也许会死。"

"瞎说！"

"真的。我有时瞑目想像我死了以后，到底会是什么一个情景，我却总想不出来。近来我却想像得出来了。"

"你想像得出来吗？你说什么样子？"

"冷冰冰的。"

"你这句话真奇怪？"

"冷荇，你不懂我的话吗？生是热的，死是冷的。"

"你怎么知道死是冷的？"

"我现在是生的，我现在不是生的吗？我心中时常都像炉火一般的狂热，热得我头昏眼花，是用全副精神的力量，都不能够把她冷静下去，我渴望冷静时的快乐。但是我知道，我一天有生命，一天就没有冷静的时候。我想如果没有生命，我一定可以冷静了，冷得像冰一样，那我多么快活！"

"华亭，不要瞎说八道。"

"我一点也没有瞎说八道，我同你讲正经话。"

"华亭，我口渴极了，请你到厨房去替我倒一杯水来。"

华亭起来，拿着玻璃杯，走到厨房里去。屋子里火炉炭加得多，还很暖和，开门出去，走到厨房去，立刻打了一个冷噤，他觉得寒冷的空气透过衣服刺骨头。他急忙把水倒好回房来，在床前端着，冷荇从他手里把水喝了。

"外面真冷，冷荇。"

"你冻着没有？"冷荇惊道，"你该没有受凉罢？我太不小心，刚才叫你出去，回头闹出病来又麻烦。"

"这有什么关系？"

"华亭，你还不想睡吗？"

"还不想睡。"

"我看你还是好好睡觉去吧。你这样熬夜，分明不病也要闹出病来。"

冷荇说着接连打了两个呵欠。华亭本来没有睡意，看见冷荇那样想睡，不忍心再扰乱她，并且自己刚才冻了一下，此时身上也非常怯冷，想到被里去暖一暖，也就答应睡了。

华亭熄灯上床，有一个多钟头，翻来覆去，总睡不着。

"华亭!"忽然冷荇在她的床上叫他道。

"什么?"

"你还没有睡着吗?"

"没有睡着。"

"可怜的小孩子!"冷荇口里喃喃地再说两句安慰他的话，又睡着了。华亭躺在床上，眼睁睁地，望着街上路灯映射着的窗台。街上还间或有汽车驰驱的声音。他精神痛苦已极，用手努力地扯自己的头发。

二十一

早上，华亭醒来，浑身发烧，口干舌燥，他起身下床，眼前金星乱进，几乎跌了一交。冷荇连忙过来扶着他，问他怎么样?他摇头说不要紧，没有什么事情，只是口干得很。冷荇让他躺下，替他倒一杯凉水来，他喝了一口，躺下，闭着眼睛，他觉得浑身像炭火一般熊熊地烧着，头胀得要裂。

冷荇到厨房预备早餐去了，华亭一人在床上躺了一些时候，一刻比一刻难受，他现在才承认，他确是病了。

冷荇把早餐预备好，端进来，叫华亭起来吃，华亭说他不能起来，冷荇说不能起来在床上吃也可以。她立刻去搬了一张小凳，把一切东西摆在床前，自己坐在床边上，替华亭斟好咖啡，用牛油果子酱敷好小面包，叫华亭吃。华亭挣起身来，从冷荇手里喝了一口咖啡，觉得不好受，马上又躺下。

"冷荇，"他说道，"我不吃了，我吃不得，我病了。"

"你病了吗？到底怎么一回事？"

"身上热，口干，心头慌，我想大概是有热。"

"昨天晚上，我看你的神情已经有点不对了。现在怎么办？请医生吗？"

"我看还是到医院罢。请医生，太花钱。我们那里有这样多钱。"

"你这病能不能够到医院去，还是问题，假如一走动，弄坏了呢？"

"我想不会有这样厉害。"

"我看还是先请医生，医生说可以进医院，我们再进医院，反正一次顶多也不过一二十个马克，以后我们节省一点好了。"

"好罢，就是这样。你去罢，快去，我难受得很！"

冷荇几下子把衣服穿好，把被窝替他盖得严严的，吩咐他小心，匆匆地出门下楼去。

华亭把眼睛闭上，想养一养神，但是心头好像有一般热气一阵一阵地往上冲，他翻来覆去，老不是能安静。

"像这样活着受痛苦，倒不如死了还好一点！"他气愤地说着，一提到死字，他忍不住又冥想死后的景况来。死到底是怎么一回事？是不是我一死了，我的一切精神身体的活动都停止了。到底死了以后，我还有感觉没有？要是还有感觉，是一种什么样的感觉？要是没有感觉，这真是最奇怪不过的事情。他差不多不能想像他会忽然没有感觉，要是死真不是能够消除我们感觉的能力，这是多么的可怕的一件东西！死活像一种千万丈的悬崖，下面有千万丈的深谷，站在生命的途程望着死，就好像站在悬崖边上去望深谷。心里差不多不能想像，跳下去以后，到底是怎么一回事情。

死是不可想像的，不可捉摸的，但是生又是可以想像，可以捉摸的吗？怎么无缘无故地天地间会有我，我会有种种身体精神的活动？究竟我生在天地间有什么意义？我这些一切活动，究竟是那儿来的？到底有什么目标？我眼睛何以能够看？我手足何以能够动？我耳朵何以能够听？最奇怪不过的，就是我为什么能够思想，思想还是我的心？还是我的脑？还是我的全体？还是在我身体以外？我其所以感觉到我，好像完全是靠着我会思想，思想到底是一个什么东西？我到底是怎么一回事？

他越想越糊涂，越想感觉得人生的神秘。人生真是可以了解的吗？他自己没有这个本事，他相信世界上任何人都没有这个本事。人生不是可以了解的，这是他绝对相信的事情，但是他相信人生有时可以感觉的，在实际生活中，我们有时可以亲切地感觉着他，但是却说不出个所以然。

世界上的事情，真是经不得想，你如果一想，极平常的事物立刻就要变得最神秘。心理分析学家，把人类一切活动，归纳到性欲不调；历史命定论者把人类一切罪恶，归根到遗传环境。他们觉得人生一切的精神，都被他们一笔点穿了，但是我们只要多想一想，却不是这样简单的事情。在我们心坎中，或者脑袋中，或者不知道在什么地方，有一种东西，不断地在活动，思想，时时刻刻，都可以打破一切的制限规律，时时刻刻都可以来去自由，时时刻刻都令你没有法子推测，它第二步要闹些什么鬼，时时刻刻都令你感觉到世界上没有一件东西不奇怪。

到底这是什么东西？到底这是怎么一回事？

"我现在恐怕要得神经病了，怎么老是这样乱七八糟地瞎想？"

华亭一面责备自己，一面又觉得自己好笑起来。

他心里似乎安静一点，但是浑身四肢仍然热得烫手。热虽然热，背心却很怯冷，他紧紧地把被窝裹着自己的身体。

忽然门上有按铃的声音，他不想起来，不理他，外面的人等了一会，又按第二次，第二次按得特别长特别重，这到底是谁呢？

停一会，又来了第三遍铃声。华亭想这一个人一定有要紧事，不然也许是冷荇出去的时候，忘记了带钥匙。一想到冷荇他立刻披衣起来，把脚放在拖鞋里勉强挣扎到门口去。

他把门一打开，外面站立的不是冷荇。

两位全副武装的警察，手里拿着手枪，一位穿便服的警官，穿一件深黄色的大衣，头上歪戴着一顶棕色的呢帽。

"刚才为什么不赶快开门？"

穿便服的警官严厉地问了一声，他还不等华亭答话，立刻就指挥两个武装警察，一个监视着华亭，一个随着他进屋子去检查。华亭也跟着他们去。

他先进华亭屋子里去看，床上床下衣橱什么都看过了，没有找出什么东西来。

"你就住在这里吗？"他问华亭。

"对了。"华亭回答着说。

警察又到落亚芒屋子去看，进去迎面入他的眼帘的，就是墙上挂的希特勒的大像，同国社党的党旗。

"是谁的屋子？"

"工人落亚芒。"

警官又到厨房去，厨房里有一个床铺，是房东太太德梦林睡的。他到处搜查了一遍，回到华亭的屋子，问华亭屋里什么人？华亭说没有什么人，只有他的未婚妻冷荇，因为他病，现在上街去替他请医生去了。

"你从那儿来？"

"克尔。"

"你来作什么？"

"现在假期，我来看望我的未婚妻。"

"你为什么不向警察署报告。"

"本来短期旅行，用不着报告，是不是？"

"你是作什么的？"

"我是大学生。"

"你是大学生么？"警察官很惊异疑问，华亭在衣袋里把学生证拿出来，再在箱子里把护照也取出来给他看。他看完以后，说一声"对不起"，同两位武装警察立刻就出门下楼去了。

二十二

华亭刚才经过这一番突如其来的惊恐，几乎把病都完全忘记了，警察走了以后，他方才惊回过来，再到床上去躺下，但是他的病似乎被警察吓走了。他身上的热度，已经大减，他的头脑也变清醒。他只觉得身体很弱，手脚都抬不起来。停一会，他熟睡了。

冷荇同着医生回来，把华亭摇醒，问他怎么样？华亭说好得多了。医生诊断了，再问了他一些话，把药箱打开，拿一包丸药，吩咐每两小时吃一粒。他再开一个药名，叫冷荇自己到药房去买，晚上睡觉以前吃。他说华亭的病，不过一时感冒，没有什么危险，不过要在床上躺两三天。

冷荇打开衣柜，在上面小箱子里拿出十个马克来给医生，医生说一声谢谢，接过来放在皮包里，同华亭冷荇握了手，一连讲三次"再见"，提着小箱子，就走出去。

冷荇倒了一杯凉水，给华亭一粒丸药。华亭刚含在口里，立时觉得苦不可言，要想吐掉，冷荇连忙挡住他，把水送到他口里。药吃了几分钟，他还觉得口苦，冷荇笑他像小孩子，在箱子里找了一块可可糖给他吃。

冷荇搬一张凳子来，坐在他床前，拿绒绳打背心。华亭慢慢告诉冷荇，刚才警察来搜查的情形，冷荇大惊失色，问怎么警察会来到她屋里，并且还带着手枪。华亭说想来是走错了人家。这几天共产党同国社党到处都在组织暗杀队，前天科历黑师伯城有两人被暗杀，昨天克尔听说也暗杀了一个人，所以政府防得严厉得很。也许因为他是外国人，警察疑心他是共产党，在这里组织暗杀团，所以先来搜查一下，免得发生意外，后来看见他有学生证同外交护照，知道他是外国留学生，不是临时来德国捣乱的共产党，所以也就算了。

华亭一番解释，冷荇也觉得很有道理，但是她好像一只受了惊恐的小鸟儿，精神总是不安宁的样子。华亭说了许多话来安慰她，说一定不会再有这一类的事体发生，翻来覆去地说了好些时候，冷荇的心才定一点。

他们两人，整天都在家，冷荇整天打背心陪华亭，华亭叫她出去散散步，她都不去，他们两人有时轻言细语地谈谈天，有时彼此都不讲话，只是间或互相凝视微笑，有时华亭疲倦了，闭目养一养神，冷荇像小老鼠一般地留心，一声不响，就连咳嗽都用手巾塞着嘴，轻轻地咳。

午餐华亭吃得很少，下午冷荇趁华亭午睡的时候，跑上街去，替他把药买回来。晚餐华亭仍然不能多吃，只吃了两片面包，加上两片薄的香肠。冷荇今天却比往常多吃了一片面包，华亭看见心里很高兴。

晚上可循同亚群两人来了，华亭冷荇都惊喜地欢迎他们，问他们为什么晚上居然还这样远来拜访。可循亚群说他们被一位在东城的德人家，请吃了晚饭，所以顺便到他们这里来坐坐。可循问华亭什么病，要不要紧，如果冷荇一个人照应不到，他同亚群明天一早再来帮忙。华亭说刚才已经医生来看过，说是没有什么关系，只要躺几天就可以好，他自己觉得，自从今天下午，病已经完全好了，只是身体软弱一点。

华亭问佩清怎么样？可循说佩清现在正努力补习德文。华亭告诉可循，佩清答应同他到克尔去，可循也很高兴，他说一来华亭可以不这样寂寞，二来佩清要学德国话，到一个小地方去，同德国人接触的机会多，也容易早学好。

"只是除夕跳舞的事体呢？"可循问道。

"我希望能够去。"华亭道，"现在还有三天，我那时已经好了。"

"夜西跳舞场的座位，我们今天已经去先定了。"

"好得很，我一定去！"

他们两人在那里讲话的时候，冷荇亚群也在另一边讲。

"亚群，你知道吗？"冷荇道，"我们今天早上，屋里有警察来搜查！"

"警察？搜查？搜查什么？"亚群惊问道。

"还带得有手枪！"

"这就奇怪了！到底是怎么一回事？"

冷荇详细告诉亚群一遍，亚群也惊异万分。亚群看见冷荇起首打的背心，问她打算打什么花样？冷荇说打算打一个简单的。她把一本妇女杂志翻开，把花样给亚群看，亚群嫌它太单调，叫冷荇在中间稍为加一点变化，冷荇答应了。亚群说着在大衣袋掏出一个小纸包来，说是特别带来送冷荇的，冷荇接着打开一看，欢喜得跳起来。

"华亭！华亭！"冷荇欢喜叫道，"你看，亚群送我的东西！"

华亭接过来一看，原来是一双绿线打的手套。花纹很简单，但是镶边的工夫，非常细致，冷荇从来没有看见过这样精美的手套，她对亚群谢了又谢。亚群看见冷荇高兴，她自己心里也高兴。

他们两人坐了一个多钟头，走了。

第二天，华亭仍然疲倦，不能起床，冷荇又整整地陪了他一天。

第三天，安丽来了，华亭仍然睡在床上。安丽的面容，憔悴了许多。华亭问她为什么，她说她这几天也害了一场病，今天刚起来。

后来再谈一阵，华亭冷荇才知道，安丽病的原因，倒不是感冒，也不是传染，乃是她的朋友，把她所存的二百多马克，全数骗去，搭轮到美国去了。上前天她才接他从轮上来的信，她气极了要自杀，她的房东太太却昼夜不离地守着她。有一次她到厨房，把煤气管打开，正在难受的时候，房东太太回来，连忙奋勇把管子关上，窗户门全打开，把她救转来。

华亭冷荇听了都很叹息，安丽也忍不住伤心。

"现在也好了。"冷荇道，"他走了。你也用不着那样受罪地找钱来哄他。你的生活自由了。"

"什么叫做自由？"安丽道，"这不过是空虚就是了。像这样的自由，我宁肯不要。"

"安丽，你真是痴！"

"冷荇，你要是我，你才知我。"

"我何尝不知道你，不过我不赞成你那种态度。"

"你不知道，我没有第二条路可走。"

"那么你以后怎么办呢？"

"我不知道。"

"安丽，安丽！可怜的小孩子！"冷荇忽然跑上前去，发狂地吻安丽，两人都伤心痛哭了。

华亭没有讲一句话，只是呆呆地在那里想。

二十三

夜西跳舞场在柏林跳舞场中，要算设备顶完善的一个。舞场配好美丽颜色的灯光，四围摆设无数的小桌，每一个小桌子边，可以坐两人或四人。桌子有一个小灯，灯上注明桌子的号数，桌子旁边或桌上，都装着电话，你如果看见某一个女子或男子，只消看清楚他的号数，把电话听筒拿下来，报告一声号数，立刻就可以打电话给他。通常是男子同女子打，请求她同他跳舞，但是有时女子也向男子打，说了许多有意思的话，但是后来男子问她桌子的号数，她却不做声，把听筒挂上。

有时觉得打电话不方便，桌子旁边还设得有信筒。小桌子随便取一张纸条，用铅笔写几句简短的话，放在一个小圆筒里边，把机器打开，一按，小圆筒立刻就跑到发信总机关去，总机关的人，看一看小圆筒上的号数，立刻再把机器一按，小圆筒马上就到收信人的桌上来。

除了电话信筒以外，夜西跳舞场最擅长的就是音乐，里面的音乐师都经过严厉的选择，所以奏起来特别地有味。只要新出了一个时行的调子，他们仅先就奏演起来。并且旁的跳舞场的音乐师只一班，此处却有三班。有两班在正式跳舞场里，轮流地奏着，这一班完，那一班又起，所以你喜欢跳，简直可以用不着休息。还有一班音乐师在下一层一个非正式的跳舞场奏乐，你如果想清静一点，或者想换一换空气，你就可以到下面非正式的跳舞场来。

音乐而外，还有表演，有单人的，有双人的，有一群的，都是身材漂亮的年轻女子，每间几次跳舞，便出来表演一次。这一种表演的女郎，在不表演的时候，如果有客人要求她跳舞，她就同他跳舞，如果客人请她吃酒，她要是高兴，立刻就来桌上，她坐下不久，照例就有提花篮或拿玩具的年轻女子走来，表演的女人，一定惊讶花的美丽，或者玩具的精巧，结果客人不好意思不掏腰包，虽然明明知道，这些东西，第二天晚上又要拿出来卖。

这一天晚上，恰好是除夕，夜西跳舞场没有一个座位不是满的。来跳舞的男女，一个个都特别的收拾打扮。一进去只看看红红绿绿的衣裳，黄黄黑黑的头发，白白净净的胸背手腕，香喷喷的嘴唇，笑迷迷的面孔，再加上和谐的音乐，闪耀的灯光，暖融融的空气，顿觉令人精神陶醉，飘飘欲仙。

华亭冷荇可循亚群九点钟就来了。他们本来要约佩清来，但是佩清却被几位不会跳舞的中国留学生拉去过年了。安丽自从那天一回去，病势加重了，睡在床上不能起来，华亭冷荇下午还去看过她，看见她不能加入，心里非常难受，华亭又买了些吃的东西送她。

冷荇今天晚上，穿一件红色的晚宴衫，艳装浓抹，嘴唇特别地红，眉毛特别地黑，眼睛看出来特别地有精神。她有时同亚群谈，有时同可循谈，不断地指这样，指那样给他们看。

华亭从昨天早上，病就好了。起初冷荇怕他吹风，他要出去散步，无论如何不让他出去。后来看见他坐在家里实在闷得慌，下午只好同他出去走了一个钟头，但是在出门以前，吩咐他里面多穿一件毛汗衣，围巾替他紧紧地裹上。今天华亭简直完全好了。晚上居然能够到跳舞场来，他心里也有一种说不出来的高兴。

亚群穿了一件中国蓝缎子绣花的旗袍，颜色非常地鲜艳，很惹人注目，她跳舞的时候，许多人故意跳拢来看她的衣服，个个都赞叹她衣服上刺绣好。后来忽然他们接着一个信筒，可循打开来看，上面写着："亲爱的东方姑娘，你的衣服真好看！"又有一个人打电话来问："可不可以同穿美丽衣服的中国姑娘跳舞?"亚群说："不可以！"就把听筒挂上了。

他们四人交换着跳舞，越跳越高兴，可循酒量大，一连喝了五六杯酒。冷荇看高兴了，也一口气喝了一杯，一时满脸绯红，心里咚咚地跳，她叫华亭摸她的脸，看热不热，华亭说不热，她说他骗她。

他们已经看过了好几次表演，第一次是两个女郎对舞，第二次是一男一女，男的把女的翻来翻去，第三次是一个十四五岁的女孩子，穿起冰鞋，在地板上按着音乐的节奏，跑来跑去，作种种姿势，有时她跑得异常迅速，人人都替她担心，怕她撞在柱头上，但是她却能够如电闪般地一翻身就回过头来，向另外一方向跑去，她表演完后，全场里的人，都不断地拍掌，她一连出来了三次，两手牵着短裙边，身子往下一蹲，对大家表示谢意。

第四次出来表演的，却是十几个女子，个个除了胸前和胯下用很少的东西遮盖以外，差不多全是裸体。她们一排排地，表演各种的舞势。她们的腿提得一样高，刀切的也没有那样齐。她们的面部，一个个都现出笑迷迷的面孔。她们带头的一个，却穿着长长的晚宴衫，胸前带一朵鲜红的玫瑰，只是腿上似乎没穿裤子，她跳舞时，腿一上一下，衣服随着作翩跹的形式。她身材面貌，比其他的女子都长得好看，自然不用说，她是夜西跳舞场的精华。到跳舞快完了，她忽然唱起歌来，唱歌时面部作种种的媚态。忽然她把胸前的玫瑰解下来，向座客中掷去。被玫瑰打在头上，不是别人，却是华亭。

座客似暴雷般地喝彩，华亭冷荇可循亚群也欢呼大笑。

跳舞的女郎进去了，座客又继续跳舞起来，冷荇同华亭跳舞的时候，眉飞色舞，华亭问她快活不快活，她只是连声说："妙极了！"华亭叫她到下层去看一看，冷荇就陪着他去。那里人数不多，音乐的声音也小一点，但是听起来令人心里更舒服。华亭同冷荇在那里跳舞了一会，两人都好像在睡梦里一样。冷荇把头伏在华亭肩上，华亭把脚步放慢，来去地跳着。好一会，冷荇忽然把头抬起来，说："华亭!"华亭问她作什么，她说："你以后不准离开我!"

华亭点点头，答道："你放心，我一定不离开你!我死了也不离开你!"

他们上去了。可循亚群问他们到什么地方去了来，冷荇告诉亚群，亚群说她也想去看一看，立刻就同可循去了。

隔一会他们转来，已经快十二点了。跳舞场的主人叫音乐师停止音乐，出来说了几句恭贺新禧的吉利话，忽然一声钟声，全场的人都举起杯子来，互相撞杯，说："恭贺新禧!"撞完杯，喝完酒，男的都强迫着向女的接吻。一片欢呼的声音，震动全屋。

他们继续跳舞到早上三点钟，才坐车回家。

"冷荇，你疲倦了吗?"华亭同她坐下问道。

"我们睡罢。"

"我一点都不想动。"

华亭把她抱上床，服侍她睡下，她朦胧着双眼，忽然叫道："华亭!"

"什么! 冷荇!"

"你说的话是真的吗?"

"什么话? 冷荇!"

"你真的不离开我吗?"

"当然不离开，冷荇!"

"好，你去睡罢。不忙，再给我一个接吻。好了，我的好孩子，好好去睡觉，明天见!"

"明天见，冷荇!"

二十四

　　一月三日华亭已经同佩清约好一早乘车到克尔去，但是冷荐一定要留他再住两天，华亭看着冷荐不快活的样子，实在不忍心，佩清也劝他暂时不要走，他只好再留两天。

　　这两天里，他们也不出门去，整天整日在家里细谈，差不多什么话都谈完了，因为说来说去，老是那几件事情。华亭什么时候可以考完？什么时候可以来柏林？来柏林以后他们要在那里租房子！屋里要置一些什么东西？冷荐甚至于叫华亭开一个单子，把要置的东西，统统写上，那一样要多少钱，每一个月，伙食多少，房钱多少，零用多少，来作一个通盘的预算。可是每次预算开出来，总是嫌钱花得太多，又想法子去取消这样，取消那样，好些东西似乎又不应当取消，但是又不能不取消，在这种时候，把冷荐愁得什么样。

　　依华亭的意思，这些预算，统统没有什么意思，他们顶好过一天算一天，到没有办法的时候，再想办法，冷荐却大不以为然。她说，先有一个预算，有许多好处，比方本来可以支持半年，也许可以支持一年，本来可以支持一年，也许可以支持二十个月，如果瞎用，一旦钱花完了，怎么办？难道去讨饭吗？华亭说讨饭可以不必，他们可以回中国，但是一提起回中国，冷荐心里又起无限的踌躇。

　　他们有时谈到安丽，冷荐忍不住叹气，因为安丽近来病得更厉害，前天已经送进医院去了。进医院的一天，正是新年的早上，下午冷荐华亭听说，立刻就去看她，安丽还勉强打起笑容同他们讲话，但是她面容憔悴得厉害，眼睛里的神气已经大大地减少。回家里，冷荐伏在床上，大哭一场。

　　到一月五号那天早上，华亭同冷荐天还没有亮就起来。冷荐一面替他收拾行李，一面吩咐他许多话，华亭一一地答应。华亭东西本来不很多，但是冷荇都一件件很有条理地摆在他的小箱子里。华亭的汗衫袜子，都是好好的，没有一个窟窿。

东西收拾好，厨房的开水也开了，冷荇把咖啡作好，面包切成一片一片地，敷上牛油火腿，同华亭对坐分吃。刚才因为起身太早，大家精神都有点恍惚，头也昏昏的，两杯咖啡下肚，彼此神志都定了。冷荇还替华亭作好火腿面包，用纸包成四小封，预备他同佩清在车上作午餐吃。

早餐完了，什么都预备好了，看表才七点钟，外边天色已经微明，屋里没有电灯仍然看不见。

华亭提着小箱。冷荇披上大衣，两人预备走出门去。

刚走两步到门口，忽然冷荇一停步，两个眼眶变红，一双手围着华亭的颈项，头伏在他胸前，叫道："华亭！华亭！不要走！"

华亭轻轻抚摸着她的头发，柔声慰藉她，说他不久就可以再来，反正也不过几个月的工夫，并且如果冷荇真想他，他春假还可以抽空再来一次，不过只能住四五天就是了。冷荇想了一想，掏出手巾揩了眼泪，一句话不讲，把电灯熄了，同华亭往外走。

他们走到街上，街上静悄悄的，还没有什么行人。转弯到大街，走到一辆汽车旁边，把汽车夫叫醒，进车去，叫他开车站。

冷荇依然一句话不讲，目不转睛地望着车窗外出神。华亭知道她心里难过，也不讲话来扰乱她。

到车站，下车，付了车钱，买票到月台去。那时正是七点二十分，七点四十五分的快车还没有进站了。佩清早已经在月台上等候，看见华亭冷荇来，急忙扬手招呼他们，他们看见佩清，也很高兴。

车站上似乎特别地寒冷，冷荇站着，浑身不断地打战，华亭劝她不要等，先回去，好好再睡一觉，免得闹出病来，冷荇想一想，同佩清华亭握了手，很迅速地一转身如飞地跑出站去，华亭叫她慢一点，她似乎没有听见。

华亭心里一阵不好受，不免流下泪来。

火车到了，两人上车去。选了两个窗前的座位，车上搭车的人很少，静悄悄的。

火车开了，柏林的房子渐渐稀少，终于不见了。华亭想像冷荇此时是什么情况。但是他心境此时太凄凉了，他极力想法去停止他的思想。

华亭跋语：到南方来，进海岱山医院又一星期了，心里本来满怀着的希望，现在已经完全消灭了。我现在只等那一天，只虔求那一天快来，一切的问题都解决了！济慈临死的时候说："谢谢上帝！居然来了！"我究竟要什么时候，才可以说这一句话呢？在这样苦等的时候，涛每忽然来把他写的一部小说给我看，使我两个钟头里，重新温习一遍，我在德国最不能忘记的一段感情生活，使我已经冰冷的心肠，又得一点温暖，我真不知道怎么样感谢他！书里写到我同冷荇柏林分手，就停止了，这也很对，因为实际上我同冷荇从那一次分别以后，就没有机会再见面了。我回克尔以后，我们还通过许多信。我走以后，书中所讲的冷荇的旧友……一位青年庶务……就来找她，他对她诚恳的态度，居然感动了她，她写信来问我，我当时觉得，我没有力量给冷荇一个灿烂的将来，所以也就忍心赞成冷荇同他相好，在我博士考试的前一天，他们结婚了。我进医院以后，还接过她三封信，说她的丈夫对她很好。她很快乐的。我没有告诉她我病，我不忍告诉她我病，我只说我不久要回中国去，我不愿意告诉她日子，免得她来送我，就是这样，我们中间一切的关系断绝。从前以为千难万难的事情，真正到那个时候，却有令人想像不到的容易。我现在也疲倦……精神身体都感觉最大的疲倦……我也想休息，世界上一切的喜怒悲哀，我都不管了，这个世界不是我理想的世界。

选自陈铨：《再见，冷荇》，大东书局，1946年

甘永柏

| 作者简介 |　甘永柏（1914—1982），四川万县（今重庆万州区）人，原名甘祠森，笔名有甘永柏、甘辛等，现代作家、经济学家。其文学创作包括小说、散文、诗歌。代表作品有小说《夜哨班》《暗流》等。

暗　流

一

他站在旅行社的写字间里，翻阅着从远方寄来的报纸。那是一个不很宁静的黄昏，市街上人声鼎沸，小城里似乎要给新到的汽车塞满了。一阵啵啵的车吼声以后，便有匆忙的旅客，蜂拥进旅行社里来，大声的嚷着要房间。社里的职员，好像都给这不尽的纠缠惹厌了，他们把那"客满"的木牌高高地挂在墙上，一个一个便都溜走了。

他发觉他所站的位置，非常的不幸。那些嚷攘的旅客，跑进社里来以后，便将他们沿途所受的冷待与辛苦，愤愤地向他掷来，向那空寂的写字间里掷来。他不得不带走了社里的报纸，去到那比较安静的园中。

园中是安静的。

荒芜的园庭里，那些从各处暂时栖息到这儿来的旅客，都得到了休息与宁静。老迈孤寂的榕树，张着它巨大的枝干，在晚风中，哗哗地响着。他坐在树荫下去，独自占据了一张桌子；他感到一点儿孤寂，因为庭中乘凉的旅客，几乎没有一个是独自一人的。

在渐渐阴暗下来的夜色中，他读着那些用脆薄的土纸印出的细细的字，感觉得有些晕眩，太阳已经沉没了，厚厚的乌云在涂抹着那一方炽红的天：那些笨重的云团蹒跚地想掩没那一切的光色，而那些光色却又轻捷地从掩没了的地方透露出来。

他有些神往。在荒凉的山中公路上，他曾经瞧见过这样的奇异的颜色。这颜色给他煊染了一个郁闷的心境。他很想分析一下这个郁闷的心境的来源，可是这时他的耳旁传来一个声音，打破了他的沉思。

"对不起，先生，我能打扰你一下吗？"

他不能十分瞧出对方的面目，在晦暗的夜色中，白的衬衣是很耀眼的，而蓝的或黑的下衣与夜色合一了。他能够听出那声音是一个女子的声音。他想，什么叫着"打扰"呢？在旅途中，谁都得为谁尽一点义务。

"有什么事呢，"他说，"你说吧！"

"先生是从昆明来的吗？"

"是的。"

"今天下午到的么？"

"是的。"

"是乘的 KT 二四零二号车么？"

"……"

他搜索着自己的记忆，怎么也想不起自己的车子的车号来。他说：

"倒是国滇的牌照，可是我记不起车号是什么。"

"我想不会错的。"她说，"正午只到了这一部车子。"

"那么，有什么事呢?"

"我想搭你们的车子。"

"可是，我也只是一个乘客呢。"

"不!"她坚决的说，"我听人说KT二四零二号车可以搭客，就在这个招待所里接洽。"

"那你得问问司机。"

"不!"她的口气一直如此的坚决，"我已经问过茶房了，KT二四零二号车只有一个人住在这里。"

他笑着，也用了同样坚决的口气：

"我可以发誓，我一生不曾开过汽车。"

她走近他，他瞧见那望着他的脸是稚气的，闪着一对亮晶晶的美丽的眼睛。她似乎充满了期待与怀疑，向他探索地瞧着。

"别着急吧，"他站了起来，"我的司机生意并不好，只要找着他，我想一定有办法的。"

"那么他在哪儿呢?"她急切地问着。

"稍晚一会儿，你到车上去，我想是可以瞧见他的。车子停在东门。"他给她以满意的解答。

在黎明时的山中公路上，他们抛远了那荒凉的小城：他觉得一点儿怅惘，昨夜那位性急的孩子，竟然没有搭上这部KT二四零二么? 正当他这么想着不久，车子在第一一四号桥边悠然而止了。

——干什么呢? 他想。

他瞧着司机跳下了车来。

"下来吧，下来吧！"司机在对着车顶上寥寥的几个乘客呼喊。

他们都跳下车来，他们瞧见了红灯遮拦着的窄狭的公路。太阳跳跃在那泥泞的土路上，跳跃在仰望着的修路工人们的脸上，跳跃在鸣叫着的鸟雀背上，跳跃在一切早起的生物上。

"顾先生，"他正在神往于那鲜美的晨间的景象，司机却把他唤醒了过来，"那是你昨晚介绍来搭车的女客么？"

他瞧见了从桥那边跑拢来的一个穿薄绸蓝衣的少女。她是美丽的，可是只有那对明亮的眼睛是他昨日黄昏中的记忆。她挽着一个小小的包裹。她首先给他招呼。

"谢谢你昨天给我的指示。"她轻捷地走到司机与他的中间，微微地向他笑着。他感到一点儿局促。

"很好，你在这儿赶上了。"他说，"我以为你一定找不着什么KT 二四零二的。"他一面说，一面转过头去瞧着司机。

司机正露出一副傻傻的面孔。

"不瞒你说，顾先生！你虽然同我们的经理很要好，这次在路上，你可亲眼瞧见了。他们说我们作司机的收入怎么好，其实'讨光在哪儿'？"司机喃喃地对他说。

他在沿途听厌了司机的怨艾，没有方法不在这时更感到厌恶。他嘲讽地回答：

"可不是么？有好的客人，我都尽先给你介绍。"

她感到一些烦躁，也似乎有一些不安，她以为车子停下在这儿，完全是为了候她上车的缘故。她对着司机问道：

"我们可以上车了么？"

司机摇着他的傻笑的脑袋：

"没有瞧见么？路是那么坏，车子也还得修理。开到这里来，不专是为接你上车。我们拣了这个比较僻静的地方，好好的作一个上山的准备。"

他招呼着助手与机匠，掀开了车盖，准备开始工作。

"我们步行到前面去，怎么样？"他问着司机。

"好吧，你们步行到六二零公里处等着吧。"司机回答着，他的身子已经爬进了汽车下面。

他们两个静静地走过了那座小桥，懒于行动的乘客们还停留在车旁。她的脚步很轻快，常常跑在他的前面；晨风吹着她的头发，有些儿零乱；她回过头来，太阳照着她绯红的面颊，像这夏日的晴空，她的颊上流露着新朗和快乐。

"你好像很高兴？"他说。

"我想到我今天可以向前行动。"

"那么你已经待了很久？"

"别提吧，这个小城真叫人倒霉。"

她的话很快，似乎急于要告诉人一个故事。

他们站定在一株树下。袅袅的柳叶在微风中萧萧地颤抖。

"谁待在这荒凉的小城里，也会觉得不愉快吧。"他有一点惆怅的心情，很同情她的话。

"没有。没有。我没有待在这小城里。"她说，"这小城叫我遇着不愉快的事。'我们'从昆明来。'我们'坐的是一部倒霉的车子，那倒霉的车子在这城门外摔坏了，我的同伴们也给摔坏了。"

"那么你呢？"他迫切地问。

"我没有公路票，司机叫我在检查站以前便下车了。"

"你真幸运。"他慨叹地说。

"我的同伴们都还睡在医院里，幸好都是轻伤。"她不曾注意他的话，"我想我不能再等待他们了，那是没有必要的；我得早一点儿去到重庆。"

他想：重庆有着她急于要见的人吧。

他们继续向前走去。在山坡上，公路迂回地绕着圈子。他们已瞧不见后面的汽车了。

"你觉得很累吗?"

他跑在前面，他瞧见他的同伴涨红了面颊。

他们在穿过一片松林，公路斜斜地向那个尖锐的角度伸去，他们爬着山上与山下公路中间的一段山坡。

他坐在铺满了松针的岩石上，燃了一枝烟。

"如果我们藏在这里，车子开过了，我们会被丢弃的。"她说。

"不会的。你瞧，那不是公路么?"

他指着那一支锐角，他能够计算那一段上山公路的路程，而山上的公路距他们不过数丈之遥。

"歇歇吧，这儿的风景挺美丽的。"

她回过头去，她瞧见了那条压在低低的山谷之下的溪流。山谷里开遍了红色花。左边是公路，公路上有一座小桥。咳，他们的汽车还停留在那儿呢。

"啊，真美丽!"她对着那一片悠悠的山谷欢呼。

"我们的那部破车也成了画景呢。"他说。

她对着他那句幽默的话发出了一个幼孩似的憨笑。

她玩弄着手里的松针，瞧那一朵一朵的烟圈从他的口里喷出，向晴空中飘散，幻灭。

"我忘记问你，你叫什么名字呢?"

"我叫顾频，"他说，"我还有一个号叫济心。这几个字都是从一段唐诗里取出的。可是我讨厌济字和心字，我几乎没有用它。"

"从一段唐诗里取出的名字?"

"是的。因为我年幼时喜欢读《三国演义》，我的祖父便从唐人歌咏三国故事的一段诗里，取出了几个字来给我作名字。"

"让我想想看，"她说，"我也许想得出是哪一段唐诗。"

"你想吧！"他瞧着她好奇地仰着头儿，像一个小学里受考的学生。

她快乐地回过头来，她说：

"我想起了。"

"什么呢？"

"是不是杜甫的'三顾频烦天下计，两朝开济老臣心'那一段？"

"你真聪明！"他衷心地赞美起来。

"我读过许多唐诗。还是小孩子的时候，母亲教我念唐诗，我能够背诵出许多首来。那个时候的生活真快乐。"她对于那些回忆感到无限的甜蜜，"我们在月夜念；在这样凉爽的清晨，跪在楼上的窗口边，对着林子里歌唱的鸟儿念。那些日子真是快乐！"

他也有着神往于那样的情致。他想说现在你不是也很快乐么？可是他没有说出，他只静默地抽着烟。

"我觉得你很古怪，"她说，"你好像有着什么沉重的心思似的。"

"怎么见得呢？"

"你在旅行社的大园子里便显得古怪。你那么孤独，而你又很沉默。"

"我本来便很孤独。你没有瞧见在这旅途上，我只是一个人么？"

她微微地笑着，摇着头，美丽的黑发在她光滑的面上拂动，她的鼻子在那紧凑的椭圆脸上是微微觉得高了一点的，她的嘴唇很玲珑，而他最爱看那一对眼睛。他还瞧见在她的右耳下面坠着一个小小的"子耳"，像一粒光滑的宝石。

"不信么?"他说,"如果我打开了话匣,你会说哪儿淌来了这样一条絮絮不休的溪流。"

他站起身来,像一株孤傲的山松。他穿着灰色法兰绒的裤子,一件苍灰色的衬衣,一条歪斜的领带。他戴着眼镜,透过薄薄的镜片,那眼睛似乎是温柔的,却也是迷惘的。他对人说话的时候,不欢喜凝眸瞧人,却常常望着远远的天空。他的侧面是很美好的,充满了男性的尊严与青春的骄傲。

在他遥遥地对着山下瞭望的时候,她瞧见了那个侧面,她的心里忽然涌上了一些怅惘的情绪。

"你问我的职业么?"他说。他们已走上了公路,在那林荫路上慢慢地踱着。

"你好像一个大学教授?"

"我没有职业也没有工作。"他说,"虽然我在名义上是一个什么企业公司的经理。"

"有钱的人们都是谦虚的。"

"我也没有钱。"他的手里舞着一枝小小的野花,"我读了十多年的经济学与货币学,我还一直不懂'钱'是一个什么玩意。"

她走在他的前面,当回顾他的时候,他把那枝小小的野花递给她。他说:

"这儿真幽静呢。你瞧这松树与野花,这些生满了苍苔的石头,它们好像都有一种最和谐的生活。"

她瞧见他的眼睛里愈加罩上了一层迷惘的颜色。一个小小的雨亭露出在他们的前面。有一块小小的石头埋在土里,呈露在地面上的一面画着"六二零"几个红色的亚拉伯字。

"我们该在这儿候车了呢。"她说。

二

荒凉的山路公路上，阴黯的暮色无情地袭来了。他们的车子十分狼狈，车盖给撇在一边，满地狼藉着琐细的零件，工具与油桶。司机满面油污，用污秽的衬衣擦着脸上流下的汗水，恶毒地咒骂着昨夜修车场的机匠们为何如此无耻，给装上这样疏松的螺丝钉，旧脆的弹簧钢板。纤弱的油管似乎很悲怆，那勉强黏上去的橡皮膏也很无用，尽让她凄凄切切地涕泣。

"咳！"司机掷去了手中的老虎钳，倚着车头长长地叹了一口气。

那时太阳已经完全沉落。向西开来的车子都加上了很高的速度，它们还得赶上三十公里的路程，才能到达一个小站。车子开过时扬起一大片风沙，向他们无遮无拦地扑来。

车子是很多的：福特的，司蒂倍克的，雪福兰的，雷诺的，万国的……他们好像在参观一个汽车的竞赛大会。

他们发出了紧急的求救的呼吁。过去的车子，不是装着太多的货物，便是有着太多的客人，没有谁愿意带走这被丢弃在荒山中的十来个可怜的客人。对着他们的呼吁，有的是毫不注意的扬长而去了，有的勉强的放缓了速度，问明了是怎样一回事情，仍旧摇摇头，不顾而去。也有一二个性急而倔强的旅客，勉强地攀附到开着的车子上去，当他们的身体还是一片落叶似的黏在车沿上时，车子已经开始飞跑了。

她看着这种情景吐了一下舌头，而顾频却是沉默的，他坐在一块石头上漠然地抽着烟，似乎这样悲惨的局面与他无关。她有些迷惘，她觉得这个人真有些古怪。

"还是坐下来吧。"他说，"着急有什么用呢？"

"人们说这一带的盗匪很多。"她胆怯地向他低低的说。

"那有什么相干呢，"他依旧那么淡漠，"即便没有盗匪，有谁会自愿到荒山上来露宿一晚么？"

她不很理解他的"哲学"：那是属于一种"苟安"的妄念呢还是一种"沉着"的趋向呢？她不知道。渐渐地，车子也绝迹了，似乎一切的希望也都幻灭了。她莫可奈何的坐到他的旁边。

司机和助手从车上取下了一张油布，在公路旁边山坡上的榕树下结了一个很大的布篷。他对着乘客们喊道：

"来吧，大伙儿都来吧！把你们的毛毯和被盖都取来，我们今夜晚就歇在这里。"

四周是荒荒的重山，他们没有瞧见一丝灯光，那儿没有一家村舍。

他呼她为"Babe"，因为她告诉他她的名字叫白蓓，这两个字在他念来便很像一个盎格鲁撒克逊民族的语辞。

"白蓓，"他说，"今晚上我的心境怎么这样宁静。"

他们坐在一块大的光滑的石头上。山地还略微有一点儿燥热，他把他的胶质的雨衣垫在下面，隔离那石头发出的没有退尽的热气。

"你不是瞧着随时都很宁静的么？"她的眼睛在夜阴里发着光，他们面对面坐着，她紧紧地瞧着他。她觉得他的眼睛的光辉也很柔和。

"没有。没有。我从来没有今夜的宁静。"

"那是为了什么？"她的两手抱着膝头。她把她的脸儿伸得更前去一些，她觉得他的微笑的口唇是很美丽的，她几乎想吻他。

"我也不知道为了什么，"他说，"有一次我从一个遥远的旅途归来，我走进了一所古旧的空洞的屋子，那似乎也是在薄暮，我的家人们都出外玩耍去了。我独自坐到暗暗的窗前，我好像也感觉过一点宁静。"

"你好像很爱孤独?"

"不。决不。"他接下去,"随后我便发觉我有一个很可怜的心情,我想我为什么回到了这样一个冷寂的坟墓似的所在呢?我希望我的妻和我的幼小的孩子早一点归来。"

"随后她们便归来了么?"

"是的,是我叫仆人去唤她们回来了的。我关上了窗户,我在屋子里几乎点上了十枝蜡烛,我才感到一点光明与温暖。"

"可是今晚的夜空也是很黑暗的呢。"

"是啊,我说不出是什么缘故。"

他仰面睡下去了。他的一只手撑着他的头,静静地凝望着夜的空间。一弯镰刀似的新月挂在远方秃秃的重山上。嗯,真是一个荒凉的所在。

她坐得距他更近一些,那似乎是为了她的胆怯;也为了他的呼息,他的柔和的目光,可以使她感到一点温暖。

她对他讲着童年的故事,那是美丽的:她们住在海岸边。这荒凉的山地更引起她对于海的渴望,她没有见着那悠悠的波涛有多少年了,那幻异的贝壳也只有在夜梦里去寻捡了……她说得有些凄然。她的父亲是一个孤傲的革命者,前一个时代的少年人用他们的血肉推倒了一个腐朽的皇朝,他没有被牺牲,一个人躲到海边上来,不问世间的荣华富贵。那没有关系,她们是一个小康的家庭。她们一群孩子在那海岸边安静的成长。她们到外面去进了学校,而不久便来了这个战争。

"战争,"她说,"我们为了什么战争?"

"这个问题也许问你的父亲更明了。"他坐了起来。在她静静的诉说中,他的思想随着她描述的景物幻游。他说:"你的父亲还健在吧?"

"是的,"她说,"我的父亲还很健康。战争起来以后,政府请他到一个国防机关里来,担任了一点工作。可是他很忧郁,我想他的思想不一定很对。"

他好像在沉思,他吸烟的姿态不是很安闲的。她多么希望他说话,这环境是多么寂寞呢。

"我们为了什么战争?"他缓慢地沉思似的说,"这个问题我们是应该问的。这个问题曾经给我以很大的苦恼:我们为了什么?我们应该做些什么?你曾经想过这个问题吗?"

"我在学校里念书。我对于这些问题只有一个空虚的观念。到学校里来讲演的人,杂志和报纸上的文章,我同样觉得给我的也只是一个空虚的观念。我不曾好好地想过这个问题。所以——"

"所以你问我么?"

她的嫣然的微笑是美丽的。他感觉甜蜜,一点甜蜜的怅惘。

远远地他瞧着燃起了一堆野火。似乎司机在高声的呼唤着他的姓名。

"让他去吧,"他说,"也许他们还给我们预备了晚餐呢。"

月亮已经移到天空的中央了。她不像逗留在荒山上时的渺微,弥漫着毛茸茸的光晕;她是澄清的,润泽的。高原的夜空是暗蓝色的,这时布满了明亮的星斗。

他为什么这样喜欢沉思呢?她想,他真是一个富于幻想的人。她觉得他在微笑和说话的时候,轮廓更美丽一些;可是沉默的时候,他的嘴角的曲线也是多么温柔。她几乎有一点爱他,即便她也觉得,在这样匆遽的旅途中,放任自己的感情是很危险的。

"白蓓,"他说,"你刚才的问题引起我一些沉思。"

"你不是随时都像是在沉思着么?"

"不。我忽然有了一个很沉郁的心情。"他幽微的说，"刚才我不是对你说我觉得很宁静么？是什么破坏了我的宁静呢？"

"是我提到了战争的问题？"

"不是的，我不会绝对的厌恶战争。"

"是你有了一些什么回忆？"

"你真是一个瞎猜的女孩子，"他说，"我刚才听了你描述你的童年回忆，我很神往于那些景象。我有过什么回忆呢？"

"你也有过童年时代的。"

"我的童年时代没有你那么幸福，不值得回忆。"

"我真欢喜知道旁的人在同样年岁是过的什么日子，你为什么那样含蓄呢？"她逼着他。

"你欢喜听么？"

"欢喜的。"她说，"你讲一点吧。"

"我告诉你，在我的回忆中，我的童年是非常阴暗的。"他说，"我生长在一个荒僻的乡村，我的周围包围着的是贫穷。我的家庭是一个中产人家，一个小地主，我们以他人的贫苦来支持自己贫苦的生活。你尝到过真真贫穷的滋味么？那是一种挖破你的皮肉，还要你狠狠地咬着牙齿生活下去的味。

"那个时候年年有灾荒，有劫杀人的兵和匪。为着我们是一个中产人家，我们向窑洞里，山堡里，去躲避那些劫杀。

"窑洞里是潮湿的，阴暗的；贫穷的乡下人给我们送上他们应该缴纳的谷米来。这些谷米一年中他们自己也许只能吃到一两次，他们都是瘦削的，干枯的；小孩子们有着青肿的脸皮，他们的大人把他们丢在烂草堆里，淤泥沟里，他们在那里生长，他们同着微菌，蚊蚋，一起生长。……"

他一口气讲了这一大段，对着痴痴地望着他的白蓓，说道：

"白蓓，这便是我的童年。"

"那真是不幸的，"她说，"我们的国家里恐怕还有大半人民现在也还在过着那种生活。"

"在我的童年生活里，没有得到过一个孩子应该有的快乐，"他继续的说，"我天天瞧着我的母亲愁苦的计算着生计。白天，我们躲在阴暗潮湿的屋子里念书；有时跑出去同野孩子们在烂泥田里游戏。晚上，我们很早就睡了；屋子里发着潮湿的霉气，外面刮着大风。有时深夜里还有催租催税的公差们来擂着大门。那都是一些额外苛酷的勒索，大人们往往给不明不白的架走了去。我们躲缩在被子里，小小的心发着颤抖。"

他停下来，望着她的明亮的眼睛。

"顾先生，别说了吧。"她说。

他静静的燃上了一枝烟，对着那双发亮的眼睛，幽微地说道：

"白蓓，你还欢喜听一些故事么？"

他似乎能够听到一个心的跳动。她的眼睛说出了她的愿望：那是惧怕的，却又充满了紧张的期待。

"这些故事都是很不愉快的，我知道。"他说，声音缓慢而低微，"我的童年在我的生命中结成一面阴暗的网，它织罗着我每一个时期的情绪。我到一个都市里去念书，那个都市是我们国内唯一的最大的都市。我的同学们多半都是从这类的都市生长起来的。他们的家庭附着在一个恶辣的野兽身上，吮吸着农村的膏血，过着世外桃源的生活。那些青年是无辜的，同样也是无知的，他们不知道他们自己是这个可怜的国家里最少数最幸运的人，他们漠视他们的生活，乃至于漠视他们生活与生命的意义。

"什么是学校生活呢？那些僵硬的水门汀的建筑，那些修洁整齐的校园，那些蛛网尘封的图书陈列橱，那些发狂的赛球热，那些挟着洋书作装饰的在柏油马路上散步的男女，便算是学校生活么？

我觉得我很孤独。

"是的，你要说我是很爱孤独的了。我怎么过我的孤独与寂寞的生活呢？我开始试验写作。我想世界上真实自愿提笔写作文章的人，一定都是为了寂寞的缘故。我什么都写：论文，抒情的小品，随感，杂文，以至于诗歌。那些东西，都是荒谬的，幼稚的；我自己也知道。可是为了我的寂寞，除了读书，我觉得没有旁的更好的事可作，于是我制作了它们，制作了那些拙劣的可笑的东西。

"那些拙劣的可笑的东西，也帮助我解决了一时的贫困。每月月终，我穿了那双破皮鞋，到远远的市内，向着各种出版社去取我每月的可怜的月费。我的心里有怜悯也有鄙夷，我不明白自己怎么会不知不觉学会了这个骗钱的技巧。

"啊啊，不要笑，不要笑。怎么你觉得这是可笑的事呢？"

"你应该保存那双破皮鞋的。"她说。

"我丢掉了那双破皮鞋，"他回答着，"正如我丢掉那些可笑的骗钱的东西。"

"我从大学里出来，"他继续的说，"刚刚二十二岁。正如我在一首诗里所说，'我是蓓蕾般的年轻'呢。那些不欢喜说中国话的教授，给我很好的成绩，给我一篇令我糊涂的夸奖。我装了一肚皮繁琐的经济理论，茫茫地走到十字街头。

"我向哪儿去呢？我是骄傲的，无能而骄傲。我不会低下头来去经营一个差事的。我的骗人的学校成绩帮助了我，我很容易的便得到了一个工作。我开始明了。这个社会是容易欺骗人也容易被欺骗的。

"我的许多同伴，都攀着这一道云梯，爬到社会的上层去了的。有的还正闭着眼睛，在向上面爬。

"你担心我那样忧郁的心境，会跌下来了么？没有，我没有跌下来，我吊在云梯上徘徊。

"我望着上面的天空，我的同伴们矜笑地指着那些幻异的云彩，他们说你怎么不努力呢，你再跳一下便是天堂。我望着地下，我瞧见了那些眼睛，那些苦难的数不清的眼睛，我还听见了些声音，那些痛苦的受着迫害的无数个呼救的声音……"

"你真是一个忧郁的人，"她说，关心地，"当你沉思的时候，我便很容易地想起我的父亲。我想我的父亲一定也是一个与你一样有着痛苦的心境，悲哀的思想的人。"

"不是的。"他说，"我想像你的父亲，一定是一个上过天堂，也入过地狱的人。而我只是一个吊在云梯上的人。"

他淡淡地微笑着，微笑里似乎充满了痛苦。

"不久便来了这个战争——"

"是的。"她说，"你回答我，我们为了什么战争呢？"

"我们为了什么战争？"他缓慢的沉思似的说，"战争到来的时候，我还在那个大都市里。我们听到了第一声炮响，我的血流马上沸腾了起来。我热狂的在街上乱转，天空飞舞着流弹。我不愿回去，我觉得回去关在屋子里是苦闷的，我应该做点什么有价值的工作。"

"那时我在一个大的轮船公司里服务。于是人们对我说：'守在你的岗位上吧，战时的运输是很重要的一个部门。'这理由是能够让我相信的，以一个人微薄的力量，我觉得应该守住我目前的工作。"

"是的。"她说，"人们都说这家公司对战争尽了很大的力量。"

"我在那些风声鹤唳的快要沦陷的都市看见了'抢运'，"他静静地说下去，"我们抢运了些笨重的机器，国家有用的器材，我们也抢运了让有钱人们肚皮膨胀得更大的物资。而我们抢运得最多的是阔人们的软沙发，弹簧床，白磁浴盆以至于太太们的'马子'。他们带走了这些东西，怕到那苦寒的山地去过得不舒服。

"别要笑。我们那家公司是很可赞美的。战争要发生的那些时候，我们的公司正在蓬勃发展。我们的'特舱'在这条河上算是最好的。公司花了很多的钱，向瑞士的旅馆里聘了专门训练 Boy 的教师来。据说那个国家的旅行服务要算是世界上最好的。

"那些 Boy 训练得真好，在'特舱'的'沙龙'里，穿上白色熨帖的制服，会用最有礼貌的态度与声音去侍奉客人。那些小小的房间也收拾得清洁美丽。于是我们的总经理博得了很大的声名。那声名从特舱里广播出去，从上层社会广播出去，他成了这个国家有名的实业家之一。

"可是，"他说着，收敛了微笑，"在那些'抢运'的日子里却是悲惨的。你见过'抢'，你懂得'抢'的意义么？我们公司那些小小的船一个一个驶来停泊在黄浊的江水里，那些拥挤在小船上的难民便是扫落叶似的向着船上飘来。他们推挤着，争吵着，啼哭着，航警在乱嘈嘈的人头上挥舞着鞭子，很快船上便拥塞得像一只蜂桶。

"那些船歪歪斜斜的飘浮在江水上，常常不能很痛快的开出去。或者是等候特舱里某一位阔人；或者是某一个机关里有了交涉；或者是为了某一个特殊的原因，要把这些忧忧惶惶，嘈嘈啧啧的难民们重新赶下船去。

"这些琐细的描写令你觉得皱眉么，我是在告诉你我怎样经历了这个战争，以及我如何认识了这个战争。"

"什么叫着战争呢？"他继续地说下去，"这个叫着战时首都的城市，自从经过了两年前不愉快的轰炸时期，战争好像是愈来愈远了。商店里五色缤纷，饮食店与娱乐场所人头拥挤。做大生意的坐着飞机到昆明去，桂林去，西安与兰州去；开工厂的放低了马达的速度，静候着原料与存货的涨价；公务员都想脱离那些冷衙门，向专业机关，财政机关、与工商企业里面挤……

"什么叫着战争呢？"他彷徨地重新又说了一句，"有一次我似乎看到一点战争景象了。"

"你瞧见什么呢？"她急切的问。

"我在拥挤的街头，我瞧见了一大队出征的'战士'。那是一个大会，欢送他们出征。

"我瞧见他们，我说不出是欢喜，还是悲酸。我对于他们感觉多么亲切啊！那些从烂草堆里，淤泥沟里生长起来的孩子，我认识他们，我几乎叫得出他们每一个的名字。

"他们从那大街上走过，他们的眼睛是好奇的，好像还有些羞涩。这儿算是一个什么大街呢，那些炫眼的颜色又是些什么？他们的心头一定发出了许多他们自己不能解答的问题。

"千万只肥白的手膀在对他们欢呼。这些人为什么不欢呼呢？我想。那一群乡下的孩子是去保障他们的快乐与幸福，保障他们在这个城市里，在若干同类城市里，过着豪奢而糜烂的生活的。

"我想像着，在那群欢呼的肥白的手膀中间，"他的感情很激动，口如悬河似的说下去，"一定有人在想：战争，真是一个有趣的玩意，没有战争，他们从哪儿得到这些意外的财富呢。

"他们中间一定有人在希望这个战争继续下去。最好是战线不进也不退，好让他们的财富愈发膨胀。

"我瞧着那些乡下孩子们的脸，饥饿的菜黄色的脸，"他说着，激动的脸上充满着忧郁，"我想从人群里跑出去，拉着他们问：'你们为什么……？'……"

"你的思想是很危险的，"她说，很关心地，"人们会说你是一个过激的社会主义者。"

"让他们怎么说都好吧!"他毫不在意的回答着,"我自己觉得我在思想上是一个百分之百的民族主义者。不过,在我的观念中,我们的民族解放事业,应该是全民族的解放,要注意民族中那大半数被压迫被损害的人民的生活与幸福。一个真的民族解放战争,不应该送少数人入天堂,送大多数人仍旧回到地狱。"

"但是现在是在战争中。"她向他辩难,"我们的第一个敌人是日本鬼子。"

"不错。"他说,"战争便是一个考验。这试验你是在告诉我们,有一部分人是应该永远被牺牲;有一部分人应该生活,永远安安乐乐地生活的。"

他们静默了一会儿。

"你读过《甘地传》与《尼赫鲁传》么?"他说,"印度的民族主义者是了不起的。虽然甘地只是一个悲苦的老头儿,尼赫鲁只是一个忧郁的青年。他们要为民族的每一个份子争取了完整的人格,他们才愿意拿起武器。"

月亮已经为黑云遮掩了,他们感到了一点夜寒。

三

那个小小的工厂距离重庆市区不远,建筑在南岸的江边。他们用竹篱来划定了范围,竹篱上爬满了绿的藤叶;三年来,幼小的白杨也悄悄地长大了。她们依依地望着那滔滔流去的江水,不胜惜别的情意。

竹篱内用竹木扎成的房子是很整齐的:稍稍高一点的地方是宿舍;下面两所大的半墙屋子是工场;旁边一排用泥土筑成的小房子是办公室。最外面的一间办公室可以望到悠悠的江流;可以望到那笼罩着烟雾的,拥塞着过多人口的,局促的城市。

顾频回到他的办公室里。这屋子是安静的。雀鸟群聚在窗外的杨树上歌唱；工场里金属碰击的闹声，好像变得很辽远；便是那薄薄的板门后面，邻室里同事们工作与谈笑的声音，也非常低微。这一切都还没有变，他已经离开了三个月。他瞧着案上堆积的函电与文件，那些多半都已为人处理过了的函电与文件，没有去翻阅的心情。他好像对于这一个环境有一些迷惘。

　　三年前，他离开那个航业公司，含辛茹苦地创造了这个小小的企业。没有什么特殊的志愿，只为着得到一个较自由的工作与生活。地皮是租的，房子是向银行借钱搭的，只有那几部机器是朋友们凑和了微薄的资本向别人顶买下来的。厂里制造蒸汽锅炉及矿用机械，如果说还有另外一个志愿，他们也曾想到在这大时代里，"站在自己的岗位上"，贡献一点能力。因为他们的出品，似乎是战时的他种工业，要绝对依赖的。

　　他很幸运，开创时的难关，一个一个都给他冲过了。订货单雪片一般的飞来，超过了这个小厂所能工作的能力。他渐渐感到个人的精神与少数的财力都没有方法使业务开展。本是小小的事业，这时也引动了那些锐敏的游猎者的兴趣。他约了更多的人参加，而且约了他的朋友郑公成来协助。

　　他是一个不重视"权力"的人，有时甚至有鄙夷"权力"的倾向；他对于世界上的独裁者没有一个有好感。他希望民主制度能够在他的小小事业里生长，可是，不久他便渐渐发觉他自己已没有管理这个事业的能力。在山中公路上，他曾对一个陌生的女孩子说过：

　　"我没有职业，也没有工作，虽然我在名义上是一个什么企业公司的经理。"

　　他想到这儿有点迷惘吗？

板门推开了，他瞧见郑公成伸进来了一个脑袋。他对着公成招呼。

"你来了，"他说，"进来谈谈，公成。"

他回到厂上以后，只同公成匆匆的碰了一面。他的这位"协理"真忙，他不知道他忙的是些什么。在他远离了三月以后，他想一定把他的协理累够了。

他坐到藤沙发上去，递给来人一枝烟。他觉得公成似乎更清癯了：他是瘦削的，不很高大的，有着漆黑的大眉毛，和一对常常欢喜向上翻的眼睛。在顾频的阅人不很深刻的观念里，以为有着浓黑眉毛的人，一定是很富于热情的，而瘦小的人又常常是敏捷而干练的。就在公成也似乎很能够证明这个观察。他像一个火炉，工厂里到处给他煽得热烘烘的，任何人都可以同他随便谈笑乃至于给予侮辱和谩骂，他对人是很甜蜜的，对于那些需要安慰的人，琐细得有如一个仔仔细细的老婆婆。他发展人事的范围非常快，他可以用一张名片去瞧一个陌生的人，而且很快便成为朋友。人们说他是一个"红灯笼"，或者"橡皮膏"，他不生气，他在不知不觉间便放下了他的要求，使你不知不觉跟着他的愿望做了，你还以为那是应该作的事情。在这小厂里，顾频邀约了他来以后，他觉得这样一个人对他是有帮助的。后来他渐渐感到了一点异样，首先是员工的姓名，好像愈来愈陌生：公成悄悄地放进了他的戚族和学生。其次是工作的情绪，厂里的空气倒仍旧和谐，只是好像缺少了什么一种力，一种鞭策的力，到处呈露着松懈和马虎。

他抱着一件雨衣，烦躁地坐到对面的椅子上去。顾频瞧瞧窗外的天空，那不是一个美好的晴天吗？他觉得公成真是一个神经质的家伙。

"我还没有得空来给你报告厂里的情形。"公成说。他们相识多年，说话毫无顾忌。

"那么现在谈谈吧。"

"你等我在下午谈好不好?"公成已经站了起来。

"你坐下吧,"他说。他对于公成老是装着很忙的样子有些厌恶。"有什么大不了的事呢?"

"我要到新蜀银行去。"公成说。

"下午去吧。"

"我还要到二十厂,大华公司,美艺厂,茂华银号……等等地方去。"他念了一大串名字。

"都下午去吧!"顾频不耐地回答着。

他莫可奈何地坐了下来。

"厂里近来的情况怎样呢?"顾频向他问着,他心里似乎有点歉意,可是更多的是那还没有平抑的厌恶与愤怒的情绪。

"跟你离开时,没什么大的分别。"公成有点委屈似的,怅怅的靠在沙发上回答。

"来取订货的还是很少么?"

"少极了。"他说:"几乎是谁都不愿意来问他订做的东西。"

"那么,我们在完成那些东西么?"

"一件也没有完成。"

"我们剩下的材料,不是先可以完成几件么?"

"李工程师说,最好停下来。"

"……"

顾频抓着自己的头发,迷惘地望着窗外。他的心绪像一绺乱麻。他想:这些东西真够呆板。停下来?养了这么多人干什么用呢?一切都不可想像。现在不是在抗战么?不是闹着物资缺乏么?重庆不是在闹着煤荒么?为什么那些工厂,那些跃跃欲试想跳到工业界来的暴发户,可以不要机器?为什么那些荒芜的矿山,也可以不要开掘的机械？他们不是有些人也来热诚的订了货么？也来缴了一些订金么？为什么他们都可以抛弃了？为什么……

"停下来？"他迷惘地瞧着公成，"他们的意思是要把那些订单撕毁了？"

"你是说哪些'他们'呢？"

"我就说他们！"他的紊乱的情绪在言辞里开始暴露了。

"黄总经理说最好拆下来卖废铁。"

"是那个混蛋说的么？"

"你别骂他，我们还需要他的帮助。"

"帮助？我们真不该约那个混蛋到这小事业里面来。"

"是的。难怪他对你不满。"

"我为什么要他们满意呢？"

"别那么说，济心，"公成是好心地，抚慰似的对着顾频劝解，"对人对事都得迁就一些。"

"我已经够迁就了，"他的情绪稍显平静了一点，他说，"你知道我在昆明的时候，黄立齐给我的电报么？"

"是的，"公成说，"我还没有问你。在昆明，你的收获如何呢？"

"我什么也没有做。"

"你不是白跑了一趟么？"

"人们到昆明去挖金矿，我却是到荒原里去捡贝壳。"

"你的机器呢？"

"那些在昆明的法国人，从滇越路的车厂里，偷了几部旧工作机来，害我在那儿做了两个月的傻瓜。他们像一个大破落户的败家子，可是更吝啬。"

"黄立齐的电报又是怎么一回事呢？"

"他要我给他做一票生意。"

"是的，你带一点货回来也是好的。"

"我带什么货呢？挖金矿的人们在那儿造谣言，说是日本兵冲到了下关。性急的人们都把他们那些生了霉的贱价来的东西抛出了，于是来了黄立齐的电报。"

"他要你买些什么呢？"

"他要我买布匹。买五金。买什货。买西药。什么都买。末了还要给他的太太买一打口红，两打胭脂和香粉。还有呢，那电报真长。一打丝袜，半打衣料，两件海虎绒大衣……"

"你买了没有呢？"

"我想我的劳力不会那么低贱。而且没有钱。"

"他不是说可以向他们的银行拨汇么？"

"什么叫着拨汇呢？他要我用我们公司的名义去借款，他说已指令昆行照办。我不能做那样不明不白的事体。从这次事件，我知道了他参加我们公司的目的。他真是一个混蛋！"他说得有些气愤，不觉已经站了起来。

"咳，济心！"公成惋惜似的叹了一口气，他说，"你到社会上已经八九年了，你为什么还是一个书呆子？"

"那么，如果在你，便要给他办得妥妥贴贴的了？"他露出了些鄙夷的神气。

"不是那么说，济心！"公成叫得真够亲热。他说："我做人就是抱的一个'海绵哲学'，有吸收，有给予。你瞧见过水杯里面泡的海绵么？它有时不免给人挤一点水，但是它随时都是泡得胖胖的。"

"你的海绵哲学真好，"他恨恨地说，"吸收，给予，都是自私自利的为了自己的利益。你真无耻！你几时变得这样无耻？"

他骂了起来，恶毒地骂了起来。他不轻易骂人，也从来没有这样骂过人。他骂公成，似乎是因为他们的交情可以这样骂，也似乎是这个人可以受得住这样骂。不只顾频，许多人都曾经当面恶毒地骂过他。而在顾频这时的心里，只有骂人才觉得痛快。

公成知道他的性格。他跑出去了，狠狠地把那扇门带了过去。

他的情绪略微平静一些，而问题并没有解决。他觉得一切都是错误。错误的链索就像一株不小心掉到你袖筒里的麦穗，你愈是想摔掉它，它愈是往你的肉上爬。他想：我为什么要办这个工厂？要去约那一些人？要举债，让人家拿绳子把自己纳得牢牢的？就是公成那家伙，在他落魄与不幸的时候，我为什么要给他以援手？……

他想下一个条子，从今以后，一切的厂务他要独揽。他要开除那一些怠工的，无用的人；他要撤销那一些不必要的，不能直接指挥的办事处；他要实行绝对的紧缩；他要绝对把握公司的人事权与财政权……这些幻想使他兴奋，也立刻使他感到幻灭。这一切他都不能做，也没有方法做。他在公司的发言权已十分低微。发言权更大的是那些债主，那些有大股份的股东，那个混蛋的黄立齐以及那一类的人。即便是公成，自己所提拔的人，他的"海绵政策"已经使他的地位比自己还要巩固。他的民主制度也去远了，股权最多，债权最大的便有他的民主……

他迷惘地瞧着窗外。电话的铃声响起来了。

那是一些沙沙的声音，从远远的江那面传过来的。

"啊，你是 Babe 么？"

"怎么不像你的声音呢？你是频么？"

"怎么样，你已经到了学校？"

"我在我爸爸这儿。"

"你为什么还不进学校？"

"我要到你那儿来。"

"为什么？我们不是约好星期天么？"

"不。我要到你那儿来。"

"现在么?"

"是。我现在要来。"

他瞧一瞧怀表。

"十一点了。"他说。

"不错,"她说,"我的也是十一点。我们不是在车站对过么?"

"好,你来吧。"他决定的说。

电话寽然的断了。

四

他们在河边上散步,那是一些很崎岖的道路,遍布着乱石和荆棘,江水已经将那些可爱的沙滩淹没了。

"频,"她说,"怎么我有点像离不开你呢。"

"还是早一点到学校去吧。"他冷静地说。

"为什么? 为什么?"她停了下来,她的眼里有一股明亮的,狂热的光辉。她轻轻地扯着他的衣领。

"我是说到学校里去可以热闹一点。"他微笑地瞧着她。

"你觉得我这个女孩有些讨厌,是不是?"

"不!"他这一个简单的字里充满着诚挚。

"我觉得一个人回到学校里去是充满了不幸一样。我——我有点——"

他捧着她的脸儿。

"有点什么?"

"有点爱你!"她勇敢地说了出来。

他吻她,他的眼里涌起了一些眼泪。

"你为什么哭了呢?"他的眼泪滴到她的脸上,她张开了眼睛,她受惊了。

"呵呵，没有什么。"他用衣袖擦干了眼睛。

他们坐在一堆生满了苍苔的石头上，没有说话。

"你好像很懦弱。"她说。

"不。我从来不流眼泪。"

"刚才你为什么哭了呢?"

"我不知道。"他说，"再大的悲哀和欢喜我都不曾哭过。有人曾经瞧着我静静地看到我的祖父和父亲闭上他们最后的眼睛，我不曾出一点声音，流一颗泪。"

他们静静地坐着。江上有一艘下水船缓缓地驶来。不久大地便蒙上了夜幕。

他送她乘夜渡过江去，蓝天上有一个明朗的月亮。她站在船栏边，幽幽地说:

"我今天觉得很快活。"

"因为发现了我是一个懦夫么?"

"不是的，"她说，"你猜我今天为什么要过江来?"

"我猜不出。"

"是我的爸爸一句话叫我过来的。"

"他怎么说呢?"

"他的话真叫我欢喜，"她说着，像在叙述一个不是属于自己的故事。"我对我的爸爸说我'几乎'爱上了一个男子。你猜爸爸怎么说呢?"

"怎么说呢?"

"他说你为什么'不'真的爱他呢。"

"呵呵!"

"他是一个很好的修辞学者。他不是说你为什么'没有'真的爱他呢，那像一个激励人家讲故事的口气。他是说的'不'字，这个字给予我很大的勇气。"

月光照下来，他瞧见她的笑涡，她的闪闪发亮的眼下，那眼睛里充满了勇敢与坚定。

他回到了家里。

他的心像一面风平浪静的大海。这海上曾经充满了险巇的波涛，充满了诡秘与幽暗，她像一轮明朗的月亮，给这大海带来了光明，带来了平和。

他结过婚，有过女朋友，也曾在那些卖弄风情的女人的怀里度过一些彷徨与忧郁的日子，可是他不曾尝过恋爱的滋味。他读过莎士比亚，歌德，拜伦与雪莱，他们的诗歌里没有描写过他这时的心境。他像一个长途跋涉的旅客，夜来了，皓月来了，一片绿荫，那旅客只想躺下来，静静地闭上疲倦的眼睛。

他睡在躺椅上，那是一个肃静的夜晚。呀呀学语的幼儿跑来倚在他的怀里，她的爸爸没有说话，她睡了。他的妻在那淡黄色的灯下结着绒线。

"你似乎有些不舒服，你病了么?"她问。

"没有。"

"你为什么不早一点儿去睡?"

"我觉得坐一会儿安静一些。"

"你的脑子里好像装满了事情?"

"不。我的脑子里空虚得很。"

他们静默了一会儿。她说：

"这几个月的物价又涨了。"

"是的，我知道。"

"你又不欢喜写信，你留下的钱已经用完了。"

"我不是叫公司给你送点儿钱来的么?"

"没有。他们没有送。是我自己去取了点儿来的。"

"呵呵，那就对了。"

"他们说你们公司的情况不好，快要关门。你在焦虑么？"

"没有的事，我没有焦虑。"

"你自己还不知道。我觉得你天天在帮助这个，帮助那个，可是没有一个朋友帮助你的，也没有一个朋友对你有真心的。"

"不，我的朋友们对我都很好。"

"就连你的家庭，对你也没有真心。他们说你发财了，你自私，就不管家里是怎么贫穷。"

"那是误会，他们自然会知道的。"

"你说个个对你都不错么？"她有些奇怪的叫了起来，"你只会哑子吃黄连！"

"做个哑子也不错。"他微笑着。

"就说郑公成，"她接下去，"那个两年前穿了破布衫天天到我们家里来的人，也要比你舒服些。"

"何以见得呢？"

"他一家人住在公司里。吃公司，用公司。他的太太穿着最奢华的衣服，用着最奢华的东西。天天上戏院，进馆子，"她愤愤地说下去，"我不相信两年前还是一个穷光蛋的人，又没有做旁的事，会这么有钱！"

"你到哪儿去听了这些闲话来？"

"我呢？"她没有理他，"住在这个荒凉的山上，天天愁柴愁米，没有一个朋友，也没有一个亲戚。像一个出家人，像一个尼姑！"

她说得很凄凉，几乎哭了出来。

"是的，"他说，"把你太苦了。"

"我想回家去。"

"回去会好一点儿么？"

"总不至于太累着你了。"

"不，我不觉得太累着。"

"我觉得你很可怜！"

"为什么？"

"世界上除了我和颖儿，没有第三个对你有真心的人！"

"唔唔……"他模糊地哼着。

五

顾频坐在他的写字间里，烦躁地翻着一大叠画着数字的表单，他不相信他的公司里的财政状况到达了这样一个可悲的境况。他的会计主任站在他的办公桌前，那是一个矮胖的，带着眼镜的，似乎很谨慎的家伙。他用手指着那一些数字，轻轻地说：

"经理，你注意到了么？"

"你是说那些'资产类'的科目，都像些天空中的浮云么？"

"哈哈——"那家伙大笑了起来。

"不要笑，"他严肃地说，"这些'暂付款'的数字，为什么愈发膨大了？"

"都有根据的。"他说。

"根据什么呢？"

"根据董事长和协理的条子。"

"为什么我一点不知道？"顾频的脸色愈来愈严肃。

会计主任用手推一推他的眼镜。

"大半是你到昆明去的时候支付的。那数字是逐渐生长的，人不知，鬼不觉，像一个人身上慢慢长大的疣子。"

他在那儿细细的描写。

"那么付到哪儿去了呢？"顾频有些不耐。

"多半是各个办事处，小半是私人户名，职员也长支了一点的，协理算最多。"他回答。

他想：真糊涂！难怪小小一个机器厂，要改组成一个什么企业公司，要设立什么办事处，老是为了要便利于他们的"暂付"。

"什么是这些'暂付款'的对方科目呢？"他继续地问着。

"那可复杂了！"会计主任屈着一个一个的指头，"有收入的订金，有出卖的钢板，有——"

"什么，钢板？"他站起来。

"是的。钢板。"

"我们制造中的机器不是还缺乏钢板么？"

"是的，经理，他们说现在的钢板没有棉花的利息好，没有匹头的涨势快。"他继续的数着，"还有'透支'，还有以厂房和机器作押的'押款'，还有其他'借入款'……"

"够了够了。"顾频不耐烦的摇着脑袋，"那么那些办事处报了账来没有？"

"没有。黄董事长说，那些账不必报到我这儿来。"会计主任简单的回答。

"那么，他们拿去在干些什么，你知不知道？"

"不很知道。"会计主任含糊地答着，"据说是拿去做棉花。又据说是拿去买地皮，修房子。又据说是最近棉花跌价，已经损失了不少。一句话，不很清楚。"

"哼——"顾频恨恨地吐了一口气。他抓着自己的头发，他想向社会大声呼喊：什么叫着"暂付"？你们到这儿来捉奸商吧。

可是他只能抓着自己的头发，迷惘地瞧着窗外。

他走到园中，这竹篱内的小小范围，还是那么静静的，美好的。花畦内有几盆菊花，草草地开了，也似乎草草地要谢了，秋天不是还很远吗？厂房内传出一些叮叮当当的声音。他走进冷作间里，风炉里的火焰似乎是淡淡的，像薄暮时屋脊上的阳光。他跨进第二间屋子，那些悬着的皮带，那些转动的轮子，好像也是有气无力的。他走进零件室里，那个老是花着面孔的孩子还是坐在靠门那儿，他在擦着一些小小的铁器。他瞧见里面绘图间里，老李弯着腰在端详一张草图。啊，老李，工程师，这个小厂的灵魂，也是他的灵魂，他得去瞧瞧他，他的心境和意见怎样呢？

老李总是那么冷冷的，戴着一副近视眼镜，高个子，瘦长脸，惯于那么冷冷地瞧着人。

"你回来了，很好，"老李冷冷地凝视着他，对他说，"我昨天瞧你太忙，那个女孩子是谁？"

"没有什么。"他说，"那个女孩子是我的在路上认识的一个学生。"

老李瘦瘦的脸上有一点笑容。他说：

"别瞒我，你是不是有一个艳遇？"

"别开玩笑，老李，"他说，"不是什么艳遇。只是同她多谈了几句话，她因为还不曾上学校，便来看我。"

他觉得这绘图间是太暗了。这不像一间绘图间，谁的绘图间会是这么暗的？那高大的洋槐张着密密的叶子，虽然到秋天它会抖掉她们，弄得满身精光，但这时不是阴暗得令人难受吗？是他的心境阴暗着么？他说：

"老李，你觉得这儿光线不很暗么？你怎么工作呢？"

老李奇怪的瞧着他。他觉得他有些神思恍惚。他说：

"这光线不是很充足的么？"

"不。"他说，"我觉得闷得很。"

"我们到外面走走吧。"老李卷起那张图，拿在手上，他们走了出去。

"你说我做了一个错误，是不是？"顾频紧紧地瞧着老李。他们坐在园里的一条石栏杆上，那儿可以望见冉冉流去的大河。

"是的。"老李冷冷地说，"不只是你，我也同样做了一个错误。"

"那个时候，"顾频说，"我们不都是为了要把这个事情弄好，才去约'他们'。我们既没有钱，又没有势，今天接受了订单，明天材料便涨了一倍，我们没有方法完成一个工作。银行的门关得紧紧的，那些说是扶助工业的机构的门也是关得紧紧的。你同我都只有一个肉做的脑袋，空有思想，空有好心肠，有什么用呢？"

"是的，"老李冷冷的，调侃地说，"你还要请我为你做一顶钢盔，你说好预备去撞那些冰冷的门。"

"你还记得起那个，"他说，"这道门算给我撞开了。可惜打开了门以后，那里面没有乐园，却是一张罗网。"

"是的，我说错误的就是这个。"老李说。

"那么，"他问，"你以为那个时候，我们应该怎么办呢？"

"我们应该一古脑儿丢下这个劳什子。"

"那么我们到那儿去呢？"

"到那儿去么？世界宽大得很呢。中国的工业也是要发展的。十年以后？二十年以后？五十年以后？一百年以后？可是不关我们的事。"老李冷冷地说。

"难怪郑公成说你要'停下来'。"

"是的，我说过这句话。"

"你们研究技术的人，为什么这么悲观？"

"我不悲观。"

"那你这叫作什么呢？"

"这叫作痛快！"

"对呵！痛快！痛快！"他悲呼了起来。

他们静默了一个很长的时间，静默地抽着烟。

"你现在想着一些什么，老李？"顾频说。

"我想着河里面浮着的那只鸭子，我想它一定很快活。"

他瞧着河面，他真的瞧见了一只乳白色的鸭子浮在混浊的江水上。

"那是刚才过去的那艘轮船上掉下来的吧。"顾频不在意的说着。

"是的，"老李回答着，"那一定是船上的什么人带的'私货'，带它的人想从它的身上发一点小财。可是，你瞧，它却溜掉了。它呷呷地浮在河中多么快活。"

"即便它溜掉了这一次吧，"他们像在讨论一个哲学问题，顾频反驳着他，"最终它还是得送到人家的肚皮里去。"

"你这个繁琐的无极论者，"老李冷冷地嘲笑着他，"管那许多干什么呢？"

谈话到这儿不能不停止了。顾频的心情愈来愈沉闷。

老李沉静的，几乎是严肃的抬起他的眼睛，注视着顾频有一个很长的时间。

"老顾，"他说。声音是缓慢而沉重的，"不瞒你说，我准备要'走'了。"

他把"走"字说得很重。

这是顾频所不能置信的，这位与他共患难的朋友，是他对于这个厂的唯一希望。这个打击太大了，使他呆了一个不短的时间。

"你要走了？"他迷惘的问着。

"是的，我的意思是要离开这儿了。"老李仍旧是冷冷地缓慢的说，"最近来，厂里许多熟练工人都走了，他们跳到待遇较好一点的厂去。我没有方法留他们，而且我觉得留他们下来也是罪恶。老顾，我希望你不要留我，正如我不愿意再鼓励你去碰钉子一样。"

他没有回答，他只惘惘地望着天外。

"我的意思你明白，"老李继续说下去，"我不是为了个人的生活，也不是为了旁的什么。我只是不愿再受这个罪，这个罪。"

他还是没有回答。

"是的，"老李说，"你需要多想一想吧，那么我们下次再谈吧。"

六

郑公成匆匆地在大街上走着。即便在夏天，重庆老是有这么阴阴沉沉的天气：几天来都下过雨，街路是泥泞的，那正是五点钟以后，泥泞的大街上充满了才从办公室里散出来的人们。在这时的这条小十字街上，似乎很有点像上海南京路和外滩一带的 Rush hour，可是这儿没有柏油马路，没有联成一条长线的汽车。便是那些从大房子小房子里面散出的人们，也似乎悠闲一些；远远看去，只见数不清的人头，在烟雾朦胧里蠕动。

他像在一个布满了荆棘的丛林里散步，他随时给人挂着了。因为他认识太多的人，他不能不给那些人敷衍。可是他是要到一个重要地方开会去的，他得抢先一步赶到那儿。于是他埋下头来，匆匆地向前走着。

"郑先生！"

这声音距得那么近，他不能不站住了。他瞧着他的学生马岑英和杨菲向他走来。

说是学生呢，他已记不清在哪儿教过她们了。他在几个小县城里教过中学，那一段时间很长，学生自然是很多的。这些孩子们慢慢都长大了，发狂一般的投到这个大城市里来，有的是为了升学，有的想寻觅一点工作。他是很体贴的，他为这些孩子们解决许多困难。他似乎对于女学生们更热忱一点，因为在他的"海绵哲学"里，他也会把"扶助学生"一章看得十分重要；那些男孩子们谁知道将来有一些什么作用呢？他想：这块海绵不能老是让人家拿去挤，它总还得给胖胖地泡在水里。女孩子们的作用是更现实一点的，所以他对于女孩子们特别体贴。

马岑英和杨菲穿着鲜艳的花绸衣服，面孔和口唇涂得红红的，眉毛也细细地描过，又赤着一双脚。那个叫着杨菲的似乎俊俏一点，马岑英则除了那一身夺目的颜色，那一个缚着贴身衣服的丰腴的身体而外，实在没有什么美丽，他觉得。

"你们又穿得这么花花绿绿的！"他说。他的眉毛蹙了起来。他曾对人宣布，凡是穿着奢华的都不算是他的学生。可是如果来到他那儿的学生，没有一点美丽或奢华，或不能给他拉动一点小款子来存放或投资的，他几乎没有同她们谈话的兴趣。

杨菲拉着马岑英的胳膊，他说：

"岑英，你瞧，老师又骂我们了。"

马岑英耸一耸胳膊，她从美国电影里学来这个姿式。他觉得一个女人装着这种怪样子真丑，可是她的话更丑。

"告诉你，郑老师，"她说，"我们就是没有衣服穿呵。"

"好吧。"他嫌厌地说了一句，举起脚来便想走开。

"您到哪儿去，老师？"杨菲问着他。

"我到黄——"他停顿了一下，改口说道，"我到一个朋友地方去。"

"你是不是到黄总经理那儿去？"马岑英接过嘴去，她的眼睛飘飘地在公成的脸上闪。

"不是的。"他仍旧嫌厌地吐了一句，他说，"别多谈吧。"

"老师，你怎么随时都这样忙？"杨菲有点不解。

"忙什么呢？"岑英说，"我们瞧着师母已经坐车子出城去了。"

"你们真是一些讨厌的小麻雀，"他说，"别那么吱吱喳喳的吧。"

"不，老师，"岑英说，"我们正要找您！"

"找我干什么?"他不得不停下脚来。

"话多呢。"岑英懒洋洋地说。

"改天谈吧。"他又移动着步子。

"不!"岑英的口气很坚决，"老师那么忙，到我们那儿去坐坐，细细谈吧。"

"今天没有工夫。"他已经开始走动了。

"郑老师!"岑英在后面锐声的叫了起来。

"怎么样?"他回过头来，"有什么大不了的事呢。"

"我已经离开富华银行了!"岑英着急地说。

他有一点发怔，他说:

"你离开了——"

"是的。"岑英说，"所以我要找老师谈谈。"

他的心里布满了疑云，他不能不跟着她们走。

在这个城市里，女人们单独租着房子在外面住是很少有的事，可是杨菲和马岑英便那么孤零地住在一间市房的三楼上。房子是杨菲租的，她闹过一场别扭的恋爱，而今是孤另另地一个人住在那儿，马岑英便搬来陪她。

他们坐下来了。嚣嚣的市声还从窗外扑来，屋子里很寂静，也很清洁。他瞧着小桌上那一面冷冷的镜子，那一瓶寂寞的花，不知怎的他对于杨菲有些哀怜起来。

"老师，"杨菲说，"您好久不到这儿来了。"

"是的。"他说，"我一天就是忙。"

"我看老师是重庆市的第一号忙人。"岑英格格地笑起来。

"不敢说。"他也微微地笑着。

他忽然想起到这儿似乎有什么事来的，他常常如此地健忘。杨菲对他甜蜜蜜地笑着，这孩子无论瞧着谁都爱那么笑眯眯地，他已经告诉过她许多次了。岑英有一张奇怪的脸，那脸上瞧不出是什么味儿；她有些放肆，说话毫无忌惮，两只乳房在胸前跳跳蹦蹦的。她坐在椅上不能安静，衣角边常常露出肥白的大腿来。像一餐丰盛的肴馔，男子们总以为那是为自己预备了的，他们看得太轻易，因而他们常常只能从她那儿失望而归。

　　"老师，"她亲密地喊着，"我已经失业了。"

　　"咳——"他摆着头，镇静地说下去，"你们这些孩子，真不知天高地厚。"

　　"不，老师，"她仍旧是非常亲密的口气，"我进富华银行，是您介绍进去的；我出来，也等于是您给我扔出来的。"

　　"这才叫着怪事，"他别过了脸，不愿意瞧她，可是仍旧很镇静的说下去，"你进富华，不说我费了千辛万苦，总算也卖了很大的力气，才给你勉强地抬了进去。你出来了，我没有得到一个通知，也不知道你捣的什么鬼，却又把这个过错，扔到我的头上。我看做人真难！"

　　他继续的摆着头，叹着气。

　　"别忙，"岑英说，"我先问您一句话。"

　　"什么话？"

　　"十七号我收到您一封信，是不是您写的？"

　　"唔唔……"

　　"我想不会错的，我认得老师的笔迹。"岑英肯定的说，"老师是不是约我到巴江旅社来？"

　　他没有说话，他似乎在仰着头儿思索一点什么。

　　"对吗？"岑英继续说下去，"我以为老师又是要我去赶写什么账，于是我去了。"

"你去了吗？"他也装着有点不信的问了起来。

"当然，"她说，"老师的命令哪有不去的道理？而且老师待我那么好。"

"岑英，"杨菲打断她的话，"别说吧。"

"有什么关系，"她说，"我们还不过是向老师讨教么？"

她说得有些兴奋。

"老师，"她喊着，"你那天约了黄总经理来的吗？"

"没有。"他镇静地说，"怎么样，他来了吗？"

"是的。"她说，"我赶到旅馆去，我瞧见名片上您的名字与您所写的号数，都没错。我走去推开那间房间的门。你猜我瞧见什么？没有您，黄立齐一个人呆在那儿。"

"啊啊，"他说，"那天我有事耽搁了一些时候，恐怕是他自己来的。"

"谁相信！"她说，"那样搭架子的大总经理，怎么会跑到那个小旅馆来？他向我笑眯眯地招呼，我想退出来，他说没有关系，老师一会儿便来的，他要我进去坐。"

"那也很平常，"他毫不在意的说，"假使你不高兴，你不是很可以走开吗？"

"可是他是我们的总经理呢，"她继续地说下去，"我简直有点受宠若惊。我只好进去坐着。"

"那怎么样呢？"

"总经理在那一个时间真和气，"她说，"他老是对我问长问短。最后他对我说，行里面的待遇太菲薄，他很难过。他向袋里摸呀摸的，摸了一张五千元的支票出来递给我，他说是给我的特别津贴。我问他行里其他同事有这个钱么？他说'服务'好的便有。"

"你接受了他的钱没有呢？"

"我为什么不接受？"她理直气壮的说，"我想花几个这种人的钱有什么关系，他们的钱又不是什么血汗换来的。"

"是的。"他说，"那么一切便对了。你们这种女孩子，还是爱钱，是不是？"

"事情并没完，"她说，"他向我说的话愈来愈不对，我明了他的意思，我装着沉静下来。他说我的戒子很美丽，手绢儿也不错，他要来扯我的手，我装着生气，过后他要强迫拥抱我，我便装着哭了。"

"你一切都是'装'的么？"杨菲插进来问她。

"是的。"她说，"我是装的。其实我心里只觉得好笑，男人们老是那么傻里傻瓜的，他们以为有了钱，什么便都办得到。我哄过男人们不少的钱，我还是我！"

她歇斯迭里地笑起来，郑公成觉得有些难堪。他很想给这个不要脸的女孩子一个耳光，可是他没有方法发出那种火来。他说：

"还有么？用了人家的钱，还要挖苦人家！"

"你觉得眼红么？"她竟然那么放肆起来，"告诉你，这个家伙的钱是不容易用的，你自己也要小心！第二天我托一个人去兑那一张支票，银行里说已经通知止付了。"

他像吞了一颗铁钉似的难受。他想骂"你这个泼妇，别张嘴了吧"。他不耐烦的说道：

"够了够了，总之以后我不管你们的事便是了。"

他抱着雨衣，拔步下楼。

马岑英的歇斯迭里的笑声还在继续着，他似乎听到她在说：

"老师，以后我们也不会再给你作摇钱树了。"

他跟跟跄跄的奔到街上，黄昏的街头亮着昏暗的灯光。

郑公成怀着一肚皮狐疑与不安的情绪，走进那所庭园宽广，树木幽肃的大洋房子。他瞧瞧手表，已经快七点了，客厅里似乎还是静悄悄的。他轻轻地推开客厅的门，瞧见黄立齐独自一人仰睡在长沙发上，在读着当天的晚报。他退转身来，轻轻地在板门上敲了几下，便听出立齐招呼请进的声音。

立齐是一个刚刚越过四十岁的精力旺盛的中年人。他的干练和他的精明，呈露在他整个的外形上，有着不太高的个子，结实的身体，和一张令你觉得易于亲近的和蔼的脸。当他正襟危坐地在他的银行的写字间里，他的威严是不可侵犯的。他的一切在公成的心里都是一个典型，一个少壮的中国金融业巨子的典型。

他瞧见立齐接待他的笑脸还是那么自然的，温和的，他的不快的心情开始松退下去。他坐到靠近立齐的椅子上去，等候着立齐先说话。

"已经七点了，"立齐瞧一瞧挂钟，他说，"这些人都不守时间，一个都还没来。"

"是的，"公成说，"我以为我已经迟到了呢。"

"顾频呢？"立齐问。

"他吃过午饭便过江了，"公成回答着："也许快到了吧。"

立齐放下报纸，很注意地瞧着公成。

"顾频回来后，情况如何？"他问："他一直不曾到我这儿来过。前两天我请他吃饭，他只送了一张道谢的条子来，人也没有到。"

"他好像心情不好。"

"是的。"立齐说，"我听说他大骂你一场。"

"唔唔，没有什么。"公成支吾着，"他是小孩子脾气，他欢喜在老朋友前面发脾气的。"

立齐淡淡地笑了一下。

"顾频便是一个可爱的青年，"立齐轻声地，几乎是自言自语的说着，"只是太骄傲了，太骄傲了！"

他惋惜似的说了两遍，再加上一句：

"在这个社会上，骄傲的人是要失败的。"

"是的。"公成接着说，"骄傲的人只看得见自己的鼻子。"

对于这句骨子里含着刻薄的话，立齐很奇怪的瞧了公成一眼。

他们沉默了。

公成感觉很烦躁，他尽早赶到这儿来。为的是自己先要对立齐发表一篇意见，可是怎样开头呢？时间，在立齐的百无聊赖的神情上看来，应当是蚂蚁一般的在爬；而在公成的脑中，却是像火车一样在跑。

"对于我们公司，"他终于不能忍耐了，"董事长的计划怎么样？"

"计划么？"立齐轻轻地在敲着烟斗烟灰，缓慢地说，"有，我倒是有一点，等会让大伙儿讨论吧。"

"顾频是很坚决的。"

"他要怎么样呢？"

"据说他要拿出铁腕来。"

"什么叫着铁腕呢？"

"总之，"公成凄凉地说，"我是不应该干下去了。"

"为什么？"

"干下去两无好处，"他说，"我不能同老顾处于敌对地位，我们是多年的朋友。而且——而且我以为他的作风没前途。"

"你的估计是对的。"立齐安慰着他，"你不必消极，是不是？"

"如果顾频积极起来呢？"

"怎么积极呢，他不会开除你的。"

"据说他有这种话。"

"你便害怕了？"立齐微笑着，"你要知道，我是支持你的。"

"是的，我很感激。"

"那便对了。"立齐沉静的说，"不要去听信那些谣言。不要说像顾频那种'孤芳自赏'的青年人，不会玩弄什么手段。就是真的有什么'铁腕'，没有实力怎么成？墨沙里尼不是铁腕宰相么，怎么会倒到希特勒的怀里？你要知道公司的实力派，是我，不是顾频。"

他确信自己料人料事的本领，他想给这个为自己服务的人以更大的勇气，他补充地说道：

"顾频么，最多不过是一个想在社会上昂头阔步的年轻人。社会上的路本来有许多条是很宽阔的，不过像顾频那种走法，走不上半步，便会跌倒了。"

公成在心里暗自佩服立齐的学识渊博，他的理论是那样高深，而他的解释又是那样玄妙，他想这个人爬到他那种地位不是偶然的。他也感到自己的什么"海绵哲学"，在这个人前面，是太庸俗了，肤浅了。

七

看看快到八点了，客厅里也渐渐热闹了起来，可是顾频还没有到，黄立齐的心里感到一点不安。他没有意思让顾频知道公司的政策是他一个人在主持，他甚至没有意思让这个青年人怀疑他是一个阴谋者，一个无情的人。他常常赶到电话机的旁边去，摇着江对面的电话，他明知道那是无用的。电话不容易叫通，有一次叫通了，也仍旧是毫无头绪。

他们这个小小公司的董事会，倒是各色具备，几乎包括了政军商学各界的人。那个名叫杜大伦的华泰公司的总经理，原来是一个军人，在内战时期，曾经担任过某方面的参谋长。他在那儿举起手，对着一群围绕他的人，大谈其世界战略。据他的估计，希特勒德国，在明年秋天以前，一定要崩溃。

"同盟国压倒的生产优势不用说了，"他总结地说着，翘起一个指头，"就是从政略方面看来，苏联和英美都会像赛跑似的争抢着谁先攻进柏林。"

"为什么呢？"有一个人发出了疑问，那是一个瘦瘦的带着金丝眼镜的人。他是富华银行的总稽核，他倒是研究国际政治的，一直到现在还在一个大学里兼任一点功课。因为清苦的教书生活无法维持他的浩繁的家庭费用——他有一个很会享福的太太，也因为他的岳父的关系，他进了富华银行。

杜大伦笑嘻嘻地瞧着他。

"宇时兄，"他说，"我知道你是研究国际政治的，我说出我的意见来，看你同不同意？"

"大伦兄，你太客气。"金丝眼镜谦虚地微笑着，"你是说英美一定很快便开辟第二战场？"

"是的。"大伦接着说，"初先是苏联要求开辟第二战场，现在是英美自动要开辟第二战场了。"

"为什么呢？"又有一个人提出了疑问，杜大伦瞧出那谈话的是国民银行的稽核处长但素功。他想：难怪这些做稽核的人都是专门挑眼的。

但素功是一个很懒惰的人，也由于他的懒惰和无能，像一只乌龟似的慢慢爬到了国民银行稽核处长的位置。他似乎很方正，对于什么事情都有一个他自己的成见，他不甚赞成大伦的观察。

"据我看来，"他说，"没有一个国家不为自己的利益设想的。"

"正因为如此，"大伦连忙接下去，"你我的观察都没有错。可是我们要注意——"

他扭正了身子，郑重的说下去。

"我们要注意，"他说，"轴心国家的整个颓势已经造成了。他们都得把握这个时机。他们得竞争一下，所以我说他们要争抢谁先攻进柏林。"

他说完了他的伟论，似乎很满意。那研究国际政治的，戴金丝眼镜的赵宇时心头却在想着：你这个军阀时代的抢地盘的头脑，运用到现代的国际政治上去，是太陈腐了，太过时了。可是他没有说出来，他只是笑嘻嘻地坐着。

另外的一群人则是在讨论目前的经济问题，他们讨论的目标逐渐转移到二万万美元的黄金一个问题上去了。那个被称着重庆金融界模范经理的王一之，一个瘦弱的人，他在私生活方面，既不嫖，也不赌，而且又不做私生意的王一之，却是一个悲观派。

"这是一个 Miracle，"当人家询问到他的意见的时候，他说，"谁也不知道政府要作些什么。"

投机家叶德丰对于这个问题特别感觉兴趣。抗战以来，标金市场没有了，证券市场没有了，纱布交易所也没有了，他有多少的惆怅！他知道王一之的肚皮里装满了文章，虽然他不免也有一些牢骚。他巴巴结结的说：

"一之兄，我们都佩服你的学问，你的高见怎么样呢？"

"丰老，别恭维我！"一之拱着两只手向德丰讨饶，他说，"敝行里也指派我共同研究这个问题，可是我还没有什么'高见'。"

叶德丰显然有些失望。

"我以为要解决后方的产业资金问题和通货问题，"德丰不客气的发表起他的意见来，"应该创设两个市场！一个是证券市场，一个是黄金市场。"

"丰老的意见不错，"那个刚刚从美国回来的，漂亮的少年，大成银行的副理刘延年接着说道，"政府可以就这两个市场，充分地运用公开市场政策来收缩通货，调剂金融。"

"可是，"静静地坐在一角的李志松，一个贸易公司的经理却表示相反的意见了，"政府的目的应该是来稳定市场，而不是来搅乱市场。如果政府不愿意产业证券有暴涨暴落的价格，如果产业证的利润还赶不上市场利息，我想那个市场一定很冷落的。至于黄金市场，政府手里现在得到了很多的黄金，不错；这些黄金政府是准备拿来稳定币值的，也不错，可是政府绝不能很慷慨的拿到黄金市场来抛售。用什么价格抛售？怎样维持那个价格？这些都是问题。我以为这些问题不能解决，那个市场也会是昙花一现的。"

"那么你的意思便是没有办法？"刘延年很有些不服，愤愤的问。

"我的意思，"李志松慢吞吞地说，"我以为后方经济问题的关键，是一个物资有无的问题。"

"对啦！"叶德丰拍掌哈哈大笑起来，"志松兄，你们贵公司的货物，多抛一点出来得啦！"

全场也跟着哄笑起来。

在这间大客厅里，只有很少数几个人是在讨论他们那个厂和那个企业公司的。黄立齐有点烦躁似的在那儿坐着，郑公成黯然无声，他为这个景象炫惑了。他想那些都是些社会上层的人物，都是立齐的朋友，而自己只在一个小机器厂里混一点差事，给一个人做奴——"奴才"，他不知怎么想起这两个字，他觉得有些难受，他为自己卑微的地位感到局促不安。

立齐对那少数几个人谈了一段公司的情况，他对着一个穿长袍的胖子问道：

"友琴兄，你也是开机器厂的，你的意见怎么样？"

方友琴用他的胖手指按着一块汗巾在擦头上的汗珠。

"立齐先生，"他说，"您们那个厂是'大糟'，我那个厂可以算是'小糟'，这是我国整个工业界的一个问题，不是那一个厂的问题。"

"是的。"立齐说，"虽然是一个一般的问题，但是我们自己不能不想办法。"

"不瞒您说，立齐先生，"友琴低下声来，"我的办法便是'现实主义'。"

"你怎么办呢？"立齐很注意地瞧着他。

"不是什么好的办法，我的现实主义只是'拖'。"友琴眯着两只眼在笑。

立齐说：

"'拖'也得有拖的办法，我们那个厂似乎有点拖不动了。"

"不拖也没有办法，"友琴的话还是不能转到本题上来，"你要'干'么？只有赔钱。你要顶卖出去么？旁人也不是傻子。你要政府来接受么？政府管不了那许多；即便给政府瞧中了，他们也出不起价钱。你想，在这种情况下，不拖有什么办法？"

"我懂得'拖'的意义了，"立齐说，"我想请教你，你是怎么个拖法？"

"那是要看各个厂本身的情形来定夺的。"友琴又在擦着汗，这胖子的额上都是冒着汗。

"我们那个厂，"友琴说，"幸好还存得有点材料。我们每个月要五万块钱的开支，卖一吨钢板，便可以维持半年。我要他们把厂里到处收拾得整整齐齐的，只是不做工作，不谈生意。工人和职员，要走的，让他们去。不谈裁员，也不谈加薪。"

"唔——"立齐点着头。

"立齐先生，你说是不是？"友琴唠叨着，"我是学这个行道的，我也不能将它一古脑儿丢掉了。我还得等——等一个'转机'，您说是不是，立齐先生！"

黄立齐默默地点着头。他想方友琴的意见怎么跟自己不约而同呢？真是所谓'智者所见皆同'，他的脸上露出一些会心的微笑。

丰盛的宴席快要告残了，有些客人在准备拿起他们的帽子。黄立齐谦恭的站了起来，他报告了今天聚会的目的，他请客人们稍坐一会，对于公司和厂的事情加以商讨。

"诸位朋友，"杜大伦站了起来，笑嘻嘻的望着大家，"我兄弟的意思，这件事情只好麻烦立齐兄草一个决议，让我们大家签字便得了。我们都是追随立齐兄的，对不对？"

客厅里响起了一片赞同的欢呼。

立齐想要继续站起来说几句话，他给叶德丰拉住了。叶德丰站起来，大声的嚷着：

"拿笔来吧，拿笔来我们签字吧。"

郑公成早已取过那本会议录，送给那些酒酣耳热的人们一个一个地签字。

主人很谦恭地将那些客人送走了。他一个人回到大厅里来，燃上了一枝烟。

八

就在黄立齐召集董事会的那个下午，顾频独自过江来了。他在那些扰攘的街头乱走，他不知道自己要到哪儿去。这庞大的城市对他好像十分冷漠，他忽然发觉，在这城市里，他没有一个朋友。是的，他的朋友应该说是很多的，便在这一条充满了巍峨建筑的大街上，如果他欢喜随便推开那一家的门，他一定能够找到一个朋友聊一阵天，消磨一段寂寞的时光。

——我为什么要去瞧那些人呢？

他想着。那些为着自己一点小小幸运，便那么沾沾自喜的人，我要去听他们升官发财的消息么？那些暗暗地在生活的铁鞭下发抖的人，我要去听他们的怨艾么？他觉得这一切对于他都没有关系。他没有耐心去同这一些人厮缠。

他也想到自己有好几天没有瞧见白蕾了。她现在怎么样？怎么那天天从电话里传来的声音，愈来愈忧郁了似的？还是自己有着一个忧郁的心情呢？怎么她给我的平和到那儿去了？是我没有瞧见她的缘故么？

他一个人在路上发了一些呆呆的疑问，他自己不能解答。他几乎顺便跨上了那辆开往沙磁区的公共汽车，如果不是黄立齐的请帖在他的心上闪动一下影子。

他不自觉地向一个幽深的巷子走去。

他是去拜访一个老人。

在这嚣嚣的市廛里，埋伏着这样一个古怪的老头儿，他觉得是不可思议的事。

他同这个老人的认识是很偶然的。

有一天夜晚，没有星也没有月亮，他从江对面过来。在漆黑的沙滩上，他发觉一个似乎喝醉了酒的老头儿在他的前面跌倒了，他扶了这老人起来，而且送了他回家去，于是他们便成为朋友。

那老人有着一头萧萧的白发，一张在酒后非常红润的脸，和满面春风似的笑容。他的脸上的皱纹已经很深了，而在这老人的全部形态里，那些皱纹似乎是一些很柔和的曲线，一些令人感觉得和霭与亲切的线条。

可是这老人却似乎是很孤寂的。在顾频常常去的那些时间里，除了有一个有怪脾气的老听差而外，他就没有瞧见有第二个人来过。

他有没有家庭呢？他有没有职业呢？在顾频的心里虽然有过这个疑问，可是他一直不曾向他问过。

他给这个青年人的是一些宁静，一些不关天下大事的闲谈，一点少量的酒和酒后的诗，一些好吃的杂碎和一些在顾频是一知半解的《易经》和《老子》。

他是一个追求精神生活的人么，为什么要掉在这万丈红尘里？他是一个伤心人或失意人么？他的面上瞧不出一点怀念和悲伤。他是一个现代的道家哲学者么？川西的青城山已经空寂了多少年代了，为什么还要踯躅在这恶浊的重庆街头？……

算他是一个古怪的老头儿罢。顾频想管他那许多干什么呢？

他真欢喜写诗。顾频到这儿，念诗成了他的主要工作之一。他每次来，每次都能够读到老人的新作。那些诗，冲淡悠远，和煦近人，给顾频一个新的天地，他不自觉的喜爱她们，正如他不自觉的喜欢了这位老人。顾频对旧文学的涵泳是很浅的，而对于诗韵更只有一知半解的知识，老人教了他一点诗韵的理法，在老人的督促之下，也胡诌过几首歪诗。

"你的诗虽欠工稳，"老人说，"但是苍凉哀怨，有绝世之音，很像出之于一个怀才不遇的才子的手笔。"说后格格地笑了起来。

顾频觉得自己既无才，也没有什么"遇"与"不遇"的感觉，从此他不再写旧诗，老人也不再强迫他。

他们的友谊是这样冲淡，和谐。

他瞧见老人独个儿坐在窗前，用他苍劲的手笔，在描摹一本汉碑，他的出现给予老人以分外的欢喜。

"孩子，你有多久不来了。"老人停下笔来，瞧着顾频坐到他常常坐的一张软布椅上去。

"我出去了一趟远门。"顾频说。

"你便回来了？"老人不在意的回答着。

如果在平时，他们的谈话会暂时停顿下去，老人将仍就回转去继续他的工作。今天老人似乎更高兴一点，他给顾频一枝烟，这放在桌子上的烟，本来顾频是会自动去取的。

老人瞧着顾频一会儿，顾频没有说话。

"孩子，"老人忽然打破了沉默，对他说，"你似乎心有所恋。"

说后格格地笑了起来。

"你是说什么'念'呢?"顾频回答着，"是'怀念'或'耽念'的'念'么?"

"不是的。"老人仍旧在笑。

"那么是爱恋的'恋'么?"

"哈哈，哈哈——"老人大笑了起来。

顾频故作镇静。

"老伯伯，你真是多才多艺，"他说，"你几时又变作一个'相师'了?"

"没有错么?"老头儿有意给这个年轻人开玩笑。

"何以见得呢?"他也想考验老头儿的本领。

"别瞒我，你的两目凝视不动，皮色中忧里带喜，喜里渗忧，不是有所恋才怪!"老头儿说后仍然在大笑。

他也跟着笑了起来。

他走出了那条幽深的巷子，遥直地向停车场走去。黄立齐的请帖，什么开董事会的通知，都在他的脑筋里撕碎了。为什么要去听那些闲话? 为什么要在众人之前低下我的头来，让他们摆布? 他想: 老李真是一个痛快的人，这一切都让他们去处置吧。中国的工业，一个赤手空拳的穷小子能干得了什么? 个人的事业，那些血汗，那些紧张的日子，那些兴奋的心情，又算得了什么? 让它去吧，一古脑儿丢给黄立齐，让他去解决吧。

那个时候已是薄暮了，山城里到处燃上了昏暗的灯光。他觉得他的心境忽然开朗。校车里挤满了人，充满了声音，空气真生动。那些年轻学生的脸，好像充满了欢乐与无邪的脸，多么叫他怀念啊！虽然要他怀念起的是一个冰冷的学生时代，他想，如果现在要回头去十年，他的学生生活一定要过得快乐一些。这些孩子们不都是很快乐么？

他下了车，随着那群人在黄土乡路上走着。天色已经黑暗得令他分不清方向。他的周围充满了笑的声音，歌的声音。在那些渐近了的平原与山间，闪光着满天星斗似的灯光。那些光亮下有多少年轻的心，欢乐的心，在向他们那个未知的世界，展开憧憬与希望。

白蓓在今夜似乎更美丽一些。她穿着一套淡青色棉质的西装，他瞧着那跳跃跑来的样儿有多少欢喜。她的眼睛更有光彩了，红红的脸蛋儿上燃烧着爱情，像诗人们所说一般的燃烧着爱情。

"频，"她说，"你这么悄悄地来了，真叫我欢喜。"

他瞧一瞧会客室里其他的人，他只有静静的微笑。

"你来得真巧，"她没有理旁边的那一些人，"今夜我们学校里还有一个音乐会呢。"

"那真是巧事了，"他说，"谁在帮助我有这样好的运气？"

他们慢慢地走出来，在那些人影幢幢的学校里宽广的园地上走着。

"频，"她说，"我就担心你太忧郁，你像老是丢不开你那万种闲愁似的。"

"不，我已经丢开了。"

"你们男子就爱追寻什么事业。一个人缚紧了脑袋，事业便会成功么？"

"我的一点小小事业已经失败了，我也准备完全丢开了。"

"失败了，你便懊恼么？"

"不是懊恼，我不是对你说过我没有懊恼和悲伤么？"

"那你为什么不抬起头来，你不想再创一个？"

"有那么轻易么？一个人的心情就像一个人的生命，一个人的生命只能够死去一次。"

"你为什么把'再创'的意义看得那样狭？"

"一切不都是一样么？"

"什么是那'一切'呢？"

"我最近重读了屠格涅夫的《烟》，烟，一切都是烟，我仿佛也有了那个心境。"

"从小说里去找情绪么？"

"如果屠格涅夫摄取了这时候我的故事和心情，那更是事实，也是小说。"

"如果你那个心情是可以改变的呢？"

"呵呵，"他说，"怎么人们已经在向那个大厅里拥了呢？"

他们瞧着那个挂满了电灯的大厅，墙壁上贴着一张画了音乐符号的广告。

在音乐会里，他像经历了一场梦境。云的变幻，风的飘拂，树叶儿的颤抖，雀鸟儿的歌唱。山间盖上白雪，大海里来了风涛，那是一个牧羊者在追赶他咩咩的羊群，海上的舟子无可奈何地望着他们可怜的飘蓬。忽然万籁俱寂，星月朗照，飘来了施伯尔特的小夜曲；忽然金鼓齐鸣，旋律里闪动着威廉退尔的银光箭簇……

他们从音乐会里出来，白蓓是为那些美妙的旋律迷醉了。她说：

"颎，你觉得今晚的演奏如何？"

"很不错，"他说，"在那些声音里给我们展开了一个广大的世界。演奏也很好，这个交响乐团在重庆是很负盛名的。"

"是的，"她说，"我陶醉在那些声音中，我也想到我的身旁还有一个充满了忧郁心境的人。那些多变换的节奏像给我一个启示：

我知道一个人有了忧郁也只是一时的，就像一个旋律的替换，他将重新看到光明，是不是？"

他们已走出了校门。路上有昏黄的路灯混和着月光。白蓓挽着他的胳膊，转过脸儿来问他一句：

"是不是？"

他像是微笑着轻轻地在点头。

他们走过了很长的一段道路，白蓓絮絮地叙述着她的学校生活。她已经快要毕业了，她对于未来的生活有无穷的幻想。

"频，"她说，"你那样似乎很烦恼的心情我是不能理解的。你告诉我，一定要告诉我，我想你有许多事情一定没有同我谈过。"

"我第一次见着你，我便讲了许多话，"他说，"我真惭愧，我不知道怎样脱口而出的，我是要求赢得你的同情么？我不记得我说了多少话了，我讲了些什么了，我的事情好像已经全部对你说了。"

"就是从你的话，我瞧不出来你应该烦恼的理由。"

"是的，那都是一些卑微的事件。"

"不是的，我不是说卑微！"她摇着头，"你是太理知，太过于信任自己的知识了。"

"你也许猜对了一点。"他说。

他们都惋惜今晚的时间太短暂。他在昏黑的街头找到了一部回到城里去的马车。

九

黄立齐用最高的礼貌接待这位前来拜访他的傲岸的青年人。他慰劳他远行的辛苦，询问他沿途的平安，而且抱歉着自己两次宴请的时间都是那么错误，不会使他要欢迎的客人赏光。房里似乎太热了，他将那桌上的风扇向他的客人移近一点儿。这屋子是幽静的，压在七八层钢骨水泥的大楼下面，顾频也觉得是有一点使人气闷的。他肃静的坐着，如果不是他的忍耐要他十分安静，他也许会一步跑出去，向那高高的天空，大大地呼吸一口气。

他的严冷的肃静几乎使立齐不能忍耐了。他想：那儿有这样倨傲的青年人？他实在看不出一点像这样一位平凡的青年有什么骄傲的理由。他做过什么了不起的事么？他有过什么了不起的成绩么？没有，一点也没有。就算他多读了两句书吧，写了两本什么不通的经济学书籍吧，那也是平常得很。社会上多少傻头傻脑的书呆子，写过汗牛充栋的多少坏书，只差了一个顾频便不行么？就算他是一个刻苦耐劳，发奋有为的青年吧；刻苦耐劳不一定便是成功的条件，发奋有为还须有人提拔。咳，立齐想着，这位骄傲的青年实在令人不可思议。如果是一个自己的部属，子侄或弟兄，他一定会痛骂他们一场，然后把他推到露天下去，让太阳和风雨去给他大大地冲洗一下，看以后是否可以救药。

而那泰山一般巍巍雄峙着的顾频却在想着：你这朵暖房里的鲜花，你这匹漂亮的骏马，觉得沾沾自喜么？让那些更有钱的人们把你提到人前，说这是为我服务的一个忠实的能干的奴才，炫目而美丽的装饰——你有着多么好听的一个头衔，"富华银行总经理"，你觉得光荣么？而且你又有一个多么卑劣的心思，为了自己的享受，想刮几个钱，剥夺一个小厂，玩弄一群跟你走的小家伙……

如果他们两个都将所想的，像球赛一般的，互相不顾一切的向对方掷出来，包管这小小的房间立刻会天翻地覆。可是他们都很安静，立齐又得为一些电话和来人所扰，他们相互等待着对方说话有一段很长的时间。

"济心兄，"还是立齐先开口，"我们等你归来有很久了。关于我们那个公司的事，都候你归来，作一个决定。"

他说后向着顾频璨然地微笑着，那种笑无疑地是诚恳的，亲切的；顾频也报以微笑。

"立齐先生，"他说，"公司的事，有你主持，我们都觉得受益不少。我们愿听你的指挥。"

"而前天开会你又没有到，"立齐继续着，"我们都觉得歉怅得很。"

"你太客气了，立齐先生，"他诚恳地倾诉着，"我读到你们的决议，我是遵从大家的意见的。我觉得决议的办法很好，我没有什么意见。"

立齐感到一点怅惘，不知怎么他对于这个青年起了一点怜惜的感觉。他觉得只要这个青年肯稍稍——稍稍把那过分仰高了的脑袋向下低一点儿，他应该为这个青年伸出援助的手，这决不是一个庸俗的奴才。他也想到自己那一片惨淡奋斗的历史——从学校里出来以后，碰了多少年的铁钉，还是茫无头绪。如果——咳，是的，如果没有某先生的知遇，自己还不是掉进那黑压压的一群里面么？那黑压压的一群里，不知埋没了多少有为的天才。他越想越有一副慈悲心肠。

"那么，我们怎么履行那些决议呢，立齐先生？"顾频在问着。

"是的。"他回答着，他的话愈来愈温婉，"我的话还没有完。我们那个决议，是在慎重研究以后，想出来的一个不得已的办法。我们的意思并不是要根本把厂结束！"

"我觉得根本结束了比较更好。"顾频说。

"不，你慢着，济心兄，"立齐继续说下去，"我们整个公司到现在是亏损了五六百万元。这个数字，虽不算多，也不能说少。有我黄立齐在，我们总不能让它倒闭。我——"

"厂的方面，"顾频说，"据我的估计，似乎没有大的亏损。"

"是的，济心兄，"立齐仍旧委婉地说下去，"我们是一个公司，我们不能拿厂与公司来分家。改组公司以后，我们的运气不好，我们第一次生意便有了点亏损。你知道最近市场的波动——"

"公司所作的生意，为什么账上没有记载呢?"顾频有些不耐，他的话渐渐强硬了。

"别那么说，济心兄，"立齐稍稍停顿一下，他似乎在思考。"你知道，我主张做的一点买卖，完全是为了想给公司打下一点基础。各种税局查账是那么利害，我们不能将每一笔账都记上去。即是承大家信托我，可以说，一切的账只须要我知道就得了。而且——"

顾频有点不愿意听下去了，可是他没有方法走开。

"而且，"他继续的说，"一切的款子都是我负责去借的。我不能借这么多款子说是为我自己用，是不是，济心兄?"

"这些我都在会议录里读到了，"顾频焦灼地说，"现在怎么办呢?"

"现在——"立齐跑过去接一个急促的电话。顾频惘惘地望着窗外。

"讨厌的电话真多!"

立齐跑了回来，他咒骂着，坐到原地位上去。

"是的，我们说现在的办法，"他继续地说着，"济心兄，我们要知道，目前工业的衰落，是一个整个经济界的问题。我们不能不顺应环境。"

"那么，整个结束下来不是很好么?"顾频总凑和着他的口气。

"虽然是顺应环境，"立齐有点厌烦顾频对于他说话的阻挠，他解释着，"我们总还得利用环境，等候环境。济心兄，你知道，目前的世界战局，苏联和英美还正跟德国扭做一团，鬼子的力量也还存在。这个战局不是短时间能够解决的。所以我对于物价的看法——"

"是的，"顾频说，"你的分析很不错。这个理由，不是我们更可以早一点把厂搁下来么？"

"不，你别打断我的话，"立齐说，"我们的意思并不要完全搁下来。我们的意思只是要暂时的，部分的停下来。因为这个厂对于我们通融资金方面有相当的作用。所以我们的具体办法是，把厂房打扫干净，少做工作。只把修理部分留下来，让他叮叮当当地每天有几个人在那儿敲打。我们要把大部分的力量转移过来——"

他说到这儿顿了一顿。

"你知道，济心兄，"他继续说，"我们的亏损不能不填补。所以我们要把力量转移过来做一点谋利的事情，做一点生意。而你老兄——"

"立齐先生，别提我好么？"

"不，济心兄，我们总得为朋友设法。我们大家都想问你，都希望你继续合作。我们都诚恳地希望你仍旧负经理的责任。"他很诚恳地瞧着顾频。

"希望你原谅我，"顾频恳求地说，"我没有力量担任下去。"

"我们也曾想到第二个办法。就是正式的把贸易部成立起来，"立齐一面瞧着顾频的面色，一面很审慎的说下去，"如果济心兄十分没有兴趣做生意，这一部暂时就由我兄弟兼领下去，让郑公成来跑一下腿，你以为如何？"

"是的，"顾频说，"这个办法倒是不错。不过，求你原谅，我任何职务都不能担任。"

"不能如此，"立齐坚决的说，"这个厂是你创办的，你费了多少心血，我们决不能让你走开。"

"立齐先生，希望你不要把我缚住！"顾频立起身来，他在伸手取着帽子。

"济心兄，你考虑一下也好。我们再谈。"黄立齐热忱地握着他的手，一直送他出门外。他们相互微笑的道着"再见"。

他回到了厂里。他瞧着那些从幼苗长大的白杨树感到一丝怅惘。厂里静悄悄地，那些叮叮当当的声音敲得非常寥落，似乎不待黄立齐的计划，早已自然演化成了这个状态。他瞧见老李从甬道上走来，精神焕发地向他招呼。

"老顾，"老李喊着，"我告诉你，我的太太来了一封信。"

"怎么样，养了个团儿么？"

"她养了一百只小鸡，现在有九十五只在生鸡蛋。"

"那可太美满，她给你送了一点来么？"

"不。我要回去，送来的不够新鲜。"

"可不要忘了给我带几个回来。"

"你么？同我一道下乡去吧。"

老李走了拢来，他向顾频耳边轻声说道：

"我明天便要走了。"

顾频觉得那一丝的怅惘好像飞散了，他向天空中重重的吐了一口气。

十

他的心情慢慢的沉重了走来。那些痛快的念头只是一霎时的幻象，抛弃一个事业也究竟不能拿抛弃一只破皮鞋相比。在这个事业里，曾经埋葬了他的生命的一部分，也永远地埋葬着一个发出光亮的希望。而今这希望是破灭了，他怀疑自己的能力，也怀疑着自己对于这个社会还需要什么，社会对于他又需要一些什么。

他们在一条美丽的溪流里荡着一只小船，溪水平静地，悠悠地向那些曲折的山谷流去。白蓓瞧着他黯然无语的神情，她说：

"频，你得把心情放宽阔一些，你还在想着你那个厂么?"

"是的。"他说，"当我第一天决意不再到那个江边的屋子里去，我像从一个长途归来，我大大地喘了一口气。第二天我感觉一点寂寞，第三天我竟至有些怀念。"

"如果那是一个值得怀念的东西，你便不应该放弃!"白蓓呶着嘴说。

"不是，因为不是我自愿放弃的，所以我有一些怀念。"

"那么，你是因为被一些野心家排挤走了，便感觉气闷?"

"也不是的。"他很侃切地回答。

"或者因为你太老实，对于自己不能应付他人奸诈的手段，便感觉失望而沉闷。"她真欢喜研究旁人的心理。

"我确实曾经这么想过，"他缓徐地说着，合上手里拿着的一本书，"跟着我发现这个思想也是不对的，对于我们那个小厂，即便历史上那个欢喜弄权的人复生，请他到那儿去，我想也必定会感觉一筹莫展。"

"那么你是有点怪这个社会?"

"呵呵，别管他吧，我没有怪谁。"

他取过了船夫的木桨，在那静静地水里向前摇着。

他们到了温泉，那一些时间是很快乐的，他们在小温泉那个露天的淡水池子里游泳。池子里人很多，都是一些健康的快活的少年。顾频的游泳很好，他常常帮助那些还不能浮在水面上的初学游泳的人。白蓓真快乐，她像回到了海天苍茫的故乡，她一会儿不知游到那儿去了，一会儿又从水里露了出来。顾频有几次钻到水里去找她，她像一尾轻捷的鱼儿，捉到了又从他的手里滑掉了。

白蓓扶着池子旁的铁栏杆，她的两只脚哗哗地在水里划着。她瞧着顾频努力地在扶一个不会游泳的胖子。他的手捧着胖子臃肿的身体，一个不小心，胖子跌到水里去了，溅了他满身的浪花，她不禁大笑了走来。

"频，"她喊着，"捧着他的下巴！"

顾频从水里站了走来，湿淋淋的两只手还在拢那个胖子。

"你瞧，"他说，"他的下巴真滑，像一只鸡蛋。"

胖子不好意思的从水里站了走来，用他的胖手在抹发上和脸上的水珠，他说道："不干了，不干了。"

他舍弃了那个胖子，游到白蓓的旁边来。

他的脸上在这时没有那些沉思的凝重的表情，充满了红润的年轻的光辉。她是第一次瞧见了顾频的健康，活泼与勇敢。

"频，我希望你以后永远像今天一般的快乐。"她说。

"是的。我觉得有两个真能忘忧的境界。"他说。

"哪两个呢？"

"一个是钻到水里，甜密密的水里。一个是同着比我更年轻的孩子们在一块儿玩。"

"不怕羞，"她说，"你有多大年纪了？一个不过三十岁的人。"

"你觉得什么是快乐的境界呢？"

"我觉得只有一个。"

"一个什么呢？"

"一个快乐的心。"

他望着她有些腼腆，他又钻到水里去了。

晚饭后，他们在村外散步，不觉已走上了一座小山。村落给抛得远远的，月亮很好，他们依稀还瞧得出村中山脚的一道白石小桥。一些微弱的，舒缓的号角声传到山里来，很悲肃。他们在一片林荫里停下步子。

"白蓓，你瞧见那些桥么？"

"我们是从那儿来的。"

"是不是有点像公路上的景致?"

"是的。真奇怪,世界上有多少的小桥,可以能到多少辽远的远方。"

他为她偶然说出的这几个字,陷入沉思。

"你的想像真好,"他说,"我们经过了多少小桥,我们那儿会想到它是通往远方的道路?"

"是呵,"她说,"我觉得你那么忧郁,好像一天也不能生活下去似的,人间的路不是很多么?"

"你这一句话,没有第一句聪明了。"他笑着。

"你真会挑剔,"她说,"你是说路虽多,有许多却是不能走的,是么?"

"你太聪明了,我不能同你辩论。"他抱着她,吻她。

他们靠着一株树坐下。那儿可以望见辽阔的田原和濡浸在明月里的渺茫的远方。

"我就只有一个信念,"白蓓说,"我觉得许多没有到过的地方都是美丽的,值得追求的。频,你如果在这个城市里住腻了,你的环境已为你厌恶了,你不是很可以换一个环境么?"

"到哪儿去呢?"

"到远方去。"

"是的,远方。"他幽幽的说,"我曾经到过若干远方,我到过荒原里去捡贝壳。"

"频,你别尽是念着那些往事,"她的两手抱着他的颈,她的眼睛发着亮,"我告诉你一个'远方',那儿充满了爱与温暖。你不必生活得提心吊胆,你只要捡你爱作的工作而工作。你不必想,不必想得太多!"

"Babe,你要带着我到那里?我告诉过你,我是不能上天堂的人。"

“那么，入地狱不也是一样么？”她热烈地抱着他说，“我自己也不知道为了什么，我爱你！我要你信任我，天堂与地狱，为了你的寂寞，我愿同着你一块儿走。”

树影飘拂着，在他们拥着的身上，撒下了一些月光。

他们在攀登一个碉堡。

那个在寒冷的月光下显得很孤零的碉堡，是在国内战争时期，建筑起来的。碉堡荒芜了，从那条窄狭的扶梯上，铺着一大片月光。堡上本来只有一些很小的枪洞，经过悠久的岁月，土墙已坏了，变作很大的窗口。

他们坐到那楼板上去。

“这儿很好，”顾频说，“我们在这儿，听不出一切声音，看不见一切人，蓓，这真是一个理想国，是不是？”

他笑着，他的笑出自衷心，她感到一点酸楚。

她用手轻轻理着他皱了的衬衣，像一个小母亲似的爱抚。她说：

“频，别那么厌恶人。可怜，你的情感是歪曲了的！”

他吻着她，他说：

“你给我的是太多了，蓓！我多么寒伧！”

他们默默在望着远方的天外。

“你相信我的么？”她说，“我瞧着你住在这个污浊的城市里是太可怕了，你多么厌恶那些人，那些环境！我劝你，你要信任我，你离开吧！”

她瞧他低着头，没有回答。

“频，你答应我，我愿意陪同你，我们一块儿去吧。”她是很沉着地，确信地说下去，“别懊恼，频，像今夜一般的，我愿意永远随着你，我们到一个新的地方去吧。”

他的眼睛是怀疑的，他几乎不能相信他所听到的字。

"蓓，那是一个可怕的冒险，"他的话很低沉，"你考虑过么？"

"我考虑过了。"她的话为什么那样轻便呢？"你有决心么？"她问。

他仰望着，他像在思索一些什么。

"你不能决定么？"她说，"我知道了，频，这便是你苦恼的来源。"

"不！"他决定的说，"我爱你，蓓，你知道，我在世界上没有爱过第二个人。我自己充满了错误，我不能要你跟着我陷入错误的深渊。"

他歇了一下。

"你刚才的话也许是没有经过考虑的，是么？"

他紧紧地瞧着她，她的目光凝视不动，一直听完了他所讲的话。

"你一定有许多挂念。"她说。

"这个城市只叫我厌恶，你说过了。"他说，"我没有挂念。至于我的妻儿，一个人是会去寻找他的合理生活的，我也不必十分挂念。"

"那么你为什么不能决意呢？"

"我预感到那是一个不幸，"他惘然地说，"为什么我再要制造不幸呢？"

他们沉默了，沉默地瞧着远方。

十一

山中是寂寥的。淡淡的日影从阶沿移上屋角，他又撕去一张日历，他知道他自己年轻的岁月是在如此消磨，他第一次感到了被工作抛弃的滋味。他是很爱工作的，在那个小小事业草创的时期，一字一信之劳，一草一木之微，他都愿意亲自操作。而今他只能寂寞地望着悠悠的岁月，让自己一天一天的撕碎。

他读了许多的书，他常常愤怒地从书中抬起头来，他觉得让自己活跃的生命埋葬在这些空冷的古籍里是太残酷了。他也不愿意去到那个污秽的城市，他觉得让自己钻进那个圈子里去，对于精神上是一个残酷的刑罚。

在急雨荒苍的山中深夜里，他常常为不寐所苦。那个古怪的老头儿，知道他闲居山中，忧烦万端，特地寄赠他几首诗。在这些不寐之夜，他翻读起来，别是一种滋味。其中有一首似乎特地为他选择的：

驹隙荣枯当淡泊，心平恩怨渐模糊；

未能学易先思过，易地推敲识坦途。

这个意境使他想念起那个慈祥恺悌的面容，可是他从哪儿去获得那种雍穆和煦的胸襟呢？他不能无恩怨。他也易地推敲了，这个堕落的社会充满了罪恶与仇恨，他不能宁静下去。他想着：如果他能获得那种雍穆和煦的胸襟，也许自己会很安详，但是也许会便是自己的衰老，他的血流不是还在激荡他内心的怒潮么？他知道自己不会衰老，也无法勉强衰老。

有一个雨夜，他读厌了那卷顾亭林的《日知录》，静静地靠在藤椅上。急雨扑窗，孤灯摇曳，虽然夏天还未逝尽，很有几分秋的萧瑟。他的妻放下了手里的工作，坐在对面，她说：

"频，你别瞒我，我知道你的经济情况很不好，你又不欢喜到厂里取钱，你为什么还留我们在这儿？"

"总还可以拖一下吧，"顾频说，"以后的事我们再商量。"

"不！"她坚决地说，"我不能够拖累你。我知道你是不愿意回到家里去的，我们走了，你可以随你的意思做你的工作。"

"你是不是鼓励我离开重庆？"他联想起白蓓的意见。

"随你的意思，假如你以为离开重庆的好，随便那儿，你去吧！"她还是那么坚决的。

他想着，为什么女人们都有一个好心肠？

"如果我另外爱上了一个女人呢？"他微笑着，他觉得她的坚决的空气应该和缓一下。

"我不相信你有那种心情。"她也在微笑，"假如你真的爱上了一个女人，你爱去吧！"

"为什么呢？"

"因为你太忧郁了，能够给你一点兴奋的事，不至于对我是不快的。"

"你不爱我了？"他扮一个鬼脸。

"不，我是爱你的，"她说，"我知道你对我没有什么爱，可是你待我很好！"

像听到了那个女孩子第一次对他说出那几个字一样，他的眼泪几乎夺眶而出。他的在家庭的冰冷的情绪，给一个女子多少创伤？卑微，他感到自己的卑微。他不能在这儿再说下去了，他只有以沉默来躲藏自己卑微的情感，在这里，他觉得他的妻像一个圣母。

"你别挂念我们，"他的妻继续说，"开拓你自己的事业去吧。在我，孩子便是我的一切。"

"嗯嗯……"他模糊地应答着。

顾频送他的妻儿上船，那是一个很好的月夜，时候已接近中秋。他离开了她们，独自乘了一艘小船上岸来。在这一段时候，他的心情由平静，悲楚，转而为苍茫。他爬上那高高的石级，都市里正有一个热闹的初夜，大街上电炬辉煌，行人如织。他是孤另的，在这大都市里他变为孤另的一个人；他似乎也有点轻松的感觉，那是一种笼罩着渺茫的轻松。他向哪儿去呢？

他漫无目的的在大街上走着。他遇见了好些熟人，在这些熟人中，有的邀他去玩牌，有的约他去看戏，有的请他去谈天，他都没有去。他摇一摇脑袋，扬长地向前走去。

他走进一间咖啡店。

什么叫着咖啡店呢？一大堆人，一大堆声音，一大堆烟雾。他们喝着白水冲的牛奶，只为的是这儿多有几个女人。那些咿咿呀呀的留声片哼的是些什么？那些人在谈一些什么，追寻一些什么？废话！他走了出来。

他走过一个广场。也是一大堆人，一大堆声音，一大堆烟雾。那个扩音机里的嘶哑的嗓子在叫喊一些什么，他没有理会，他走了过去。

他站在那个荒芜的叫着什么公园的，高高的石梯上，望着雾濛濛的天外。

那儿是一条江，江的对面有万家灯火，有层层高上去的山岩，有些幽森的树林，有他的寂寞的居所。

他回头来，仍旧向那茫茫的人群走去。

那个看屋子的茶房很客气地让他进去了。

"顾经理，你还没有回家？"

"黄总理已经走了么？"

"走了很久了。"

"是的，"他说，"我知道他这时不在的。"

"你要给他留个条子么？"

"不，我只要借打一个电话。"

他坐到那个面着一块大玻砖的办公桌前去，茶房退出去了。

他摇了几次，电话的对方总是咕咕咕的，似乎有一个缠绵的女孩子在抱着讲情话，总是不肯让出来。

"大学村么？"他终于接通了，"东院二十七号，请你帮我请那位姓白的小姐。"

"已经睡了。"那声音是弱弱的。

"不，你得去请她，人家有急事！"他命令似的说。

"已经睡了。"那声音重复了一遍。

"告诉你，"他着急的说，"人家有了不起的大事。"

"……"

他听到一些呼唤的声音。他拿着听筒，他很平静，他有耐性地听着。

"我猜着你是频，你是频么？"那熟悉的声音来了，他心花怒放。

"我是频。呵，Babe，我告诉你一件了不起的大事。"

"什么事呢，你快说！"

"我要你猜！"

"别要我发急吧，你说，你快说好了。"

"我决定了。"

"什么决定了。"

"我们到远方去，我决定了。"

"真的么？叫我真快活！"

"我告诉你是真的，我刚才决定的。"

"你在哪儿呢？你怎么决定的呢？"

"我在黄立齐的办公室里。黄立齐，我告诉过你的那个人，你知道？"

"你怎么在那儿，是你自己决定的么？"

"当然是我自己决定的。"

"你怎么又跑到那儿去？"

"这儿没有人，不是一样么？蓓，你不相信么？"

"我相信，你的话不容易说一句出来的。"

"你不后悔么？"

"我不后悔。你不要又想出一些什么枝枝节节的问题。"

"对了，我没有想。我现在脑筋里只愿意简简单单的放一个信仰。"

"信仰？"

"就是说，信仰你的爱。你爱我么？"

"我爱你！你呢？"

"我爱你！"

"再说一次。"

"我爱你！"

"你的声音很坚定呢。我真快活！"

"蓓，你不是快毕业了么？"

"别管了，那张废纸拿来有什么用！"

"我们要不要计划一下？"

"你计划了么？"

"我没有仔细计划。我想不管我们的工作是卑微的，伟大的，我们总得为我们的民族，做些切实的工作。"

"对了，我们要工作，不只是憎恨！频，你还厌恶人么？"

"你是说那些人呢？我的心地现在豁然开朗，恩怨分明。我自然还是有憎恨，可是也充满了爱。"

"我担心你，频，别要把憎恨变作懊恼，把懊恼变作颓丧！"

"你是说，我有一个懦怯的性格么？"

"我不相信性格是天生的。你过去太忧郁了！"

"喂，我们怎么在开辩论会了呢？你这时很好么？"

"你呢，你不是要睡觉了么?"

"我还要过江去。我觉得很快活! 我们再谈一会儿好么?"

"你那天说，人间的快乐境界有两个，现在要追加一个了，是不是?"

"深夜里给一个女孩子去一个电话?"

"你应该把三个变成一个。"

"一个快乐的心，对不对?"

"频，去睡吧，小心过江去。如果城里有地方，就住在城里。"

"我们明天会? 好的。你也睡去吧，晚安!"

"晚安!"

他从富华银行走出来，像在甜蜜的温水里浸了一次浴，也像在十五年前考取了一个什么大学，从拥挤的人群中看完了榜走出来，他觉得遍体宁静，思想单纯。夜已经很深了，街上显得冷静，他走下那一段到码头的石板坡向这个城市回顾了一眼，他想他已决意离开这个不愉快的地方。

满弦月正正地挂在天中，很清淡，很明朗，照出静悄悄的码头。轮渡靠拢了，乘客很寥落，寒夜的值事人们无精打采，似乎很倦怠。他走上渡船去，待在船栏边，江水在月光下起着一些微笑似的涟漪，他想，如果跳下去游泳一次，便是很有趣的。

乘客又多了几个，轮渡发出了一声尖锐的长鸣，开走了。

船尖冲着江水，翻起一些浪花。在盈盈的皓月下，那些浪花哗哗地，软软地，向悠远的江面散去。他不曾留意过这样的夜渡，这夜渡上充满了恬静的诗情。

他望着江面出神，忽然听到了一声"卜通"的声响，船沿上溅满了水珠，他的身上也溅满了水珠。

"有人跳水了!"

舱面上立刻人声鼎沸，混嘈一片。

顾频仿佛还记得，他的身旁站着有一个穿蓝衫的男人，这个人的形状容貌他都不曾注意，现在是这个人没有了：他为什么那样绝望呢？

轮渡很笨拙地想在中流停下来，驾驶台和机舱也是混做一片。

"起来了，起来了！"

船上有人在呼喊。他们瞧见一丈以外有一个脑袋冒了起来。

"递上篙杆吧！"

"啊，没有了，没有了！"

人们继续在患得患失地呼喊着：

"啊啊，起来了，起来了！"

"谁跳下去拉他一手吧，这个人不会淹死的！"

从船头上跳下了一个水手，那水手明明找错了方向。顾频是瞧见的，他不自觉的脱下了自己的皮鞋和上衣。

"你去么？"

顾频仿佛听到有人在问他，他已跃到了水里。

"抓着了抓着了！"

"水太急，呵，好艰难！"

"领江领去，往下开去一点吧！"

"行了行了！"

"递上篙杆吧！"

舱中充满了一片的喧嚷声。

十二

他病了。

他不曾想到九月的江水是那么寒冷，而他所热心救起来的那个陌生人又是那样一个根本不愿意生活下去的人。那天夜里，他从水中提起了那个湿漉漉的家伙，摔在船板上；那个家伙用茫然的眼睛望着围绕他的人，呕吐着，而眼里充满了泪水。

"我想我错了，"他对着白蓓说，"那个求死不得的家伙，我想他一定很怨恨我！"

"是的，"白蓓说，"你没有遇着就好了。你遇着了，不能不救他。"

"这都是些偶然，"他慨叹地说，"偶然里造成的错误！"

"别那么想，频，"她说，"虽然你因此病了，我还是赞成你的行为。人都是要活的，当那个家伙抛去了求死的糊涂思想，他一定感激你给他再生的功劳。"

他想着白蓓的话是对的，他没有再说下去。

他的山中居所很幽静，林子里树叶开始脱落了，风吹来，萧萧地有一些秋声。

"蓓，"他说，"我对你说过人生的快乐境界，现在我知道了一个最悲哀的境界。"

"是病么？"她问。

"是的，只有病才能真的折磨人。我想着有多少应该作，可以作的事啊！"

"你的病很快便好的，"她安慰着，"那天夜里我们在电话中谈得多高兴，只待你的病好了，我们很快地就可以实现。"

"是呵，"他说，"在我的生命中这是一个'再生'，我不是一个很爱工作的人么？而在我的过去，我抓来的只是一些个人的哀愁。我抱怨社会没有给我一个工作，我自己又不去找寻一个真实的工作！"

"你找寻过了，"她说，"你只是不能摆脱一些东西，顶坏的是你的忧郁！"

"是的，忧郁也是一种病！"

她走到他的前面，轻轻地吻着他的额，吻着他的微微发热的面颊。

"亲爱的，我可以医治你的忧郁病吗？"

她瞧着他，他是安静的，安静地露出一些微笑。她像一个小母亲似的坐在他的旁边。

"我很想望我们的远方。"他说，"我讨厌这次病！我给工作抛弃多久了，我应该即早恢复工作！"

他似乎很兴奋，他的话里充满了热情与梦幻。

"别性急，频，"她安慰着他，"你得好好的休息下。即使没有病，我也要你好好地休息一下。"

她摸着他的额，他的脸；她的手上感到很灼热，她有一个不安的心。

他似乎睡熟了，口里发出一些呓语。这个冷静的屋子是幽暗的，有些可怕的，正像他曾经描写过的一样，她燃上了四五支蜡烛。她翻着他的一些书籍，那些书是干燥的，对于她没有兴味的。她对着那放满了半间屋子幽森的书橱，那些颤颤飘闪的烛焰，她想着顾频的忧郁是有来源的：他有太庞杂的知识，所以他有太多的理知。

她仿佛听着他在唤一个什么名字，她走过去，她瞧着他的眼睛张开了。

"醒了么？"

她瞧着他的头不安地在枕上移动。他的眼睛努力地凝视了一会，似乎更清醒了一些。他说：

"我刚才睡着了，我好像做了很多的噩梦。我梦见过去一大片生活，虽然是那么平庸，我好像闻到了一些血腥气息，我的那些年轻的岁月是给人屠杀了的，给这个丑恶的社会！"

"安静些吧，频，别想过去！"

她的心里几乎要哭了出来，她拿什么来安定这个不安定的灵魂呢。

"我也是一个残忍的人，你知道么，蓓？"

他总不能安静的休息。

"不，你别说吧，"她说，"我知道你是一个良善的人，温柔的人。"

他的情绪平静一些，幽幽地说：

"我觉得你很像我的妻，因为妻也是最宽恕我的人。"

她知道他是真的病了。他不止患了肉体的病，他的精神上也充满了不安的东西。她怨恨着时间真是残忍，为什么不早一点儿天亮，不早一点儿给他们一些光明呢。她暗暗地祈求着睡眠能够给与他一点和平与安宁。

他的病愈来愈沉重了。

医生说他的病是由感冒转变为副伤寒，由副伤寒引起了肺炎。

那个良善的医生取下他的眼镜用手巾擦着，白蓓紧紧地望着他。

"这个少年真可怜，"他说，"他不知道他的肺部那样弱，在这入秋的天气，还要到河水里去玩，真是同生命开玩笑！"

"不，你别这样说，"白蓓抓着他的手，"他也是为了救人家才下河去的，你要救他！"

"是的，我知道，孩子，"医生说，"我当然要尽我最大的力量。"

她抓着他的手还是不肯放，急切的问道：

"有没有危险呢？"她的整个神经在等候着医生回答的那一秒钟内颤栗。

"放安静些吧，孩子，上帝保佑他！"医生说，"虽然我也应该告诉你，科学是没有慈悲的。"

她哭了起来，她嚷着：

"他不能死，他不能死，他多么爱生活！"

"是的，"医生抚慰着她，"你给他送到医院里去吧，到了医院里要好一点。"

她对于疾病没有一点经验，这可怜的人又没有第二个亲人。医生告诉她如果医院里也诊断他是急性肺炎，希望便很渺微。于是她把全部希望寄托到那最后诊断上去。

五天来，他也是十分消瘦，两眼凹陷下去，瘦薄的颊上露出高热烘托的红晕，有很多的时间都在昏迷状态里，他呓语着，不知说些什么，面上呈露着痛苦的痉挛。

在热潮减退时，他是清醒的，他的眼里飘着一些灰薄的光辉。他说：

"他们在说一些什么？我知道我是不行了。"

"他们说，你现在经历的一段病状比较沉重一点，"她说，"等这一段时间过了，慢慢就会松减的。"

"还有希望么？"

那灰薄的光辉在这一句话里显得明亮一点。

"别忧郁，你好好安养吧。"

她负起保护他的责任，虽然她的心里盘据着一些难堪的想像，她不能让他的想像只是威胁自己，她妥帖的送他到了医院去。

在那白色的小小的房间里，屏息着气，等候医师的诊断。

她站在医师的旁边。她瞧见他是安详的，他的两眼微微闭着，那正像他沉思的时候。她不能想像他竟至会有什么不幸，他是那么爱着生活，充满了生的欲望，是的，他不能，他绝对不能撒手而去。

医生是沉默的，这个高年的医生，她信服他，她想他一定能够拯救这个可怜的人。他致病的原因不是很微细么，而他的动机又是那么圣洁，他决不至于为着这样一点轻的病症，就丧失了他的年轻的生命。

她在那儿痴痴地玄想着，医生已经诊察完了，她随着他出去。

他们站在甬道上。

"病了几天了？"

医生沉静地问着。

"五天了。"她详细地告诉他那段病史。

甬道很阴暗，医生走到那近窗户的地方去，记录一些什么。

"小姐，"他说，"这病人在重庆还有亲属么？"

"怎么样呢？"她的心悬揣着。

"你最好通知他们一下。"

"很危险么？"

医生摇一摇头，他说：

"很有急性肺炎的象征，虽然还不能完全断定。"

她似乎不相信他的话，可是他什么也说不出来，她木然地站在那儿。

"别担心！"医生说，"情形不一定便是很坏。"

他慢慢地走出了那条甬道。

黎明是静静地到来的。先是一些不安静的生物慢慢地苏醒：鸟雀在歌唱，野狗在狺吠，雄鸡在长鸣。渐渐地来了人的声音：远方唤起晨操的号角，江上飘来汽笛的悲呼……苏醒了，苏醒了，一切都苏醒了，虽然在这一段时候，也有一个生命在静静地逝去。她站在窗前，晨风吹着她润湿的眼睛。她静静地瞧着远方：黑云向着微曦的天边潮涌，似乎想要堵塞那快露出的光明。渐渐地，渐渐地，太阳挣扎着出来了，鲜艳地，照耀着黎明的大地。

一九四四，一月六日脱稿。

选自甘永柏：《暗流》，文光书店，民国三十五年（1946）

郭沫若

| 作者简介 |　　郭沫若（1892—1978），四川乐山人，原名郭开贞，字鼎堂，号尚武，笔名有麦克昂、高汝鸿、羊易之等，现代著名文学家、历史学家、考古学家、古文字学家、社会活动家。小说代表作品有长篇小说《落叶》等，中短篇小说《残春》《牧羊哀话》《漂流三部曲》《阳春别》《万引》《一只手》《行路难》《湖心亭》《函谷关》《Lobenicgnt 的塔》《君子国》《骑士》《宾阳门外》《双簧》《金刚坡下》《月光下》《波》《地下的笑声》《鹓雏》（后改名《漆园吏游梁》）等，历史速写小说集《豕蹄》等，自传体小说《黑猫》等。

落　叶 （节选）

引　子

这是去年三月间的事了。

有一天晚上我正在校对一篇印刷稿的时候，静安寺路的 S 病院里有电话传来，友人洪师武君要叫我去和他见面，并且叫我立刻就去。

我接到这个电话的时候，惊喜得出自意外。五六年来连下落也不知道的洪师武君，竟公然和我同住在上海，这使我始终是疑在梦里的。

洪师武本是岭南人，他在日本和我同过七年的学，我们同时进大学的预科，同时进大学的本科，并且同是学的医学。不过他的医学刚好学满两年便没有继续下去，并且无端地隐藏了起来，五六年来我连他的生死存亡也不知道了。

如此长久不见的好友依然无恙地同寓在一个地方，并且要求我往病院去和他相见，我的想像驰骋起来了。我想他一定是现在的 S 医院的院长，他从日本辍学之后，一定是跑到欧洲大陆去潜修了几年，大概是在最近的期间内才回国的。我一心很祝贺我友人的成功，但同时也不免起了些怨意。我觉得他要到西洋留学，竟那样行踪诡秘地，未免也太看不起朋友了。

我心里为种种的追怀，欣慕，乃至怨意所充满着，但这种心绪的底流不消说自然是欢乐的情调。我自己虽是学医不成，近来愈见沉溺于文学，但我的友人有能在医界上做了一个成功者的，岂不是把我的一部分替我表现了吗？我自从接了他的电话之后，便把手中的事情一概丢掉，立地跑去看他。

但是我的想像结局是把我欺骗了。我所想像的医界的成功者，大医院的院长，却是肺结核第三期的患者，而且是病在垂危的了。

啊，那场悲哀的对面我是永远不能忘记的。

我到了 S 病院，问明了他是才入院的一位重病患者，我在二层楼上的一间病室里发现了他。他是睡在床上的，假使不是他急切地抬起半身来向我招呼，假使不是他的眼睛，黑得令人可怕的眼睛，还保留着五六年前的温暖的友谊，我是怎么也不会把他再认出的。

他看见了我，因为很兴奋地起动了一下的原故，立地便呛咳起来，把他土色的面孔也咳成了赭红，又接连吐了好几口红痰，好容易才又安定下去了。

他这症状一眼看来便可以知道是得了肺痨，而且我在病历牌上明明看见有"Tbc"①三字，这便是医生惯用的 Tuberclose① 的缩语了。这位医生我觉得不免有些过于疏忽。患着肺痨的人被人向他说明是肺痨，这是一种最残酷的宣告。这位医生，他虽然用的是西文的简笔，以为可以瞒过患者，但他没有想到患者是可以懂西文的人，而且是可以学过医学的呢。

洪师武渐渐呛咳定了。他就不待医师的诊断，他自己的医学知识早晓得他的病是已经入了膏肓，我就要去亲近他，他总要拒绝我，好像深怕我受了他的传染一样。

他的体温是增高着的，听说他在前三天才从南洋回来，他在南洋足足住了五六年之久。他在医科大学的第三年上突然销声匿迹地隐遁了的，原来才是跑到南洋去了。他为什么要跑到南洋，到南洋去又做了些什么事情，他都没有对我明说。不过他对我告白了一段他自己的悲哀的情史，这对于他的数奇的运命上是一个解释的关键。

原来师武也是一个旧式的婚姻制度的牺牲者。他在年少的时候，在国内早结了婚。不消说他是不能满意的。他十八岁的时候到了日本，因为结婚的失意，他有一个时期竟至自暴自弃起来，和一些魔性的女人发生过不少次数的丑恶的关系。不幸的是他在那个时期中得了一次软性下疳，两边的鼠蹊部发生两个极疼痛的肿疡，这假如是稍有医学知识的人，他立地可以断定，这并不是梅毒的征候。但是洪师武那时，他的医学知识还是等于零的，他自己因为行检不修，便深自疑虑起来，医生便乘机诈骗他，说他是梅毒。这使

---

① 作者原注：结核。

他的精神便受了莫大的伤痍了。

他痛悔他自己的血液永远不会澄清，他的一生之中永远没有再受纯洁的爱情的资格了，他有时决心自杀，但又回过念头来想把自己的残躯永远为社会服务。他因此才决心学医，他因此才献身地看护过一位病友，他因此才构成了另外的一场悲剧。

我们同在大学预科一年的时候，我们有一位姓C的同学，得了肺结核的重病，死在东京的病院里的。在C未死之前，一切医药费的征求和看护的苦役都是洪师武一人替他担负了的。他那时候的献身的精神，我们同学的人提起，谁都表示钦佩。但是他之受了肺结核的传染，怕也就是献身精神的报偿了。他的身体本来孱弱，在日本的时期还不曾表现过肺结核的征候，据说是到了最近，才吐起血来的。

他的献身精神的报偿还不止这一点。

他在看护C君的时期，据说那病院里面有一位年轻的看护小姐和他发生了爱情，这使他苦到不可思议的地步。他并不是因为他是结过婚的人不能再恋爱其他的女子，而是因为他以为自己的血液受了污染不能再受人的纯洁的爱情。他终因为有那病毒嫌疑，便把那女子的爱情拒绝了，不怕他也是十分爱她，就是牺牲了他自己的生命也不想离开她的。

那女子受了他的拒绝，没有了解得他的苦心便起了自暴自弃的念头，永远离开了日本，听说是跑到南洋去服务去了。

这还是洪师武在未进医科大学以前的事情，他当时虽然悲哀，但也无法救济。他只觉得自己的罪孽深重，只想一心一意预备着消灭自己的罪愆，完全泯没了自己的要求。他视学医为献身的手段，所以他对于医学也非常热心，他在学校里的成绩是出类拔萃的。日本人的同学和先生们都极口称赞他，说他是"稀有的俊才"。但不想出他刚刚学满两年，便突然遁逃了。

他的遁逃的原因，到五六年后，我们久别重逢的这一次才对我说了出来。

他说，他是读了一部花柳病学，并且在临床上也有了些经验，证明了自己从前所得的那一次的隐病，的确是软性下疳而不是梅毒。他活活受了医生的欺骗，害他痛悔了五年，牺牲了自己的不少的精神和气力，而且同时还牺牲了一位纯洁的崇高的少女。

几年来泯没了的自我到这时候抬起头来，他对于那少女的爱情和谢意，以拔山倒海的力量来倾荡着他，他因此受着逼迫便不能不跑到南洋去追寻她的踪迹了。

他的话断断续续地说到了这儿，以下他便不能再说了。他说话的时候，时而激昂，时而低抑，时而在眼中迸出怒火，时而又流起眼泪来。他的精神的变化大过于激剧了，他说话的时间虽还不上二十分钟，他的倦态是十分明显的。因此我也不敢过于纠缠他，连他在南洋曾经有否会见过他的爱人，他的爱人是什么名字，我都没有问及。

他闭着眼睛在床上静养了一会，最后他从枕下取出一卷函件来：

"这是她有一个时候，半年间写给我的一些信。我是宝贵得什么似的，但我现在不得不和它们永别了。我回到中国来并没有什么意思。只是想拜托一位可信任的友人替我把我爱人的生命永远流传下去。我虽然不能如像但丁一样，由我自己使我爱人永生，但我也心满意足了。"

他这样说着便把那卷函件交给我。他说，他在南洋的时候便早知道我在上海，并且抛弃了医学，在从事于文艺的创作了。他此次回上海便是特地为找我而来，他要叫我把他爱人的事情来做成诗或者小说。他说，他恨他精神不济，不能详细地追溯他的往事，但这些事情是文学家可以自由想像得出的，所以他也不必多所饶舌了。

他还说，大概的历史在他爱人的信中是可以寻出线索来的。

当晚我受了他的重托之后，本想留在院里陪伴他，但他执意不肯。他说，他自己便是作了这么一次无意义的牺牲，他不愿使他的朋友再受他的传染。我们对于病人只有使他心安意适，便是最良好的疗法。我转不过他的执意，当晚坐到将近十二点钟的时候，也只得告辞走了。

但是谁晓得我们那一夜的重逢，却才成了永别呢！

我的朋友洪师武君，他就在第二天的午前六时永逝的，我十点钟光景到院去看他的时候，他的精神已经离开了他的躯体了。听说他死的时候，只连连叫着：

"Kikuko! Kikuko! ……"的声音，这本是一个日本女人的名字，写成汉字来是"菊子"，大约这就是他的爱人的名字罢。他爱人的信虽然有四十一封，但没有一封是有上下款的。

师武死后转瞬也就过了一周年。我几次想把他和菊子姑娘的悲剧写成一篇小说，但终嫌才具短少，表达不出来。

菊子姑娘的四十一封信，我读了又读，不知道读了多少遍了，每读一次要受一次新颖的感发。我无论读欧美的哪一位名家的杰作，我自己诚实地告白，实在没有感受过这样深刻的铭感的。菊子姑娘的纯情的，热烈的，一点也不加修饰的文章，我觉得每篇都是绝好的诗。她是纯任着自己一颗赤裸裸的心在纸上跳跃着的。要表现菊子姑娘，除菊子姑娘自己的文章外，还有第二个更好的表现吗？

我悔我费了一年的寻思，只是在暗中摸索，我现在把我做小说的计划完全抛弃了。我一字不易地把菊子姑娘的四十一封信翻译成了中文，我相信过细读了这一部信札的人可以信我上面的批评不是过分，而菊子姑娘的精神，在我们有中文存在着的时候，是永远不会死的。

文艺毕竟是生活的表现，有菊子姑娘那一段真挚的生活，所以才有这四十一封的真挚的文章。我们把他人的生活借用来矫揉造作地做文的人，真确可以休息一忽了。

菊子姑娘的信我现在把它们汇集在这儿，有些残缺了的我听它残缺，有些地方或者不免冗长的，但我因为不忍割爱，所以我也没有加以删改。我因为第一信上菊子的一首俳句中有"落叶"的字样，所以我把全部定名为《落叶》。我相信我这种编法是至上的表现，我相信洪师武君的精灵是不会埋怨我的。

民国十四年四月二日

第一信　九月七日夜

"Yuku mizu ni mi-o makasetaru Ochiba Kana!"
（委身于逝水的落叶呀！）

我挚爱的挚爱的哥哥，这是我借托来咏我自己的一首俳句呢。当我的身子靠在船窗上凝视着蹴着白波前进着的船头，向着房州的海水告着可惜的别离的时候，我觉得好像一生一世便要从你离开了的一样呀。

天空是高朗的，一望是浓蓝色的晴明。我想着从明天起又不得不回到这苦难的地方，空虚而百忙的操心的生活又要展开在眼前，我真是不想回来的了。深心中锁着轻淡的忧愁，忍着迫在目前的离别的悲泪，我要想把在两三日后便要动身远去的哥哥，紧紧地紧紧地按着，无论到什么时候，无论到什么时候，都不放手的呀。无论到什么时候，无论到什么时候，都想把你作为自己的东西，紧握着的呀。啊，但是……现在你是远远地远远地远远地别离了，把我一人孤寂地留在这儿。这可不是我的一生的象征吗？我一想念起来便想死去，趁着现在还没有遇着什么悲哀，什么辛苦，甚至惨难的时候，早早死去，但是这是谎话呢，我知道你是决不是会做出那样事情的那样的人，所以我也就安心终竟和你离别了。我们二人一个向左，一个向右，两都默默无言地便分别了之后，我在电车中失悔起来：为什么竟那样默默地分别了呢？我一回来之后，立刻就往你的寓所去来，但不幸没有遇着。我又回来之后，一个人步到阔别了的岑寂的露台（四层楼），万千的灯火透过暗淡的夜空放着寒光，有的像含着眼泪的大眼，有的又好像在深深的雾海中待要沉灭的远滩的渔火，有的像孤寂地沉在忧思之中瞬着眼睛在叹息什么，有的——只有一朵——像悲哀的人烦恼着的赤心一样……我凝视着这朵灯火，想着你明天便要离开这座都城，我们要到明年才能相会；想着你要去的地方定然也是灯火明丽的都城，但那儿也许有许多操心的烦恼的问题在等待着你。想到这些，心里便涨溢起来好像要破的一样。虔诚地向着上帝祈祷着回到室里被同事的人说出许多话来，真是不愉快。一人独居的时候，心里比较圣洁，能够返观，一遇着俗友便不行了。凡能把一切的弱点，秘密，失败，一切都能披沥的友人，真个是贵重的贵重的珍宝。和这样的友人或者自己一人祈祷的时候，自己的心最能圣化呢。哥哥，你请也祈祷罢！

第二信　九月八日夜

我挚爱的挚爱的哥哥：

我没有可以用来感谢你的语句，我没有什么可以表示我这满胸的感谢的东西。现在只有我自己知道在我胸里所充溢着的感谢，我要怎样才能捧献给你呢？

短短的，短短的，五日的休假，真如像梦一样便过去了。我每年得着两个月的休假的时候，或者往乡下去旅行，或者留在城里读书，或者往海边上去，在那儿和许多旧友或者新友一同游戏过，一同用过功，但是我的心里一回也没有起过那样的感触，怎么独只有这回，并且对于不同国度的你，起了这样恋爱的心意呢？在我自己，无论是怎么想来，也不知道什么原故。并且你还是……这我也是晓得的，但我怎么起了这样的心呢？啊，你恕我，你请恕我，把我容纳到你宽大的爱情之下罢。哥哥！你怎么不回我的信呢？

使你花了不少的费用真是问心不过，照理应该是由我全部拿出的；但你是知道的，我是赤贫的人，我是什么也没有的呢。未到这病院以前，我本来是没有感受过这样不自由的，但自到这里来后与剧烈的劳动成反比例的是什么也不够的一点薪资，连自己一月的用费也还不够，怎么能够做得到那样的事情呢？哥哥，你怕一定以为我是狡猾的女人罢？在心里不怕就怎么作想，但在现在终是无能为力的。我想这也不要紧罢？我的一生总得是为你（为你的祖国）劳动的，在现在你请恕我罢。我把父母也弃了，弟妹也弃了，国家也弃了，只来跟着你去。自己想来这决不会是幸福的事情，但虽是不幸，我也不管。我甘愿倒没了从着你去。但是这该不会把我哥哥弄成不幸罢？我只有这一点担心。哥哥，你要晓得：我是除祈祷你的真的幸福而外什么也不要的呢。

第三信　九月九日

我亲爱的哥哥：

我现在想到休假中的事情总不能明悉。我们到过滨川，到过大森，那该不会是梦罢？那天晚上在船里面受着风流的情形，现在回忆起来也不十分清楚，但在那天晚上真正苦了呢。不仅我自己，连你也好像很苦了的呢。但在那个时候前途有光明，有慰乐的希望，使我们两人怀着梦一样的心情，把那比污秽的囚牢还要残酷的一夜过去了。但是仅仅三天，这是怎么寡淡的不可把凭的人生哟！我回到病院里来，觉得要生活起去的时候是疲倦到了尽头的一样，我真个想索性死了去。但我又想，我不再见你一面时，无论有什么事情，我是不死。我是不能死。我自己便这样决定了。

和梦一样过了的，在海岸上藏匿着的短短的生涯，现在一追想起来，我们是做了多么可怕的罪孽哟！你请恕我罢。快乐了的生活也只剩得可怕的罪恶的遗踪。我当得怎样地向你谢罪，怎样地向你谢罪呢！啊啊，我挚恋着的哥哥！我自己真正是恶魔！真正是可怕的恶魔！我把你引到可怕的地狱里了，我这可怕的女人呀！但是已往的事说也无益，我以后要拼命地做去。我们相互为力，相互为慰安，无论是乐是忧，你一切都分给我罢。我们互为一心，互为一体，共同把这一生之中短促的轻淡的而且是苦烈的战斗终结了罢。哥哥，哥哥，你千切不要忘记，千切不要忘记！

哥哥，请你务必务必要拼命用功呀，并且还要竭尽全力从事于修养。他人的修养没有摹仿的必要，总要自己去做。我从清早一直到入睡，都接连着专在为你祈祷。从眼睛醒来到眼睛翕闭，就是手里在做什么事情的时候，你是没有一刻离去了我的心里的。我是这样地在为你祈祷着的呀。

第四信　九月十日夜至十一日晨

哥哥：

休假如像梦一样，如像幻影一样过去了。我们的过去被时辰的伟大的力量——啊，哥哥，怎么写下去呢？

运命。我的运命！你的运命！在这儿告了一个段落了。或者你是不在这样作想，但是我呢？我呢？我是永远地永远地飘散了的了。单纯的昔日殊觉可惜呢。

今天是你抵冈山的日子了。清早起来便守看着钟表，心里一点也不能安定。十点半钟的时候才感着有什么很重很重的背囊从疲乏极了的脊上落下来了的一样，我安心，我轻快。长长的长长的辛苦的旅程，定然使你疲乏了罢？长期暑假中的放纵的生活和倦怠了的心情更加以长途的劳瘁，你那复杂的青苍的面色，静脉突露的清癯的身体，栩栩地现在我的目前。我心里抱着不可名状的悲哀，自己也把倦怠无力的身体投在椅上，沉静地把我的心向冈山运去。冈山怕还燠热罢？从此要认真地用起功来，会是怎样辛苦的哟？我真的为你担心。

自从从房州回来，第二天起便不能不做工，我配到皮肤科来了。我心里的感想怎么也不能说出。清早施疗的时候，患者在七八十人以上，每天每天都是要来的。这些人大都是以自己的罪恶得出病来，但他们都是很泰然自若的。什么的种类都有，不仅是男子，连女人也多来的。看看他们那腐烂了的堕落到尽头的身躯，觉得怎么也好像是人类以下的下等动物一样。我抱着这样十二分鄙薄的心情去看着他们的时候，突然之间又想到自己上来："你呢？你自己呢？不也是和他们是同样的吗？你和他们究竟有什么不同的地方？你犯的罪比他们更深，你佯装着不知道的样子，你把污秽了的肉体和精神藏着，你不是一个完全的伪善者吗？你以为那样便可以在世界（宇宙）的一切之前藏着吗？你不是连你自己也欺瞒不过吗？啊啊，伪善者哟！"我这样一感触到自己的时候，我自己的脸好像迸出了火的一样，忍耐不住从施疗室里跳了出来。好像从什么地方有一种声音吹来说道："你该在他们的面前下跪，你该在他们罪恶之前叩首呀！"……好，这样的话不再说了罢。

你的身体怎么样了？没有别的异状罢？我担心得很。你的朋友们没有问你什么吗？

我今晚有夜勤，到晚来再写罢。

＊　＊　＊

今晚上的月亮真是美，真是清洁，自己好像害羞，不敢抬起头去望她。

忙的时候过了，刚好在打一点钟的时候告了一个段落。在平时是应该还要早些的，但在今晚的半夜有一位产妇难产，所以忙到现在。自暴自弃地喝了些冷水，听到打了一点钟，便坐向桌案来给你写信。早早写好后想去睡了，我要赶快地写。

我一想起你来总觉得有无限的悲哀，便想着把什么都丢掉跑到你那里来。

月亮真是美，夜境森森地深沉下去。山川远隔的我的哥哥在这时也怕同在举头望月，但不知道他的心里又在想些什么。我这样想着，惆怅地受着凉风的吹拂，望了三十分钟的光景。究竟是因为悲哀，还是喜乐，连自己也一点都不知道的冷泪，簌簌地流了下来。自己想到了自己是罪恶深重的女子，便有不可名状的恐怖袭迫我的身躯，我自己不能不把身子跪了下去，向着上帝祈祷了。啊，哥哥！我向着上帝祈祷了。我流着眼泪正在祈祷着的时候，我心中所浮上来的话是有名的《圣经》上写着的一段话。耶稣基督是怎样慈悲深厚，怎样富于同情的人，在那段话中是表现得万分尽致了。哥哥，你也请翻读一遍罢（《约翰福音》第八章第三节至第十一节）。——出了重病患者，以后要忙到清早，不能再写下去了。——我得了无限的感谢，喜乐，安心，不怕就忙到今天早晨，但我也满足地工作着。无论是什么罪过，假如我们以由赤心发出的悲叹与眼泪，没有丝毫隐蔽地认真忏悔的时候，我们可以玩味到完全得救，完全得被容赦的恩泽上来，我真正由衷感谢了。我们是应该把过去忘记了的。我们从今是新生了。我们要不愧为人，认真地诚实地对于我们的新生努力。这其间多少的诱惑不免是会有的。倒了我们立起来，立起来又倒下去，我们两人总要达到我们的目的最高最高的峰顶。哥哥！哥哥！你现在想的是什么呀？哥哥！

在桌案前一人独坐着，生出一种不知道怎么才好的无聊的心绪。

假使就这样化了石去呀……

啊，哥哥！

第五信　九月十三日

昨天接到你很亲切的信，我欢喜地拜读了。从名古屋寄来的邮片也收到了，多谢你。

你定然劳瘁了罢？但是无恙地安抵了冈山，这是比什么还要愉快，我也安心了。

你为什么在信里自称为"仆"呢？像那样的信不给我也不要紧，我不大欢喜。你不是我的哥哥，有时是我的父亲，有时是我的师长，更特别地是我永久的恋人吗？你对于我全部的爱情才写出那样的信，不太残酷，太无慈悲了吗？

你热心热心地用功罢，我专在为这件事情祈祷。

初回来的时候晚上不能睡，食欲也不进，真是窘煞了。但从两三日以来，渐渐回复了。

第六信　九月十五日夜至十六日午刻

我亲爱的哥哥：

自从前日我把信寄给你后，我轮着一位重病患者，日夜不休地看护。晚上一点也不能睡觉，在昼间仅仅有两三点钟倒在床上，身子是疲劳得非常的；近来稍微好得一点，但是连快乐的工夫也没有，我的心境又是这个样子，我真是深深地在悲观了。哥哥，我连对你说也真不好说得，真是害羞。我从前到这儿来的决心和现在的心境实在是两样了。从前我到这儿来的时候真是决心像入尼院一样的生活，现在呢？很难，很难……我恨我现在的生命是很难舍去了。

哥哥，你写的日本文的信札写得很不差，我真是欢喜。

诚如你所说的，前回的月夜真是美，真是明媚；在那样的月夜我也想在我的哥哥身旁乘在舟上，方向也不定，只随着流水把我们永远运出这尘世呢。

过去了的那古海岸上几天的隐遁的生活，我的哥哥，我每天每天一个人孤寂地就枕的时候，便要反刍一次。月夜一人登上露台，把那静寂的海岸的夜境作为专有物的一样彷徨着的当时，也好像梦境一样要浮上心头。哥哥，在你有亲信的友人，在我是没有那样可以披沥一切同忧共乐的伴侣呢。在这样的社会那种心魂美洁而高尚的人可以说是没有的。

哥哥，第二学期又渐渐开始了，你定然忙迫罢？我愿你，愿你什么事都不要放在心上，千切不要输给别人，你请专心一意地用功罢。我真的这样祈愿你。我愿你好生保养，不要沾染了疾患。哥哥，你的生命同时便是我的生命，我望你别要忘记罢。我自己也是要好生保养的，这儿的霍乱症还在猖獗，所以我是十分戒心着在。我一有空闲的时候便想自修，德文是定要学的，在那古的时候为什么没有好生请教，我到现在来真是失悔。在这病院里面懂德文的虽是不少，但总不好去请教得。

在那古的时候我给 Y 牧师写过一封信，哥哥，你也是晓得的呢。那封信想再写一遍，但前后想来终觉得不好寄去。几次几次地写了又写，终是写不成器了。那晚上的可怕的而且是悲哀的悲哀的秘密，可以分与的，除我哥哥而外不该有第三人罢。我现在暂时保留沉默，哥哥，请你也这样罢，你什么事情都别要放在心上。家里我也不想通知，行事太匆促了的时候反会招致更悲惨的结果。暂时之间知道的人只有哥哥，上帝，我。

15日夜

＊　＊　＊

昨晚上想把信寄出的，因为眼痛没有成功，今天稍微有点空闲，我又写。

今晚上总可以回自己的寝室里去睡了罢。我心里在欢喜着呢。

哥哥，你信不可太写多了。你是写给我的时候，一礼拜写一次，或者两礼拜一次便好了。千切不要耽误了你用功的时间。我只要心里一想到的时候，有空闲时我便写，写来凑积在那儿，按着在每礼拜的礼拜六或者礼拜日寄到你手里的光景我寄给你，——这样的好罢？怎么样呢？

哥哥，关于我的事情请你千切不要挂虑。无论什么事情都是运命，我是定了心的。进女子医学的事情假如在我哥哥身上稍微都要加上些苦痛的时候，我都不愿意去。哥哥假如支持不起的时候，我就留在这儿等到哥哥毕业罢。哥哥回国的时候，假使我一点也不能帮助，对于哥哥的祖国一点也不能贡献些儿，这是再没意味的；我在这儿用些功，就学些看护法，助产学都好。只顾自己的私图，不顾哥哥的甘苦，这样的事情我是不忍做的。只要是于我哥哥有益的事情，我什么都能忍，什么都甘受。学校的章程我也取来看了，好像很难，但是不能考上的事情想来也没有。假如我真是能够进去的时候，那真是高兴呢。我将来能够稍微帮助我的哥哥，那真是幸福呢。但这不是我的意志，一切都只随着哥哥的意志，随着哥哥的希望，随着哥哥的方便。请你好生筹算罢。

哥哥，你把学校的功课表都写给我来了，我真是感谢你。从此又要辛苦了呢，请你，请你万千努力罢，能够办到的时候，最好是请你守着有规则的生活。清早五点钟起床，怕太早了罢？但在那时候能够起床真是很好的，就是我自己，在那时候也大概是起了床的。晚上在那时候我也是就寝的，请你不要忘记……想写的好像还多，但连自己也不晓得怎么写了呢。

好久不通音讯的 Y 牧师，今天有信来了，对于这 Y 牧师我也不想把我们的事情告诉他。我要等我们的感情冷静了，沉着了，能够以理性来正确地判断一切的时候再给他写信，（或者我们二人怕永没有这样的时代来罢？——或者怕是不来的好罢？）什么也不管，只把过去的事情一切都忘了去。哥哥，请你不要怀想着一切，请你通把来忘记，请把我，请把我当成你真正的妹子看待罢——这是我最大的祈愿。请你不要把我当成异姓的妹子，请你把我当成同你生于中国的真正的骨肉的妹子罢！

我清早起来便在为你祈祷，愿你在上帝的恩惠中永远获福。

16 日晨

＊　＊　＊

家里的事情有些放不下心，我打电话到妹妹的学校里去打听时，妹子已经在两三天前回来了，她竟连一点也不通知我。我发了气问了一些，她什么也不说，只说父亲亲自到东京来了，现在住在银座教会里，要到我这里来。她只说了这一点，便什么也不说了。我也因为吃了一惊，便把电话断了。啊啊，哥哥，父亲要来了，现在已经到东京，这怎么好呢？我的父母对于我一句也不说的沉默的态度，我真是不快。我的心是定了的，无论有什么事情我也不回去。假使我是回去时，我率性死了去不知道还要怎样地快活，怎样地容易些呢！哥哥，请你，请你为我祈祷罢！我的路是已经已经定了，假如我不能走我这已经定了的路，我便死，死了就是！哥哥，请你，请你不要担心，请你安心地等待着。我的一切是你的所有。

我离开你是不能生存的。我的路就算要造出怎样悲惨的生涯，这也是我的运命。我是不能逃的，逃了是无上的卑劣！

我们有时候于自己所走的路外是没有别的路走的，即使是背叛自己的双亲，除走自己所开拓的路外别无他法。我现在敢说我背叛双亲，从我自己了。无论什么人，的确都有这样宣言的时候。

无论对于双亲，对于谁人，你的事情我都不说，我很知道还不是说的时候。说的时候总会来，我安心等待着。哥哥，请你也等待着罢。

父亲就来请你也不要担心，不要担心！随后再写。

16 日午时

第七信　九月十六日午后三时

哥哥：

此刻接到一张花邮片，多谢你呢。我真得由衷地感谢，我知道你平安地在做工夫，我也安心了。我自己也是平安的，就是十分过激的劳动也能支持。大约是因为运动好的原故罢，食欲非常增进，晚上也好睡了。别的像没有什么异状，永远永远都是健康的，我望你也是这样罢。我望你要十分注意。

四天四夜没有睡觉，身体倦得就和棉花一样了。连做什么的勇气也没有，手在战，连信也不能写。这封信上怕有许多地方认不清楚的罢，请你恕我。

哥哥，前次你寄给我的相片我拿出来看时，觉得太年轻了，就给小孩子一样，就给我的弟弟一样，这样的相片没有意思（实在说来并不是没有意思，不过……）请你请你把最近照的送一张给我罢，随便什么样子的都好，真的不要忘记罢。每回都是这样不客气，怎么好呢？约过要不豪强的，但我这人的脾气就是这样，无论什么时候每每总爱破约，总爱这样说出豪强的话；真是对不住呢，哥哥，你请恕我罢。哥哥，你真的肯送给我不肯？千万望你送给我呢，千万，千万……

但是送的时候请你严密些，不要被人看见。病院里的事情真是麻烦，无论有什么信件来，监督的人都要看了一次才交给你，其实她并不看，不过有些老手的看护妇们总爱俏皮，总要闹着看了又才交给你的时候很多。信札倒还不要紧，假如是相片的时候她们是全不讲礼的，要拆来看了还要连讥带讽的才交到你手里来；真的你送的时候千万不要被人看见罢。望你费心，望你费心——总是这样不客气，望你恕我呢。

今天午后四点钟光景，我的父亲要来了，我的父亲是因为东北牧师会的要务来的，我是放着决心的，但我也有我自己的事情，一想起来总觉得忧虑。我的父亲是东北牧师会的会长，牧师会开会的时候，凡是同一教派的牧师都要到会，在这时候说起我在做苦工，总觉得面子上过不去。我的父亲平常都在这样说，这回也怕是要来解决我的事情的罢。

给我亲爱的哥哥。

第八信　九月十六日夜

读过后请把信撕掉罢，这封信是不想寄给你的，但也寄给你了，请你不要担心，不要忧虑。

哥哥：

我的运命愈见是注定的了。

父亲来了，可怕而且是顶可悲的时候来了。我对于父亲说的是什么话，你怕再也想像不出罢。

我现在充溢着满腔的悲哀，我写的是什么连自己也不知道。儿女弃了自己的父亲！这样的一刹那的状态！啊，哥哥……

父亲说："好，你可以回去了罢！家里的人都在等着你回去。你的七个弟妹都在朝夕的祈祷里都在上帝的面前祈祷着加护着。什么话都没有说的，过去了的事情什么都不要说罢。好，回去得了！一切都在欢迎你。人生中最高的幸福在那儿等待着你！你从此把这样过激的苦惨的劳动抛弃，去就欢乐的人生罢。在那儿或许也有少许的痛苦，但是这些都是二等分了的，你会有永远的保护者替你负担。好，回去罢，回去罢！你没有想回去的心肠吗？这是你父亲的毕生的宏愿，你随着你的父亲回去罢！你的一生的幸福不是已经到了么？"

极端严格的父亲同时又是极端温和的父亲，他的脸上被悲哀锁着了，我连头也不敢抬起来看他，只是把头低着。哥哥，我假如没有你时，是在两月前还不知道你的时候，或许我不会使我父亲这样的悲哀，我会跟着他回去了。但是我的运命是判定了的，我怎么也不能奈何。那古海岸的恐怖之一夜永远把我的运命判决了！哥哥，这你也是应该应该晓得的！即使我就有被我哥哥抛弃了的一天，那也不是我的罪责。但假如我纵有被你永远弃绝的一天，除你而外我是不能再爱他人。我这个肉体，我这个灵魂，除你而外是不许为任何人所有。这便是我自己造就了的运命了。假如是有时，假如是有时，那真是没大没大的罪恶，没大没大的灭亡，现在我处在这样的迷途之中，我在上帝的面前忏悔。除你而外我永远不爱他人！我这样对着上帝发誓。我要求上帝的许可使我得以爱我哥哥，我无论什么时候，无论什么时候都在祈祷。我祈祷我们两人在上帝的祝福中能同得幸福。

话太扯远了，我当时对于我的父亲竟答应不出来。我和我的父亲都沉默了好一会。俄而父亲又说：

"你终没有回去的心肠吗？"

声音含着怒意了。但我还是没有回答。父亲发起气来了：

"为什么不回话呢？你虽然是我的女儿，但我也决不是束缚个人自由的父亲！什么都好，只把你自己的决心正确地对我说罢！好，快说罢！你到现在还在踌躇着什么呢？一点也不要迷惑，把你在前决定了的心事说出来罢！再不然还是跟着你的父亲回去呢？"

最初的话中虽然有猛烈的怒意，但在最后的话中却十分温婉地涨溢着无量的恩情。

"父亲，我无论如何也不回去。"

我把这一句刚好答完，我埋头哭起来了。啊啊，哥哥！我现在想起来也还要流眼泪。那时候的我的心中，只有上帝和你，啊，除你而外再不会有第二人知道！啊啊，哥哥，哥哥，我的苦痛，我这要把胸腔决破的悲哀，请你请你为我酌量罢！不孝的女儿！不孝的女儿！不孝的恶名，我是不能逃掉的了。

"不孝的女儿！"

我的父亲战栗地这样怒骂了我。但这我也甘受呀，哥哥……以下的话我写不出来了。

父亲和我都沉默着。

我在哭。大概我的父亲也在哭罢？

隔了好一会好一会，父亲又用着沉浸在悲哀里面的幽暗的声音说道：

"终竟无望吗？……"

我率性想把一切的事情都对我父亲表白了，但那样时我的父亲又会怎样地失望，怎样地悲哀呢？那种光景我是不忍见的，我无论如何，不忍再进一层去苦我的父母，去使他们悲伤。我纵使作伪，我也得暂时保守着秘密。

父亲还对我说了好多事情。我只是哭，只是哭，他说的话没有十分进得我的耳里，我现在记不清楚了。但是父亲的带着眼泪的声音是这样温婉地说过：

"无论如何也不回去吗？家里失掉了你一个人是怎样地悲哀，怎样地苦痛，你自己怕不晓得罢。你现在的确是迷着在，受着什么事情迷着在，在你自己是不晓得的罢了。人在执迷着的时候，无论有什么苦痛，有什么困难，心里都是被快乐充满着，被欢喜充满着的，但是一旦觉悟了的时候，那个时候你才晓得呢！你在那儿所得的是什么也没有，只有苦痛，悲哀，悲惨地失败了的过去，更加暗黑的未来，还有便是我现在对你说的这一番话的回忆！"

我一时把哭泣止着了，低着头认真地听我父亲说的话。对我自己更加一层暗黑了的，悲惨的，黯淡的将来，在什么也不知道的我的父亲的言语中，好像暗示了的一样。我的悲哀又无限地涌上来，我又哭了。

我素来是极任性的人，从小时候以来，我自己说过的道理，做过的事情，无论是好是坏，我也要彻底主张的。我这种激性不知道使我的父母，我的先生们受过多少苦痛哟！我的脾气我的父亲是很知道的，他晓得纵是费尽唇舌也是无可如何，他以后便没有多说了。但他还说着：

"是那样时，也没法，我不怕就是你的父亲，但是你始终不愿意的事情——不怕这事情在你是怎样地幸福的事情——我也没有强迫你的权利。一切都断念，断念了。但你要谨记着，你无论就怎样的职业，无论死在什么地方，你到最后总不要污辱耶稣基督的名号罢！这是你父亲的最后的祈愿！好，我什么也没有要求你的，你无论成为什么人我都听便，但你总要不失去你的人样子！！在这人世上没有什么事情求你，没有什么东西求你，只求你完全地造就你的内部生活，能够继续于久远的生存的内部的生活。只有这一点，我求你你不要使我失望罢！……在这世间上一个女人要想独身走去是很艰难的，我也并不是疑你不能，是你或许能够通得过去罢？但是那儿有无限的诱惑的手，如像蜘蛛网一样，在等待着你们。你们忽略着一走上了当时，便堕落进永远不能上升的地狱的绝底。你要好生好生注意呵！"

什么事情也不晓得的我父亲的这些话，啊，我，我，我在那时竟苦得不能久坐了。啊，哥哥！哥哥！我到底是怎样深沉了的一个罪人哟！我死也不能死的这种状态，连我自己也在惊，也在怪呢！哥哥，哥哥，我现刻就有一分钟的时候也好，我假如能在你的身边的时候呀，我也不会尝到这样的悲哀罢？我是一个人，便更加二倍地三倍地受着悲苦的逼迫。啊，哥哥！我这悲苦的半分，请你替我取去罢！我除你而外没有别人。啊，哥哥，哥哥！……

父亲把最后的几句话反复地说着：

"假如你反顾你自己的心中，觉得有什么执迷的时候，觉悟到你自己的悲惨的一生的时候，那时你假如想回来，你随时都可以回来，家里随时都在欢迎着你。我祈祷着那样的日子早些到来。家里的人随时都在替你祈祷着，望你不要再加进一层地使你的父亲母亲，使你的弟妹失望罢！但是你要晓得，你最初的无上的幸福从此是永远消灭了的呀。你若以为无论什么时候都有那样的良缘等待着你，那是莫大的错误。但那些事情都在其次，第一我对于你的人格，我自始至终没有责成你的资格。你父亲的愿望请你不要辜负，你俯仰无愧地做一个不愧为人的人罢！除此而外我什么也不要，你只成为一个人，成为一个真正的人罢！我也不再多说了。"

我埋着头听着我父亲的说话，我忽然想到，听我父亲的教训这回怕要算是最后一次吧？我这样想着便加力遏抑着悲哀虔心地倾听。我父亲还加了些仔细的注意，不久又孤寂地一个人回去了。啊啊，哥哥！哥哥！我从后面目送着我父亲的包藏在可怜的悲哀里面的背部，我竟倒在那儿了。

许多人看见我哭肿了的脸，看见我飘飘忽忽的身子，都在惊讶，但是能和我共尝这悲哀苦痛的，是谁也没有。哥哥，你的事情我是决了心了。我也不通知父亲，不通知母亲，不通知友人。

哥哥，我以上写了些什么，写到此地来，连我自己也不知道了。我什么事情都不想通知你，只想秘藏在自己的心里，但这在我一人的份上是太大太强烈了呢。我知道一定会妨害你的用功，我一面写来，一面便想着不消寄去不消寄去，我不知道迷惑了多少次。但是，哥哥，这样失礼的信，这样没有趣味的信！假如我能写到最终，并且寄给了你的时候，你请恕我罢！恕我罢！我原是不想寄给你才这样写出的呀。

哥哥，我把父亲弃了，母亲弃了，国家也弃了，虽说都是自己造下的运命，啊，哥哥，但这是怎样悲惨的恋爱！是怎样悲惨的缘分哟！我自己也不知道怎样的好了，我并且还是悬绝着的一个人的不断地不断地变化着的爱情！万一这极纤细的极纤细的一缕羁绊忽然断了的时候，我的一身究竟会成个什么样子呢！我自己并不是没有想到这一层，但想到又有什么呢？即使成了那样时也是没法，终究是不能不独来独往的一个可怜的女子。

但是，哥哥，我是坚深地坚深地信赖着你。我因为信赖着你，所以才成了这个样子呢。哥哥，这是我的宏愿。一个可怜的女子只依赖着你的爱情把一切都抛弃了。哥哥！……请你不要忘记，请你不要忘记，请你永远永远地导引着我罢！随着你的导引我便成为什么都不论，我便走到什么地方都可以，请你请你永久不要使一个可怜的可怜的女子哭泣于你的恩爱罢！即使怎样地为这人世上的物质哭泣于艰难困苦，但你总不要总不要使我哭泣于你的恩爱罢。永远总不要这样呢，哥哥，这是我最后的祈愿。

献给我的恋人哥哥。

第九信　九月十九日夜

我昨晚上又有夜勤，黄昏时分才回寝室里来，便接到你给我的信，我真是高兴。哥哥，你的信总常常是常常是这样亲切的。

昨夜的夜勤真是再苦也没有了。行了大手术的一个可爱的可爱的西洋人的男孩子，怕有十二岁的光景罢，一晚上都没有睡，只是唤痛，只是哭，口渴得很要水吃，但把饮料给他的时候，说是有生命的危险，所以又不敢把给他。

"把痛的一只手给我切了罢！切了罢！（其实是已经切了）为什么这样的痛呢？啊啊，啊啊……"

他只是这样叫着。本是极顺柔的一个孩子，嘤嘤地就给女孩子一样啜泣。

"把水给我罢！把水给我罢！"

说着又哭，哭着看见别人没有动静，又大哭。我实在忍不住竟同小孩子一道哭了。夜深了，别人都睡了，只剩我和小孩子两人，他很听话，很顺从我，我看他真是可爱的孩子呢，求着我要些水和冰，我看他太可怜了。在要天亮的时候，我背着医生的命令，赶我的自信行事，我稍稍把了一点冰给他。他欢喜得什么似的。他真是美的可爱的小孩子呢。像这样的孩子我也想要一个——啊，诳话，孩子我是不要的。

身体太疲倦了，今天午前睡了半天，真是好睡，现在稍稍得着了写信的时间。

哥哥，你写来的很长很长的信真是多谢你，我回到寝室里来还反复读了好几遍，好几遍。

好，好，我们都把过去忘记了罢，我顺从你的意志。

我永远永远想沐在你的恩惠里，你的……

想写的很多，看护妇长有事叫我往墨田川前的一家西洋人家里去，我到现在刚好回来。雨是霏霏地下着的，伞也没有带，便一个人走去，真是岑寂。回来的时候雨住了，在昏暗里静凝着的墨田川的水就给魔王一样，纯黑地慢腾腾地流着。我凝视着它，想到我们到过月岛，坐过这墨田川的渡船。我们从那古回来的第二天，我们踞在墨田川的江岸最后诀别的地方和那前面的房子我都去看了来。

想写的很多，太忙，下回再写罢。

第十信　九月二十二日夜——二十四日正午与夜

令人怀想的哥哥：

今天晚上我又有夜勤，午后头有点痛，回寝室去睡了。六点钟的时候起来看时，接到哥哥的信两封，另外还有一封友人的信。我前回把那封信寄给了你，我非常后悔。我为什么把那样的事情都通知了你呢？现在我冷静了起来，只是这样的想着。哥哥，我要看你这两封信，不知道费了多少踌躇哟。哥哥，哥哥，你恕我罢，恕我罢！我决不是存心想把那样的事情对你说的，啊啊，哥哥，请你把它忘记了罢！通是我自己错了，自己招来的这样悲哀的运命，我是应该一个人凄切地藏在我自己心中隐痛的。我竟不想出使我哥哥如此痛苦，我真是罪过。下一次再不这样了，再不这样了，哥哥，这回请你恕我罢。

感情一激昂起来的时候，立刻写信时总要招来这样的失败。无论如何也不能再冷静地沉着地把一切的事情深加思索吗？我自己一想起来都觉得不可疗救。哥哥，请你恕了罢。什么事情都不要忧虑，凡是我的事情都是已经过往了过往了的。什么的悲哀，什么的悲剧，都是和梦一样了。我不是把什么都抛弃了的吗？到了现在还有什么追想的必要，伤心的必要呢？哥哥，你请把什么都忘记了罢，你请专心一意用你的功罢。啊啊，绞榨心脏的眼泪……要喷出血液来的悲壮的苦痛，把身子要燃毁了一样的烦闷，啊啊，我都觉得和梦一样。我现在（十二点半钟）听着窗外潇潇的雨声，在这深沉下去的夜境的静寂之中，被怎么也不可名状的冷寂包被着，眼泪滚滚地流了下来，流个不止。前晚也是夜勤的时候，我在夜深也是在这间病室中和你写过一封信，我那时候也有无上的悲哀喷涌上来，我曾经哭过一夜。给你写了一封没有意思的信，哥哥，你该还记得罢，我想起了那时候的事情来了。但是那时候的眼泪无论是怎样地悲哀，但只是淡淡的淡淡的——还是说年轻的好吗？——幼孩的眼泪。但是今晚上的眼泪呀，这是血染成的红的眼泪呢。啊啊！什么也不知道的那时候，那是怎样地可追慕哟。哥哥！

父亲回去了之后，我想着倒不如真正的死了好了，但是死是容易的事情，自身的志愿连万分之一也还没有达到的时候是不能死的。我现在这样坚决地决了心了，我还是住在病院里面。我也想着把病院丢掉，无论什么地方都好，我要走向那没有人知道的地方。但是这样的地方暂时也怕找不到呢，我只得还是住在这病院里。

朋友们有些晓得你的了。并且你是哪一国的人也好像很晓得的光景。有些旧看护妇时时来向我说些怪话，我在这样的时候，真是想走。但是又想到社会这样东西虽是有大有小，但是是没有两样的。这儿就算难处也还是要处下去。夜里是尤为难过的。近来每天午后都要到递信省①去，暴露在这初秋的灼热的日光里行五六千人的注射（防虎疫的），忙得好像转眼睛一样。疲倦了的我的身体也有不能支持的时候。但是我的存心是做到能做的地步才止。有时遇着辛苦的时候，每每又想逃到无人岛去。无人岛——连飞鸟也不通的寥寂的寥寂的海岛上，一个人，只消一个人，在那儿去度此一

---

① 作者原注，日本的交通部。

生。这个人世，在我把这人世上的一切都舍掉了的人，觉得是太苛刻了。心里哭的时候在脸上笑，脸上哭的时候在心里笑的这个人世，真是难处。我把这人世厌倦了，哥哥，你呢？

在从前无论有什么辛苦的事情我都是不以为意的。我以为正是从上天给与我的我当受的苦杯，完成我自己所负的使命的苦杯。这向我的心地里，不知道给与了多少力量哟！我只要一受着辛苦的时候，我总要流着眼泪祈祷。我尽量地感谢着我能接受得这个苦杯。但是我现在的心境呢？——连我自己也不晓得了。

哥哥，到底要在什么时候，要在什么地方，才得没有悲哀哟？我们对于自己的生活，愈严肃，愈认真时，便愈不得不尝着深刻的悲哀。倒是没有悲哀的灵魂才是不幸的罢？我们就无论到什么地方去，无论做了什么事情，我们的悲哀是一生之中所不能消去的。

哥哥，过去了的事情，已经死了的事情，请你对于它不要悲叹。请你也不要担心到我身上来，钱我是不要的。请你什么事情都不要担心，假如我要的时候，那时候或者会向你请求，你现在请不要为我愁钱的事情，我暂时总得一个人生活起去，请你请你只好生珍重你自己罢。

能够的时候我也想进学校，但要从我哥哥手里领取学费，我觉得没有这样的理由。无论怎样说，要做出那样的事情是太对不住，太对不住了。数不多时还有还法，年月久了会弄到还不出时，那真是坏事呢。并且我定要使你担心，使你不自由才能进得学校，我便不进学校也不要紧。一切都是运命，我什么都断念了，到了现在还要什么呢？

22 日夜

* * *

昨夜因为有要事不能继续写下去，今天是礼拜日，午后没有工作。我回到室里来了。夜来的疲倦使我的脑筋沉重。微雨绵绵地下着还没有止息，凄凉的凄凉的这午后的半天，我一人靠在案上凝想。哥哥，假如我把这儿离开了，怎么做呢？能够的时候我还想读书，想再回到真的学校生活里去，不怕那儿就有多少困难，我深愿再过一次学校的生活呢，但是……

父母也没有，弟妹也没有，什么也没有一样的我这一个孤人，我深知道对于我的哥哥是太累赘了。所以我……专把我哥哥一人来做力量，专靠我哥哥一人！哥哥，我是太……好了，不再说了。总爱说这样的空话，你请恕我罢。但是哥哥，请你别要挂念我，请专注意你自己的事情，好生专心地求学罢，我实心地祈祷你。我对于妹子（住在英文女塾的我的妹子）觉得有些羡慕了。现在假如我能够进学校的时候，我不晓得是怎样地幸福呢？

我把你的信，反复读了好几次，我真是对不住你，为什么把那封信写给了你呢？哥哥，请你恕我罢，请你不要再说什么了。我不是因为你的罪恶才成为这样，这是你大大的误解。我自己很知道是我的失败，我哪会那样作想呢。不过因为太不假思索了，竟无端地使你这样悲伤，只有这一点使我遗憾。我的家里和我的朋友，请你两方都不要通知才好。假如是通知的时候，我的悲剧只有更加激烈地演出，我和你是只有更加悲苦的。除秘密而外再无善法。你的家庭请也不要通知的好罢？

我现在记起我顶喜欢读的俄国小说家杜斯妥益夫斯基的《罪与罚》来了。在一年半前反复地反复地读过好几遍的，现在我记起了那里面的一节来。

一位大学生到某处的酒店里去饮酒，同时也有一个中年人走来，醉了，对着大学生说了许多很痛切的话。这位中年人因为把种种职业失掉了，在失败上又加失败，后来只得沉湎起来。这样的人在一般的宗教家或者道德家说来，怕正好是一个堕落者，恶人，不成器的败类罢？他的女儿在一家酒店里做卖笑生涯，弄得些钱来只拿去供养她醉汉的父亲，顽嚣的继母和异母的弟妹。近来这中年人时常到他女儿的地方去拿钱，拿来便去醉酒。这回也是去把钱要来了，便来碰着这大学生，说了许多话之后便说到自己的身上来，这大学生便非常怜悯他。他说：

"哼，你为什么要怜悯我呢？像我一样的人什么可怜的地方也没有。好，法官，我是该受磔刑的，你把我拿去上十字架罢，但不要怜悯我。好，快把我拿去上十字架，快把我拿去上十字架，把我上了十字架之后再来怜悯我罢！那么我便跑到你那儿来受罪。我在这样喝酒，我并不是渴求着快感；我是渴求着悲哀和眼泪。老板，你以为这酒在我是很好喝的吗？我是在这酒杯底上求悲哀，我是在这儿玩味悲哀和眼泪，我是在这儿找寻悲哀和眼泪呢。……啊，但是，能够怜悯众生，能够了解一切众生的上帝，就连我们这一样的人，他也会怜悯的。上帝是唯一的，上帝是永远的裁判官，那时候他会走来探访：'替顽恶的肺痨鬼的继母，替他人的子女受难的女儿，父亲是不成材的醉汉，也不嫌怨他的不仁而服事他的女儿，在什么地方呀？你来，来！我已经把你赦了，我赦过你一次，你的许多的罪恶都容恕了。因为你爱了许多的人呀。'……就这样我的女儿便被上帝赦了。上帝是裁判众生的，容赦众生的。无论是善人，恶人，智者，贤者，君子，愚人，小人，在上帝的眼中都是一样，上帝是一视同仁，把一切的罪恶都同样地容恕了，一切的裁判都结束了，轮到我们的名次上来，上帝也说道：'你近前来！你近前来！你这滥酒家，你这破廉耻汉，你这堕落者，你这没志气的人，你出来罢！'于是我们也就出去，都没有恐惧地出去。'这儿的你这位不知耻的大酒家，你的额上有禽兽的烙印，但是你也到我这儿来罢！'上帝这样说了，旁边的智者说道，贤人说道：'上帝，主哟，这样的人们你也要迎纳吗？为什么这样的人们你也要迎纳呢？'上帝说：'是的，我也要迎纳他们，贤者哟，我也要迎纳他们。因为他们自己都已自责，他们没有一个人以为值得受我的慈悲的。'于是上帝把手张开，我们仰着他广大无边的救渡，投身在他的怀抱里。于是我们哭，我们欢喜得哭，欢喜得哭，欢喜得哭，一切的罪恶便都被容赦了呀。一切的事情都觉悟了，一切的人都同样的觉悟了。……啊，主哟！你的王国是快要来着的了。"

这位醉汉一个人在这样饶舌着，便倒了。

我最喜欢这一节，我时常要回想起来。哥哥，你怕不了解罢？我读这本书的时候，好像我自己想说的话都被说尽了的一样。哥哥，我怕这醉汉所说的话就是杜斯妥益夫斯基的人生观罢？我们无论是怎样堕落，我们以我们人类所固有的"精神的向上力"和"爱的不可思议的力量"，把世界上一切的罪恶和恐怖都可以必然地必然地赎救了的，这个坚确的坚确的信仰我觉得是杜斯妥益夫斯基氏一切的作品中所通有的观念。（不消说我并没有读破多少，仅就我所读的范围而论。）啊啊，伟大的爱的力量哟！真正说来，世间上所说的什么宗教，什么教育，这是不能把人救济的，世间上所称赞的老大家们的冷冰冰的教谕，忠告，戒饬，骂倒，就费尽了千语万言，有时只不过是激起冷笑的猛潮，反抗的烈火罢了。细心想来，我觉得在神的国度里乃至在神的面前，像那内生活并不透彻，只是徒饰表面的善人义人——所谓伪君子——倒不如自称为恶人而自己嘲骂自己的，还要得着救济的要道呢。我自己观察我自己，或者观察他人，我觉得这样的人，自咎为堕落者，自咎为不成器的人，在人面前也不得不自行嘲骂的，这样的人的心中，的确有冷静的同时又是热烈的悲痛的自我改善，内生活革命的诚意之火燃着呢。这样的人无论世间上怎样鄙薄他，怎样骂他，他于世间上物质的东西便什么也不能得到，我觉得他反而能够在真实的内充了的生活中生活呢。哥哥，我们以往的事情全没有回忆的必要，我们只消坚信着无论若何的罪恶依今后的生活如何全盘都可以消灭，我们努力做去罢。哥哥，哥哥，请你什么都不要记着，把什么都忘了。我们从此只为新的生活努力罢！——写得杂乱无章，连自己也莫名其妙了。好，请再不要想那过去了的事情。我现在怀抱着一个信念：便是自己要能够全盘把自己抛去、去爱别的什么对象，然后才能得到满足，才能得到慰安。因为要能够爱人，然后才能被人……啊，以下不好写出了呢……

Y 牧师的住址已经迁移了，请你对于什么人都不要写信去。

这封信怕很难读罢？请你恕我。

哥哥，你前回的信，觉得写得很出乎意外呢。我几时说过你是无慈悲的人，说过你是残酷的人吗？我自己觉得连想也没有这样想过呢。你为什么那样多疑呢？请你恕我罢，或者是在那古的时候我写给 Y 牧师的信上写过那样的话，但是那样的事情你要永久怀在心里吗？我也并不是认真在那样想的，不过我的心中你也请为设想呢。我是女子，是一个可怜的女子，是一个无力的女子，什么事情都是正直的单纯的，对于世相是全不知道的女子，什么事情都不怀疑，都认真地相信去，都认真地实行去。就是爱人的时候我也是这样。但是假如自己的真实的爱忽然被不真实的态度欺负了的时候，我一理会了，我是再没有比这更生气的。我在朋友之间时常招这样的失败，我是对于无论什么事情再没有比不认真的心肠更生厌恨的呢。哥哥，假如有一个可怜的女性倾献她的全身心去爱一位男子，而她才被这位男子……啊，哥哥，我以下写不出来。爱人愈见爱的时候，嫉妒心是愈见深的，我把你写得那样坏的时候的心境大约正是这样的时候罢？哥哥，我那时对于你怀着一种燃烧着的爱热，同时又怀着强烈的强烈的嫉妒与憎恨之心。这样的矛盾的心境，这样的连我自己也不知觉的一种复杂的念头，使我写出了那样的一封信。已经到了现在，请你不要再把那样的事情提起，请容恕我，请你忘记了罢！好，不再写了，想写的还很多很多很多很多，但是留在下次罢。前一礼拜太忙了，什么也不能写，我谈了白话呢，今天已经是礼拜日了，信还没有寄出。请你请你请你千万不要罣虑，认真地用功。神是会容许一切的，神是鉴取我们燃烧着一样的诚意的，哥哥，但是我无论怎么作想总觉得寂寞，寂寞，我望来年的夏天早点来早点来早点来呢！

献给我可恋的可恋的哥哥。

24 日正午

*   *   *

哥哥，你千切不要寄钱来，我是不要的，请你千切不要为我担心；不消说我是没有钱的人，但是我也没有用钱的地方，就算有也没有使你负责的，那是太为利己的，残酷的了。那样的事情我不能做。请你请你千切不要替我担心。假如能够借贷时，你在给 C 君送医药时当去了的毛毯，请你把它赎取出来罢，我特别地请求你。现在虽然没有什么用处，但是以后是定然定然有用处的，请你务必把它赎取出来，那样的毛毯在我是最喜欢的。

二十四日夜

选自郭沫若：《落叶》，乐华图书公司，1929 年

含 沙

|作者简介|　含沙（1905—1990），四川眉山人，本名王志之，笔名含沙、寒沙等，中国现代作家。20 世纪 30 年代加入"左联"，编辑过《北方文艺》（后改名《北方文学》）、《文学杂志》等，1950 年后在东北师范大学中文系任教。代表作品有长篇小说《抗战》等，中短篇小说《拾元爱国》（后改名《风平浪静》）《天国平定堡》《逃兵》《没落》《爱与仇》《恶虎村》《血的教训》等。

抗　战（存目）

李劼人

| 作者简介 | 　　李劼人（1891—1962），四川成都人，原名李家祥，笔名有劼人、老懒、懒心、云云、抄公、菱乐等，现代重要小说家、法国文学翻译家、社会活动家、实业家。代表作品有长篇小说《死水微澜》《暴风雨前》《大波》《天魔舞》，中短篇小说《同情》《游园会》《儿时影》《盗志》《做人难》《续做人难》《强盗真诠》《大防》《"只有这一条路"》《捕盗》《编辑室的风波》《湖中旧画》《棒的故事》《市民的自卫》《对门》《兵大伯陈振武的月谱》《请愿》《抓兵》《程太太的奇遇》等，短篇小说集《好人家》等。

死水微澜（存目）

暴风雨前（存目）

大　波（存目）

李寿民

| 作者简介 | 李寿民（1902—1961），四川长寿（今重庆长寿区）人，笔名还珠楼主，后改名李红。中国武侠小说大宗师，与王度庐、宫白羽、郑证因、朱贞木一道被称为武侠小说"北派五大家"，有"现代武侠小说之王"美誉。代表作品有长篇小说《蜀山剑侠传》《蜀山剑侠新传》《蜀山剑侠后传》《蛮荒侠隐记》《青城十九侠》《边塞英雄谱》《云海争奇记》《皋兰异人传》《天山飞侠》《征轮侠影》《武当异人传》《武当七女》《柳湖侠隐》《北海屠龙记》《峨眉七矮》等。

蜀山剑侠传（存目）

刘盛亚

| 作者简介 |　　刘盛亚（1915—1960），四川重庆（今重庆市）人，笔名有 S. Y. 等，现代作家、教授、编辑。曾做过四川大学、武汉大学教授，参加过中华全国文艺界抗敌协会，担任过群益出版社总编辑等职。他创作过小说、散文、报告文学、戏剧、儿童文学。代表作品有长篇小说《夜雾》《地狱门》等，中短篇小说《水浒外传》《小母亲》《再生记》《白的笑》《残月天》《六朝金粉》《无车之站》《杨花篇》《团圆》等，儿童文学作品集《水底捞船》等。

夜　雾（存目）

沙 汀

|作者简介| 沙汀（1904—1992），四川安县（今四川绵阳安州区）人，原名杨朝熙，又名杨子青，笔名沙汀，现代著名作家。1932 年加入"左联"，中华人民共和国成立后担任过四川省文联主席、中国社会科学院文学研究所所长等职。代表作品有长篇小说《淘金记》《困兽记》《还乡记》等，中短篇小说《俄国煤油》《野火》《联保主任的消遣》《模范县长》《在其香居茶馆里》《在祠堂里》《自由》《丁跛公》《磁力》《老烟的故事》《堪察加小景》《奇异的旅程》（《闯关》）等，短篇小说集《法律外的航线》等，长篇报告文学集《随军散记》（即《记贺龙》）等。

淘金记 （存目）

困兽记 （存目）

还乡记 （存目）

沈起予

|作者简介| 沈起予（1903—1970），四川巴县（今重庆巴南区）人，现代作家、翻译家。1920 年留学日本，回国后参加创造社，1930年加入"左联"，抗战爆发后赴重庆，主编《新蜀报》《新民晚报》副刊，1948 年后任上海群益出版社主任编辑。代表作品有长篇小说《残碑》等，中篇小说《飞露》等，短篇小说集《火线内》《人性的恢复》等，短篇小说《虚脚楼》《王婆的悲喜》《难民船》等，译著《酒场》《欧洲文学发展史》等。

残 碑 （节选）

一

一九二×年——汉口。

前花楼的凤台旅馆正在被浓密的夜色包围着。已是午夜过了两点，但客厅上的牌局还是不会散，各间客房内的鸦片声也嗤—嗤—的正响得起劲。

旅馆的一间狭隘房中，站着一个初由农村逃出的大病后的青年。每在夜间很早，茶房便来把门外的电门给他关上，使他只无聊赖地躺在黑暗中辗转，让一切的嘈声在耳膜上打闹。

　　这一晚上，他也听过了窗洞外的往来的步脚声，小贩敲打的铜锣或竹梆声，也听过了街声渐次稀薄后的那位老乞丐从胸肺的深处所涌出来的似哭泣又似唱歌的乞讨声。

　　然而，这些早已听熟了的声音，并麻木不了那咯咯作响的空腹，他最后等待着的，还是那客厅上的"拍""拍"的麻将声早完。……

　　"唵，可惜可惜！"突的，牌桌上有一个人说。

　　"要是张翁的红中迟打一手呀！"

　　"那末，这回要归对面和了。"

　　又是两个人这样附和。

　　继续是一些银钱声和一些呵欠声响应在客厅上。孙丘立（这位农村来的青年的姓名）知道是牌已经打完了，胸前的脉搏，便不知不觉地加紧跳了几下。他急忙翻起身来，但已经虚弱到了极点的身体，经这样一动，眼内不觉现了几个火圈；于是他急忙把眼帘紧闭着。但这时隔壁的房间又薰来几股鸦片的气味，使他口腔内跟着涌出了几股涎液，几乎昏晕过去。

　　过了一响，他便轻轻地蹑足到客厅来；麻将桌已经收好，只有一个茶房呼呼地睡在角落上。他高兴这回不致有人来打扰他的动作了，但一回首过去，他瞥见着另一个茶房还坐在茶桌旁边打盹。他急忙想偷过这重难关，但事情偏不凑巧，壁上的时钟，这时忽然铛铛地继续打了三下，坐着的茶房醒过来了。他仔细看去，幸好这是素来忠厚而对他很好的田焕章，所以他虽在窘迫中，却能比较安心地说：

　　"田司夫，毛房的电灯关了没有？"

"已经打了三点钟了，那还有关不关的，你去打开好了。"

茶房说了过后，打了个欠呻，即把头倚到桌上去睡了。

孙丘立走出了客厅，暂时顺着往厕所的路走去，但待把门壁上的电灯扭开后，他却举起后踵轻轻地后退转来了。

正是二月的夜阴。外面的冷风，还一阵一阵的向屋内吹送，使孙丘立的病后的身躯，打了无数个寒噤。他转到走廊的半途，即逃也似的，从侧门内溜去，再过一个天井，即走到厨房里去了。屋内泛着一股食物气味，这气味通过他的嗅觉而侵到肠胃时，他只觉得舌下的涎液一股股地奔涌，心胸不由得不益加慌乱地跳动起。于是他很熟习地走近了厨案旁边，伸手去摸着了一个瓦器的大钵。这钵子虽然与昨晚的位置无变更，但上面却多盖了一块木板。孙丘立战兢兢地把这个木板揭下，两个指头便本能地往钵内伸下去了。待他接连把钵内的残菜捻起来嚼了几口，他才觉得耳鼓上盖着的薄膜一松，头脑就比较清晰了些。于是他又走到厨案的另一旁，这里是砖口砌成的一个大灶；灶上的煤火，虽然已用胶泥封去，但泥口中间，尚留有一个小小的空隙。这样他便急忙转来又在钵内择了几块较大了的肉胬，拿到炉灶的泥口上烘热过后，再行食去，他觉得这带着微温的油脂，更是芳香得多了。

得着了物质营养的孙丘立的身体，这才稍微平静，两只腿已没有从前那样抖战得厉害了。可是得着了物质的补充的脑经，这时却忽地恢复了思考作用；他一想起自己是在偷食有钱人唾弃下的残羹时，一种恐被人发现的恐惧，便又使他不得不把那"生的要求"暂时抑压下去，而即刻轻手轻脚地转到自己的房间来了。

二

凤台旅馆的隔壁，是一家海产货物的堆栈，孙丘立的一间狭窄的房间，特别地紧接着这堆栈的门口。所以他转到房间后还不曾睡上几时，便又被堆栈前的一阵杠担声，落货声，以及一些与重荷挣扎的从胸肺中迸出来的嘶叫声，与劳动者所特有的互相咒骂的粗暴声所惊醒了。

一时茶房提了一壶开水进来，即向他说：

"孙先生，你家昨晚起夜的时候，在厨房那面，见着有猫子的形迹没有呀？"

突被这样一问，孙丘立便觉得脸上有些发红；但他还不曾回答时，田焕章又继续说道：

"不知是那家的猫子，真厉害；从前两晚起就来偷我们的'番菜'吃，昨晚连我们特别盖上的木板也都弄翻了。伙计们以为是夜里有人起来偷去私卖，现在都在那边闹。但是昨晚是我守夜，那里有人起来偷呢！"

孙丘立不知道这话是在为他辩护，抑是由于真的不知道；可是他的发跳的胸窝，却随着这一段话而暂时安定下去了。于是他带着无事的口吻说：

"猫子我倒不曾见过；不过我知道你们开的饭，都是客人们吃剩了的东西，还有什么番菜给猫子偷呢？"

"是的呢，你家。但是你不见我们吃了过后，再剩得有鱼刺，肉骨头，油煎菜等时，我们都要拿来合并在一起的么？就是因为要这样一碗一碗的翻并起来的原故，所以伙计们都叫它'番菜'。据说别的地方还有称它为'龙虎门'的呢。"

孙丘立也滑稽地笑了。他乘兴又故意说道：

"那末，就给猫子偷一点又何妨呢！总不外是肚子饿才去偷呀！"

可是他即刻见着田茶房不惟无他那样滑稽地语调，而且更板起劲来说了：

"孙先生，你那能知道。一般有钱人们见着菜不合口胃时，就要骂厨房，打下人；殊不知他们吃剩了的菜，那些穷光蛋们却不能任意地吃个饱呢。你猜！你隔壁的那些力夫们，整天被那些外国运来的货包子压得精疲力尽之后，吃了些什么！……"

孙丘立暂时把耳朵侧了过去，果然那整天不断的，用杵杠拍着节奏的"嗐哟！嗐哟！嗐！嗐！"的苦力们的急迫而呻吟的喊声，又重新鼓进他的耳朵来了。但茶房即刻又把话继续下去：

"你以为那些残羹剩菜不值钱么？把它拿到前花楼或河街去加上几桶水，再用点干柴烧涨，你看那些力夫们都拼命地化费两个铜板来抢！"

这样谈呀谈的，孙丘立才知道他昨夜所偷吃的残羹，竟是劳动者们所食的"番菜"；而且茶房们的贩卖这样的"番菜"，竟是一笔很大的外水。不过事情的逼迫，并不曾使他有推想这些仔细的余裕，因为田茶房把话题一转，这回的确是关乎他自身的事了：

"孙先生，我看你还是早些设法到南京去好了。你的病虽然还待调养一会，但我想你在这里只有把病拖延下去的。"

"是的，路费一到我就启程，这里的伙食，我也忍耐不下了。"

"伙食么！现在连拿点开水，账房都要说闲话了！"

"啊？我的栈房钱才一个礼拜未付，账房就可恶到这样么？"

"唵！这种地方，认得的只是钱；有钱的来栈，就称呼得大人上大人下的，对无钱的人，他们就什么事也做得出来。"

田茶房的话刚说到这里，只听见"你把那～～"的京调声音，拍和着一双拖鞋的踏响，另一个茶房弹着指头，摇摆着走进来了。半新旧的棉袍，斜挂在肩上，都市流痞的特征，十足地表现在脸上。这人名叫王金华。

王金华虽然是在这旅馆中当茶房，但他却有不明不白的一手，使旅馆的账房也不敢得罪他——与其说是不敢得罪，宁说还要利用他。譬如旅馆中栈下了缺少事故的学生，或初次出门的旅客之类的人，偶一粗心时他便会使你的银钱或重要行李损失一点数目，但如有阔绰而势大的客人们偶然失掉了什么东西时，他却也有即刻去清察回来的本事。譬如与孙丘立一同来这里的朱大人，一次从娼妓桂红的房中转来见着自己的手提皮包失了踪时，他即去追问账房，账房便即刻去托付王金华，王金华于三小时内便去把替他捉拿回来了。他为何有这样的路数，一般人都不知道；大家对他的这种本领的怀疑，往往被他是什么"帮"的小首领一句话解释了。

"喂，是你在这里么；昨晚上好不快活呀！他妈的，还是个初出茅庐的家伙！哈哈哈……"

王金华走进这窄小的房中，一见着田焕章也在这里，便放着粗糙的喉音这样连说带笑起来。

"从来独安里的窑子我没有遇过一个好的；你看那龟蛋们满脸的胭脂，满身的绸缎，但只要你上床去把她的上下衣服一脱，他妈的，才不是脚下的疳疮，就是腰间的梅毒。一身都是烂肉！唵，老田，昨晚那只乡下猫真舒服，年纪又小，肉又好，又——"

"哟，你开心了！"

田焕章勉强这样回答了一句，即把开水壶提在手上，在床上的孙丘立，也一面注视着王金华的做丑角似的姿式，一面好奇地听着。喜不可忍的王金华又继续比起手势来说了：

"妈的，我见她还有些害羞，我才晓得她的生意做得不久；我偶然问起她的来历，她才说她的老子要抽大烟，五十块钱就把她卖进城来了。我见着她七呀八的说得要哭了，便即刻止住了她的口，妈的，莫花了钱买个不开心！"

本来这一段话，照例是不会向田焕章讲的，因为旅馆内还有好嫖野鸡的茶客，才是王金华谈话的对手。但今天他一从独安里转来时，即凑巧遇着账房吩咐了他一件事，他就毫不迟延地——他对于这些事从来不曾迟延过——一直走进了孙丘立的房间，田焕章即成了不得不听他这一段开心话的人了。

可是王金华虽然爽快地说了一大堆，却只见田焕章老是回答得不起劲；这没趣的感觉，才使他想起账房吩咐他的事情来；于是他的眼睛突然变成了阴险，一回头过来便揶揄地向着孙丘立说："喂，孙先生～～钱还不来么？账房看朱大人的面下，才承认等你家中的钱来，现在已经过了一个礼拜了，怎样呢？"

事情虽然不过是催账而已，但这样的口调，却颇有些令人难过，于是孙丘立只得穷窘地回答道：

"我想，过几天总可以来的。"

"你要晓得，朱大人昨晚到账房去打过招呼，说他不能再担保你的旅馆钱了。账房老板要你一两天内设法，不然就请你把被窝留下，另外高升。"

王金华吩咐式地说了过后即出去了，似乎颇有不愿与这样穷极无聊的人多谈的样子。继续田焕章亦出去了，房中仍然只剩下孙丘立躺在床上，以病后的身躯，抱着愁愤的心情。壁后的街头，仍然涌着苦力们运货的喊声，和用着杵杠声地的律响……

孙丘立的脑海正幻闪着旅馆的账房就要来抢夺他的被窝，驱逐他到露天去的凶恶的景象，一下他果然听见门外有脚步声逼近了；神经已变敏感了的他，心脏马上加紧地跳动起来。但待门开后，他才又放下了心，进来的仍然是田焕章。

"孙先生你家不要作急，过了两天之后再看罢。我们这里的伙计都是些穷人，但也只会专门欺侮穷人。"

田茶房一面打扫房间，一面这样说，正在窘迫和愤恨中的孙丘立，忽然得了这样的安慰，几乎使他感激得下泪；而且他想着这样的茶房，或者是所谓江湖上的侠义者了。于是他愤愤地急抢着田焕章的说话：

"王金华也不过是帮旅馆的人，为什么刚才竟装得那样的讨厌呢?"

"你那晓得；他虽是在当茶房，他的不三不四的朋友却多得很。那一'帮'人穷虽是穷，但却是不仇恨有钱人的，他们要用要穿的时候，只知道偷扒骗取，上他们的当的，反是无钱的人居多。"

田焕章整理好了房间后便又出去了，望着快要到了正午，旅馆中许多庄客，商人，闲暇者，消费者们，都渐渐地从鸦片的昏醉或麻将的疲劳中回醒过来，起来不断地打着呵欠，吐着一口一口的浓痰，等待着开饭。

孙丘立知道他的一碟咸菜，一碗豆芽汤及冷饭之类的饮食，必定要待其余的客人都吃完过后，才会摆在他面前来，所以他只好仍然躺在床上，脑内交替地印着田焕章及王金华的两个不同的姿影。他一想起前一个时，他觉得自己虽是在乌暗的黑焰中，却有一道毅然的红光点耀着，一忆及后一个时，便觉得四周又是迷障密合起来了。不过即任这样的幻想中，那年牢牢地抓住他的心的，还是"你要晓得，朱大人昨晚到账房去打过招呼，说他不能再担保你的旅馆钱了。账房老板要你一两天内设法，不然就请你把被窝留下，另外高升"的凶狠狠的一段话。

三

这是一月以前的事。

四川有一个县立中学，正值新学期开始。孙丘立也从乡下怀着四十元的宿膳费走进城来。可是一进了城后，他并不进学校去缴费入校，却打听确实了河下汽船的拔锚时刻，便马上把行李搬上船去了。

这时县城的学生，还受着五四运动的余潮，大家都憧憬着向外求学；有钱的到了国外，但大多数还是趋向北京，上海，南京一带。学生的这种渤渤向外的空气，虽然孙丘立也感染了一些，但是一个小农的儿子的他，这回确是另外有一个直接的动机。当他在这次的春假回家时，父亲便对他说：

"丘立，像我们这样人家，本来是读不起书的，都是因为你的叔叔劝，才设法拿你去读，你已经中学都读了一年，还生不出效用来，就还是不再读的好吧。"

生来只会揉泥巴的丘立的父亲，也深知道种田的辛苦；所以他平常总想使儿子这一辈要吃个饱，穿个暖。可是他见着手上所打的一百两会银已完，而儿子还没有人来请，便使他有些作急了。孙丘立知道父亲是不懂得作事要毕业文凭的，他很想详细地为父亲解释一下，但父亲的唠叨又开始了。

"我想是空的；起初我以为不拿你读几个字，你的叔叔将来做了大事，就想用你你也够不上；现在他游了洋学转来，却远远地住在南京，也不曾写信来说要你去做事。我看那一类人穿那一类衣，你还是回来一同揉泥巴的好吧。"

"叔父就不管我，只要毕了业我自己也可找事做的。"孙丘立终于这样的争持了一句，可是父亲只是摆头：

"唵！家里那有几多钱来供你用呢，会银早已用完，现在还要一会一会地上出去；粮饷又大：连民国二十几年的粮都预征了去，还有什么国防税，临时捐。你想几颗谷子够那一桩！"

丘立说了一句，父亲便是一长篇。而一说到家中的穷困时，丘立便无法对付了。可是几年来的学校生活，不特使他已不甘永远屈伏在这破产的农村，而且外来的新空气的熏陶，又早已暗地在心田种上了叛逆的根苗。于是从前在报纸杂志上所读的"青年逃婚"，"青年反叛家庭"等等的记载，现在便成了他的应用的好资料，而"铤而走险"的计划，便也在这时决定了。这计划是：执拗地要求再读一学期的书；能把一学期的宿膳费从父亲处诈取得来，偷跑的路费便有着落了；偷跑的目的地是南京，因为他知道那远房的叔父是在一个大学内当教授，他想这样的新人物一定是乐于提拔他的。

路过县城的汽船，仅在河中停两个钟头。孙丘立上船时，统舱的铺位已经被人占满了。所以他不得不到账房去打一张房舱票。他把床位占好后，即暂时到甲板上去沉默地凭着栏杆往河中凝望。他想着这次的行动既增加了家中的无限的担忧，眼前摆着一条初登的道路，又不知究有什么荆棘与否。着两个暗影簇在他的心头，使他感觉了一些漠然的不安。但一回想蛰居乡村的无出路，便又仍然克服了这种不安的心情而决意勇迈地前进。

孙丘立回到舱位时，房内已经又来了一个面青骨瘦的客人；一个着军服的小兵，正在垂头低耳的整理床铺和安置行李。这一见便知是一个军事机关的办事人和一个勤务兵。这位客人见着孙丘立时，即将他横身打量了一眼，但初次出门的他，只好谨慎不作声的到自己的铺上去躺下了。

不久勤务兵即下船去了。剩下的客人虽在收捡自己的零碎物件，但孙丘立仍觉得他在不断地打量自己，而且终于先开口与自己谈问起来了：

"你是到哪里？"

"汉口。"

"贵干嘞？"

"打算出去住学校。"

"汉口是很熟的吗？"

"不熟，初次去。"

客人这样简单地问谈了几句，即从皮包内取出手掌大的名片来递与孙丘立。孙丘立接过来一看，上面是"四川靖国联军第×师师部驻汉采办委员朱武盛"的官衔。

"那末，朱先生也是到汉口的吗？"

"自然是的，因为公事的关系，差不多一年三百六十天都是住在汉口。"

一问一答，结果说到了他们一同到汉口，朱武盛并约丘立在汉口不必另外找栈房，即暂时住在他那里，然后找船到南京；人生路不熟的丘立自然乐于承认了。

一时朱武盛从他的一个大网篮内的杂物中，取出了两个包裹，一面又把皮箱提到身边，预备从腰包内取钥匙来开。但他在包内摸索一阵，仿佛竟寻不着；待踌躇了一刻后，他即把两个包裹拿来向着孙丘立说：

"我的钥匙仿佛是勤务兵忘了交与我一样，这两件东西与我代为收检一下，好么？"

孙丘立的一口竹扁箱中，除了几件换洗的衣服和几本旧书而外，什么也不曾装着，所以他马上即把两个包裹塞到箱内去了。一心只想得一个熟路人的提携的丘立，自然看不出这是两大包烟土，至于朱武盛想利用他是学生来偷过检查的诡计，他更是无从知道了。

船快到了开头的时候，复有一位穿西装的中年人带着行李进来；他很昂扬地先把朱武盛的脸谱打量了一下，然后把视线移到孙丘立的身上，终于把房内的最后一个铺位占领了。他们问谈了过后，知道这人是一家洋行内的买办，也是因公务要到汉口去的。这样，一间舱内装着一个军阀的爪牙，一个买办阶级，一个从破产的农村逃出来的学生出发了。

可是船刚走不远，这一舱内三个人的谈话，显然有些不投机：买办听不来朱武盛的"师长上师长下"的口吻，而且最讨厌那一口一口的浓痰和那套黢黑的牙板。朱武盛也有些看不惯买办的"假洋人"的神气，胸脯总是直挺挺的，而且爱把一只手插在裤袋里。孙丘立则很少参加谈话。这时他算是一个旁观者。

"浮图关那一仗，全靠我们师长花钱买敢死队，不然全城的百姓又要遭殃不浅啦！"

谈了谈的，朱武盛又说到师长，而且显然有些夸耀。可是买办却不肯甘拜下风，他冷笑一声，也说出了他的权势来：

"打进来也不与我们相干，我们到处都有 Foreigners 保护的。"

不久朱武盛忽然连续不断地打了几个呵欠，眼泪鼻涕一齐交流起来；他急忙取出烟盘来打开，使劲地吐了一口痰在地下，便像狗一样弯到狭小的舱铺上去了。

"嘿，我进来时就猜你一定抽大烟；吃烟人总是那样脸青面黑的。"

朱武盛又有些不高兴这样的说法，可是买办又面对着丘立把话继续下去了：

"吃烟人顶不好：办事一点趋赶性也没有，总是你忙他不忙。"

丘立笑了笑，不置可否。但朱武盛却不能再忍了；他一手拿着铁针子，一手擒住"打石"，说：

"那呀！就是大总统也禁不了我的抽烟！"

接着便是铁针尖上的黑膏在打石上滚个不休，一个烟泡子很快就成功了。以后他抱着烟枪吸了一个气醒，才闭着眼睛慢慢地吐了一网白雾出来，弥漫了满屋。朱武盛这样接续吞吐了几枪过后，仿佛鸦片的毒剂才浸透了他的全身，以后便闭起眼睛，像死尸似的躺着不动了。这种佯死的状态，一直遇着茶房的扣门声音响来，才被打破了。进来的茶房，脸上浮着谄笑，说：

"朱大人在安神哪！"

"啊啊，都收捡好了么？"

"是的。都收捡到底舱去放好了。"

"你想这一回怎样呢？"

"不要紧！宜昌查关的是打好了招呼的，汉口是晚上两点钟到，恐怕也不会有人来检查。"

茶房报告完后即退出去了。这样暗号似的会话，孙丘立不明白是什么，但买办却一听就领会了，这是在贩运朱武盛刚才的吞吐的东西，而且朱武盛的"驻汉采办委员会"的职务，他也明白了大半。

"这回的货很多吗？"

茶房出去后，买办的脸上泛着微笑，很内行地这样问，但他的口气不知怎的已经与从前是两样了。而朱武盛据江湖上的经验，亦知道这是与事无碍，所以也便直言不讳地说：

"这一批不算多，不过都是公家的货。"

"大概师长方面还要添购枪支的吗？"这回买办也说"师长"了。

"自然，这一次手枪几乎损失了一大半，所以许多都要补充的。"

"这回打算向哪一方接洽呢？"

"从来都是买办的东洋货；不过，他妈的，东洋手枪太不经打，依师长的意思，这次想买些德国制造的。"

"手枪的市价是如何呀？"

"东洋手枪大概是七十块一支，不过德国货听说要在一百五十块左右。"

"啊，那何不如买美国货，价钱还不及德国货贵呀！"

"大概每支要多少呢？"

朱武盛知道了这买办也是内行；一面又想起师长的吩咐，是他要出来探寻那一种枪顶合算所以他急翻起身来与买办面对面地坐着，更热心地这样谈问起来了。

"一百块上下就可以啦。如果怎样的话，我还可以介绍的。"这时买办兜罗生意的真面目亦完全显露出来了。

"啊，那好极了。你认识的是哪一家？"

"就是敝行！敝行也是作大批买卖的；有时真不知是在作洋油生意呢，还是在作军火生意！"

"啊，那更好了。但是介绍一次，可以得几多回扣呢？"

"那要看生意的大小回话。朱先生这次大概有多大数目呢？"

朱武盛迟疑了一会，终于暧昧地回答：

"那要看师长这次的货的卖价如何。不过千把只枪是不成问题的。但是红利的分配是怎样呢？"

"那当然是要照规矩的。不过详细的情形，要到汉口见过大买办后才能决定，因为要他才能直接与外国人接头。"

朱武盛与买办的这笔生意，结果是到了汉口再谈。但是现在他们已经加速度地成为情投意合了：朱武盛打开烟盘子时，买办已不说吃烟人是如何如何的唾弃话，朱武盛自然也不向着买办夸口自己的权势了。总之这一舱内的军阀与买办成了一伙，而孙丘立则成了另外一个存在。

这船果然无事地过了宜昌，便和孙丘立一同上岸了。

江边完全被浓雾笼罩，浓雾中的寒气，使衣薄的丘立冷得发抖。马路旁边的租界的房子，在这浓霭中威严地耸立着，屋脚的油柏路上，则停着一串串的黄包车；车夫们都用黄褐色的防雨油布把头裹起来放在车棚内，让两条赤铜色的腿子浸露在拖柄的中间；孙丘立随着朱武盛等走过时，若不是听着"要车子么？"的从假睡中叫出的慌张的声音，他几乎疑惑这是摆露着的一串串的死尸了。江边的瓦斯灯冷寂地射着街路树的尖梢，树脚下面微现着青色的茸草与游眺的椅座。沿岸所遇的行人，都是把头缩到褴褛的衣襟内，挂起绳索，肩着杠担，到刚来船上去卸货的苦力。他们一个个都弯腰驼背，现出营养不良的畸态和沉默受难的凄怆来。

外国人住居的房子却是精致而华伟，但是房子下面的无家可归的车夫却太像露死尸了！

外国人布置的风景确是清洁而美丽，但是夜半时，在这风景中走着的苦力却太凶恶了！

可是这时孙丘立也并不会对此起了若何的感想，便被朱大人引到这凤台旅馆来了。一进门口，便有人应声说道："啊，朱大人转来了！"但朱大人并不做声，便又把丘立引上了二楼；从过道上的半卷着的帷帘望去，许多房内，还有些睡眼朦胧的客人，正坐在零乱的雀牌桌边，伴着妓女打着呵欠。

朱大人走进了房间后，第一件事就是：从桌子的抽屉内取了一张红条出来，在上面印着的"大人"两个字上添了一个"朱"字，在"叫"字下面又写了"四成里三二号桂红"的几个字即递与茶房去了。

可是大约是受了江边的寒气的侵袭吧，孙丘立进了旅馆后，即觉得身上不住地打寒噤；继而便是头疼，继而全身也发烧起来了。起初他还努力地挣扎着。但后来终久使他不得不躺倒在床上了。他一面用被窝紧紧地蒙着头喘息着，但朱大人从对面床上吐来的一口口的鸦片，仍时时进他的被窝内来。孙丘立在这样的昏晕中过了一会，忽然听得有一阵女子的淫荡的喧笑声传来，继续即有三四个人开门进来了。从声音中听来，可以辨得出来时两个女子伴着一个男子。

"我怕你不回来了呢！嘻嘻。"一个女子——大概也就是桂红——的声音。

"哪的话，不过这回的公务多一点。"这是朱大人的话。

"呀！恩爱嘞，一来就坐上腿去哪。"这是另一个女子说的。

"烟嘴呢！"

"哈哈哈哈哈……"一同的淫笑。

"看呀，我说不来你要来，你看她的嘴那样厉害嘞。"另一个女子向着同来的男子这样说。

"因为我们许久不见朱老爷了。"男子的回答。

"你都许久不见，你想别人心里念得很不哪？你看她不是在埋怨我们么？"

"来就来，谁叫你多嘴呢；哟，王老爷，自家的人都招呼不住了嘞！"这大约又是桂红的话。

"哈哈哈哈……"又是一同的淫笑。

这样男女混同的谑谈喧笑，对于头疼发烧的孙丘立，确是一件残酷的事；他的胸间益加烦躁，两股恶气逆涌上来，使他本能地把头探出被盖外来。从帐子的合罅看去，他见着朱大人仍然横在床上打烟，腿边坐着一个比较身体肥满的女子；朱大人的对面则另坐一个男子。身上穿着背心，头上戴一顶瓜皮帽，旁边也偎靠着一个女人。那种狎邪淫荡的丑状，使孙丘立亦可以决定是妓女来。

"老王，近来，你那方面还好么？"朱大人吐了一口烟过后，即转过话题，向所谓王老爷的男子说。

"近来部下对于师长的风声很不好，说不定是受了运动吧，恐不久又要打的。"

"想来不关紧要吧；近来你那方有货到么？"

"信是来了，但货还不曾来。"

"啊，老王，"这回朱大人暂时放下烟枪，仿佛想起了一件重要事要说似的，"我这次在船上竟碰着了一个好买卖……"

"烟价卖得很好么？"王老爷听不出下文来，便这样催问了一句。

"不是……"朱大人又把烟枪拿到手上去了，"他妈的，东洋枪不经打，德国货又贵……"

"……"

"这次在船上竟遇着有人能够介绍卖美国货，这人不久就要到旅馆来，老王，我还可以介绍给你。"

可是听完了朱大人的这样间断的话，王老爷似乎并不怎样起劲，过一时他才略唏嘘的口气说：

"老朱，不过我近来倒要想改行了！倒不是要开玩笑，我想等这批烟到了过后，我想到上海去走一走。我看这次部下反对师长的消息如果确实，想来是难得打胜的。所以，莫闹得将来一个钱都不曾抓到手就倒台了。"

"唵，老王，你我知心人，我看现在还尽可以不必。打仗只要有军饷，一面既可以买收敌人的兵变，不然至少也可以买得一些敢死队。这次我们不是在重庆危险一次么！望着敌人要打过浮图关了，师长才急忙用二十块钱一条命去冲锋；你看！出城去就中一枪，手上还拿着白翻翻的洋钱的人不知有多少呀！"说到这里，朱大人也叹息起来，不过这叹息显然不是怜悯这些死者，而乃是羡慕这里有一个奇迹，所以他下结论似的，说，"那回，望着是败仗也打胜仗是打胜了，所以只要把底盘保守住了，便可多征收两年粮，多增加一点税，你还愁将来捞不起本钱么！"

"那自然是；不过卖鸦片来买外国军火，现在各处的军队都知道这个办法了。"

但这样的知心话，是不能多使两个妓女增加兴趣的，所以王老爷的话还未完，他所要好的一个娼妓便先撒起娇来了：

"我们走呀！人家几个月不见面了，何必多讨人厌嘞。"

"好啦；老朱我们还有四圈牌不曾打完，今晚上请来决个胜负吧，现在不久为难你们了。"

"哈哈哈哈……"

他们果然一同出去了。房内暂时的沉寂，使孙丘立松了一口气。但那些"卖烟土……坐腿上去……买外国军火……多征收两年粮……保守地盘……抓本钱……"等等的声音，还在他的耳鼓内不曾消失干净时，朱大人与他的妓女即送了客转来了。这次两人的谈话突然缩小，一种带黏性的语调，使人感出异样的肉麻。

"桂红，你变了心没有？"

"说话莫昧良心嘞，我哪天不等着你。"

"那末你是那家的人？"

"我是朱家人。"

从衣服的捺响声听来，很明白地知道朱大人是搂抱着桂红的。一时他们的话声更缩小为喃语，终于只听得床褥的轧擦声了。这时孙丘立仿佛全身都不能辗转一下，除了感觉胸前的激跳而外，一切神经末梢都完全麻痹无知。

无疑的，这样凶恶的刺激，把孙丘立的病增加了。他悔恨不应当与朱大人一路，但这时他已经感觉无法了。

后来他的病果然愈厉害了。朱大人见着医生来诊察是瘟寒带痢，他遂不客气地要丘立另移一间房住，丘立亦乐得免于嗅他的大烟气和听他的白昼宣淫，结果遂搬到楼下这件久无人住的房间来了。但还不曾住上两个礼拜，孙丘立的路费早已变成医药费和栈房费，到账房第一次来逼迫他的欠账时，他又只得忍着愤怒去找朱大人暂时替他担保了……

孙丘立鼓起眼睛望着屋顶，把朱大人和他的关系回忆到这里，他感觉了愤怒。而一股几近"无赖子"所常有感情，亦簇涌上心来，使他本能地举起脚来用劲地床板打了一下，同时自言自语地说："叱！不再担保了也罢；老子们滚到哪里算哪里，看你这曹吸血鬼把我怎样！"

四

翌日盘旋在丘立心中的，只有一件事：他不相信硬有强剥去衣服，把人推到露天去的事，但假如硬有这样一来，又将怎样对付呢？这个不愿有的"假如"，在他的狭窄的思路上碰上了壁时，有时竟会忽然一闪而得了一个解决似的，不过这个"解决"还是"假如"——他想"假如"这旅馆内的住客都是不能付账的，那便用不着他一人来焦急。这样一想，于是便有一群形势汹汹的人，连喊带骂地打进账房去的影子，在他的脑内旋转，同时也觉得胸前累积的东西往下一松而畅适了。

不过这种假想，毕竟只是一时，合乎理性的期待，还是指望家中的来信。丘立的两个手腕，托着他的沉重的脑壳，俯靠在床边的桌上，脑内正不断地闪映着一个红格内装有自己的姓名的信封，他恍惚中听得有一阵足音响来，真的有写着"孙丘立先生收"的一封信，奇迹似的摆在他的面前。他的发花的眼睛，若不见着田茶房站在面前，他真疑惑这是一个幻梦。

抱着性急的心情，丘立抖战地拆开了信的封口。可是不久他的两颊便由兴奋而渐次转到苍白了。信中不曾带来钱的消息，而乃是装满了"穷"和"封建思想"。父亲的不善表现的字句上，那"骗款潜逃""不肖子孙"等等的意思，却可以明白地看得出来。他的眼睛更渐次花了。

"没有寄钱来么?"早已猜透大半的田焕章含笑地问。

"没有。"这是过了半响，丘立才回答出来的两个字。

"没有也不要紧。我倒与你家想了一个办法，你看可好不好。"

"你想怎么样呢?"丘立下意识地把头脑放清晰过来，很热心地问。

"我想你顶好马上搭船到南京的亲戚处去；在此处只有愈拖愈长的。"

"船钱可不要担心，我去与你办一个'黄鱼'就是。"

"嗯？怎样黄鱼？"丘立鼓着眼睛，有些不懂。

"我有一个熟人，在一条东洋船上当伙食老板；这船明天就开，你可到他那里去找个地方住，船票和伙食都不必出钱，察票的来了呢，只要躲避一下就对了。伙食老板自然会关照你的。这就叫搭'黄鱼'。"

田焕章见丘立还不甚了了，于是他又继续说：

"至于栈房钱，这也没有几个，算我与你招呼了就是，到了南京你再兑来还我好了。"

"不必！"丘立瞠然了一会，忽然提高了嗓子摆着头说，"我倒要看看那些怎样来要我的被盖，要我另外高升的人。"

自然觉得田焕章这样侠义的提议，在他是顶好不过的了，但突地他觉得这又有些下不去；他想不乱动已经是乱动出来了，倒宁得更乱动个到底。可是田焕章的满腔好意，突然碰了这一个钉，不特感到了意外，而且胸内开始了鼓动，脑内也起了些混乱，他想解释一下：

"或者我这话说得太唐突了，是不是；不过这也用不着介意；人生路不熟，吃点眼前亏也不合算。"

"但是你并不是有钱人，那能这样来！"

"对了，我不是有钱人，我才晓得无钱人受逼的苦处。我还不是从乡下来的！咳，愈有钱的人总是愈想钱，我倒经过得多，你看朱大人，还不是！王八蛋，我从前还来得惨……"

田焕章本想把他的初意说给丘立听，不料他的过去的一场倒霉事情，却一下涌上心来，使他两眼发红，前额上突起了两股青筋，说得特别零乱。

但是这一段分岔的话和他的脸色的突然变异，倒够使丘立愈瞠目起来，在他田焕章摆着头把话中断了的时候，有些摸不着头脑的，问了一句：

"啊，你家从前也在乡下么？"

"还不是！我还更倒霉咧。"但他也着实感得自己确实有些兴奋，一下又把话转过来，"说来太长，已往的事不管它的好；你晓得，穷人才知道穷人苦，只有穷人才帮穷人的忙，对的，无钱要想混到有钱人那里去，是这样，一定要被人一脚踢下来；真的，我刚才并不是想要学那些施恩的，我不过想我们这样的人，是有饭大家吃，你家不必客气，也不必多心。"

田焕章装了很大一颗心来说明他的初意，还想要说点道理出来，现在总是算说完了。但是他马上感觉说得不好：说的时候脑内不停地打转，嘴巴总是不跟着来。

可是这些不十分清晰的话，却把丘立的心抓住，而使他的觉得下不去的心意，竟因此而释然了：

"好的。那我就领你的盛情了；我到了南京就兑来还你。"

丘立这时候的感情复杂极了。账房，王金华，朱大人等给他的重压却被一个不可测量的人与他解放下来。从话中听来，他觉得田焕章倒也不甚像一个江湖上的侠义者，然而那零乱直爽的口吻，自然又不是一个平凡的人。到他想再要知道些田焕章的来历时，田焕章已不在他的眼前了。不知怎的，现在他才起了一些感伤的心意，他瞠然地在屋内鹄立了一会，忽然抱着头斜倒上床去。把脸紧紧地贴着被条，流了一阵眼泪。

五

伙食老板的一个钱柜，当成铺位来把丘立载起了过后，茬苒地已经过了几天。凤台旅馆中一切都依然，商旅庄客等继续作市侩的打算，朱大人们仍然周旋着鸦片和手枪的买卖。连那雀牌的声音也时时响到午夜，许多黑牙腔内吐出来的鸦片毒烟，仍不分昼夜的缭绕在屋内。若是在这些长流不息的继续中，勉强找一点变化来，那便是残剩过两次的"番菜"，再已无人来偷食，四街的苦力们，可以多买得一点油脂的羹汤了。

一晚上，守夜的班次，又轮到了田焕章。他深夜坐在一把陈旧的木椅上，偶然想起了那个去了的病后的青年。当丘立在旅馆时，他曾问过丘立的家境，知道丘立的家是栽种自己的几亩田园，说起来时比他从前佃"二老太爷"的房子和土地要富裕一点。但他又知道了丘立们的收获是分给国防和征收局等，自己的收获是大半归"二老太爷"受用，结果完全是一模一样。所能自己的凑成丘立到南京，不外是帮助了一个同类。

可是他这样一想，过去的旧事，竟又打动了他的旧恨。报私仇的心意，虽然早已打消，但这旧事仍然挑拨着他要去斩了"二太老爷"的头，挖了"大少爷"的心时才足以甘心。

"唵！妻子也真可怜；现在还在侍奉大少爷，或者已经讨了厌恶，早被逐出去了呢?"

恐怕已经不在世上了吗；她提起包袱起身的时候，不是哭得那样厉害么！

"还有那个独眼王婆，也真是可恶！"

旧事使他重重叠叠地这样回想，妻，二老太爷，大少爷，王婆等等，都一幕一幕地在脑内再映出来。

二老太爷是田焕章的旧东家，也是满清时代的一个作不起八股文章的秀才。他后来用钱去捐了一个"顶子"，才名利获全，从此一乡人都称他为"二太老爷"了。

二太老爷的乐趣，就是常站在住宅的石朝门外观看周围的土地一天一天的膨胀，及到了晚上，等"二老太婆"也睡了过后，才把床边老银柜打开，小心地取出白亮亮的银子来点数一次等事。他平常的极伟大的志向，就是想由家到镇上时，路上不经过别人的田塍，而这个志向，他以为是很容易达到的，因为平时总是那般的：人在赚钱，钱也赚钱，土地更找钱。

他正在向着这个志向迈进的时候，可是有一年却干旱起来了。插秧的时分，田水既不深，到第二次耕耘时，泥饼已经露出水面来了。

这种旱魃将临的预兆，不特使二老太爷作急，而尤其心焦的，还是他的佃户田焕章。他每次望着天上的云霓起而又被风吹散，他便每次在晚饭后要向妻唠叨出他的心底的隐忧。这时往往在他的唠叨落了许久过后，他才听得妻从灶下发出一种分岔的意见来：

"我说佃户还是'分租'好，有多分多，有少分少。"

这时的妻，往往是灶火烘得两颊红晕，现出农妇的娟美，灶洞中的柴火，闪闪地发出炸声，大锅内的猪食亦煮得渤渤地响。但毕竟他们的田不是"分租"而是定租，所以田焕章觉得他的妻的话是分岔的。

田焕章与二老太爷议定租约的时候，实是各抱着各的心算：一个以为这样一来，只要辛苦一点，就可多分得一点，万一遇着年成不好，也可以求东家让一些；另一些则感觉"分租"有须去监督收获的麻烦，而且在这样兵乱事多的时候，"定租"实在是要安稳些。所以两种不同的打算，竟得趋于一致了。

但是现在焦躁着的，自然也不止田焕章一人，这样的干旱，使四乡的农民都逃不出恐怖。他们消除这恐怖的第一步办法，便是在镇上公认了禁止杀三牲六畜，向龙王菩萨忏悔，但火团似的烈日，并不曾因此躲避过一次。于是他们不得不采用第二个较为积极的手段——直接起来，求雨了。得了几位捧脚绅士的公推，二老太爷遂起来当求雨会的会长，而且他还在募捐簿上慷慨地写了"捐会银一大锭"的字样……

求雨会开张了。龙王庙中不断地响出和尚的木鱼声，庙宇顶上有几旒黄色的祷幡，在热风中飘展。田焕章和妻子的心放下了些。落雨自然很好，纵不落雨，那挺身而出来作会长的二老太爷，亦不难于扩大慈悲来减租：他们是这样推想……

在和尚们敲起木鱼做法事的当中，自然也曾奇迹似的过满天的黑云，但可惜总是起云不下雨，而且末了连云也不起了……

求雨会做了一月便散会了，散会这一天，二老太爷特别穿了一件上下两节不同的大绸衣，使许多来会者叫不出名字，但也有人认得这是叫"罗汉衫"。这罗汉衫上吊了烧饼般大的一个表，走路时，不住地向胸膛的两边摆动。许多带着锄镰来赴会的人，都不断地呆望着这个摆来摆去的表，而二老太爷的脸，也就愈庄严得似土皇帝然了。

和尚们引着二老太爷和许多人一同做了一个简陋的仪式，求雨会便正式告了结束。求雨用去的账目，不久亦由二老太爷公布出来了：

但是除了他捐的一锭会银还在荷包中而外，他还赚了十几块钱的事，只有他一人才知道。

农民们所望的雨，还是落不下来。钉铛锭铛，钉铛锭铛……金石般的铿锵声音，这样先响一阵，继续又是"铛！铛！"的几声较大的鸣响。江汉关的报时钟，暂时打断了田焕章的浮现出来的旧痕，他知道已是午前四点，快要天亮了。他感觉有些疲倦，一掉身便又靠到椅子的另一个把手上。

但是他马上又见着田泥大张着嘴，在那里吐出蒸人的热气，白鱼失去了最后一滴清水，早把实体横存在干泥上。田中见不着金黄色谷子，只有一块块的泛白的炎苞草，好像是田里生了癫病一样。

干土中的高粱，亦早垂头夭逝，让那枯焦的叶子，在灼风里招展；四周无鸟声，只有阵阵的蝉鸣，时时响在那些有枯叶的树头上。

望着收获的时候到了，可是田焕章老实有些怒气一样。一天他粗暴地骂着妻一同把地坝修补好，为的是使晒谷子时不致有些抛散。随后他先到郑家去换了一个工，即同来还工的邻家下田去开始割榖；他们在前面收获，妻子也蒙起蓝布头巾，提着竹篮，跟在后面去搜拾那残落下来的谷穗和稻树上还不曾脱尽的颗粒。他们这样地集中了最高的智慧，流尽了最后的血汗，总算是收获完了。分量并不算少，可是把分量中的枯叶臼谷等提净了时，田焕章的前面便只剩得小小的一堆了。

田焕章站在这小小的一堆谷子旁边发呆，心中累积着一种说不出的怒火，因为他知道栽种了一年，连纳租的分量都不够。

这一股说不出的怒火，现在还使凤台旅馆中的田焕章也愈趋兴奋，因为他的脑中，快要回忆到最后的一幕了。于是他很兴奋地看见二老太爷指天书地在骂他，说：田地是银子和钱买来的，没有一点让头；他看见自己气得像不知事故似的，与二老太爷恶言相骂；他又看着自己终于被二老太爷的两个长工推出去了大门过后，耳朵内还响着连连不断的"这还了得"的骂声……

过了两天，独眼王婆便一拐一拐地来了。睁开的一只眼睛，却带着满堆的微笑。她起初劝田焕章不要以一个鸡蛋来与石滚大门，末了才说大少爷要添雇一个用人，他是特来与田嫂子撮合的；她又说这样以来，佃租自然用不着补纳，缓后田嫂子还可以赚得几个回来……

但是他听了王婆的话后，却反像火上加了油一样。他骂王婆多事，末了几乎要像自己被推出二老太爷的大门一样来推王婆，王婆才又一拐一拐地转去了。田焕章知道大少爷是一个独儿，连二老太爷也是不甚管他的。大少爷雇用的女人，往往是进门不到几天便穿得漂亮起来，有人虽说这是由于大少爷的贤惠，但知道事情的人，才说这是由于大少爷有些不规矩，而且这不规矩的引线，便是这独眼王婆。

可是到了第二天，王婆却又来了。睁开的一只眼，仍然是带着满堆的笑。这回她说她完全是为好而来。大少爷因为看田嫂子还生得灵巧，所以才在二老太爷面前说好，让田嫂子来掉换佃租。她又说：大少爷也是一番好意，也是心很慈善，才肯出来转这个弯。末了她不笑了，她硬起来问：是让田嫂子去呢？还是马上纳租？

田嫂子自然是满腹不愿去，可是后来田焕章终于要她去了。真的，除了妻而外，他实在没有值得上那点欠租的东西。最后还是他咆哮了雷霆，妻才一面哭，一面提起包袱跟着独眼王婆去了⋯⋯

失掉了妻的田焕章，忽然想起来"报仇"的路来，他想先去当土匪，然后转来斩二老太爷的头，挖大少爷的心，不过在未找着土匪的门路时，他打算先到城市上去生活，而且以为这或者是易于碰着那到土匪去的路。这样，他便想起了前几年时，那一批一批的到桥口的外国纱厂去做工的人里面，有他的一个熟人来。所以他便逃出了乡间，也走上了那像虎口似的吸收着中国苦力的纱厂的路。可是像他这样充当纱厂的预备队的人，倒还不少，他到了桥口过后，那熟人便先对他说了厂中已无缺可补，然后才替他暂时找了一个客栈的茶房的差——所以结果他是到这凤台旅馆来了。

但他的熟人毕竟也不是土匪。更奇怪的，就是田焕章与他的熟人往还了过后，那报仇的事虽然没有忘去，而当土匪的念头，却不知几时竟打消了⋯⋯

六

丘立在嘈杂的南京的下关码头起岸时，夕阳已经搭过山边，江岸的残照的红晕中，已经溶上了许多暮霭了。他先虽写了一封信投交叔父的学校，但却不知道叔父的公馆在何处。所以他只好先到一家小栈房去暂住一夜，待明天再到学校去找。

这样，到了次日的上午，丘立便访问到大学去了。他先到"号房"去问"孙先生"在否，但传事却把他的老蓝布衣服和两颊落腔的面孔打量了好一阵，才诧异的问：

"是学生呢，是教授？"

"是教授。"

"你姓什么？"

"我姓孙，这孙教授便是我的叔父。"

传事听过了丘立的自己介绍，又重新把他看了两眼，才告诉他现在是上课的时间，教他在传达处等。

丘立抱着饿肚等到了十二点钟时，各个教室便吐出一群群的学生，使全校顿时沸腾起来，他知道是下课了。他注视着那些来往的人群，不久便见有一高一矮，抱着皮包的两人走来。两人都穿的小裤脚的西装，仿佛很兴奋的在谈论着什么，丘立已看出那身材较高，左肩微斜，上列牙齿凸出，走着八字脚的一个便是叔父。但这叔父则不曾见着他，正板起死沉沉的面孔，听着较矮的同路者的谈话，使他不得不赶上前去叫了一声："叔父！"

听着这呼声，叔父才暂时打断了谈话回过头来，但面孔仍然是板板的。

"你是孙丘立吗？你这里来做什么？"

听着这两句颇不像初见面的人所说出来的话，使丘立暂时惶惑不知所答，但一下他猜定这或者是在责难他为什么不直接到家去时，他才急忙解释说：

"昨晚才到；因为不知叔父的住处，所以到学校来了。"

"你现在住哪里？"

"还在栈房里。"

"跟我来!"

这"跟我来"三字,说得颇有些威严,但丘立的跳跃着的心胸,却一时稳定下来,他知道不曾遭了拒绝。于是他便跟在后面走,叔父们的兴奋地谈话又继续下去了。

"讲义中编进比喻的话,原来是常事,但是学生偏说这样的讲义要不得。你看学生的捣乱,不是愈渐明目张胆了么?"

同路的教授这样说。

"你用怎样的比喻?"

"我用我的'又要马儿跑得好,又要马儿不吃草'这两句。你想要形容一件不可能的事,还有更适当的话么?"教授伸长了颈子望着叔父,似乎盼望一个赞成的回答。

"总之都是他们西洋帮的教授在捣鬼。我看我们也要赶紧抓着一批学生才行。"

叔父的回答,竟成了这样的结论,但矮教授并不因此罢休,还不断地津津有味地连谈带骂:

"西洋帮都以为用原文教材就漂亮了,其实他们至多不过懂得两句英文,你而且还未必就'通'了!"

这样的交谈,丘立当然不能参加,他只有守着"跟我来"三个字走在后面;一直到叔父的公馆门前,矮教授才分手去了。叔父不作声息,在门上"嘭嘭嘭"地使劲拍了几下,一扇侧门便马上打开了。

侧门的右边,接联一间狭小的小房,房内的零乱而肮脏的铺设,可显出这是供用人的住处。左边则是一间较宽的书室,这两间屋都是前窗临着屋外的小路,后窗接联于屋内的天井。丘立随着叔父跨过了天井,便走上客厅来了。

叔父从后厅上的侧门走进内室去后,丘立剩在厅上,感觉心里有些摇摆不定。他开始打量客厅中的陈设，但厅中除了中央有一张孤立的餐台，靠壁有几条零星的板凳在打眼而外，一切都是寂寞而空洞的。尤其使丘立感觉异样的，就是进屋来已经过了许久，即一句话声也听不出来。

这样冷寂的空气，移时才被里面传出来的一阵咆哮似的声音打破了。这仿佛是叔父在骂什么。咆哮声完后又是沉寂，过了许久，丘立才看见叔父的板起的面孔从内房出来，后面还有一个团团的女人脸，在侧门上一晃便又缩进去了。丘立觉得这是在乡中见过面的姑娘。

"你出来许久?"

见着叔父在问，丘立便把离开家乡的时间，和在路上病了的事说了一遍。

"中学毕业没有?"

"还没有毕业。"

"没有毕业就出来干什么呢!"

丘立知道这话不单是威严了；他有些面赤，同时也有些摸不着头脑。但他很晓得在这样的形势下，不是说明他的真意的时候，所以他只用了"想早些出来求学"一类的话来搪塞过去了。末了他才见着叔父也终于很勉强地说:

"那末，去把行李搬过来罢。"

丘立将行李搬来的时候，值叔父出外去了。婶娘出来招呼他把床铺在侧房里面的一间小套房中。套房后面，紧紧地逼着厨房，所以墙壁都是被烟灰熏得乌黑，两扇狭小的玻璃，更是满挂着污秽的尘吊。

丘立在检理床铺时，婶娘牵着一个年约四五岁的孩子，站在门阃旁边闲看。她的团团的脸上找不出一点表情，只有那沉滞无力的两眼，微微地不时转动着。下身虽然穿有黑色的裙子，但上面所罩的灰色上衣，则又宽又大，长过两膝，高拱起的脚背，和那空了半截的布鞋，都表示出是一个中年的旧式女子，在勉强地趋时。

移时，与这套房的门口相对的客厅的后房门打开了。丘立见着一个女子用一付乌溜溜的眼睛向他打望一下，同时便踱进这套房来了。身上穿一件深蓝色的旗袍，薄薄的围巾，把头顶围绕了一转，又拖及膝间。两手各插在左右的腰包内，脚上穿的一双青色的软底鞋，被指头鼓胀得异常的丰满。

"这是你大婶处的蓉姊，都是自家人。"婶娘这样介绍。

丘立知道了这是叔父的亲侄女。大叔是很早就去世了的，所以现在婶娘不说"大叔处"而说是"大婶处"。丘立轻微地点了一下头后，即听蓉姊在向他问谈了：

"前两天就听说你要来，又说你在汉口病了，现在还好吗？"

"都好了。不过只觉得身体还有些虚弱。"

比起叔父的威严和婶娘的平淡不关心来，丘立觉得蓉姊的语调和表情，都温柔而亲热得多。

"蓉姊进了学校吗？"

"不，去年没有考上。"

蓉姊说了一笑，又把那漆黑的眼睛放过去把婶娘打量了一眼。

他们正在这样问谈着，忽然外边的大门上起一阵"嘭嘭嘭"的拍击炮似的声音，是叔父回来了。婶娘望了蓉姊一眼，即刻牵着小孩一溜就走。蓉姊也对丘立笑了一下，便静静地回到自己的房中去了。丘立有些摸不着头脑，但据这情形看来，倒很像鼠听猫声便"鸟兽散"了一样。

叔父回来后，仿佛是在前面书房里，到处都是屏无声息，连婶娘也是仍静静地躲在房中……

晚饭后叔父也不同谁讲话，独自在客厅上逗着孩子玩，丘立这时才走上前去，意欲找个机会把自己的来意说明。但叔父再也不问他什么了，连威严的话都没有。末了，丘立只好大胆地抱着"你不开口我开口"的心情先问谈起来；于是他先问及南京的学校情形如何，每年所需的费用几多，次问及了自己住什么学校适宜。果然，在他们的这些滞涩而有间隔的交谈中，丘立终于觉得是他说明真意的时候来了。他听着叔父在问他身边还有多少钱。于是他即刻把家中如何的穷困，父亲如何要他辍学，以及他如何逃跑出来的情形详述了一遍，然后很委婉地说：

"所以我想出来找个出路，想请求叔父暂时帮助一下。"

可是丘立说完了过后，不得不惶惑了——他竟听不出回答来。他见着叔父的涩滞的脸上更封锁着一层黑云，黑云中间，还现出满不高兴的两只眼睛。过了许久，他才听着有如下的一段话，从那不合缝的牙腔中漏了出来：

"你这样不得家庭的许可就跑出来，未免太过于糊涂了。外面不是那末容易过活的。至于说到帮助的话，你看我哪有许多钱来帮助人！现在我拖了这一大网人还正无办法嘞！"

丘立知道碰了钉子！希望的计划虽然费了攸长的时间，但希望的破灭，却只实现在短短的几句话里！厅上荡漾着沉默，使人着实有些难堪。隔了一阵，拿在厅壁上呆稳地看着这幕悲喜剧的电话机，才自动地出来转换这个局促不安的空气，一阵急迫的铃声，使叔父走去把听话筒拿着：

"谁呀？……老黄么……有重要的消息？……好的，我马上就过来。"

叔父把听筒挂好，在厅上踱了几个来回，才吩咐说：

"我看你还是写信回家去设法的好，现在呢，就暂时住在这里罢。"

叔父出去了。丘立回到套房时，在过道上见着蓉姊立在门边，脸上有些忧虑不快，及见着丘立走过时，似乎又悒然笑了。

丘立走进房后，颓然地在床沿上坐下，刚才的幻灭又在他的脑中一闪地掠过。他的眼睛望着靠窗的桌上的洋油灯发呆，那洋油灯却忽然膨大起来，渐渐变成一个形似田茶房的人，在向他打着手势而且很零乱地说：

"无钱要混有钱人那里去，是那样……一定要被一脚踢下来……"这形似田茶房的人说到"踢下来"三字时，便把上躯向后一倒，丘立仍然见着是一盏鬼火似的洋油灯在桌上飘闪着。这是他不觉起了一个切实的感想："万不忆田焕章的话灵显得这样快，现在事实上已经是等于'踢下来'了。"

于是他便在箱底找出一点纸来，走到那盏飘闪不定的灯前去开始写家信。他一口气写好后，便又凝视着那张信纸呆呆地发痴，但又觉得除此而外，实在已别无办法了。末了他还是决定明天拿去投邮，便脱衣上床去睡了。

可是在床上辗转了几次后，全身虽疲倦得不想一动，脑经却很清晰地在垫枕上岑岑跳响，连对面房内蓉姊的揭书页的声音都听得出来，他勉强想睡去，却愈不能睡；关于前途的问题，明知现在是不能解决，但却又委实在死死地考虑着。那样期待着的叔父，现在竟得了一副威严而冷酷的面孔，而且最感觉与预期相反的，就是满心以为是一个簇新的家庭，但一进门后，却竟是那样的死沉，那样的窒息，甚至还有些捉摸不出来的现象。蓉姊倒是和蔼可亲的，但那付水汪汪的黑眼睛中，又似乎含宿了些什么似的。

末了，清晰地岑岑的跳响的脑经，不知几时也终于昏朦起来，然而不久便又忽然一闪，直觉又重新恢复过来了。他零星地听得前房有一些"王二又生得蠢……总不会买东西……暂且留他住下"一类的不相连贯的话声送来，他想是叔父已经回来了。

翌晨，丘立刚起不久，他便见着一个矮小的人进来。是昨天同路的教授。又从厨夫兼用人王二的传达声听来，知道这人便是昨晚电话中的老黄。这黄教授长了一对细小的眼睛；从那灵活而锐利的瞳仁看来，便知道不是一个庸庸者流。

"啊，我想我们昨晚商量的事情，要早点着手才行。今天我马上到省政府去一趟。学校里你去给我请了假罢。"

叔父走出客厅来，黄教授打过了招呼，便一气呵成地这样说。

"昨晚你走了过后，我们想还是要双方进行的好，学生方面，应得去确实地联络一下。"

叔父还不曾开口，黄教授像军师献计似的，又继续说了。

"行是行，不过学生方面是容易走漏消息，恐怕后来不好，所以……"

"不行！"黄教授又截断了叔父的话，"现在我们要取攻势才行。不然，学校真要完全被他们占领去了。看情形怎样时，我们还可以教学生先发动。"

黄教授说后，很高兴地掉身就走。继续，叔父也吃过早饭去了。

这些举动和谈话，都与丘立的预想中的事实相反。他以为大学教授的生活都是静穆严肃地在研究，在教学，其实则仿佛始终在使用诡计，筹划什么似的，虽然他还不曾摸着黄教授和叔父所谈的究是何事。

蓉姊饭后，便关在房内读英文。

丘立也想整理两本读过的旧书来温习，但正在这时，婶娘的团团的脸，却出现在他的面前了。裙子已经不在身上，使两只脚背特别拱得高，手上提着一个铺好了报纸的篓篮，恰像一个理家的旧式妇人要上街。丘立方怀疑着当跑街匠的未必就是婶娘，然而婶娘已经在同他讲话了：

"丘立，你跟王二一路上街去帮我们买菜呢；带他出来还不久，人又生得蠢，他总听不清楚这个地方的话，总是不会买东西。你跟他一路去，卖菜的地方他会指与你的。"

冗长地说完了后，婶娘便把竹篮向他伸得长长的。丘立这才明白了，当跑街匠的毕竟不是婶娘而是自己。可是这时他的脑内忽然一闪，便又怔忡起来，他觉得婶娘的这一段话，有许多是他在什么地方听过了的。但不久已立即恍悟了：这当跑街匠的命运，原来是昨晚上的那些零星而无联贯的话声早就为他决定了。

跟着王二走出了屋外，不远便是一个盛有腐绿色的死水的池塘。丘立提着竹篮，走到这池塘的堰堤上时，才又一股辛酸的愤恨逆涌上来，使他自嘲地想：

"毕竟还是父亲时常说'哪种人穿哪种衣'的话有经验；穷小子你想来读书么？这里早已经与你准备了一个菜篮子了！……"

七

跑街买菜，从此便成了孙丘立的生活。追求的"书篮"，结果竟变成了"菜篮"。

可是说也奇怪，起初，肘上挂着篮子走到门外的湖堤上时，照例心中虽不免有些凄酸，但经过不久这便很快地成了习惯，辛酸愤恨的心情，也渐次被消磨愚钝了。而且蓉姊的亲热，可算是悲苦中的安慰，婶娘虽然平淡，但亦不是怎样的难于相处，所以只要叔父不在家时，丘立倒也不感觉怎样的难堪。

这种灰色的生活，约摸过了几个礼拜后，才得了一点意外的发展，而使他的狭小穷窄的世界陡然宽大了些——有一天他竟在路上偶然地遇着一位同乡而又是旧同学了。

这位旧同学姓曹名孝植；从前的班次虽然高过丘立两级，但在一所并不广大的学校内面，他们也还时时互相往来而成了熟识。曹孝植在县中学校时的成绩是顶有名的，但是他的专门与教员作对，也是同样的有名，所以后来竟因为反对一个不良教员而遭了开除，从此丘立也遂不知道他的消息了。

可是这一天丘立挂起菜篮子正要走进一家杂粮铺去时，他觉得后面有人在拍他的肩膀；掉头过来，竟意外的认出这便是曹孝植——原来这位老友已经进了这里的大学了。

"你怎么在这里干这一套？"

曹孝植认确了是丘立后，连普通的几句见面话都不曾谈，便首先对着他的篮子放出疑怪的眼睛来。丘立期初有些不好意思回答，但后来终于含笑地说：

"这是我的职业呀！你看还像一位大司夫么？"

曹孝植笑嘻嘻的有点不相信。于是他才又问了丘立几时来了南京，现在住在何处等等。

果然，在这一些简短的回答中，他知道了丘立现在的确是过的一种复杂的生活。当然在这街头上，丘立还不曾对他说出详细的情形来，但一听着丘立是住在叔父的家中时，他便想起了那幅不令人高兴的板板的面孔，而且估量着这位假道德夫子定不会在丘立身上有很好的待遇。可是正在这时，丘立却在邀他一同到叔父家中去坐了。于是他用直爽的口吻说：

"啊！因为是同乡又是先生，贵叔父处我也曾去拜访过；但自从那一次以后，我便赌咒不再上他的门了。"

这几句意外的话，连丘立也瞠目起来。他知道曹孝植还是那样的一副傲骨，但不知这"赌咒不上门"的原因究是为的什么。可是曹孝植已经继续说下去了：

"这倒不是为的什么，不过在你那贵叔面前若行礼不如仪时，就要当面为难。可是先脱了帽，然后把腰屈到九十度以上的这一套，我又始终学不会。"

两人都笑了。末了他又把自己的住址告诉给丘立，然后才分手——而丘立以后时时偷着空闲到曹孝植处去访问的事，也便从此开始了……

是一个昏沉的下午。叔父不曾回来。婶娘抱着孩子睡午觉。家中支配着无生机的空气。丘立郁积得无可聊赖，不知不觉便又一溜地跨出了大门，向着沙塘沿的寄宿舍去了。他胡乱地走过了几条较为繁盛的大街，又穿出了许多砾瓦垒垒的废墟似的道路，终于走到了静僻如乡村的一个地带。在几畦蔬菜的旁边，有一长列平房摆着，这便是学生们自辟的寄宿舍，曹孝植也便是住在这里。

寄宿舍内似乎闹哄哄的，丘立一踏进门阈，果然见着与往次来时不同；床铺椅凳上乱杂杂地坐卧着许多人，而且都摆出一副兴奋的脸像，使他暂时见不着曹孝植在什么地方。他急举起眼来在这些人群中搜寻，才在一个角落上发现了曹孝植正埋着头与一位朋友在谈论什么。

"呀，来得好！你的叔父与黄教授等已经罢课了你晓得么？"

抬起头来，见着丘立已经站到面前，曹孝植才一面让座一面这样说。

"哦？还不知道；他在家中从不说什么的。"

"今天下午才发表的。我们也刚才知道。"

曹孝植递了一杯开水过来后，便又把刚才谈话的朋友介绍与丘立，说那是他的同学名施璜，同时也把丘立介绍了一遍。

可是这时房中的同学们的嘈杂声音，竟压住了他们的谈话，使他们不得不暂时静坐下来，听那些七乱八糟的各自信口开河的关于罢课的意见。"这一定是地盘不均闹出来的乱子呀！"一个声音飞来。

"我想这只不过是那专门跑省政府的黄小鬼一人干出来的罢了。"又是第二个声音掠过。

"管他妈的，纵竖不过是那些无聊的功课。这一来，倒反凑合我玩个痛快!"这又是第三种意见。

满屋都是喧嚷嚷的。谁也没有专一地听谁的意见,谁也不存心要说出来得有人听。这样过了一刻,才又许多把罢课的兴奋移到电影欲的兴奋上去了的份子退出门外,喧笑的声音,也才减低了些。

"嘿! 这还不是挨学生吃亏! 平时骂中国学生只晓得闹问题,不读书,以为这有碍学业——像这样的随便能罢课就不有碍学业了么!"

望着话声快要冷落下去的时候,突然又有这样很兴奋的几句话从对角飞来。这声音特别粗,特别大,而且又是郑重的意见,所以许多都把视线集中到他的身上去,认出这是二年级的一个学生。房中暂时哑了一下,显然是在期待着一个人起来回答。约摸过了一晌,对面床上才又一个人翻身起来说:

"其实据我看来,这次的罢课倒是很正当的。把持经济,引用私人:这样的校长若不加反对,学校那能够发展呢!"

"把持经济和引用私人这两条就是藉名;其实这来源还是由于黄小鬼的教务长不曾到手。"

"你说不是引用私人么! 你看学校的总务长,教务长……重要的位置,那一个不是西洋帮? 他们的确实在排斥东洋回来的先生!"

两人激烈地争论起来了,而且各人似乎都在拥护着一派。角落上的二年级的学生已经走在屋的正中来站着,一手插在腰包内,一手留来在空中指划。坐在床上的反对者,也紧紧地用手掌反抓着床沿,表示他不肯轻易地示弱。

"问题不是什么西洋或东洋,只要教授好,那也算不得引用私人。"

"那末,西洋帮的教授就说不上哪点好。连讲义都编不来,只晓得用原文教本来欺骗学生。"

"用原文还算坏么! 现在哪样学问不是由欧美来的? 我们要知

道一种学问的奥妙，只好从原文上着手，什么翻译本什么讲义都是靠不住的。"

"好，依你说来，我们中国人都是应当为外国人做学问了。你看许多西洋留学生连中文都说不通，论文都用英文来发表——这样，我们中国人还有一点学问上的长进，还望永不落人后么！"

现在罢课的问题被扔在一旁，而成了学问的"中西之分"的争辩了。其余的人仿佛不曾准备得有意见，而且显然也感觉无趣味，于是也就各自零星地散开了。

"那末，黄小鬼的'又要马儿跑得好，又要马儿不吃草'的讲义，就可以使中国人长进学问了么？"

"但是这也不见得就比用原文教材本坏。我相信只要教者的方针正确，讲义总会好起来的。"

彼此以为是道理的道理，望着快要引用完了。而两人又不肯轻易地分胜负。显然须得一个第三者出来转弯了。这时丘立忽然见着与曹孝植对坐着的施璜起来走到那争论着的两人面前，含笑地说：

"你们这道理应得请我来断：我与你们的意见都不同。从现在说来，学问自然不是对于全人类都普遍无私的。它的赐与是分有界限，可是这界限的两边并不是如你们所说的中国和外国，例如学问的进步发明了汽船与火车，但火车内部有头等与三等，汽船内也有官舱与统舱；这个事实是不分中外的。又例如学校内所讲的学问仿佛是万民同沾的，但其实也有在学校挂名鬼混的，也有想进学校而不可得的人，这个事实也是不分中外的。"

果然两人被这一段意外侵来的话打哑了。各自现出一副无法辩驳的窘像。虽然他们不曾心悦意服，可是也乐得这一段话来把他们的纠纷解开，于是静悄悄的一瞬便也各自散去了。

午后的时刻，已经快要过半了。暮色渐渐闯进了屋内，矮小的四壁上多添了些阴影。施璜凯旋似的转身过来落在原来的凳上，曹孝植已经在对着他发笑，仿佛在表示欢迎。

"真的，富国强兵的国家主义的思想，在同学中太浓厚了，这大部分都是受教习的影响来的。"

曹孝植首先恢复了他与施璜的从前的谈话。"所以刚才我说我们应得有个团体，而且不妨参加到学生群众中间去赶走这一批东西——走一个少一个。"

"不过这次的罢课，始终是他们的'帮口'问题，我觉得参加进去也是无益的——那只有赶走一个来一个。"

"不然！"施璜很热情地说，"罢课本身诚然无意义，但我们参加进去的目的，是抓着许多机会来暴露现代教育的丑恶，使学生群众知道教授先生们与军阀勾结的内幕，减少他们对学生的信用。"

曹孝植暂时无话，仿佛在审慎施璜的话正确与否。过了一刻，他才点头会意地说：

"对了。不过这一次我们还是不参加的好。我们现在的人数太少了——只有被他们利用的。"

"我自然不是主张这一次一定就参加；不过我觉得学校以后的丑恶的乱子准是多极了，我们得先有个团体来团集人的必要。"

曹孝植表示了同意。施璜的话也就在这里告了一个段落；同时恐怕丘立与曹孝植有特别的事情要谈，于是他便起身先走了。

丘立望着施璜转了身走，一直到那背影也从门外消逝了后才收回了眼睛。他对于自己所憧憬着的学校是个怎样的内容，这时也愈明白了。黄教授在路上愤愤的说出来的"又要马儿跑得好，又要马儿不吃草"的讲义，不图又在这里听着，不知怎的连自己也觉得这两句话有些好笑。可是正在这时，他听着曹孝植又开口谈话了，而这话恰恰又是问他以后读书的问题怎样决定。

"打不起主意。"丘立站起来无目的地望着屋顶，同时在床前打了一个转，然后又落到床沿上来正视着曹孝植，"第一，想依靠亲戚的梦已经醒了；第二，家中来信，除了责骂一番而外，便是叫赶快回去。还有，就是我已经起了疑惑——不知道现在进学校究竟有没有意义。"

"你也这样想么？"

"可不是！我已看透了：现在的学校，不外是今天闹帮口，明天闹罢课。"

"一点也不错。而且就不闹罢课不闹帮口，它也不能把我们所愿学的东西教给我们的。"

"所以现在的情形成了：回家去只有当牛；在这里也无出路。你觉得究竟怎样好？"

这是很诚恳而带焦灼的问话。曹孝植暂时没有回答。只是他的眼睛钉在丘立的脸上不动，仿佛在审查什么。略过一刻，他才很严肃地像下结论似的说：

"我所能贡献的意见很简单：先把进学校的思想放弃了，然后走进社会去。不过这不是进社会去摇尾乞怜，而是进社会去改良社会。的确，现在受着经济压迫而苦闷着的人真多得很；现在的社会是无法来解决这些苦闷，只应这些苦闷的人先去解决这个社会的。"

"是的；这个大道理我也早就懂得。现在我也看穿了亲戚骨肉，知道一个人是难于爬上有钱人那面去的。可是怎样能够进社会去？更怎样去改良社会呢？——这目前的问题，我就难于解决了。"

可是曹孝植突然大笑起来了。笑声一断，他即继续说：

"你这所谓目前的问题，不是已经解决了一半了么！提菜篮也就算是进社会：叔父是东家，你便是用人。东家不对时，你那菜篮便是武器。所欠缺的，只是那菜篮的武器有些不适合于你的使用罢了。"

这意外的大笑，和这一串直截了当的话，一直钻进了丘立的胸窝，虽然觉得有些过于新奇，但却能紧紧地抓住他的心。但曹孝植这时又恢复了平常的口调，说：

"所以我觉得你尽可以暂时在叔父处住着。暇时不妨常常到我们这边来谈；说不定施璜可以介绍你到更适当的地方去，他的路线是很多的。刚才他来约我们组织一个学术讨论会那一类的团体，我想你有空也可以来参加的。"

临别时，他又在书桌上抽了两部新出版的《路碑》杂志来递与丘立，说读《路碑》比在教室内听无味的讲义还好得多。一面丘立只正苦恼自己的无书可读，自然是很高兴地接受下来了。

走到寄宿舍时，时间已经接近薄暮。丘立觉得眼前添了些光明，身上增了些勇气。空洞的生活，也忽然觉得丰富了许多。他感谢曹孝植竟肯那样爽直而诚恳地为他计划。他大踏步着在路上勇迈地走着。他的这股慰藉的略带兴奋的感情，一直到他走到那个池塘的堤上时弛缓下来，——他见着堤旁的柳树下站着一位女子。到了相隔不过两丈远时，他认出了这竟是蓉姊在望着他发笑。

"原来你也偷着出来了么！刚才在沙塘沿那面听说叔父他们已经罢课了。"丘立强步上前去先报告了这个消息。

"我却比你先晓得！他刚才回来讲过了。并且说今晚在黄教授那里商量什么，不回来吃饭，所以我才出来走一走。"

于是两人的活泼的谈话开始了。这里不比在家中——要拘束什么。丘立说：

"蓉姊太用功了，应得时常出来走一下才行。"

可是蓉姊的脸上微微现出一种苦笑。从来总是含蓄的眼睛，现在却无拘束地转动着：

"这也说不上用功：不过我想早点考上一个学校，好算一桩事。免于叔父的那些闲话。恐怕你还记得；你初来的那一晚上，他不是对你说他'拖着一大网人'么；我在房门上听得清清楚楚，这'一大网人'就是暗指着我。这话真不知他说过了多少次数呢！"

丘立这才完全明了那一晚上在过道上所见着蓉姊的忧愤不快的原因，以及平常戚戚寡欢的道理了。这时突然一股暮风吹来，把蓉姊的青丝葛裙卷得高飘，使她急忙屈身下去按住，一面又邀丘立再到前面的空地上去走一走。

　　"可是蓉姊总是还算比我好，用不着跑街呀！"

　　两人都不觉启齿笑了。蓉姊说：

　　"我若不是一个女儿，恐怕早就跑起街来了。去年考落了学校时，他差不多骂了我一个礼拜，说：这样不中用，一点独立性都没有，以为有依靠处就把学校不打紧……"

　　蓉姊的脸上渐次染上了红潮，似乎随着这过去的解释而兴奋起来——"其实这学校的落第，也不能完全怪我。隔考期还不上一礼拜时，我们还在乡下。所以头天赶到，次天便考；坐在教室上还像坐在船中一样——头晕眼花的。你想那能考得好……"

　　这样边走边谈，他们衣襟穿过了堤上的许多柳树，走到一幅空地上来了。地上虽铺满了青绿色的茸草，但茸草下面却是凸凹不平的秽土，在那里纪念着：这是一幅繁华的土地，而今却早被太平天国的革命炬火焚烧了。走到这两堵残墙旁边，他们便停住了：丘立将夹着的杂志拿来垫在一块方石上面，让蓉姊坐下，自己却站在旁边，用脚尖来踢弄着青草和瓦片。

　　"所以我想今年若考进学校，我便搬到寄宿舍去住，考不起，我也想去学看护去了。现在第一是无住处，同时母亲又不放心，苦苦地一定要我住在叔父处，不然，我早就要搬去了。不过，丘立你也须得有个计划，你将来打算怎样呢？"

　　一直到现在，丘立都没有说话。他只默默地听蓉姊解释那从来的水汪汪的黑眼内所含蕴的一切。现在忽听得蓉姊转身来问他的计划，突然间找不着适当的话来。这样，略略停了一下，他才说：

　　"没有计划。就是泛泛地计划起来也是枉然。譬如我到南京，何常不是一种计划，但结果还是空的。"

"那末，就是这样当跑街？"蓉姊笑了。

"自然不。不过也不十分想进学校了……"

于是丘立继续说明他刚才与曹孝植曾经讨论过这问题，解释曹孝植说给他的意见，蓉姊期初听着时似乎有些诧异，但继续则默默地点头，后来终于微微地叹息了一口气，接着丘立的话说了：

"对了，现在真不是一个自由世界。可惜我竟生的是一个女儿命，而又过着这样囚牢似的生活，不能像你那样能随便走动！真的，一个人孤独起来，便什么也不知道，什么也不长进的。"

四周的暮霭愈渐次浓厚起来，远远看去，只有他们两个模糊不清的黑影，现露出旷地中间。这时他们两人都觉得是回去的时候了：蓉姊先站起来拍着裙子上的泥土，然后两人从苍茫的暮色中走回家来。

溜进家内时，婶娘的房中已点起了昏昏的洋油灯，而且还隐隐地听着似有人在哽咽哭泣。他们两人都惊异的相顾无语，猜想是叔父已经回来责骂了婶娘。可是这显然又有些不对，他们到处都见不着叔父的影子。后来蓉姊大着胆子走进房内，果然只见婶娘一人在对着一盏孤灯流泪，手上仿佛还拿了一点什么东西。小弟弟睡在床上不曾醒。

见着蓉姊进来，婶娘才拂去两颊上的泪珠，将手上的东西递过来，一面还一抽一抽地哽咽，说："是从……衣包中搜出来的。他时常逗着小娃玩，说要跟小娃接一个新妈回来……你看……里面写的什么？"

是一个桃红色的信封。信笺也极妖艳。可惜蓉姊有些看不懂，仅仅认得几个字的婶娘自然不必说了。这原因是：信笺上除了稀疏的中国字而外，还有许多扭七扭八的东西。移时丘立也进来看，但仍然是懂不透彻。大家都只能估定这是日本女子的笔记罢了。

三个人谈论着。婶娘还说叔父进来脾气的暴躁，恐怕也是为的这个原因。丘立和蓉姊有时虽勉强说这或许不是女子写的，但婶娘却知道这不过是他们在想安慰她而已。

可是他们这样谈论不久，外边的大门上，忽然又来了一阵"嘭嘭嘭"的拍击炮似的扣门声响。婶娘急忙将信笺装好，还到壁上的衣包内去，蓉姊也静静地回到自己的房中去了。不过对这样"鸟兽散"的情形，丘立再也不感着惊异：这是大家一听着叔父回来时的照例文章。

八

罢课忽忽地经过了一个礼拜。罢课派虽然有省政府的秘书作后盾，坚持着强硬的态度，但校长派亦不肯轻易示弱。在这种两势相持的状态下，显然须得一个新势力出来转换局面。罢课派觉悟了这一点，便想先来实行抓着学生的政策，裨用暴力来驱逐校长。这个策略，自然仍是出自黄教授的心裁。

可是叔父的脸像，却随着这两派搏战的加剧而愈现出焦燥。他从罢课的"策源地"——黄教授的家中转来，都是独自闷坐在书房里。这种怏怏然的来源，在他，是很复杂：学校事情的不如意，婶娘那附修补过来的肢体，蓉姊和丘立等的连累，固然都是其要素之一，然而归根结果，还是那留守在东瀛的一位候补夫人的时时寄来的信。起初他尚有很快就能凑足一万元的自信，但现在周围的情景，不惟使他感觉这自信快要成幻灭，而那位候补夫人之急欲得着"实缺"的相催，亦愈渐节节地逼人而来。

他每一次在书房内读了一封桃红色的信后，一闭目下来，便见有一位飘然的日本女子，从草席的垫褥上起来，用两手抱着他的双肩，倾手带怨地向他诘问：

"你的妻子几时离开你？我几时才能踏着贵地？你不是说一万元就可以打发他们走的么？你是否有诚意？是否有这个能力？你先就不应当诳说你无室，你现在还再来诳我枯守在这里么？"

这女人说完了后，仿佛很憋怨似的，把他向后一推，但他马上又见着一个无辜的小孩，睁开两只黑黝黝的瞳仁，无言的望着他，心中仿佛在说：

"不，爸爸，万一你要扔我，亦须得为我预备五千元的养育费，妈妈也要五千块才行。"

关于婶娘，他本是无所顾忌，很可以斩钉截铁地与她离婚。可是自己的儿子呢，他却没有讨厌的理由，那红红的两唇，苹果色的双颊，天真的蹒步，无邪的顾盼等，都紧紧地粘贴在他的心坎上，使他一念及割弃时，便感得心内恻恻地隐痛。可是就这妥协下去么？那双八字形的小脚，母猪似的身材，蠢迟的举动的旧式女人，无论如何也敌不过那有媚人的双瞳，起肉感的四肢而又带妖艳的现代女性。

在这种色情的追求和良心的苛责的夹攻中，叔父知道他唯一的出路，是在准备一万块钱的离婚费，而且这个计划，是他在日本时就同那位异邦的候补夫人共同预定了的。可是他一回国过后，才知道中国还不曾为他准备一个安静的大学教授的环境，使他的月俸不折不扣，而且学校的风潮亦时时风起云涌，连教授的地位亦摇摇欲动的。这样，他遂渐变为神经质，渐变为焦燥易怒了。在从前，的确如丘立的想像，他尚不失为一个簇新的人物，他劝家族中的人都应当去读书，自然也劝过丘立的父亲，劝过一乡的青年子弟；可是现在他管不着这样多了，他的唯一的问题就是一万块钱，所以丘立和蓉姊的招白眼，从客观上来说，也可说不能完全归咎于他。在这种背景之下，关于罢课的意见，便不得不常与黄教授起冲突。黄教授主张要彻底地推翻校长，叔父则以为可以在相当的条件下便实行让步。黄教授的内心以为：赶走了校长，说不定可以借省政府秘书的力量来对这个位置染指一尝，但叔父的私念则是：这样的孤注一掷，似乎对于位置上不免有些冒险。因之对于黄教授近两日所积极主张的拉拢学生来使用武力的政策，叔父则故意不出席罢课委员会来作消极的反对。

一天，叔父独自锁在书房内纳闷，而他的心却飘飘地飞翔到海外去了。他是住在一母一女的日本人家中，母的便为他每天炊饭，女儿从学校回来，便时时到他房里来补习功课。一直到当时，他尚不失为一个谨严之徒，他的房内，常常高挂着从曲阜买来的"圣像"。他主张用国家的钱的留学生，总得要为国家建功，实在不应再出国后的第一步便来闹离婚。他以为那蠢蠢蠕动的无知的发妻，实是社会所造成，这社会已经给了无限的苦痛与他们。吾们实无再来作"火上浇油"的权利。所以他不特不曾宣言过要离婚，而且还时时劝着许多同类者起来共同牺牲。可是自从他与那房东的女儿接近以后，他关于旧式婚姻的论调，便渐次改变了，而且也能够言之成理。他说：那些受着婚姻的痛苦而又不难离婚者，实是增长社会的因循，那些成千万的旧式女子既是社会所造成，这个罪咎当然还是由社会来负担。不过这种"名论"的根源，还是由于房东女儿的那双丰满的赤脚，那入浴过后进房来发散的肉香……所以现在他不出席罢课委员会而独锁在书房内的时候，他亦缥缈地看见一位日本女人紧靠着他跪着，白颈项的一阵粉香和肉香，老实在牵引他要像饿鹰似的扑过去，连大门上的扣门声都不曾听着，末了还是丘立来通报厅上又学生来会面时，才把他的一片回想打断了。

踱过天井，走上客厅来，叔父想着一定是黄教授所抓住的学生来请他出席罢课委员会的了。然而一见面时，才使他吃了一惊：凳子上坐着一位穿短装的客人，却是素来对"东洋帮"的教授不客气的二年级的学生。

见着叔父进来，这位学生便很庄严地站起来：

"我今天是想来问问先生关于罢课的意见的。先生虽是参加罢课者之一，但我们也知道先生并不是主动者。"

学生的一只手插在裤袋内，简单地这样说明来意，脸上满是要开谈判的样子。叔父想这定是有些乱子在内，他努力装起一副威严的口调说：

"一切都有罢课委员会的主张，我个人并没有什么特别意见。"

"不过罢课已经是一礼拜以上了。先生们虽然有所主张，但是学生们的牺牲也就够大了。这一次的内幕我们也知道一点，所以我们特来请先生行复课的。"

"这，我可不能简单地回答你，这是须待罢课委员的决定。"

叔父的话刚完，他见着学生已经从裤袋中把手取出来，又插进衣包内面去。

"不过今天我是代表大多数来与先生接洽的。希望先生考虑一下，在三天之内给我们一个书信的回答。"

学生说完后，便从衣包内取出一封公函似的信件来递与叔父，便又忽忽地去了。

叔父回到书房把信拆开；他先看见末尾上的署名是"学生复课运动委员会启"。信上所写的，大约与刚才的学生所说的相同，不过措辞也颇为强硬，而且末了还加上了"如先生等继续固执罢课，则生等也只好起来拥护学生的利益"一类恐吓的口吻。

信被扔到桌上。教授的两手托着颧骨：他想事情是愈来愈糟了：黄教授要想抓住学生，而学生却被人先抓住了。以后的事情，明明不知识谁胜谁负。爽性去复课罢，这有颇感觉有些对不住朋友，而且自己的这一份饭碗，也是黄教授介绍的；继续坚持下去罢，然而前途却又那般的渺茫。他一时不能得一个办法，他只是愈坚信非早加妥协不可了。末了他决然地起来去把那爬在墙壁上的帽子抓下，打算到黄教授处去一面报告刚才的事情，一面想借此来坚持他的"妥协"主张。可是他刚把大门打开，他便几乎与人撞了一个满面；而且他见着那附平常见惯了的细小的眼睛睁得很大，素来灵活而锐利的两只瞳仁分外地转动得快。这正是黄教授来了。

"你打算出去么？"黄教授抢先说。

"不关紧要；正打算到你那边来谈一谈。"

黄教授同叔父再回到书房来坐了。

叔父本有一番大道理要吐泻，但现在反被突如其来的黄教授压哑了腔。黄教授不特两只瞳仁转动得快，而他的舌尖也是加速度地滑动着。他先说这次罢课的胜败，是东洋帮教授的生死关头，次说到他已经得了许多学生的拥护，末了更"晓以大义"似的，要叔父积极起来。

"可是我知道的正相反，"叔父终于把学生的刚才的信来递与黄教授，"学生拥护的不是我们而是他们呢。"

但叔父的话显然并不曾因这封信而生效力，他见着这信壳从黄教授的手中打了一个转，便仍躺到桌上的原位去了。同时他又听着黄教授满不在乎似的，说：

"不要紧，我那里也有一封。我已经调查明白了，这不过是少数学生干的。叫几个人起来否认了就是。要紧的还是大家积极起来。"

叔父的满心"妥协"意见，就这样起云不下雨的被冲散了。

但是黄教授走了过后，他便又有些悒悒不乐。黄教授虽确已抓住了一批学生，但胜败总还是未知数，而且纵然结局是胜利，但那凑足一万元的欲望，并不能忍耐地等待这样遥远的东西。

到晚上来，天气还变得异常的苦闷，而且湿润的南风吹来，使人身上觉得异样的发燥。叔父在晚饭的桌上，始终不曾开一句腔，脸上正与天色显出同样的沉滞。他觉得眼前一切的人都是他的仇敌，无论婶娘，蓉姊，丘立，都是一样。他毫不愿见这些人，他只想一个人孤独的居住。及他回到书房来，把那上了锁的抽屉打开，取出一个桃红色的信封来拿在手上，他这样才觉得心内温和了些。于是他乘兴又把那放在最下层的旧信也翻了几封出来，想借此来把自身的抑郁的感情陶醉着，这时他更不愿有一个人进来打扰他了。

可是当他正展开了那纤秀的信纸读着时，便忽又不得不急把它塞到抽屉内去，他听得有扣门的声音。

进来的是丘立。手上还拿了一部杂志之类的东西。叔父的脸色还来不及表示出讨厌的动作时，丘立已经把杂志摆在他的面前了。

"我这个地方有些看不懂，什么叫'迭克推多'呀？"

叔父机械地接过杂志来看时，他的脑袋还满装着"我最亲爱的哥哥"，致眼睛有些看不清。他再看。果然才"迭一克一推一多"一个个的映到脑内去，用劲地把"我最亲爱的哥哥"之类的字赶走了。可是仍然不懂是什么意思。这回他却略感着有些发窘了。在物理化学的书上，却不曾看过这样的字。但不知怎的，他却不愿说"不懂"。于是第三次又来看上下文，可是仍然觉得有些生疏。末了他才把杂志的封面翻来看。他的眼珠不转动地在那"路碑"两个字上面钉了许久，他的发窘的两颊便忽然转成了勃怒，忽的"扑撕"一声响，杂志在空中一掠，便飞到墙头的角落上去了。

"吃！真胡闹！无事来看这些东西，过两天你怕真要来革我的命吗！"

这两句话像突然劈来的闪电一样，使房中登时弥漫了险恶的空气，预兆着将有一场暴风雨的来临。可是丘立现在不知怎的反异常平静，既无从前的畏缩态度，也不因叔父的权势而兴奋。他只不轻不重地很清晰地说：

"不懂的话，大家说'不懂'就是，何必话这样多呢。"

从未听过这样的话的叔父顿时哑住了口，脸上发出紫青色来。

他木呆地把丘立望着，想一定是有鬼附在这小子身上，才有这样不平常的话说出来。隔了许久，他才颤抖着牙腔说：

"嗯，你这是什么话！几时学会说的？我好心好意告诫你，你反来这样抵触我！"

"那末连这句话的意思也好好地告诫我就是了，何必动手动脚的呢。"

"哼！你这不知恩的东西，留你在这里，倒不读正书，反来刁蛮！"

"你说什么？我不懂什么叫'不知恩'！"

"那末，我问你：你现在吃的是什么人的饭？倒看不出你这样的人小鬼大！"

叔父把椅子向后移动，从新装势地坐好。宗法式地威压和漫骂既失了效力，这才把最后的催命符拿了出来，同时表现出"看你还有话说否？"的样子。可是他见着丘立仍然不懂，还是用着那个冷冷的腔调，又在说了：

"啊，原来说的是'饭'哟！不错，的确是吃过你的几顿饭的；可是你却忘去了：请一个跑街也得要吃饭。那末，现在我说我这一面罢：我家里的谷子不够拿粮，不够上税，我缺少的是钱，所以我才跑出来——以为你们这样受过高等教育的新人物，一定可以设法使一个想读书的人得着书读。现在我知道我这样的想法是错误了。可是我也不是白吃你的饭，我跑街，我携带小孩，但我都不曾要过一文工钱。"

丘立更期待着对面的更激烈的漫骂飞来，可是反因他这一段话而平静了。叔父知道了丘立并不是有鬼附在身上，而完全是前后若两人了。为什么变的呢？他想这说不定就是那躺在角落上的《路碑》在作祟。于是他终于改换了口调说：

"丘立，这原来是一句一句的硬顶上来，才惹我发了气——说出这样的话。我并不是不理你，再隔一晌，我便打算介绍你到大学去读旁听的。不过你不应读那样的杂志，要好好的学为人，不要跟着人学胡闹。"

"谢谢你，可是我已不再想进什么大学了。从前倒还把它看得神圣，以为那里面的人都了不得——能够改造中国，能够为人民谋幸福。但现在我总算是明白了——或者叔父比我还知道得清楚些罢，现在的大学实在跟粪缸一样的污秽，只不过养一批'狗打架'的粪蛆似的人在那里争饭碗罢了。"

叔父的脸又泛上了紫青色，而且恢复了从前的险恶，最后的忍耐的袋囊，仿佛快要被这有刺的话刺穿了。望着他那不合乎的牙关一动，闪电似的，便迸出如下的几句凶暴的话来：

"滚出去！你懂得什么！我没有几多空闲来同你讲废话。你高兴什么就去作什么罢。以后用不着住在我这里了。"

正在这时，房门忽然打开了。门上现出婶娘的圆圆的有些惊异的眼睛，仿佛已经在门外站了许久。进门后，她才用调解似的口吻说：

"丘立，有话明天讲，快去睡罢，你叔父近来的脾气不好，你莫要见怪他。"

"自然是要滚的——"

奋然地说了这样一句，丘立立即到角落上去拾起杂志来，走了。走出书房来，他见着蓉姊也在天井的黑暗中站着。

九

曹孝植躺在床上看新买来的《叛逆的朝鲜青年》。桌上一锅清水四季豆煮得霍霍地响，打气炉也烧得起劲。

这时门外忽然哗的一声响来，打断了他的注意力，掉头过去，天井的角落上的漏水洞正涌满着污水，而且溅了许多到门外来。他知道又是房东太太从楼上泼了些什么。阳光闪闪地在染了水的青苔上反射，太阳脚快爬上了墙壁。但孙丘立还不曾回来。

曹孝植忽然记起四季豆是应得离水的时候了，他急忙翻身起来去找盘子，打算捞起来凉拌。他与孙丘立在这里共营着自炊的生活以来，快近两月了。当孙丘立来说自己已经与叔父起了冲突，不能再搭留在叔父家中时，他遂满了口承认为丘立设法；租房子，搬家具……都是他一手包办。从此他完全把丘立看待如兄弟一样，用钱既不分彼此，而且事事都帮忙筹划。

而丘立搬出了叔父家后，又竟意外地发了一笔混财；这原因是有一天曹孝植忽然转来要他赶快到一个补习学校去办一张"在校证书"，说是在北京的四川学生，也因为无法维持生活，闹着要分川汉铁路的余款，而这笔款项的分配，南京的川籍学生也派代表去闹了一份来。所以只要有"在校证书"的人，都可以照分。这样，丘立在不明不白中，竟领到了五十元意外的款项，使他的生活暂时得以维持。

曹孝植在一盘四季豆上淋好了酱油过后，又打算去拿他的《叛逆的朝鲜青年》。可是刚一转身，他见着天井内有一团青湖绉裙子在飘飞，裙下一双丰润的女人脚走来，而且有一对漆黑的瞳仁在向他微笑。是蓉姊来了。自从曹孝植与丘立同住以来，她总是偷偷的来玩，而现在已经是彼此很亲热了。

"丘立出去了？"蓉姊踏进房来先问。

"去找他的新朋友去了；他这一晌总是在外面跑。"

曹孝植说后，即从新把打气炉的火抽大，预备烧开水来待客。

"又找施璜去了吗？"

"不是。他这朋友，想来你也是很熟的，不过你万难猜着这是什么人。"

曹孝植瞧着蓉姊笑了。是亲热的无拘束地笑。

"我也很熟?"蓉姊偏了偏头,很快地又说明他并没有再有一个认识的人在这里。可是她又见着曹孝植收住了笑容,很老实的肯定地说:

"包管你是认识的,一点儿也不会估错。"

"我不相信!"蓉姊仍然摸不着头脑。

"那末,我问你:你到过时衷书店么?"

"到过。"

"对了!就是那位亲自包书,亲自开发票来递与你的那位小伙计。不是你很熟的么?"

曹孝植把这闷葫芦揭穿后,得胜似的望着蓉姊,这才两人都泛上意外的微笑来了。

于是蓉姊的脑内想起了那位穿老蓝布衣衫,耳背后总是插着铅笔,客来便招呼,无客便拉着书来读的徒弟的面影来。怪不得曹孝植不肯一口说出,真猜不到丘立会与这样一个陌生人发生了交情。这样想了不久,便有一缕寂寞的感情,忽地涌上她的心尖上来,使她不得不敛去了笑容:她想丘立现在已经是处在海阔天空下的无拘束的雄鸟一样,可以振翮乱飞了,而自己则仍然是绑缚在一只囚笼内面,天天过着那般的阴沉的生活,天天受着环境的压迫,尤其不可忍耐的,就是近来时时都觉得胸里累积了些什么,想要发泄出来,但却找不着一个发泄的对象,因之反时时都感觉胸内只是空洞洞的。

"蓉姊(曹孝植跟着丘立一样地称她蓉姊)也觉得丘立的这朋友来得稀奇么?"

听着曹孝植的声音,蓉姊才猛地回省过来,努力恢复了她的常态,但脸上却留下了寂寞的痕态,说:

"倒没有想他这朋友怎样;不过我想我也是一个男子就好了。"

"为什么呢?"

"可不是么!我最近愈感觉女子的不中用——总是没有一股毅力。也许这是由于现在的社会不许女子出来乱闯,但这样的懦弱,女子自身恐怕也要分一半的责任。可不是么!丘立比我后进牢笼,却先挣脱了出去,而我还是从前的我。"

蓉姊忽然把话停下,不自觉地叹了一口气。曹孝植这才懂得了她的话的意思。但因为蓉姊住的地方,毕竟又是一位亲叔父的家庭,而对方又是一个女子,竟使他暂时不知怎样回答才好。所以他略微惶惑了一会,仅能说出如下的几句普通话来:

"自然照你现在的环境说来,是太过于孤僻了。不过我想这也须不着用怎样的毅力来摆脱,只要一考进学校就好了,那时朋友自然会多起来的。"可是蓉姊摇了摇头,表示出事情并不是如此简单。她略微沉默了一下,才慢吞吞地漏出了如下的两句话:

"我恐怕学校还不会考起,已经由一只囚笼被赶到另一只新的囚笼去了。"

话声有些发抖,而且说完过后,便双颊发红,把头埋了下去,似乎不知道这两句话应当说出来与否。一面曹孝植也因此而起了警愕:他诚然也知道蓉姊的环境不单是"孤僻",而同时也有些经济的束缚和宗法的压迫,但她从不会想到还有超乎这样以上的更复杂的事件,这更复杂的事件是什么呢,蓉姊自然还不会明白地说出,但从那泛着红晕的颜面,即那俯视着的润湿的眼睛看来,显然这绝不是一个孤独柔弱的女子所能解决的。他想探听个究竟;但恰巧这时蓉姊又抬起头来,勉强地发笑,说了:

"倒也没有什么。不过我不愿意别人把自己当着物品来赠送;如果我有个女朋友也好——可以商量怎样办,但现在我是与什么人都隔绝了的。"

"那末,我想有事总可以同丘立谈的吗。"

曹孝植终于这样插了一句。

"何尝不会这样想过；不过当时事情还不十分明确，而丘立又是那样的年轻，就讲，恐也得不到一个主见。"

蓉姊的眼光现出一些期待的神色，声音是那样的细微，仿佛像一个受了屈的小孩一样。曹孝植这时似乎也看透了蓉姊的心情。他一面警戒着自己的话，不致失于鲁莽，而自告奋勇地说：

"那末，蓉姊，你万一有为难的事，可否把我当成丘立一样，说出来彼此斟酌；我虽然懂不得什么，但说不定也有足以供蓉姊参考的地方。"

果然蓉姊在嘴角上现出了温柔的微笑，一面俯视着自己在裙上摆弄着的手指。暂时是感谢的沉默。

"还不是那些麻烦的事。从前我就有些疑惑，叔父到处都不准去，什么人都不准见，偏是黄教授一来闲谈，他便时时要我出去，借着事故使我与黄教授谈话。后来丘立一来，又遇着罢课的事发生，这种现象才暂时好了些；可是现在黄教授又时常来往了，而且到了前两天来，我才知道我从前的疑惑并不是虚疑。"

蓉姊谈到这里，便又把头低了下去，似乎有些迟疑难言；但曹孝植已经猜着了大半了，他很明白地反问过去：

"是不是谈到了婚姻问题?"

蓉姊寂寞地笑了笑，视线无目的地向着天井移去，后来才终于明白地说了：

"是前晚上的事。婶娘忽然到房间来对我说，黄教授还不会结婚，而现在社会上的地位又好，婚姻早迟都要决定的，问我的意思怎样。我当时说我还想读书，不愿这早就谈这些问题。可是婶娘又说这是叔父的意见，黄教授既系叔父的老同学，而且对待我们又不坏，连叔父的大学教授的位置也全仗黄教授的力量。婶娘说时，暗暗好像指明叔父是这样决定了。"

早已猜着是女子常有的问题，但却不会想着这对手竟是全校骂为"小鬼"的黄教授。曹孝植不知怎的也有些不满意蓉姊落到这样一个人的手中。他急带着颇有些担心的口吻问：

"那末，后来你承认了，还是拒绝？"

"也没有承认，也没有拒绝。"

竟是这样无力的回答。而这无力的回答更激动了曹孝植的不安，使他不得不热心地说出自己的意见：

"这样可是不行的，如果本人愿意，那根本就无问题了，如不然，那就非早点表示出决心来不可。这样的事一犹豫，一犹豫便往往要失脚的。对黄教授，我不想说什么；不过我以一个朋友的地位来说。"

"那是不成问题的；而且年龄又相差得那样大！"

蓉姊这时忽而坚决地抢着说了出来，重新表示出她的为难，并不是在估定黄教授的好坏上面。

"所以为得保全一个人的人格计，蓉姊，你更不得不下个决心来准备，若不然，事到临头时，便只有束手待毙地屈服罢了。"

蓉姊点了点头，表示采拿了曹孝植的话。但随又喘了一口长气，含糊地说：

"所以我想我是一个男子就好了——想什么就什么作；而女子总是顾东顾西的！"

蓉姊说后便忽地记起了她是借故出来买书的，不能够久留在外，于是她不待丘立回来，便先走了。留了一些不十分明了的柔弱的话语与曹孝植。

孙丘立回来时，曹孝植已经先吃过饭，正在洗碗了。他一走进来，便把腋下夹的杂志往床上一扔，比了一个叔父摔《路碑》的姿式。

"真倒媚！别人提起就扔的东西，偏有这样多人读。今天上街走到下街，所有的书铺都走完了，才在一家小店子内买到了手，但是已经只剩这一本了！"

"龙华不会为你留着么？"曹孝植揩干了手，走过来把杂志翻开，他见着第一篇是《对于将爆发的江浙内战应有的认识》这样的一个题目，同时又谈起时衷书店的小伙计龙华来。

"已经不在店铺了。问起那年级较大的一个来，才知道是回家去了。原因是为的与老板闹了架。"

肚子空了的丘立，这样简明的回答着，一面便去找曹孝植吃剩了的饭，留下曹孝植来一面翻着《路碑》，一面作了如后的感想：

"又增加了一个！怪不得许多人发生了恐惧，这东西正在到处的抓着人的心尖，把叛逆的火重点着呀！"

原来这龙华也会在乡间住过高等小学。因为在家的父亲贪图每月两元的薪水，于是毕业过后，便在这书店中开始了学徒的生涯。但是他的青年的求知的欲望，并不因此而消减，一有空时，便拉着旁边的书报来贪婪地乱读。他尤其看重了《路碑》，因此于不知不觉中，也对于那些买《路碑》的人们怀着好意。正在这时，《路碑》总是一到就卖完。他常常见着丘立走来扑了一空，于是他便告诉丘立承认到后，每期都为丘立预留一份下来，这样，他们遂从此渐由相识而变成朋友了。

丘立泡起开水来吃了两碗冷饭，不久便又一溜就出去了，说是要到施璜那里去。也诚如蓉姊的羡慕，他现在的环境，是海阔天空的了：虽然生活是比较的更无保障，但他毫不介意地总是在外面去乱跑，跑到哪里吃哪里；万一在各处的朋友处都把饭赶漏了时，率性就抱起肚子来饿一顿，丝毫不表现一点悲哀。

对于丘立的这种情形，往往使曹孝植发出惊异来：放弃住学校的念头，对叔父尽管用不着客气，找一个适当的地方去改良社会，这一切都是他教给丘立的，但他万不忆丘立竟雷厉风行地实行得这样快，而且竟超出了他的预想的程度，他本来叫丘立多认识几个人，朋友多了，自然可以找得到一条出路，但现在丘立认识的人已经超过了他所认识的，而且还有许多竟是他认识可以不必往来的不三不四的家伙。因此，他对丘立所起的惊异，有时竟会转成为一种怀疑，以为这是有些近乎"流氓"。可是这天丘立走了过后，曹孝植的脑内却徘徊着蓉姊的问题。黄教授不特在行为上和思想上都是可卑鄙的，而且那双老鼠眼睛和那幅鬼祟的面孔，一见就令人讨厌。蓉姊的态度，显然还不会十分决定；使她诱起抵抗的，似乎不在黄教授本身的这些缺点，而仅是不满意于叔父的专断。后来，他又想到蓉姊的肥润的两脚，玲珑温和的面孔，面孔上的笑窝和大的黑瞳眼等，竟要受黄教授那样的一个人物的拥抱和占领时，他忽然感觉胸中起了激烈的跳动，面颊顿时蒸热起来，使他不可忍耐。他急忙把这幅可憎的幻影逐开，从新假想着拥抱蓉姊的不是黄教授而是另一个人；可是他更惊骇起来了，仿佛这人也马上便成了他的仇敌；于是他急忙从凳上翻身起来，倒上床去抓上被条来紧紧贴着胸脯，似乎拼死也不肯失掉一件东西似的。约摸过了十几分钟，他才自制着突突发跳的胸口坐起来，幸好面前谁也不在，他打了个微笑，努力地想把理性恢复过来。他觉得从前也喜欢蓉姊；但这始终不过时像爱好公园中的好花一样，从不会想过要独占，但是现在一听见有人要来攀摘去插在私人的案头，便连自己也就发生了不愿放弃的心了。

蓉姊转去后，心里也起了更剧烈的激荡，更加紧地混乱了。她从前的心窝是一湖澄明的清水，虽也不时地在起波纹，但这还不过是为的学校问题，经济问题；但自从有黄教授的问题发生后，她便觉得有一个巨石投到了她的生活中心，在那儿诱起的激浪，还一层层地向着她的全身推播。这个巨石，自然便是婚姻问题，而所诱起的第一个环浪，便是她的婚姻的对象。因之先投来的巨石现在已经落到了底，而且在那里安稳了，可是这第一个环浪却在那里委实用劲地鼓动着第二个第三个，以至于无穷的其余的小纹。

　　为第一个对象的黄教授当然使她不满，但她没有马上拒绝的决心，这因为违背了叔父的意思，便又受着经济和宗法的两重胁威，而且没有一个强大的外来的第三者来补充黄教授的位置时，她的心也是空虚无力的。

　　可是今天回去后，她的心情又是两样了。黄教授的影子逐渐缩小，跟前时时闪现着一个曹孝植来。虽然已经是相见过许多次了，但她今天不自觉地却重新来开始审定曹孝植的身材，细想他的面孔，揣度他的性情，仿佛一切都是今天才初见，一切都是新的。到了晚上来时，心里益发紊乱，使她坐立难定，而且有时竟不自觉地在脑内画出了一些幻影，使自己发生羞怩，致不得不急忙倒上床去紧闭着眼睛。但这甜蜜的恍惚刚继续不久，便被一些现实而更严重的问题冲得七零八散了。叔父是否允许我？不允许又怎样办？决裂了后的生活问题又如何解决？不得已时还是屈服下去承认黄教授？——这一大串问题，像巨大的铁链似的紧紧地捆着她的身体，使她愈感觉自己的孤独，愈觉得需要一个第三者的力量来帮助她。在这样极端的恍惚和兴奋过后，忽然一股辛酸的悲意，软绵绵地涌上胸窝，床被上顿时滚着几点泪珠。她想起了早死的父亲，想起了家中的慈母，更想起了慈母重重地将自己托付于叔父，结果竟增加了叔父对自己的权威。后来这些悲酸的回忆慢慢地阻住了她的泪泉，脑内虽然仍是恍恍惚惚的，但全身却觉轻松了许多……不知到了什么时候，她忽然见着黄教授开门走进来了，可是也不曾来和她谈话，而这房间仿佛已是他们新婚后的住家。她正在疑惑：没有谈过一次心，没有相互的理解，更没有爱，就是这样便结婚了么？可是转瞬间她又见着黄教授站起身来在慢慢地脱衣服了，面孔是叔父对待婶娘时的面孔，呆板板的，鼠眼也显得更小。一时黄教授的衣服便脱精光了，而且快要向她的床上爬来；她惊骇得发抖，她急想躲开，可是已经来不及，黄教授像幽灵一样，紧紧地抓住了她的臂膀，使她毫无挣扎的力量。正在这时，她忽然听着有人在猛烈地拍门，声音震动了全屋，继续便是哗啦一声响来，门板顿时成了粉碎，一个不认识的人猛地闯进来……她急忙睁开眼来，只听着心脏跳动得快往外溢，眼前却什么都没有，自己的身躯，冷冰冰地躺在床上，桌上的洋油灯快要熄灭了。她略定一定神后，才一面起来整理床铺就寝，一面回忆着刚才的噩梦，寂然地笑了。她想屈服下去后的结婚生活，或者也不过如此而已，这时身上不觉又打了几个寒噤，她才急忙脱了衣服躲到被窝里去了。

十

时间忽忽地又走到了礼拜日。天气异常的阴沉，外面下着微雨。

近来施璜想组织团体的志愿果然已成了功，由许多爱读《路碑》的朋友成立了一个"时势讨论会"，曹孝植和孙丘立自然都在参加之列，而今天恰恰又轮了会期。

在未赴会之前，丘立便有些兴奋，不断地在地板上踱来回。这因为在上一次的讨论会上，由施璜处听来了黄埔军官学校最近要在上海招考学生的消息，而招考的确期施璜承认在今天告诉他，他认为这是一个绝好的机会；不特目前的生活问题可望从此解决，即要返还从来所受的耻辱和压迫，也是一条独一无二的出路——亦即是曹孝植所说的"找一个适当地方去改良社会"了。

可是今天曹孝植的心境，却恰与丘立相反。他默默地躺在床上，眼睛无目的地注视着天井，仿佛对那濛濛的阴雨，怀着无限的恨意——虽然他的烦闷完全是与雨无关。自从蓉姊的问题发生过后，他觉得自己陷入于一个不可解决的矛盾，而且是愈陷愈拔不脱。这是因为他近来对于蓉姊愈感觉放不开心，而家乡的早已作了妻子的姨妹，却又在心里阻挡着他，使他不敢无挂无碍的进行。他自然亦知道现在的离婚，早已算不得一回事，但自己总无勇气来掀起这一场风波，使那为自己包办婚姻的老母，在终年的时候来受苦恼。如果是别人处着这样的情形时，他很可以告诉他怎样办理，但不幸这当事者却又是本人自身。

"孝植，到上海的路费统共要多少？"

曹孝植急忙把注视着天井的视线收回，知道了丘立的踱方步，原来是在计划着自己的前程；他眼望着这位勇往直前的朋友，不觉对自己现在的沉溺的心情，抱了无限的羞愧，而且渐有些疑惑自己是以为常常理解得到却做不到的人了。于是他无心地随口地反问道：

"你真的想去投考么？"

"不去怎么办！久停在这里也不是话。"

丘立在床前停了脚步，很热心注视着孝植。但曹孝植已经看出了自己刚才随口说出来的话，竟诱起丘立的疑虑了，他急忙翻身起来坐在床沿上，很诚恳地说：

"我自然是赞成你去，为现在，也为将来。不过上海是很复杂的地方，初去时的住所，和朋友的介绍，都应得先与施璜商量周到。"

这时汉口的旅馆中的一幕悲喜剧，忽然重映到丘立的脑内来，所以曹孝植虽然说的是琐碎话，丘立也感得似兄长的教训一样。于是他挨着曹孝植的身边坐下，说：

"这些事我都问过施璜；他说他有一位朋友是在上海的一个'国民通信社'中负责，而且也与这一次的招考有关。这人便住在上海北火车站旁边的北站大旅舍内，施璜说一去便可以住在那里；

所以现在成问题的，还是自己的旅费。”

“横竖不过是一天的火车，我想至多不过几块钱就够了。”

他们正这样地闲谈着，曹孝植忽然发现自己的手表已经到了九点半；于是他们即刻预备出门，因为“时势讨论会”是十点钟时在施璜处开。

细雨已经停止，一股阳光从乌云的稀薄处射出，是人们的沉闷的心胸，也跟着得了一些快意。他们走进沙塘沿的施璜的宿舍时，已经有几个人先来了。

宿舍正是曹孝植住过的房间，施璜占领着他的旧有的地盘。隔壁的条桌旁边围坐着人，而靠近桌旁的床头，也代替了两把椅子。每人面前一本《路碑》，他们所讨论的题目，正是上面所载的《江浙战争的认识》。后来经过了详细地讨论，大家都承认这一次的军阀战争，将更增加一般大众的痛苦，促进了人民的革命化，同时也更加紧了封建军阀的崩溃的速度。结果完全同意《路碑》上的文章的意见了。

“现在南方已经承认容纳革命的势力，这正是大家很努力的时候。”

在讨论完结之后，照例有一时的自由谈话，而这样开头的便是施璜。

“听说这两期投考黄埔的成份已经与前大不相同，尽都是抱着反抗的青年学生，所以将来的黄埔，一定要成为革命的中心势力。”

“可是洛阳的玉帅也在招子弟兵呀！北方的基础，看来还是相当的稳固的。”

“那不过是封建军阀的最后的挣扎罢了。结果还是要归于失败的。”

“所以现在根本是两个对垒，一面是革命的民众，一面是封建军阀和帝国主义。”

……

这样，学生们所特有的活泼而兴奋的议论，暂时无止境的在房间中喧腾着，使丘立愈感觉自身的投考黄埔是光荣而有意义的事。

可是在这样的热烈的讨论会上，曹孝植始终不曾发言；他没有反对的意见，但也没有积极地起来赞成。在议论的当中，他曾见着施璜的眼睛，像有刺似的几次注视到他的身上，使他感觉有些惶愧，因之也几次想要说点话，但当他还在迟疑时，便又几次都被人抢先地说了。

当人们散去，仅剩施璜，曹孝植，丘立三人时，曹孝植估定施璜会对他有几句批评，可是什么都没有；眼睛虽仍是像有刺，而话题却转到丘立的投考黄埔的事上去了。施璜说上海的回信已经来了，不过确实地考期是临时通知的性质，暂时不能公开，凡欲投考者，须于本月尾的两礼拜前到上海报到。施璜把投考的手续，上海的朋友的介绍等又详细地说明了后，才终于像下结论似的说：

"所以你现在是须马上动身的时候了。"

曹孝植同丘立回到寓所时，已经过了两点。他们一走进天井，便见着房门是半开着，而且里面仿佛还有人在。曹孝植心里跳动了一下，他猜定是蓉姊来了。可是及他踏进了门阈，他才知道不对；房中确是站着一个人，但一刹那间竟认不出是谁，而丘立却早已跳到那人面前去拉住双手欢呼起来了：

"呀！稀客稀客！"

这时曹孝植才认出来了这便是时衷书店的小伙计龙华。还是穿的那件老蓝布长衫，但不知怎的，一出了店门，连身上的那股店员气味便都消减，而且面孔的轮廓也显得有些不同了。

"你不是回家去了么？"

丘立在倒开水的时候，曹孝植便先这样打招呼。

"对了；现在刚又出来的。"

"听说你同老板吵了架，怎么又会转来呢？"

一杯开水递给龙华后，丘立便插进来这样说，颇为这位环境相同的朋友担忧。

"是呀！但是回去后又受了老头子的一场臭骂，所以现在是两头受着压迫！"

"那末，还是打算回时衷去？"

"家里的老头子倒是要我这样，但是我想不干了；当店员真苦不过，何况又闹过架！"

龙华颇显着有些彷徨的神气，末了又说出他现在是暂住在栈房里。

这时曹孝植忽然挨进丘立，像献计似的，小声地说了两句，丘立的脸便即刻充满了喜色，掉头过来向龙华说：

"你何不去投考黄埔军校；他们马上要在上海招考，我已经决定要去了。"

"嗯？真的么？如果我也考得上的话，那真好极了！"

果然，龙华听了这意外的消息后，便像感电似的冲动了全身，刚才的那副彷徨而萎靡无力的眼睛，也果然活泼泼地转动起来了。继续他的两手又发着抖颤，从腰包中慢慢地摸出一封信来递与丘立和曹孝植，同时两瓣嘴唇也打着寒噤，补充说道：

"我原想出来走当兵的这一条路的，但我却不晓得黄埔要招考！"

丘立和曹孝植两人接过信来一看，信封上面写的是"烦面交洛阳"，经过了一长串的军，师，旅，团，营等的字样后，落脚的才写的是"排长杨国胜收"；里面是一封介绍候补士兵的简信。

"可以不要去了；何必去跟军阀当走狗呢！"

两人把信重新叠好，交还龙华。

"那自然是无办法中的办法，想暂时去干着来等机会罢了。这边既然有路可走，就考不起也应得去试一试。"

大家暂时无言，房中充满着一股默默的希望。后来彼此又谈一阵学校的性质和考试的内容，丘立才像下结论似的说：

"好极了！快到栈房去把行李搬到这里来往，以便准备一间出发！"

十一

丘立和龙华去后，曹孝植的心思益形纷乱不安。这原因：一半是为他现在系一个人独住，益助加了无聊时的胡思乱想，另一半则是蓉姊仍然继续来对他诉说了些环境的愈陷于冷酷，而且表明只要有办法时，她很愿意像丘立那样毅然地脱离叔父的家庭。

在蓉姊的谈话中，除了消极的对于环境的愁诉而外，未常不曾看出蓉姊的另一面的对他的积极的心情，而且使他发生苦恼的，亦正在于这点。当他见着那水汪汪的一对黑瞳，很热烈地对他期盼着什么一样的时候，他的血液不禁像电流似的沸滚着全身，使他不得不急把眼帘眨动来躲避那不可忍耐的性的诱惑，但当蓉姊把视线收回而恢复了常态时，他又突然感觉失望，而有一股惆怅的心情簇上心来。这样不可解决的矛盾，始终苦缠住他的心胸，使许多人都说他有些近乎失恋，特别是施璜时常责备他过于消沉。

大约是丘立等赴沪后的两礼拜后的一天早上，曹孝植正鼓起眼睛望着楼板贪眠，他忽然听着天井里有人走来，继续便是一阵急剧的扣门声，他知道一定是施璜。他急忙起来把门打开，果然是这位可敬而又可畏的朋友直挺挺地站在门外。他像做了错事的小学生见老师一样，准备着接受两句严厉的诃责，可是施璜却含笑地看了他两眼，便走进来拿了一封信递给他。是丘立写给他与施璜的，大意是——

"——我们都已考取；现快上船转赴广东。一切都有学校招待；从此生活无忧而努力有方，其乐也何如！

"到沪后曾又演过两次滑稽的悲喜剧：其一，系到北火车站时，黄包车夫以为我们也是齐卢战争的逃兵荒者，竟想大敲竹杠，使我们不得不把无用的东西捡在一个网篮内，扔在出口旁边，仅把必要的行李自负前行。可是这样一来，倒反把车夫们苦恼了，他们又要顾着去兜揽客人，又要忙着来抢那些并不值钱的东西；他们的互相争夺殴打的情形，反使我们发笑了。这不外是我们穷而他们却更穷的原故罢！第二次的喜剧却又是发生在栈房。因为我们突然接到南行的通知后，我们便又不得不决计把被盖等物抛弃在栈房内面来偷跑；我们既付不出那些栈房钱，而今后的被盖也不是必要的了。

"这样我们的身边已一无所有，而被录取的同学，也大概是与我们一样。但同时我们这一船都是决心了的反叛者，我们高兴！我们快乐！祝你们也加紧努力罢！待他日会师武汉时，我们才来大家痛饮一场！……"

"算是解决了两个问题了！"曹孝植读完后叹息了一口气。

施璜坐着不动，眼睛瞅着曹孝植，过了一晌，他才带笑地说：

"你是说还有第三个问题不曾解决，是不是？但据我看来，恐怕还有第四个问题悬在你的面前也说不定。"

曹孝植有些愕然；但他的双颊似乎已经懂得了，因之不期然地先泛上了一股红潮。

"老施，那是什么问题，你何不明白地说出来呢？"

"你以为我不晓得么？其实我老早就知道了。"

施璜见曹孝植无话，于是便改换了纡远的口调，而又单刀直入地说：

"孝植，不过我要忠告你，像我们这种人切莫在一个女子身上陶醉了。如果感觉了爱，就直截了当地下手，如不爱，便干干脆脆地抛与别人。你近来那种失魂丧魄的样子真不是话呀！"

曹孝植觉得有一团刺从他的背上滚过，正钉着了自己的弱点。可是他也觉得事情并不如施璜所说的那样的机械，于是他严肃地说：

"对的，老施，我也正想同你商量一下。问题不是在爱与不爱，而是在有一个想挣扎出恶劣环境的弱者摆在我们面前时，我们将取怎样的态度。何况当事者又是一个熟识的女子呢。"

"所以我刚才说的第三个问题就是指这个；我并不非难你，为着使你不久陷于沉溺状态计，我也愿同你共同解决这问题；关于蓉姊的事，我也从丘立处知道一些，惟不知道的，就是你对蓉姊的态度——也就是刚才所说的第四个问题。"

"你知道我是一个已婚者——"

曹孝植很软弱地说了这么一句，便被施璜的笑声打断了。他懂得这笑声的意思，但也对这笑声起了些反感；他不期然地在那笑声一断时，即又抢先地继续说：

"你以为我太封建了，是不是？这样的话，连我也知道说，而且也懂得，不过我也反对那些见一个爱一个的人，那简直是狗！"

这意外的兴奋，使施璜愕然了。他估定曹孝植的心理已经有些变态，他又想是刚才的狂笑伤害了这位经不起强烈的批评的朋友的自尊心。于是他急恢复了严肃而诚恳的态度，说：

"老曹，并不是叫你去当狗；不过我笑你专门能为别人想法，而到了自身的事时，便反彷徨起来了。现在什么人都已经不把离婚当成问题，何况你还是具有更新的头脑的人呢。"

"我何曾怕离婚！不过我怕因离婚所诱起的反响。请你不要非难我，我也有我的独特的哲学。我现在对什么都不满。都要反抗，但不愿反抗我的母亲。可不是！我觉得母亲没有对不起我的地方；虽不必因此便要去讲'孝顺'，但也不应分外地多诱起些事来使她伤心——你知道我的妻是母亲的姨侄，而且这婚姻又是她包办的。"

"好浅薄的哲学——一个变相的旧道德。"

施璜心中这样想，他知道曹孝植的脑袋里面，委实还有些筋筋网网的东西缠绕不清；这些陈旧的残渣剩滓，使他感觉无聊，但他终于忍耐地继续谈了下去：

"那末就照你的哲学行罢；可是你究竟怎样对付蓉姊呢？"

曹孝植不语。似乎在沉思。约摸过了一刻，他才说：

"所以问题不是在爱与不爱，而乃是怎样设法帮助蓉姊挣脱她的环境，像帮助困难中的丘立一样。可是毕竟对方是一个女子，所以问题就有些麻烦了。"

施璜点了点头；想趁此下一个结论：

"只要不把女子看得那样神圣，我以为这并不麻烦。不一定要同居或送进学校才算帮助；先使她的经济独立起来罢；什么地方都可以去，只要暂时有一个吃饭的地方。以后她便可以自找出路的——也如你所说的像丘立那样。"

"可是现在就找不出这样一个地方……"

"我有，"施璜想了想，便很快地说，"你可问她愿意学习看护否，如愿，那我有一个熟人在医院里，一定可以介绍她去。"

曹孝植表示了同意。

阳光渐增了灼炽的力量。大学复课后还不曾经过几天便快又是暑假了。罢课的结果，虽然因两方势力的匹敌而归于妥协，但在暑假后显然又将有一个不小的变动。这变动的前兆，便是省政府的秘书长忽然另有他就而辞职，黄教授一派的势力将随之而起崩溃。

首先感觉了来学期之不利的，便是蓉姊的叔父。为着一万块钱的完成问题，使他不得不另外设法，因之也就不得不成了首先崩溃的一隅。他想外边虽然薪水较丰，但却是饭少人多，排挤过甚，毕竟不如家乡地带的安全。这样，他便立下了来学期回省的计划。

这由秘书长的辞职而掀起的波动，不仅直接影响到学校，而且亦间接地使蓉姊的命运也起了变化。叔父没有对黄教授表示好意的必要了；而在罢课期中的两人的意见上的龃龉，这时又重新在胸中作恶，甚至连下期的位置之成了必然的动摇，也有些是怪黄教授之对西洋帮的攻击太过。这样，蓉姊和黄教授的婚姻问题，也便在无形中消灭了。

可是一个问题既去，另一个急须解决的问题又接踵而来，这便是蓉姊的跟着回省与否的问题。叔父的最初的意思，是要蓉姊暂时回家，待自己的事情有着落时，然后决定在省内读书，或是再出来求学。但蓉姊则不特不愿重去作那穷乡僻壤的蛰居生活，而且她认为这乃是实行曹孝植告诉她的计划的好机会。所以当叔父提出了她的今后行止的问题时，她便托辞说在丘立处认识了一个学看护的女友，可以介绍她进医院去免费学医；待将来叔父的经费充裕时再作读书的计划，即不然，亦可以借此学好一种技术来解决将来的生活。这样，她的志愿，便急转直下地被叔父承认了。……

蓉姊跟着施璜走进医院去的时候，是一个晴明爽朗的上午。抱着新的憧憬，她异常轻健地并着施璜的脚步走。一股幸福的气分，饱润着她的少女的心胸，这是她第一次感觉"自由"的欣畅。

医院的主任医生份外的年轻。在殷勤地接待她后，便告诉她暂时的工作，只是配置简单的药品，和于诊察病人时的传递器具，而且于礼拜日也可以有休假给她。

"好，祝你的新生活成功！"

在一切都交涉妥当之后，施璜很活泼地向她告别，走了。

蓉姊短送至院门后，即回来整理自己的行李。主任告诉她明日开始工作。她的房间还洁白，但除了一间床铺的位置外，便没有许多空地了。她依次地放好了扁箱，检叠了被盖，然后坐到床沿上微微地喘了一口气。刚才的兴奋的气分忽然弛缓下来，但一股异样的寂寞，便又轻轻地渗进了她的胸窝。不过这种寂寞显然是与前不同，从前是像幽囚在冷宫里面一样，渴望的是想那坚固的墙壁早日倒坍，好使自己的冷寂地躯体，得熔照在温热的阳光下面；但现在则觉得自身是飘浮在大洋上面的了，急盼的是想得着一只强有力的手臂，伸来紧紧地捉住她的两膀。而且因黄教授的问题而被掀动过了的少女的心胸，现在却愈热烈地燃烧起来，使她不期然地，忽将刚去的施璜拿来与曹孝植作了一个比较。她觉得曹孝植虽然和蔼可亲，但却对她有些缺乏勇气，施璜虽然爽直刚毅，但现在还不知对她是什么心。她这样沉思一刻，才忽的猛醒过来，一股处女的羞耻之心热乎乎地扑上身来，脸上的红潮，一直穿透了耳根。她急忙站起身来，用劲地把这些幻影劈开，顺手关上房门，一直向走廊上去了。……

曹孝植的访问蓉姊，竟延迟到了第三个礼拜。在这时间如停止了的三礼拜中，他过着窒息而刻苦的圣徒似的生活。他曾几次踏出了门口，但一走到天井中，却又毅然地走了回来；他恐怕见了蓉姊过后，益纷乱了他的心，击破了他的哲学。可是待他一面到房间，兀然地坐下后，板凳上却又像有一团茅刺似的，使他不得不站起来在地板上团团地回走；一对漆黑的大瞳仁，两颗娟研的笑涡，和那肥肥的两脚，不断地在他的眼前恍来惚去，像有千斤的力量在诱惑他，使他精疲力竭，再无挣扎的能力了。

这样，到了第三个礼拜的早上，他终于下了果断的决心去访问蓉姊，由此所生的一切的结果，他完全交与命运，总之，他要借这一次的机会，把从来所抑压着的痛苦尽量地发泄出来。

当他踏上街头时，不觉一个寒噤侵袭了他的全身。虽然已是夏天的太阳，他却感觉心里有些发抖。路途是那样的熟习，而每一次的转角，每到一个岔口时，他都觉得前面是一个未知的世界。路上的行人从来与他无关，但今天仿佛也特用着猜谜似的眼睛看着他。医院终于在眼前了；他的头一瞥，便回头就跑，一直倒退了七八丈远时，才勉强停下来了。经过几时的徘徊，他才又重鼓余勇，慢步走去；他觉得前面竟不是一栋医院，而乃是一座幻城。传事人的眼睛也是猜谜似的。他终于局促地等待在传事室中了。他正等待着一幅戏剧的场面的出现，可是他忽然感觉了意外——传事带了一幅不尴不尬的脸像走出来，说蓉姊不在。一时紧张着的心情缓和下去，他反觉得心里舒适了些。

　　抱着悒悒的心情，曹孝植走出了院门，他不知蓉姊到什么地方去了。可是也不愿即刻回寓所去。于是他随着脚步在街上慢慢地乱走：无方向，无目的。不知走了多少时候，他才忽然见出前面是秀山公园。正疲倦了；他想进去找个地方坐一会。公园里面并不幽静；刚植不久的小树虽在发叶，但却遮不出一块阴凉地带，人造的假石山到处兀兀地耸立，在阳光下反射出一种令人不快的土灰色。可是三三五五的闲人，仿佛并不要求什么僻静与幽雅，尽是那样怡然自得的行走，园角上的一家茶馆，更是热闹不堪。曹孝植今天特别讨厌这样多的游尸，他拼命地想找一个无人的地方坐下来整理一下自己的混乱的脑经。他掉了一个头，向着反对的方向走去，果然行人是比较稀少得多。而且远远的草坪上，恰好有一张靠背椅，孤独地在一丛小灌木旁边躺着。他急向前走去。可是他刚放快了步调，忽的又不得不把脚停下来，前面有一男一女，身靠身地从小树林的曲道上走了出来。一闪蹀又穿进另一支小道去了。绷绉裙子，裙下的肥肥的两脚，和那看惯了的长衫，以及长衫下面的西装裤，不差不错地便是蓉姊和施璜。曹孝植一发怔便觉眼前昏黑，耳内长鸣一声，使他几乎扑到地上。

　　一直跑回寓所时，冷汗透湿了他的长衫。他躺在床上沉默了半天，才长叹一声，像下结论似的，自言自语地说：

"这是顶好的解决方法了，我不能憎恨他们，我只祝福他们。"

于是他急翻身起来，走到书桌前去，从抽屉内取了信纸出来，写了两封简信。前一封的内容是——

"璜：突接家中来电，要我即刻回家去一次。启行在即，不能前来走辞。下期决心转学北京；在那边想亦有不少志同道合的人，决仍当继续努力。蓉姊是交给你了，祝你们幸福！"

后一封信是——

"母亲：学校暑假已到，儿现即启程赴北京。因感南京学校不良，故下期即决心在北京住学校。到北方后当再有信详报一切不误，祈释念是祷。"

施璜接着信时，曹孝植已经在津浦线的火车上了。关于信的内容，施璜还有些疑惑，家中的来电纵属事实，但转学北京的话，却从未曾听着说过。于是他又读第二遍。那末尾的两句，忽然抓住了他的注意；他瞠目地沉思了半刻，嘴角上即浮上了一些微笑；他觉得已经明白一切了。

从四面八方偶然碰在一块的青年们，就这样暂时散到四面八方去了——各自流动着，突奔着，各打开着各的现在的命运，各创造着各的将来的命运。

时间匆匆地过去了，一年，两年……

十二

大约是一九二七年的三月初的时候，汉口后花楼独安里的一个军队住扎处内面，出现了孙丘立的姿影。他暂时的一进一出，都受着营内的那些从不曾出过操，更不曾打过仗的军队的尴尬的视线，而他对这些腐败到极点的黑色制服的家伙，也暂时不能不取一种戒心。他知道与他同时派到"保卫队第一队"去的一位同学，刚去接事时，便被几个原任的分队长一顿拳头和板凳，打得躺在营内，动弹不得，而且事后也无从捉拿凶手。他被派进来的这"保卫队第二队"，虽因为他是补的分队长的缺额，还不曾对他用过全武行，但原任队长则老是不正式地发委任书给他，使他整天不清不白地躺在家里无事可做。……

这一天，他也闲得腻极了；队里除了听得着吹吃饭号而外，便只有那些流氓队伍的拖鞋响，和偶然哼来的京调声。

他望望他的房间，房间是空洞而黑暗的。杉木板子隔成的墙壁上敷了些旧报纸，潮湿的地板已腐烂了几个大洞。靠左壁是一个小得可怜的茶几，茶几上一把瓦壶呆呆地坐着，让两个土杯子死守住它的嘴子。两只板凳上搁了几块杉木板——算是他的床，床边一只网篮叠在一口藤扁箱上——就是他的全部行李。

至于他自己呢，则身上的一套不合式的西装已经皱得像猪肝，一件洋布衬衫当然也污脏得不成样。为着要从海道通过上海的原故在广州特别丢了灰布军服，在朋友处临时凑成了这末奇怪的一身，但一直到了汉口，还无法换下，而这想来也是受着那些兵士侧目的原因之一。

外面，从早上就下着的濛濛雨，这时仿佛停止了。可是天色仍是异常昏暗，这长江中部的大都会，又是多雨而薄寒的季节。

一股郁积不快的心情，使他终于不能忍耐这死沉沉的房间，他要到那活泼而热闹的街上去走走，同时也想过江去看看龙华——这位一同到广州，又一同绕过上海而到武汉来了的朋友，现在还住在旅馆内面，不曾派有工作。于是他写了一张"假条"送到队长室去后，便提着一个小钱袋走出外面来了。

队门口两个街兵似乎对他要理不理的，但也终于勉强行了一个立正礼。门外有一个宽敞的场子似乎就是操场，但却始终乱杂杂地堆满了垃圾及瓦砾之类，而且在这新雨之后，更是满地的污黑泥浆，只有歪斜地铺着的一串方石板，才可以勉强踏脚走过。走完了这幅空地便是独安里，里内多是住着下等窑子，现在，那些"野鸡"们都愁容满面的靠在门口上梳头。穿出里口才是后花楼；这时街上突然出现许多的人在挤在撞，而在各色各样的长衫中间，还夹杂了不少的灰布军衣人——这就是刚到不久的北伐军。

暂时站在里口上踌躇着，孙丘立不知先向那里走好。可是一瞬他的脸孔便泛上微笑，像忽然想起什么心事似的，终于由一条小巷向前花楼走去了。是的，"前花楼，凤台旅馆"——这一生中最值得纪念的地方，他突然想顺便去看一下。在那儿他几乎病死过，在那儿他曾半夜起来偷过冷饭吃，在那儿他曾演了不少滑稽的悲喜剧。那时也是这样阴多晴少的苦人的天气，那时也住在这末杂乱的一带。可是那时他的心境是惨淡，是黑暗，是绝望，而现在则是满怀着前途与奋斗，满充着希望与光明了。想不到才经过两三年的光阴，自己竟能有这末一个大变。

不久，凤台旅馆终于出现在眼前了。依旧是那末两朵灰白色的砖墙，依旧是那末几步不高不低的石梯。门楣上也还是挂着那块绿褐色的招牌，招牌上也依然爬着那几个褪了色的大字。一切都没有变动。只有那曾很早就要放出起货落货的闹声来将他搅醒的隔壁的一家英商海产堆栈，这时似乎也因英租界的收回而把两扇铁门关得紧紧的了。他含着复仇似的眼睛审视着这一切，同时也就想起了一大串的人物来。是的，当时这里曾有一个威胁过他的王金华，也有一个从苦难中把他救了出来的田焕章。这时他站在街上真想再进去看一次，但忽然一转念，他终于只笑了一下，便掉头向一码头走去了。

从一码头搭上轮渡，又在汉阳门挤上了岸，他便到斗级营龙华所住的小旅馆去了。

"嗳哟，真是要快找女同志才行！"

开门进去，龙华正躺在床上，而一见丘立时，便翻身起来无头无尾的这样说；眼睛上还现出两道红圈子，似乎是在夜间失了眠。

"丢那妈，我以为你病倒了，原来还是在想女同志。"孙丘立打着黄埔腔，说。

"倒不是我想。是隔壁房里天天都有人带起女同志来开房间，而且一来就要工作到天亮，真是闹得一点也困不着。"

"那有什么了不得；另外搬一个地方就是了。"孙丘立坐下来笑着说。

"工作久不分配下来，搬到那里去？若说仍然住旅馆，那就什么地方都是一样。"

"那末就暂时住到我那里去罢，独安里'野鸡'是有的，但幸好还没有女同志。"

"吊二郎当！当心女同志们听着你这话不依。"

龙华说完一笑，惺松的睡气似乎就醒了一半。于是他又拼命打了个呵欠，即站起来到门外去叫茶房泡茶，打洗脸水。这时孙丘立无意地听着隔壁房门一响，随即传来了一阵女子的肉麻的嬉笑，而且中间还夹杂了些"同志""革命"一类的话声。丢那妈大概又是什么"革命不忘恋爱"吧，怪不得龙华在这里睡不着！但他的眼睛一转，壁上一套军装便把他的注意力转移过来了，——他想，龙华几时竟先扒着了这家伙！自己的这一身奇怪的样子也得赶快设法才行。

"听着么？"龙华走了回来，将大拇指向隔壁一跳，扮一个苦笑的脸孔，"今天这早就来了！"

"叫你搬，你有舍不得那出'隔壁戏'！"丘立也扮个鬼脸，忍不住笑了。

"真的你那里可以住么？不过我怕隔两天打起来了，就连我也打在内面。"

"叱，这末胆小，谁叫你来当兵！"

"说正经话罢，我担心着你进去也要捱一顿板凳的，现在里面的情形究竟怎样了？"

"情形么？——那些流氓痞子见着第一队的人蛮干不成功，现在似乎不敢乱来了；不过现在我根本还是补的分队长的缺，将来若上面实行根本改组时，那就说不定也会有一场乱子。所以你假如是怕打的话，我也就不劝你去。"

"队长是个怎样的人呢？"龙华一面洗着脸一面问。

"据说是从前玉帅部下的一个团长的马弁；今天我递假条去的时候，他正躺在床上抽大烟；人到满客气，只是扣着我的委任书不肯发。"

"为什么呢？"

"傻瓜！迟发一天他就赚一天的薪水。在这种时候，他还有不拼命抓钱的。龙华，算你运气好，你差一点不是打死，也就是快办移交的时候了！"

"什么？"龙华呆然地望着丘立，暂时不懂这话是什么意思。

"还不是！"孙丘立打趣地一笑，才又继续说道，"假如那年我早走了几天，或者你再迟来了几天，你不是已经到洛阳玉帅那里当子弟兵去了么，今天那还能睡在这里想女同志！"

龙华这才明白过来了。孙丘立原来说的是那年在南京时的事。

"是啰，一个人走投无路的时候，差不多什么事都想干一下。"龙华的发胖的脸上，颇觉不好意思，似乎听着了一生中的大污点，"你想那个时候几苦人！在书店里是吃冷饭，睡板凳；我还记得那同老板的闹架，还是为倒夜壶起。他妈的，在外面受了一场践踏，回家去还要捱老头子的臭骂……"

"莫谈老头子！"孙丘立似乎也跟着想起了一件感慨事，"他们那一辈人真是又好气，又可怜，前两天我写了一封信回家去通知我已经到了汉口，你猜回信上是怎么说的？……寄钱！寄钱！寄钱！"并没有待龙华的"猜"；他便一直说了出来，跟着又是一阵苦笑，可是笑声方罢，便突又带着严肃的气色说："其实，老龙，你我如没有曹孝植这个人，恐怕都不会有今天，所以我对家里老头子的好感，老实就没有对曹孝植来得多。现在我们都到了这边，我很想写信去约他也来。"

"是的，那真是一个肯替朋友帮忙的好人。"龙华注视了丘立一眼，但在略一沉思之后，便又迟疑地说道，"不过我看他的书生气太大了，未必干得来我们这一套。"

"那有什么要紧，天下事又不是要个个都当丘八；依你说来，书生就完全无用了！"孙丘立满心不然地反对。

"不是说书生完全无用，但你不是说过他到了北京以后就什么都没有干了么？"

"在那种环境中你能够干什么，尤其是在北伐军到了汉口的现在。所以就据这一点，我们也得使他赶快来。"

这时隔壁忽然又爆发了一阵女子的无忌惮的欢笑，把两人的谈话就这样打断了。其余的各个房间，也老是那末一群群的男女在不断地进，不断地出，——老是那末彼此高兴地呼唤着，谈笑着，似乎个个都是富于青春，富于力，而且虽在这样阴沉的天气中，也似乎充满着满心的太阳。

外面的活跃跃的空气，又使孙丘立感着室内的沉闷，于是他站起来，打算走了；但忽一转眼，刚才见过的那套军服又在墙壁上牵引着他，于是他忍不住一面伸手过去取，一面笑嘻嘻地说：

"喂，几时手干比我还长了些？这个我拿出，你再去抓一套好么？"

"刚合身的东西你拿去？"龙华着了急，急伸手过来按住。

"叱，这末吝气！工作都还没有派定，你就一定用得着这东西么?"

"谁说用不着！穿起这东西，再马虎挂上一个同学会之类的徽章就不用买轮票；你要拿去，你就得贴我的过江钱。"

孙丘立放了手，龙华即刻将军服宝贝似的，挂回原处，但随又难乎为情似的：

"不是我舍得；南湖的学校那面多得很，你要，你赶快去找一套好了。"

"有熟人在里面么?"

"我是在街上碰着韦志成——他在里面当排长，说不定还有其他的同学。"

"韦志成?'韦草包'么?"

孙丘立马上想起了那位下巴长长的，说起话来总是口水滔天来。人倒满好，只是有点爱在女人面前闹笑话，所以相熟的同学就给了他一个"草包"的绰号。

"对了，"龙华说，"我这一套就是向他借的。"

"好的，我们一道去罢，趁你是去过的。"

龙华迟疑了一下，但终于同意。一瞬便有两乘黄包车向着两湖书院的旧址驶去了。

十三

外面，时时刻刻在增加沸腾：街旁天天有着青年男女在扭靠着墙壁，手舞脚蹈地演讲，街心中常常有一长串群众象潮水似的扬着"打倒列强……"的歌声走过。

可是孙丘立的队里则恰与这一股狂热的空气相反：知道位置不久了的队长，整天抱着烟枪出气，队士们更乐得拖着鞋子到小巷中去游逛。

这像快要没落的大户，快要倒坍的舞台的营盘，直到孙丘立进来的两星期时才抽了最后的一口气；一天早上，局上的一个勤务兵送来了两封公缄，一封上面写的是旧队长"另有任用，着即移交"，另一封则是正式委任分队长孙丘立为队长。

这消息一传达出来，孙丘立的沉闷的房间便顿时起了紧张。他固早知道有这末一回事，但这事一旦展开在面前时，他依然不能不有许多顾虑：旧队长想来倒不至于公然倒乱，可是对下面的人一应付不好，那边很有借故打麻烦的可能。

移时，他听着门外果然起了一股不安的空气，许多队士都在窗前走动，而在脚步声中还杂着窃窃的偶语和"换队长了！"的呼声。整个队里显然都跟着冲动了。孙丘立两手抄在背后，在房中慢慢地踱着，心想着前队长会怎样来办移交，在移交时会发生怎样的意外，同时也想着这流氓们也许因为这一个全面的大转变的威压而会俯伏下去。然而就在这时，他便听着有人在敲门，跟着走进来的，就是那两位最与他相白眼的分队长。

"跟分队长贺喜！"

走在前面的一个竟向他行了一个举手礼，脸上的一块疤子还笑得分外起劲。

"我们早知道要换队长了，不晓得就是分队长高升起来。"

后面补了一瓣金牙齿的一个也赶上来，跟着立了一个正。

可是这意外的卑躬，倒反使孙丘立感着惶惑了。他只好即刻请两人坐下，随着又一人倒了一杯茶。而在两人谦谦虚虚，坐定之后，他又见那疤子脸呷了一口茶，扫了一下喉咙，先开口说：

"唔，队长刚来不久，……唔，其实这里面，这里面的弟兄们都很能革命的，很能革命的。"

说着便车身过去望了金牙齿一眼，那金牙齿也就跟着开了腔：

"对了，现在是讲革命的时代，我们都想跟队长一道讲革命，以后还要请队长指教指教。"

噢，原来这些家伙竟有软硬两套！既明白了来意，于是孙丘立也就像老于事故似的，一阵"好说好说"，"帮忙帮忙"之类，终于把两人打发出去了。可是两位分队长刚走之后，又来了书记，书记之后，跟着又是庶务。有的进来打拱，有的进来弯腰，而且都老是那末"贺喜贺喜"，"指教指教"的一套，孙丘立觉得这些人又可怜，又可笑；也想不到这末一个小机关，竟有一种大衙门内的章法。

午饭后才是队副代表队长前来办移交。一个四十开外的矮胖子，腋下挟了一大卷名册和表格之类的文件，右手上还拎着一个装印鉴的方纸盒。别瞧不起他走起路来是鹅行鸭步，他这队副的资格就有了十多年，而在队里究竟办过了几多次的移交，连他自己也委实不大清楚，虽然闲下来时，他也偶然在同事面前卖力气地计算着某队长之后是某某，某某之后又是某队长。总之，在今天以后又得劳他多计算一个队长的姓名了。

"恭喜队长……×队长有点事不能够亲自来，所以叫兄弟把这些文件送来点交，请队长看一看。"

队副不慌不忙，将卷纸之类放到条桌上，开始背老调。额上的皱纹，被他那不大清白的微笑，一直笑上了剃光了的脑顶。

孙丘立先接过一本队士的名册过来看，只见那些"刘得胜""马古彪"一类的名字下面，时而加上了"补进"，时而标明着"缺出"，时而又写着"请假"之类的记号，简直弄得眉目不清，似乎一切都是临时造成的。

"簿子上的人都全在队上么？"

看完最后一页，孙丘立将名册合上，一面不由不暗暗注视着队副的脸色，这样问。可是队副并不怎样狼狈，只把眼睛转了两转，像老狐狸似的，说：

"不瞒队长……也有几位刚缺出去的，还来不及补上。"

孙丘立心下明白：这所谓刚缺出去的，也许根本就没有这样的人。可是他终于又从队副手中把薪水账簿接过来了。果然，他见着不特自己的薪水因为扣着委任书不发而少算了一星期，即那些类乎浮报的名额，也是个个都在照着数目支薪。这时他真有几分为难：假如要从这些地方追究起去，一定就会生出麻烦，不追究，则这些流氓说不定又会把自己当成傻子看待。但正在他的迟疑中，队副似乎已经看懂了他的心思，而先笑出满脸不自然的皱纹来了：

"嘿嘿，照理说，队长这里是吃了点亏。"队副伸个指头指着他的薪水数目，随又放低声音说，"但是队长是明白人，这里事都是明中去，暗中来；以后队长名下的忙，我们是一定帮得到的。嘿嘿，×队长是下台人，万事都要请队长海涵一下。……"

孙丘立不觉苦笑了，为的是不懂得什么叫"明中去，暗中来"，但总觉得这才是这种人的真正的一调，比两个分队长的"革命，革命"来得自然而直爽，因之也就反觉得要中听一点。其实一点不错，一个人一踏进了腐烂的，鬼怪的旧社会中去，就往往不得不这样啼笑皆非的"中听"下去的，因之现在的孙丘立也就拿定了暂时一切不追究，只待接收过来再整理的方针，把账簿关上，其余的什么表格之类，当然也就跟着爬尸（Pass）过去了。

"嘿嘿，队长是明白人，办移交根本就是一件马虎上头的事……"

在递"印把子"的时候，队副满面光彩，得意地说，觉得自己毕竟不愧是专家。

"啊啊，是是……兄弟刚到这里来，一切都希望队副不客气地指导。"

"好说，好说。"队副忙起来连连应声，但随又坐下，"不瞒队长，这里的事是难办一点，第一，唉，要手熟。比如烟，赌，娼，盗类的案子，像队长远方来的人，都很难得明了。这全靠要有熟手，全靠要有熟手……不瞒队长，我在这里已经十多年了，这些情形我都很晓得。"

用不着看那副狐狸象孙丘立已经晓得队副的肚子了。但一听着烟，赌，娼，盗等类的事，他不能不承认队副说的是老实话。因之同样在一阵"帮忙，帮忙"，把队副打发出去之后，他的心竟不能像先前那样爽快。自从离开学校，这还是第一朝到真正的社会上来办事，而办事的地点，又遇着是这末复杂而多鬼祟的保卫局下面的保卫队。

第二天一早，他就命令号兵吹一个紧急集合号，将全队人召集在广场上去作一次检阅，同时也算是"就任式"。可是待他站到一个高土墩上去一望，下面排着的三分队人就像一部久抛在旷野上的坏机器：有的不会打绑腿，有的忘了戴帽子，有的扭扣吊着直摆，而大家的脚下，又是一幅渣滓连天的脏地。

就在这幅脏地上，他对大家说明了保卫队的责任，宣布了今后的纪律，再规定了每天的出操和重要地带的卫戍等事后，他忽然将其中服装不整齐的份子另外集合在一边，预备在这就任的第一天，就要给一个赏罚与大家看。

"刚才说过，军队中纪律就是生命；表示纪律的精神，就在服装的整齐。那末像这些绑腿不打，帽子不戴的弟兄们是不是该罚？"

他毫不管这些另集合在一旁的坏份子，只站到高处去厉声地向全体问。

可是大家都不响。早就注视着他的许多好奇的眼睛，这时似乎更转成了敌意。但这，早是孙丘立所预料着的，于是他不慌不忙，又继续说道：

"大家晓得，今后既然要每天出操，就得要先打扫操场，大家以为该罚，就叫他们去挑渣滓，铲污泥，填粪池……若说不该，就大家一齐去。——该不该罚？"

"该罚!"

果然这以兵士来制裁兵士的方法终于奏了功,孙丘立的话一完,只听得一声喝响,大家都表示赞成,而且刚才那些含敌意的眼睛,竟反笑出了声。至于被制裁的几个人,也不曾料到有这末一着,于是在大家解散回营之后,也只好老着一副倒楣象,慢慢去找锄头,粪箕,扫帚之类来开始工作。

一面,队里面也开始了值星官的派定,兵士的重新编制,办事日程的规定。从此这一部死沉沉的机器,便渐渐活动起来,而在第二个清晨,天空一发白,便有嘹亮的号声从队里响出,不久那块新打扫出来的操场便有了一队队的黑色衣服在跑动,四周的人家都被那调整脚步的哨笛及兵士们的"一二三——四"的喊声惊醒了。

为着自己升了队长,自己的分队长便又空出来了。在他未进来时,这一脚当然也是前队长兼领着薪水。可是现在他却想出补一个能干的人进来,而且全队的整理,正就从此下手。他想起了龙华,但不知这位朋友已经委好了工作否。这一天他将重要的事务交代与值星官,正想过江去看一看,可是手上刚拿好了铜板袋,忽然传令兵走来报告外面有客来会,而且据说是一个女的。这可不能不使他惶惑了,他想在这里并没有相熟的女同志。待他怀着好奇心站在房门口等,果然,不一刻传令兵后面跟了一个身躯肥圆的女子走来,几乎使他疑惑是自己的眼睛发了花。

"呀,蓉姊!"

他不觉惊叫一声。

"万猜不到是我来了么,我想一定要骇你一跳的。"

蓉姊也连笑带讲,急赶过来,似乎满身都欢喜所激动,圆浑的胸脯不断地起伏着,连话声也是气咻咻的。

"真不会想到是你?——蓉姊是几时到这边来的?"

“快一个礼拜了。真是大家都料不到会在这里遇着。你猜，猜我是怎样知道你在这里的？”

可是待孙丘立还来不及猜，她早又继续下去了：

“你一定猜不着的。这武汉地方真奇怪，一下把许多人都困在一起，转来转去都会使你要碰到熟人；这简直像是大家会朋友的地方一样。”

“是不是施璜也到了这边？”

一下听不出蓉姊的话头，丘立才这末问了一句，一面想着施璜或许会来，而且若果真的来了，也说不定有知道自己在这里的可能。

“不是，我一个人来的。”

听着施璜的名字，蓉姊这才似乎不好意思似的，把嘹亮的话声放低，同时她见着门外有好几个兵在逛来逛去的望她了。

“那末现在住在那里？”

“中大女生宿舍。那天正在长街上走，便偶然遇着了两个从前的女中同学；她们是刚出省来考进去的，现在还没有上课，她们就叫我搬进去一同住。”

蓉姊这才坐了下来喝着孙丘立倒好了的茶，一面黑黝黝的眼睛，也开始向屋内打望。孙丘立觉得她比从前更胖了些：身上一件深蓝色的哔叽旗袍箍得紧紧的，脚背上的肌肉，依然是那样肥圆圆的挤出了鞋口。

关于施璜与蓉姊的事，是他到广州后从曹孝植的信中知道的。原来自从他离开了叔父的家庭后，只有蓉姊有时偷着机会来见他，而待他到了广州后，也不好写信到叔父家里去。幸好曹孝植转学到北京后，才告诉他，说叔父已经回省，蓉姊则由施璜介绍到一个医院中去学看护，而且暗示着两人间颇有相好的可能。但是今天蓉姊却说是一个人来的，而且又住的是中大的女生宿舍，这就使他有些摸不着头脑了。

"那末施璜为什么不一道来呢?"他忍不住问。

"他……到上海去了。说是那边缺少人手。临走时,他叫我先到这边来进'训练班',他缓一下再来。本来他介绍得有人同路的,但一到武昌就遇着了两个旧同学,为着起居方便些,我就搬去一道住了。恰巧那天一个同学有一位同乡来会,据说那人也是从黄埔出来的。当时我问那人认不认得你,他才说不特认得,而且你那天还到他那里去借过军服。那人的名字好象叫——"

"两湖书院的韦志成!"孙丘立抢先叫出来了。

"对了,大概是那末一个名字。猜不着么?"

"这样转弯抹角的,真是神仙也猜不着!"

两个人又一同笑了。是久别重逢的快活的笑,温暖的笑。这笑声像一股阳光散播到屋内,连那污黑而腐蚀的墙壁都似乎增了光辉,潮湿而生霉的地板也灿耀起来了。继续蓉姊又向丘立问了些几时来,和队里的事可好等类的话,似乎刚才的一种兴奋才慢慢变成了一股又辛酸又慰藉的心情,望着,她那又大又黑的眼睛渐次浮出了两颗亮晶晶的泪水,使她不得不忙抽手帕出来揩。

"时间真算过得快!自从那年分开过后,不觉快两年多了。前些时,他们还说怕你也去打仗打死了呢!"

半带着追忆的眼睛,蓉姊这样喟叹着,丘立知道她还是与过去一样的温柔。

"真的一切都像做梦一样。本来在广州时都想写信的,但恐怕检查出来孙传芳的大刀队把你们请去了。"

"他倒不会来请一个不中用的女子。不过施璜倒犯过两次危险,这回到上海还不晓得怎样呢!"

"他很小心的,只要军队早些打拢就好了。"

两人正这末谈着,忽然队里一阵爽快的号声响起,孙丘立知道已经是午餐的时候了。于是他即刻提议一同过江去吃饭，同时也好顺便去找龙华。待两人一同走到营门口，蓉姊忽然听着一声"立正"喝来，只见左右两边岗棚内的卫兵一齐把枪举起，使她正不知怎样是好，但她见着丘立将手轻轻往额上一举，便已走出门来了。

"你说刚才那两个兵是给谁行礼呀？"

待走到旷地的中心上，蓉姊即偏过头来，两只眼睛笑迷迷的瞧住丘立问。丘立一下即会得这问话的意思了：

"当然是给蓉姊行的。"

"我想也是的。天地间那有不给阿姊行礼，反给弟弟行礼的事呢！"蓉姊胜利地笑着，但随又改成了似羡慕又似叹息的口调说，"总之你现在算好了，一进一出都有人行礼。阿姊真不中用，还是两年前那个样子。"

"还不是全靠这根斜皮带！假若还是挂起前两年那个菜篮子，恐怕连进去会人也不准吧。"

"不过，从前挂菜篮子的人现在竟挂上了皮带，这不能不说是你的努力，同时也正是这两年中的大变动呢。"

"是嗼，外边固然算这样的大变动了，但不晓得在省内的叔父现在在做什么了。"

"大概是不很如意罢。据说刚回去时当了一个中学校长，但跟着就受学生反对，有一次还几乎挨打。不过近来又听说因为见了北伐军的胜利，正要打算进党了。"

"他也进党？——那样反对孙文，赞成吴佩孚的人！"

丘立的话声几乎是惊叫。这消息不仅使他感觉意外，而且使他愤怒，同时当年叔父摔他的杂志的那幕喜剧往心上一晃，他几乎叫出"打倒投机份子！"的流行语来。但这时蓉姊似乎已懂得他这心情，慢慢对他婉然一笑，说：

"是呀，现在差不多什么人都要来当国民党了。"

"蓉姊可接过他的信?"

"从不曾。这些都是从省内出来的人说的。我现在是一个无人管束的人了。"

"是的,蓉姊也总算挣脱囚笼了。"

但是蓉姊显然不是这个意思。听着丘立的话,她虽然回了一个微笑,但那笑意是很勉强,很寂寞,而且终于慢吞吞地叹了一口气:

"挣算是挣脱了,但毕竟女子也还是女子:从前关在屋内的时候觉得气闷不堪,现在这样漂泊起来,又似乎渺茫得很。丘立,自从那年大家分散过后,今天还是第一次遇着亲人呢!"

"在南京不是有施璜么?"丘立疑讶地问。

"有他……还不是……他整天东跑西跑,而且常常几天不回来。"

"那倒不错,这种人总是忙的。蓉姊也找点忙的事情来做做就好了。"

"施璜也还不是总那末讲,但我总是怕做不出来。"

两人正这末肩并肩的,边谈边走,可是一到后花楼交通路的口子上,旁边忽然走出一个老女丐来拦住了去路:

"老爷,太太,给个大角子吧……太太,你们成双成对的呀!"

蓉姊顿时双颊发红,却又不便责骂,只用两只难乎为情的眼睛望住丘立,那意思是说:"你看,她说这怪话呢!"

在无法中,丘立只得锵的一声,一个铜板投到地上,同时又叫了一声"走开!"才算把老女丐打发走了。

暂时两人都不好意思的走着,蓉姊更觉得心里有些发跳。待一直走出了后花楼的口子,"洋街"上几部黄包车飞围过来,才使他们丢掉了异样的感觉,一人搭上一辆,向江边跑去了。

原来这条路是一头直达后城马路的怡园,一头直通江边的一码头。怡园是华租两界的黄包车的交接处，一码头则来往着过江的轮渡，所以平常街旁的行人总是特别涌挤，街心上也总是两股车子的洪潮互成逆流。

这时最惹蓉姊注意的，便是那些车上的，走着的三三两两的女兵：她们身上都是那末一套灰布军衣，腰间缠一根皮带，脚下也大概是一双帆布胶底鞋。在起初时，左臂上还有三道黑圈子作为标记，后来则人数愈多来愈多，连这标记也跟着失掉，只有靠矮小的身料，突出的臀部和微耸的乳峰在勉强表示她们是女性。这些女性在这里都有亲戚？或者都有恋人？她们除了拿着旗子讲演而外，还干些什么？她们夜间在那里睡呢？——未必也都跟着那些男子混在一道？这末想来，蓉姊便觉得这些女子简直是一种神秘的存在，而对这种神秘性，她又只感觉茫然。她不能说这不应当，因为施璜对她说明这是"封建思想"，但也不敢说这是对的，因为这一切都超过了她的理想太远。

车子在一码头停下了。四面八方奔来的人在这里成了总汇，而且大家都要去先抢轮渡，所以斜坡上分外杂沓，涌挤。蓉姊混在人群内面，一时觉得奶傍有一支手撞一下，一时又觉得鞋上被人踏一脚。而一到了趸船上，大家更开始拼老命，轮渡离岸还两三尺远，上面早就有人纵跳下来，下面也有无数的人想要飞攀上去，于是两边互相一阵推，一阵撞，弄得一支很大的轮船也倾斜了好几十度。这时蓉姊一下子被后面的人挤上前去，一下子又被前面的人挤退回来，后来还是丘立先跨过轮去，死死捉住她的手才将她拖上去了。

轮上几列矮凳子已被人站住，四周也已几乎无立锥的余地；但后面依然是人潮乱冲进来，蓉姊觉得有一个高个子紧贴住她，而且两支粗大的臂膊还绕过胸前来一探一试的。她不敢返望，只死死地用两手护着胸脯，好容易才跟丘立挤到了一个角落上。

"蓉姊，你站这面来。"

见着一些流氓家伙，老是在乘势乱撞，丘立便用手撑住船壳，勉强在胸前留出一个空间，一面回头过来说。

于是蓉姊果然用手抚着他的肩膊，弯着腰肢，从腋下扭到前面，然后掉过身来与丘立面逼面站着，形成了一个被保护的姿势，可是正在这时，后面忽然又是一潮人倒压过来，望着丘立的一支手从壁上一滑，便全身扑到蓉姊身上，暂时无法起来，而四周也跟着起了一阵狂笑。

"真是把头都挤昏了！"

待两人重新站直时，蓉姊的脸已经胀得绯红，一面又抽出手巾来当作扇子直摇，似乎很有些透不过气。这时他们偶一从侧面的窗口望去，船头已经开出一半，但趸船上还有人像猴猿似的，老在向着船尾上攀跳。

"你想自从北代军到了过后，骤然增加了这末多人，那有还不挤的。"

丘立依然一支手死抵住船壁，站着。

"都怪你们这些当长官的管束不好；先阵过来的时候，也被几个兵挤得令人闷气。"

"军队中那会不有吊二郎当的人，——尤其是那些新改编来的家伙。以后蓉姊要过江的时候，请早点通知我，我一定开两排兵来保护。"

"是呀，弟弟当了队长，也应当好好孝敬一回阿姊才是。"

"打倒封建思想！"

两人正在孩子气的这末谈着，冷不防侧边有两个抱公事皮包的家伙嗤的一声笑来，这才使他们脸红的把话收住了。

在汉阳门又经一次冲锋，才挤上了岸。在长街的一家小馆子中吃过饭，孙丘立即将蓉姊送到校门，自己折回斗级营来找龙华。

可是他一进旅馆，龙华竟意外不在，待问明茶房，才知道是在上午搬过江去了。但今天他必须找着一个熟人；队里面两个饭桶分队长纵然可以让它多吃两天饭，但缺着的一个却不能不即刻补上。在这仓促间，他忽然想起了曾去借过衣服的那位"草包"韦志成，说不定在那面还可以找着多余的人。于是他即刻又叫一部车子到两湖书院去了。

一到门口，守卫先与他立了个正，然后由旁边的传令兵引到了传室。室内一个人在壁上贴着的许多纸单上翻了一翻，即回头向他说：

"请进去罢，条子还没有出来，大概还在里面。"

孙丘立暂时摸不到头脑，但也就沿着湖旁的一条极长的回廊，直向内面走去了。

回廊上虽常常遇着成群的学兵，但全院听不出一点嘈杂声息。墙壁上到处刷着青天白日旗，廊柱上也到处挂起标语牌，其中还间或看得出"肃静"，"纪律"等类的字样。想着自己队里仅有三排人便时时是那末的喧闹来，觉得与此处真有天壤之别。

从半掩着的门口，他见着韦志成的房中有一个女兵默默地坐在凳子上，行李箱子张着口躺在屋当中，旁边伴着一堆零乱东西，——他疑惑自己走错了路。但待他一踏进去，忽然床上站起一个人来，却依然是韦志成。

"啊，孙丘立，来得好！我正打算找你。"

韦志成一站起来即同时这样说，样子似乎有了什么不爽快的事情发生。原因是他生有一副特长的下巴，心里一遇着不痛快的时候，那下巴便分外跷得高，说起话来，口水也要往外溅，而现在就恰是这末一副神气。另一面，那女兵见着孙丘立走了进来即默默地埋头出去了。

"怎么，无事弄些女兵进来，真吊二郎当！"

且不管韦志成为什么要找自己，孙丘立坐下来这样说，一面心里颇觉有些尴尬。可是韦志成却呵呵大笑起来了：

"哈哈，女学兵！真是眼睛生到额角上去了！可是也难怪你，许多人刚进来都要认错。"而在一阵粗笑之后，韦志成又勉强压着喉咙向孙丘立说，"你看，该还漂亮么！我觉得我们没有女同志的人，都应当有这末个小孩子来服待一下。"

正在这时，成问题的女学生即拎着一壶茶进来，可是待茶壶刚放到桌上，韦志成即忽然抢上前去，将他一把拉过来坐在床上，随又用手捧起他的脸来边笑边说：

"秀实，你看，刚才孙队长说你是个女兵，你承认不承认？……不承认？谁叫你生得这漂亮。你妈妈还要替你补上这末一颗金牙齿！……"

孙丘立这才明白刚以为是女学兵者，果然是一个十三四岁的勤务兵。但那眉清目秀的脸庞，和羞羞怩怩的见人便埋头的态度，使初见的人，决不相信是一个男孩子。

"……好，小家伙，快倒茶吧。"

说着，韦志成便突又一把把勤务兵推开，恢复了先前的跷下巴象："喂，孙丘立，说正经话——你那里找得着事情么？"

"正差一个人。谁要找工作呢？"

"就是我。"

"吊二郎当！你这里不是干得好好的吗？"

"狗子才开玩笑。我明天就搬出去了。"韦志成胀红着脸孔，口水也几乎飞溅到对方身上。而在孙丘立转眼望着室内的大箱子及零乱的行李时，他又眨眨眼睛，似赌气又似怕人听见般地补充道，"他们不要我干了，我还干什么呢？"

孙丘立心下明白了：原来这里也有一个大整理。同时也了解了进来时，传达处的人的翻壁上的条子，大约也是在看有没有韦志成的"行李放行证"之类。可是韦志成从前既系同期，而且除了与其绰号相符——有点"草包"气而外，也真是个"无所谓"的人。在这种情形之下，他觉得有些碍难拒绝了。

"好，那就请你帮忙吧。不过恐怕委屈你：是一个分队长的职务，少尉阶级，月薪五十元。"

"叱！你怕我真是个想升官发财的人么？说我老韦也不革命了，那才笑话！莫说五十元，从前学校每月只发两元零用钱，我老韦也过活了来的。"

韦志成显然因为撤职而带了几分牢骚，但在两下决定之后，似乎也就释然而终于又恢复了那股"草包"气。望着，他一下又走去把勤务兵拖了过来，当成孩子似的一面玩弄，一面说：

"秀实，我已经决定了，你又向那里去呢？回去怕不怕你妈妈骂你？……率性也请孙队长带你去吧，孙队长很好的，快去行个礼，他会带你去的。"

说着便向孙丘立前面一推，可是勤务兵却脸红站到一旁去不说话，只是默默的低着头玩弄手指。那样子的确又可怜，又可爱，连孙丘立看了也有些舍不得。于是他问：

"他的家在那里？"

"就在汉口歆生三马路。家里只有个母亲。这孩子的确很聪明，在这里，我天天教他写一张字，读一课书，——长进得很快。"

"可惜我那边分队长没规定有专用的勤务兵，只是队上有两个供公用。"

"那末，未必你当队长的就连一个勤务兵也用不起？真的，你把他带去罢，这末好一青年，的确应当培植一下。不然他就只有失业了。"

望着孙丘立似乎有意，韦志成便益加怂恿。一面孙丘立也觉这话不错；一想着从前自己也过过勤务兵一样的生活时，便有一股同情和爱怜的心涌来，而终于决心把这勤务兵收下了。

"好，"他也走过去牵住孩子的手，"你愿意去么？不过去后要照常写字读书的，不要一空就学赌钱，逛街。"

孩子点点头，嫣然笑笑。笑样既酷似女孩，同时唇角上又有一颗金黄的牙齿微闪一下，使人起一种异样的感觉。

不久，外边一阵号声响起，跟着到处都有人走动，但一切都显得很严肃，毫没一种慌张嘈杂的气象。继续便是远远的号令声，和报数声，孙丘立知道已经是晚餐时刻了。

"明天会罢，"他起来把肩上的皮带搬正，"还不回去，恐怕我那些流氓队伍快要去宿窑子去了。"

韦志成并没有留他。同时也从床柱上取下皮带来往肩上一挂，两人便一同走出了房门，待一到那一长联的回廊上，两人又随便歪着头，手往额角上一举，行了个"黄埔礼"，同时韦志成很感叹地说：

"明天会。……学校的饭只能吃这一顿了！"

回到队门，天色快已打乌。孙丘立注意听了听各房的动静：幸好除了有些杂话声而外，倒也没意外的骚扰。于是他想先到值星官室去看看没人请假，派到各处去维持秩序的队士有无特别的报告之类，但刚走到过道上，便有一斜肩膀的兵向他走来，他知道是传令的。

"报告队长，房里有客在等。"

"姓什么？"

"报告队长，来了很久了，大概是姓——王吧。"

折回自己的房门，孙丘立果见房内有一个人在踱来踱去，样子似乎等得很不耐烦。但一进去便知道并不是什么姓王的而正是龙华，并且连行李也搬来了。

"真是！等了你好半天，你一出去我就来的。"龙华一见着丘立，即停止了脚步，样子像有些怕冷，话声有些打颤。

"是么？大概旅馆的'隔壁戏'已经听够了吧，连铺盖都带来了。"望着对面一幅作急相，孙丘立却故意开玩笑。

"莫吊二郎当，真的有事要找你一下，"龙华一边说一边更抖得厉害。"工作已经分配下来了，要即刻去接事，但我一个又不敢去。……"

"原来是上场怯！……我看你还是回书店去打包裹，开发票罢。亏得你还与老板闹过架来的。"孙丘立依然是故意向这位老朋友开玩笑，但及见龙华的脸是那末发青，急得哭笑皆非的样子，这才满意地恢复了正经。

"是什么地方呢？怕得这个样子。"他问。

"要我去接收一个警查分署。"

"丢那妈，尽把人向这些流氓地方派，也难怪你怕。"

"所以我想找你一同先去接个头，看看形势；不然那些家伙不要命地跟你来一下，那就糟了。"

孙丘立不言语，心里在筹划。而约莫一瞬，他即得了一个主意：

"本来我去一下也可以。不过今天我已在外边跑了一大天，现在得有许多事要办；同时现在是从上面整个解决过来，想来对方也不敢乱来，我们若装腔作势的，倒反为不好。但为着安全计，我派两个兵与你作保镖，叫他们带支盒子炮去，外面上就算是你的勤务兵好了。"

龙华踌躇了一下，但毕竟也就因为有盒子炮而胆壮起来。身上虽然还有点抖，但却欣欣然地说：

"好的，那我就去接收了，转来在这里睡觉。"

龙华刚走不久，门上又有人轻轻拍了两下，继续便是一个满脸皱纹的头先探进来，原来是队副。来得好：正是在想知道今天队里的情形的时候，他想。可是队副一坐下来，却什么报告都没有，只是讲着不相干的废话。

"派到血花世界去守卫的兵换班回来没有?"丘立终于随便抓住一件事问。

"啊，那——要问值星官才晓得。"似乎不曾料到有这一问，队副的样子颇抱歉。但在抱歉之余，却又把眼睛往上瞧瞧，说，"大概已经换回了吧。"

大概! 在军队中，这是顶不好的两个字眼。可是孙丘立只看在心上，说派到外边去住扎的军队应时时更换回来，在一个固定地方守卫久了，就很易舞弊等后，又随便问着外边是否有什么案件发生。

"我正是来向队长报告这个的。"这回像是拿手好戏到了，队副满面春风，突然倾身过来，预备说出一件大秘密，"总算是队长财运好: 今天队长刚出去，弟兄们就在外面抓住了两起。现款到没有几多，但是两起都愿意拿钱出来要我们包。"

"两起什么?"听不出头绪，孙丘立皱皱眉头。

"赌。"队副跷跷大指姆。

"要我们包?"

"是的，要我们包。款子一家出了五百，一家只出三百五，——但大概还是可以添。据我看来，两家每月合共一千是靠得住的。"

孙丘立觉得闻所未闻。然而每月一千! 恐怕自己的老头子辛苦一辈子也没有赚到这个数目。这末一想，忽然像背上浇了两股冷水，他弹簧般地站起来沿着办公桌子走了两步，但随又坐下去了:

"你们从前也包过么?"

"当然!"望着孙丘立满脸迟疑，队副便把凳子前移一步，"这决不会出事的; 上面还不是包; 不过他们包的是大的，我们包的是小的罢了。你想，一个汉口每天要出几十万的输赢，大大小小的赌窝不晓得有几多！"

这些话一句句打进孙丘立的耳朵，一句句都成了意外的新闻，也一句句在那儿慢慢地作怪。"队长是明白人，这里的事都是明中去的，暗中来！"——前几天办移交时的几句话，这才算完全明白过来，而队副也的确没有撒谎。欲望？……廉洁？……现在只要一句话便可以有无数的金钱进怀内来，但也只要一句话便可以卖掉整个的灵魂。他感到异样的不安和烦燥。

然而当这两种矛盾心正在剧烈作战时，旁边的队副又像老狐狸精似的作了更进一步的诱惑：

"下面的弟兄们都是有路数的，以后说不定还有其他的外水出来的。单在这烟，赌上，前队长一年就有一万把的收入。至于下面的弟兄们讨光也不多。照从前的规矩，队长面前是一半，下面几个长官三成，剩下的才赏与散弟兄们。"

"那末，今天抓的现款在那里？"

孙丘立突然很暴燥地问。声音也有些厉。

"在……还在下面。隔一下就叫他们缴上来。"老队副带着狐疑的眼睛，含糊回答。

"有多少？"

"两起都不多。大约……一共有百把块钱。"

可是这数目字，孙丘立几乎没有听清楚，他原也并不想要清查。他只两眼钉住队副，严肃地发出命令：

"用不着缴上来了。就统统分给弟兄们罢。可是你得告诉他们。这只能有一次。至于说'包'，那我可不敢答应。倘若以后清查出谁在外边再有这种舞弊行为，我也只有照着公事办的。"

先听着现款要分配时，队副的团脸上的皱纹还堆着笑，但望着那笑意便渐不自然起来而终于变成了一种輂蹙，样子似乎在骂：

"你这傻子!"但又有些敢怒不敢言。这时孙丘立放松口气,像一个大人先打了孩子又去慰抚似的说:

"队副,须得知道,现在革命军到了过后的政府,已经不比从前。所以这并不是我不准,实在是恐怕将来上面知道了,大家都不好看。"

"是,是,这自然不错,现在我们大家都要讲革命的。"队副也终于苦笑着说,"不过既然有这样一回事,我们得报告与队长知道,行与不行,当然是要队长决定的。"

这样,待队副退出去后,孙丘立才像从恶魔的诱惑中脱了出来而大松了一口气。他想:这样污浊的社会,怎不会使许多人一进去就堕落,又怎不应当打倒!

选自沈起予:《残碑》,良友图书印刷公司,1935 年

万迪鹤

| 作者简介 |　万迪鹤（1906—1943），出生地不详，殁于四川巴县（今重庆巴南区），现代作家。代表作品有长篇小说《中国大学生日记》，短篇小说集《火葬》《达生篇》等。

中国大学生日记（存目）